집으로부터

일만 광년

10,000 Light-Years
From Home

집으로부터

일만 광년

신해경 옮김

제임스 팁트리 주니어 소설

엘리

일러두기

- 본문 중의 주석은 모두 옮긴이주이다.

- 본문 중 고딕체는 원서에서 이탤릭체로 강조한 부분이고, 본문 중 이탤릭체는 원서 에서 대문자로 강조한 부분이다.

- 번역 대본으로는 *Ten Thousand Light-Years From Home*(James Tiptree Jr., Penguin Classics, 2020)을 사용했다. 'And I Awoke and Found Me Here on the Cold Hill's Side'와 'The Man Who Walked Home'은 타 출판사에서 선집으로 번역 출간 되었기에, 저작권사의 요청에 따라 『집으로부터 일만 광년』에서는 제외되었다.

차례

눈은 녹고, 눈은 사라지고

The Snows Are Melted,
the Snows Are Gone

그 인간 형체가 산등성이를 오르는 사이에 차고 고요한 대지가 점차 밝아왔다. 희끄무레한 바위에 올라선 형체는 너무 가늘어서 검은 포크 같았고, 어깨는 뱀처럼 매끈했다. 그것이 산마루 아래 관목숲에 털썩 주저앉더니 작은 얼굴을 들어 하늘을 쳐다보고는 다시 웅크렸다.

그림자 하나가 가볍게 움직이며 산등성이 일대를 돌았다. 커다란 개, 아니, 아주 커다란 늑대였다. 짐승은 관목숲을 굽어보며 솟은 바위 위로 훌쩍 뛰어오르더니 가만히 멈춰 섰다. 털이 북슬북슬한 꼬리가 뻣뻣한 것은 오래전 골절의 흔적인 듯했다. 이제 동이 빠르게 터오고 있었지만, 서쪽 계곡은 여전히 캄캄했다. 계곡에서 희미하게 짐승이 울부짖는 소리가 나더니 이내 그쳤다.

수늑대가 산등성이 너머로 사라졌다가 인간이 웅크리고 앉아 있는 관목숲 옆에 다시 나타났다. 늑대가 다가오자 형체가 고개를 수그렸다. 여명에 송곳니가 번득였다. 늑대가 입아귀로 검은 모자를 턱 물어 벗겼다.

인간이 고개를 홱 젖히자 풍성한 금발이 물결처럼 등 뒤로 흘렀다. 늑대가 모자를 떨어뜨리고는 바닥에 앉아 가슴께에 있는 무언가를 물고 흔들기 시작했다.

햇살이 하늘로 툭 솟아오르니, 바위 아래 움푹한 곳에 있던 그 형체가 이제는 똑똑히 보였다. 조잡한 재킷과 반바지 차림의 어린 여자애가 머리카락을 떨어내느라 고개를 흔들고 있었다. 재킷의 양 어깨는 덧댄 천으로 막혀 있었다. 팔이 없었다. 아무것도 없었다. 해표지형海豹肢形*이었다. 여자애가 기묘하게 곱슬곱슬한 털이 난 머리만 두드러져 보이는 늑대 가까이 자리를 잡고 앉았다.

늑대가 꺼낸 작은 물체가 둘 사이에 있는 바위에 놓여 있었다. 둘은 마주 보았고, 늑대의 노란 눈과 여자애의 파란 눈이 여명을 받아 빛났다. 늑대가 앞발로 물체를 딸깍 눌렀다.

"여기는 순찰대, 기지 나와라." 여자애가 나직하게 말했다.

아주 작은 끽끽거리는 소리가 응답했다.

"우리는 산등성이에 있어. 강까지는 서쪽으로 5킬로미터쯤 더 가야 해. 여기 아래쪽에 우기 이후로 버려진 오솔길이 있어. 개 짖는

---

* '바다표범 같은 사지 형태'라는 뜻으로, 팔다리가 없거나 짧은 형태를 이른다.

소리가 들렸어. 우리는 여기서 어두워질 때까지 기다렸다가 움직일 거야. 그러면 음영지역에 들게 돼서 통신이 안 될 거야. 벗어나면 신호를 보낼게. 아마 모레 밤 정도가 될 거야."

여자 목소리가 조금 더 크게 끽끽거렸다. 늑대의 주둥이가 벌어지고, 여자애가 씩 웃었다.

"우리는 늘 조심하고 있어. 교신 끝."

늑대가 다시 물체를 딸깍 누른 다음, 몸을 구부려 조심스럽게 여자애의 한쪽 부츠 끝을 이빨로 물었다. 팔 없는 여자애는 신을 벗고 싸늘한 빛에 드러난, 무언가를 집기에 편리해 보이는 가느다란 발가락들을 꼼지락거렸다. 다른 쪽 신도 벗자 아이는 빽빽한 늑대털을 발로 헤쳐 등짐을 고정한 어깨끈을 풀었다. 늑대가 한껏 기지개를 켠 다음 풀썩 엎드려 짙은 담황색 배를 드러내며 뒹굴었다.

여자애가 발가락을 놀려 음식 꾸러미와 수통을 꺼냈다. 늑대가 일어나서 수통을 물고 노두露頭 근처의 샘으로 가져가 앞발로 눌러 물을 채웠다. 둘은 먹고 마셨다. 여자애가 수통이 얼굴 쪽으로 오도록 끈을 두르고 등을 대고 누웠다. 여자애가 꾸르륵대며 웃음을 터뜨리자 늑대가 앞발로 여자애의 머리를 밀어 일으켜주었다. 식사를 끝내고 둘은 용변을 보러 갔다. 날은 이제 훤히 밝아서, 동쪽 산맥 위로 줄이라도 타는 듯이 태양이 똑바로 솟아올랐다. 일출과 동시에 일기 시작한 바람이 날카로운 소리를 내며 바위 능선을 타 넘었다.

늑대가 산마루까지 배를 깔고 기어가서 한동안 주위를 살피다가 돌아왔다. 둘은 덤불을 끌어모아 덮고는 라테라이트* 지층인 붉은 바닥에 같이 웅크리고 누웠다.

태양이 떠올라 바람의 냉기를 지웠다. 새 한 마리 날지 않았고, 털 달린 짐승 한 마리 나타나지 않았다. 얼기설기한 덤불 속에는 침묵뿐이었다. 딱 한 번 사마귀처럼 생긴 무언가가 은신처 가까이에서 달각거렸다. 바닥께에서 노란 눈 하나가 뜨였다. 그 무언가가 윙 사라지고, 눈이 감겼다.

오후에는 희미하게 까옥거리는 소리가 바람을 타고 노두까지 들려왔다. 덤불 속에서 노란 눈과 푸른 눈이 시선을 마주쳤다. 낯선 소리가 잦아들고, 눈들이 다시 감겼다. 더는 아무 일도 일어나지 않았다. 적도의 태양이 바람을 잠재우며 곧장 서쪽 협곡 쪽으로 떨어졌다.

그림자가 노두를 가로지를 때쯤 덤불이 갈라졌다. 여자애와 늑대는 함께 개울가로 가서 물을 마셨다. 여자애는 뱀처럼 몸을 숙였다. 둘은 다시 음식을 먹었고, 여자애가 발로 짐을 꾸려 늑대의 어깨끈에 고정했다. 늑대는 주둥이로 송신기를 물어 가슴털에 파묻힌 주머니에 챙겨넣고 여자애가 발을 집어넣을 수 있도록 부츠 한 짝을 물어올렸다. 신을 다 신기고 나서는 송곳니에 검은 모자를 걸어 들어올렸다. 여자애가 고개를 젖혀 금발을 감아넣자 늑대가 모자를

---

* 주로 열대나 아열대, 적도 지방에서 형성되는 다공질의 딱딱한 토양층.

여자애의 머리에 씌우고는 눈을 가리지 않도록 세심하게 조정했다. 이제는 어두워져서, 등진 동쪽 하늘에 반달이 보였다. 여자애가 몸을 뒤틀며 인간 스프링처럼 일어섰고, 둘은 벼랑을 타고 계곡으로 내려가기 시작했다.

옛 홍수에 쓸려나간 황량한 관목지가 내려갈수록 숲으로 변해 갔다. 둘은 바짝 붙은 채 주위를 경계하며 아래로 향하는, 흔적뿐인 오솔길을 따라 이동했다. 달이 천정天頂을 지나자 둘은 걸음을 멈추고 덤불과 돌들을 끌어다 적절하게 배치하는 고된 작업을 수행했다. 그러고는 다시 나무들 사이로 내려가다가 또 걸음을 멈추고 같은 일을 반복했다. 거기서 길이 갈렸다. 다시 움직이면서는 훨씬 더 주의를 기울였다. 공기에 희미한 냄새들이 섞여 있었다.

둘이 허물어진 계곡 절벽의 경사면을 타고 강가로 나왔을 때는 달이 반대쪽 절벽 너머로 지고 있었다. 바위 무더기 뒤로 넓은 은색 수면이 밤하늘에 대고 나직이 으르렁대고 있었다. 둘은 물살이 급한 여울을 건너고 반대쪽 절벽의 바위 턱을 기어올라서는 강을 따라 조용히 하류 쪽으로 이동했다. 냄새는 이제 악취로 변했다. 우뚝 솟은 험준한 암벽을 에두른 강 후미에서 연기 냄새와 물고기 냄새, 사람 냄새와 배설물 냄새가 풍겨왔다. 개 한 마리가 울부짖는 소리가 들리더니, 이내 다른 개들이 합세했다가 깽깽거리는 소리와 함께 그쳤다.

여자애와 늑대가 그 암벽 위에 도달했다. 아래로 보이는 작은 만에 이엉을 인 남루한 오두막 세 채가 모여 있었다. 하나 있는 잿더미에서 연기가 피어올랐다. 오두막들은 그늘에 잠겼다. 마지막 달빛이 물가에 쌓인 내장 찌꺼기 더미를 은빛으로 비추었다.

둘은 암벽 위에서 말없이 지켜보았다. 이곳은 더 따뜻했지만 날아다니는 벌레는 없었다. 오두막 어디선가 어린아이가 훌쩍이는 소리가 들리더니 조용해졌다. 아무것도 찌꺼기 더미를 찾지 않았다. 달이 지자 강이 검게 보였다. 물고기 한 마리가 튀어 올랐다.

늑대가 몸을 일으키더니 어디론가 사라졌다. 여자애는 강 쪽에 귀를 기울였다. 늑대가 돌아오자 여자애는 늑대를 따라 강을 거슬러 올라 만에서는 보이지 않는, 바위 턱 높은 곳에 난 틈새로 들어갔다. 밑에서는 일렬로 박힌 허술한 말뚝들 주위로 강물이 콸콸대며 흘렀다. 둘은 조용히 먹고 마셨다. 둘이 같이 웅크리고 자는 사이에 날이 밝았다.

햇빛이 틈새의 벽을 비추고, 그림자들이 점차 동쪽으로 줄어들었다. 후미에서 아이들의 새된 목소리와 더 낮은 목소리들이 들렸다. 덜컥거리는 소리, 외치는 소리. 위의 바위 틈새에서는 햇빛이 마른 풀더미 그림자에 노란 광택을 더했다. 강 너머 해 뜨는 쪽에서 바람이 세차게 불어왔다. 휘몰아치는 바람 사이로 혀를 차며 어르는 소리와 알아들을 수 없는 외침들과 장작이 타닥거리는 소리가 들렸다. 눈들은 가만히 기다렸다.

해가 제법 높이 떴을 때, 강기슭 아래쪽 후미에 벌거벗은 여자

둘이 무언가를 끌며 나타났다. 다른 여자 일곱 명이 느긋하게 뒤따르며 가끔 걸음을 멈추고 몸짓을 하거나 재잘댔다. 성난 듯이 붉은 피부에, 가랑이와 겨드랑이만 하얬다. 불룩한 배마다 날개를 펼친 갈매기 모양의 하얀 흉터가 도드라졌다. 젖꼭지들은 다 굵은 원뿔형이었고, 그중 두 명은 해산이 가까워 보였다. 잔뜩 엉킨 머리카락들은 불그스름했다.

암벽 위에서 푸른 눈과 노란 눈이 시선을 마주쳤다. 여자들은 이제 강으로 걸어 들어가는 중이었다. 끌고 가던 것은 알고 보니 조잡한 그물이었다. 여자들이 말뚝 사이에 그물을 치며 서로를 향해 새된 소리를 질렀다. "웨이 웨이! 이, 아!" 아이들 몇이 떼를 지어 후미 주변을 떠돌았다. 좀 큰 아이 몇은 아기를 안고 있었다. "이이! 가아!" 아이들이 새된 소리를 주고받았다. 말뚝 하나가 쓰러졌다. 비명이 낭자한 가운데 여자들이 떠내려가는 말뚝을 원래 자리로 옮겨 다시 세우려다가 결국 포기하고 내버렸다.

이윽고 강변길에 더 큰 형체들이 나타났다. 남자들이다. 여섯 명의 남자들은 여자들과 마찬가지로 붉은 피부에 발가벗었지만, 흉터가 훨씬 많았다. 다들 갓 어린 티를 벗은 나이였다. 제일 작은 남자만 머리와 수염이 검고, 나머지 다섯은 모두 붉었다. 개 세 마리가 꼬리를 말고 언제라도 도망갈 채비를 갖춘 채 뒤를 따랐다.

남자들이 고압적으로 소리를 지르며 강 상류로 올라갔다. 여자들이 물에서 나와 종종걸음으로 뒤를 따랐다. 다음 굽이에 이르자

전원이 물에 들어가 첨벙거리고 수면을 치면서 물고기를 그물 쪽으로 몰았다. 어느 아기가 비명을 질렀다. 암벽 위의 둘은 주의 깊게 지켜보았다.

한 남자가 개들이 슬금슬금 그물로 다가드는 것을 알아채고 돌멩이를 집어던졌다. 개들은 줄행랑을 놓았다가 이내 돌아서서 다시 슬금슬금 그물로 향했다. 그 남자는 무리에서 제일 크고 활동적이면서 몸도 균형이 잘 잡혀 있었다. 첨벙거리며 강을 따라 내려가던 이들이 그물에 가까워지자 그 큰 남자가 앞을 살피고는 그물 사이가 벌어진 것을 발견하고 수심이 얕은 강기슭 쪽으로 달려가 그물을 팽팽하게 잡아당겼다. 암벽 위에서 늑대와 인간이 시선을 마주쳤다. 늑대 이빨이 아주 작게 딸깍 소리를 냈다.

그물 안에 물고기들이 버글거렸다. 사람들이 모여들어 그물을 잡아당기니 물고기가 그물코 사이로 삐져나오기도 하고 도래를 뛰어넘기도 했다. 개들이 이리저리 첨벙거리며 떨어지는 물고기를 낚아챘다. 고함과 비명과 버둥거리는 몸뚱이들. 사람들이 꿈틀거리는 그물을 통째로 끌고 와 강기슭에 내려놓고 탈출하는 물고기를 움켜잡기 시작했다. 그 큰 젊은 남자가 벌떡 일어서더니 씩 웃으며 양손에 든 물고기를 번갈아 물어뜯었다. 그의 발치에서 어린아이들이 들썩거리는 그물 안으로 기어들었다. 그가 외마디 소리를 꽥 지르고는 물고기를 하늘 높이 집어던졌다.

마침내 여자들이 잡은 물고기들을 끌고 강변길을 따라 오두막

쪽으로 가고 나자 강은 다시 텅 비었다. 여자애와 늑대는 기지개를 켜고 긴장을 늦추지 않은 채 자리에 누웠다. 굽이 주위에 연기가 떠돌았다. 그때쯤 되니 바람이 들지 않는 암벽 틈새는 덥게 느껴졌다. 모래밭에 물고기 살점들이 흩어져 반짝였지만, 파리 한 마리 나타나지 않았다. 굽이 쪽은, 고요했다. 잠깐 아이 우는 소리가 들렸을 뿐이었다. 태양이 협곡 가장자리로 기울었고, 저 밑의 강물 위로 그늘이 드리웠다. 태양을 따라 바람도 사라졌다.

이내 땅거미가 협곡을 채웠고, 반달이 걸린 하늘은 라일락색으로 바뀌었다. 굽이에서 연기 한 줄기가 피어올랐다. 고요한 가운데 목소리가 하나씩 울리더니, 둥둥거리는 소리를 곁들인 율동적인 합창이 되었다. 노래가 한참 계속되다가 고함이 섞이기 시작하고, 이내 새된 비명이 터져나왔다. 연기 기둥이 흔들리고, 불꽃이 튀었다. 비명이 더 쏟아지고, 아우성이 일었다. 그러다 소란은 투덜거리는 소리로 잦아들었고, 이내 침묵이 찾아왔다. 밤의 냉기에 바위들이 딱딱 소리를 냈다.

늑대가 틈새를 떠났다. 여자애는 한숨을 쉬고 그곳에 남았다. 굽이 주변에서 개 한 마리가 울부짖기 시작하더니 이내 깨갱거리다 조용해졌다. 여자애가 발가락으로 모래에 복잡한 무늬를 그렸다. 늑대가 젖은 발로 돌아오자 둘은 먹고 마셨다. 그러고는 달이 지는 사이에 잠이 들었다.

둘은 동트기 전에 틈새를 떠나 왔던 길을 되짚어 강을 건넜다.

강 건너 협곡 절벽은 군데군데 침식돼 허물어져 있었다. 하늘이 밝아오는 동안 둘은 물가와 무너진 바위 더미 사이를 여러 번 지나며 천천히 하류로 내려가다가 마침내 강가에 병풍처럼 늘어선 오리나무에 몸을 숨기고 앉아 기다렸다. 강 건너에 오두막들이 있었다.

햇살이 협곡 안으로 들이칠 때쯤, 여자애가 일어나 늑대를 마주보고 섰다. 여자애가 입은 재킷은 허리 한쪽에 매듭을 지어 여미는 형태였다. 늑대가 송곳니를 고리에 걸고 당겨 매듭을 풀자 옷섶이 벌어졌다. 안은 맨살이었다. 늑대가 주둥이로 밀어 재킷을 망토처럼 등 뒤로 넘기는 동안 여자애는 가만히 서 있었다. 여자애의 조그만 가슴 위쪽의 양어깨는 상처 자국도 없는 매끈한 혹이었다. 차가운 공기가 닿자 분홍색 젖꼭지에 주름이 잡히고, 겨드랑이였을 곳에 난 몇 올의 비단실이 흔들렸다.

늑대가 재킷에 주름을 잡아 팔처럼 보이도록 만들었다. 만족한 늑대가 커다란 머리를 홱 들더니 여자애가 입은 반바지의 늘어나는 허리띠를 물고 솜씨 좋게 끌어내려 여자애의 몸통과 허벅지 위쪽을 드러냈다. 늑대가 작업하는 중에 여자애가 웃으며 몸을 움직이기 시작했다. 늑대가 나직하게 으르렁거렸다. 바람이 여자애의 벗은 몸을 때렸다. 여자애는 늑대의 따뜻한 털에 몸을 기댔다. 둘은 기다렸다.

강 건너 오두막들에서 소리가 났다. 인간 형체들이 모습을 드러내더니 느릿느릿 강가로 가서 서거나 쪼그리고 앉았다. 여자애와 늑대는 강 건너 오두막들 옆에 있는 작은 오리나무 숲을 지켜보았다. 나뭇잎들이 마구 흔들리고 있었다. 남자 하나가 숲을 헤치고 강가로 나왔다. 늑대가 고개를 끄덕였다. 그 큰 남자였다. 남자는 익숙한 듯이 모래톱을 지나더니 서서 오줌을 누었다.

늑대가 조심스럽게 낮은 가지 하나를 뒤로 당겼다. 여자애가 어색하게 한 발 앞으로 나서 환한 햇살에 맨몸을 드러냈다. 남자가 고개를 홱 들더니 여자애를 빤히 쳐다보았다. 남자의 몸이 긴장했다. 여자애가 몸을 흔들며 낮은 소리로 그를 불렀다.

남자의 다리근육이 부풀어오르고, 발이 모래를 박찼다. 즉각 나뭇가지가 제자리로 돌아와 여자애를 가렸고, 늑대가 반바지를 끌어올리고 재킷을 둘러 입혔다. 그리고 둘은 오리나무 가지들을 헤치며 달음박질쳐 곧장 협곡 바닥을 벗어나 왔던 오솔길로 달려갔다.

뒤에서 첨벙대던 소리가 상류 쪽으로 방향을 틀었다. 늑대의 선택이 옳았다. 이 지점의 강바닥엔 푹 꺼지는 깊은 곳이 있어서 남자가 강을 건너려면 길을 빙 돌아가야 했다. 둘은 튀듯이 절벽을 뛰어올랐다. 여자애는 토끼처럼 기민했다. 협곡을 벗어나자 늑대는 방향을 틀어 숲속으로 뛰어들었다.

절벽을 기어올라온 남자는 저만치 앞서 터널 같은 길을 혼자 달려가는 여자애를 보았다. 남자는 여자애를 쫓기 시작했고, 튼튼한 두 다리는 이내 간격을 좁혀갔다. 하지만 여자애는 한창 뛰기 좋은 나이였고, 어린애답게 날렵한 데다 열심히 훈련도 했다. 한동안 전속력으로 달리던 남자가 속도를 늦추었는데도, 여자애는 지칠 줄 모르고 계속 달렸다. 여자애는 없는 팔을 대신해서 상체를 기묘하게 비트는 동작으로 균형을 잡았다. 달리면서도 여자애의 시선은 늑대와 같이 오솔길 옆 나무들에 남겨놓은 벤 흔적들을 찾아 헤맸다.

갑자기 뒤에서 새로운 소리가 들렸다. 개들이 추격에 합세했다. 여자애는 눈살을 찌푸리며 속도를 높였다. 커다란 회색 그림자가 휙 옆을 스쳐지나더니, 어느 나무 옆에 앞발을 들고 멈췄다가 또 다른 나무로 옮겨갔다. 여자애가 미소를 지으며 속도를 늦추었다.

잠시 후에 늑대의 표시와 마주친 개들의 울음소리가 바뀌는 게 들렸다. 남자가 내지르는 고함들, 깨갱거리는 소리. 이후로는 개 소리가 들리지 않았다.

여자애는 계속 달렸다. 빠른 걸음으로 산길을 오르고 또 오르는 사이에 태양은 높이 떠 정오로 향했다. 숨이 턱 끝까지 차오를 때쯤 앞서 준비해놓은 첫 번째 장소가 나타났다. 여자애는 나무들 사이로 보이는 회색 형체를 힐끗 곁눈질하며 길옆으로 벗어나 풀쩍 뛰어넘은 다음 점점 가팔라지는 길을 따라 계속해서 뛰었다.

뒤에서 외마디 비명이 나더니 함정에 빠진 남자가 으르렁대며 버둥거리는 소리가 들렸다. 여자애는 빈 흰개미 집에 몸을 기댔다. 그 일대는 나무가 듬성듬성해서 나무 사이로 부는 바람이 피로를 날려주었다.

늑대가 나타나 신경질적으로 고갯짓을 했다. 여자애는 몸을 돌려 바람 속으로 달려나갔다. 나무 꼭대기들 너머로 저 멀리 늘어선 푸른 바위 능선이 보였다. 달리고 또 달려야 했다. 남자가 다시 시야에 나타나 둘 사이의 거리를 좁히고 있었다.

드디어 여자애가 다시 길옆으로 벗어나 풀쩍 뛰었고, 뒤에서 나뭇가지 부러지는 소리와 분노에 찬 외침 소리가 들려왔다. 여자애가 잠시 걸음을 멈추자 늑대가 옆에 와 섰다. 둘은 나란히 바람 소리에 귀를 기울였다. 이제는 남자보다 빨리 뛸 수 없다는 것을 아는 여자애가 자진해서 다시 뛰기 시작했다. 늑대는 뒤에 남아 지켜보았다.

태양이 지평선의 먼지를 노랗게 물들일 때, 여자애는 마지막 산등성이의 정상에 다다라 뒤돌아보았다. 거기가 야생인들의 오솔길이 끝나는 경계였다. 남자는 거길 넘어서도 따라올까? 아무 소리도 들리지 않았다. 늑대가 나타나 해가 비치는 바위 턱을 가리켰다. 그러고는 주둥이로 여자애를 밀어 세운 다음 재킷을 풀어헤쳤다. 여자애가 노래하듯이 감미롭게 떨리는 소리를 내다가 웃음을 터트렸다.

메아리가 잦아들자 늑대는 여자애를 밀어 앞서 야영했던 곳을 지나 바위틈을 타고 달려 내려가게 했다. 잠시 후에 늑대가 이빨이 드러나도록 웃으며 여자애에게 합류했다가 이내 한쪽으로 사라졌다. 여자애는 깔리는 어스름을 가로지르며 계속해서 혼자 달렸다. 힐끗 뒤돌아봤을 때는 붉은 형체가 까딱거리며 바위틈을 타고 내려오고 있었다. 개는 없었다.

달리는 사이, 발밑에 그늘이 고이더니 사위가 어둑해졌다. 어스름이 달빛으로 바뀌었다. 늑대가 앞에 나타났다. 여자애는 바짝 선

늑대의 구부러진 꼬리를 깃발 삼아 평원을 건넜다. 군데군데 혹처럼 가시 많은 아카시아 덤불이 솟은, 옛날에 염소를 치던 곳이었다. 염소가 사라진 지금은 어린 아카시아가 지천으로 솟아나고 있었다.

이윽고 늑대가 여자애의 속도를 늦춰 걷게 하고는, 이따금 멈춰서서 뒤에서 나는 발소리에 귀를 기울였다. 다른 소리는 전혀 들리지 않았다.

마침내 둘은 걸음을 멈추었다. 늑대가 안개처럼 조용히 사라졌다가 재빨리 돌아와 여자애를 어느 아카시아 덤불로 이끌었다. 거기서 여자애가 발을 쉬면서 양껏 마시고 먹고 또 마시는 동안, 늑대는 여자애의 발을 면밀하게 살피고 핥았다. 하지만 늑대는 자신의 어깨끈을 풀어주려는 여자애를 거절했고, 여자애의 모자를 벗겨주지도 않았으며, 부츠를 다시 신기고 나서야 송신기를 꺼냈다.

"하나 잡았어. 아주 튼튼한 놈이야. 본즈는 괜찮아?"

질문이 마구 쏟아져 나왔다. 늑대가 통신을 끊고 바닥에 널린 마른 아카시아 잔해 속으로 여자애를 밀어넣었다. 그러고는 따뜻한 여자애의 체취를 떠나 버려진 흰개미 집 위로 뛰어올라 둘이 왔던 길 쪽을 바라보며 엎드렸다. 앞발을 겹쳐 괴고 엎드린 늑대의 머리가 아주 미세하게 떨렸다. 처진 눈두덩 밑에서 노란 눈 한쪽이 뜨였다. 잠시 후에 목덜미가 꿈틀하더니, 이내 잠잠해졌다.

늑대의 목구멍에서 쥐어짜는 소리가 밤의 고요를 타고 여자애에게 닿았으나, 아이의 잠은 깊었다. 여자애는 달빛에 침을 뿜어대며 흰개미 집 발치에서 경련하는 늑대를 발견했다. 여자애가 요동치는 목덜미로 몸을 던져 양 허벅지로 늑대의 머리를 꽉 누르고 양 무릎을 이빨 사이에 끼워넣었다. 늑대가 몸부림치면서 으르렁거렸다. 송곳니가 여자애의 양 무릎 안쪽에 댄 보호대 골에 부딪히면서 맞물렸다. 여자애가 늑대의 주둥이를 벌린 채 옆으로 구르자 다리에 검은 얼룩이 튀었다. 늑대는 이미 자기 혀를 깨물었다. 얼마나 심하게 찢어졌는지는 알 수 없었다.

뇌전증 발작이 지나가자 여자애는 늑대를 풀어주고는 몸을 수그린 채 늑대의 귀에다 뭔가를 속삭였다. 늑대의 혀에서 나던 피가 멈췄다. 늑대의 순막瞬膜이 천천히 걷히고, 활짝 열린 그 눈에 달빛이 유령 같은 초록색 빛을 밝혔다. 늑대가 고개를 들었다. 여자애가 와락 끌어안았다가 밀어냈다. 늑대가 한숨을 쉬고 주둥이로 가슴팍을 뒤졌다. 거기 유리병 하나가 채워져 있었다. 늑대가 환약 하나를 물어내 꿀꺽 삼켰다. 그러고는 일어나 뻣뻣하게 걷기 시작했다. 근처에 물이 있었다. 돌아오니 여자애는 잠들어 있었다. 늑대는 여자애를 떠나 힘겹게 자기 자리로 뛰어올랐다.

동이 트고 보니 그곳은 평평한 고원인 암바*였고, 저 멀리에 깔쭉깔쭉한 벼랑의 능선이 보였다. 그 벼랑이 둘의 목적지였지만, 거기로 가려면 황량한 평원을 가로질러야 했다. 여자애가 혼자 빠른

---

* 에티오피아의 특징적인 지형으로 윗면이 평평하고 사방이 절벽인 산.

걸음으로 평원을 제법 지났을 때 어느 암석 노두 근처에서 남자가 모습을 드러냈다. 그는 돌아갈까 하고 머뭇거리던 참이었다. 하지만 찾던 먹잇감이 눈에 들어오자 남자는 반사적으로 여자애를 쫓아 질주하기 시작했다.

여자애는 속도를 높여 대략 1킬로미터 정도의 간격을 유지했지만, 결국에는 남자가 거리를 좁히기 시작했다. 여자애는 다리에 바짝 더 힘을 주었다. 황량한 암바를 가로지르는 길은 바람이 바람을 막는 형국이었다. 암바에는 깊은 골이 죽죽 나 있었다. 달리기로는 이길 수 없어도, 여자애는 길을 돌아 남자를 숨겨진 골짜기로 유인해가며 아는 길의 이점을 활용할 수 있었다. 제일 깊은 곳 두 군데에서는 늑대가 미리 기다리고 있어서 늑대의 등을 도약대 삼아 골을 건넜다. 추격자는 꼼짝없이 기어 내려갔다가 기어올라야 했다.

하지만 갖은 수를 써봐도 남자는 꾸준히 거리를 좁혀왔다. 몰아치는 바람 사이로 남자의 굳은 발바닥이 땅을 차는 소리가 들렸다. 여자애는 헐떡거리며 벼랑에서 떨어진 돌들이 쌓인 작은 언덕에 당도했다. 남자가 가까이, 점점 가까워지고 있었다. 여자애는 남자가 개들에게 돌멩이를 던졌던 일을 떠올리며 필사적으로 돌무더기 위로 뛰어올랐다. 남자의 몸에 달린 저 이상하고도 강력한 신체 부위는 돌을 얼마나 멀리까지 던질 수 있을까? 여자애에겐 저 위에 있는 터널에 희망을 걸고 타는 듯한 폐를 견디며 위로, 위로 몸을 피하는 수밖에 없었다.

아슬아슬한 순간이었다. 남자가 이 벼랑을 알고 있으면 어쩐담!

하지만 남자는 멈춰 서서 돌을 던지는 대신 곧장 뒤쫓아 돌무더기를 기어오르며 재빨리 거리를 좁혀왔다. 자갈들이 달그락거렸다. 여자애의 거친 숨소리에 남자의 으르렁거리는 소리가 섞여들었다. 남자는 이제 몇 걸음 뒤까지 쫓아왔다.

갑자기 앞에 그늘이 나타났다. 오래된 배수로 입구였다. 안에는 고리를 지은 밧줄이 걸려 있었다. 여자애가 훌쩍 고리에 몸을 날렸고, 잠시 어지럽게 빙빙 돌았다. 그러고는 사방이 무너지면서 여자애는 쏟아지는 흙더미와 함께 바닥에 부딪혔다. 간발의 차이로, 배수로로 쏟아져 들어온 돌들이 남자를 차단해버렸다.

여자애는 질식할 듯한 어둠 속에서 잠시 헐떡거리다가 배수로를 기어오르기 시작했다. 가팔랐다. 여자애는 어깨 보호대를 대고 바닥을 긁듯이 몸을 굽혔다 펴면서 나아갔다. 오래된 기술이었다. 아기 때부터 어깨 살갗이 벗겨지도록 기어다녔으니까. 마침내 위에 어른거리는 회색 빛이 보이기 시작했다. 배수로 위에서 여자애를 기다리고 있는 늑대 머리가 보였다.

여자애가 나온 곳은 옛 도로부지였다. 둘은 상황을 살피러 낭떠러지 가장자리로 갔다. 바람이 심하게 불었다. 여자애는 늑대에게 몸을 기댄 채 아래를 살폈다.

저 멀리 아래쪽 배수로 앞에서 붉은 형체가 돌덩어리를 치우고 있었다. 그들과 남자 사이에는 깎아지른 낭떠러지뿐이었다. 그쪽으

로는 남자가 올라올 수 없었다. 여자애가 여전히 숨을 헐떡이면서
도 한시름 놓은 듯 한숨을 쉬고는 씩 웃었다. 그러고는 늑대의 등에
얼굴을 묻고 수통 입구를 찾아내 물을 빨아 마셨다. 늑대가 주둥이
를 벌린 채 나지막하게 낑낑거렸다.

둘은 다시 여자애의 몸을 보여주는 의식을 거행했다. 늑대가 반
바지를 끌어내리자 여자애가 킬킬거렸다. 늑대가 으르렁거리며 여
자애의 배를 살짝 물었다. 그러고는 뒷발로 서서 비단실 같은 금발
이 쏟아져 내리도록 모자를 벗겼다.

여자애가 낭떠러지 가장자리로 나서 바람에 대고 큰 소리로 불
렀다. 붉은 얼굴이 고개를 쳐들고 여자애를 보았다. 입이 벌어졌다.
여자애가 고개를 까딱이면서 왼쪽으로 걸음을 옮겼다. 그쪽에는 무
너져 내리면서 끊긴 도로가 돌무더기로 쌓여 있어 타고 올라올 만
했다.

얼굴을 찡그린 채 쳐다보고 있던 남자가 이내 움직였고, 가끔
멈춰 서서 위를 올려다봐가며 낭떠러지를 끼고 돌무더기 쪽으로 걸
음을 옮겼다. 여자애는 돌무더기가 나올 때까지 낭떠러지 위에서
남자와 보조를 맞춰 걸었다.

돌무더기가 나오자 늑대는 단호하게 여자애에게 옷을 입히고는
남자에게서 멀어지도록 도로 반대 방향으로 떠밀었다. 여자애는 다
시 일정한 속도로 뛰기 시작했다. 이제는 바람과 해를 마주하며 북
서쪽으로 향했다. 옛 고속도로는 이내 낭떠러지를 떠나 바람에 시

달린 뾰족한 바위 탑들 사이로 뻗어 들어갔다. 오른쪽으로는 바위 탑들 너머에 솟은 더 높은 바위 절벽들이 보였는데, 한때 하라르˙라고 불리던 산맥이었다. 그런 다음 여자애는 암석 노두를 지났다. 도로는 또 다른 메사˙˙를 똑바로 가로질러 뻗어 있었다. 곳곳에 폐허가 있었다. 무너진 흙벽돌 건물, 도랑, 가끔은 거대한 유칼립투스가 우뚝 선 잔뜩 어질러진 마당. 길가에는 금속 조각들이 널려 있었다. 여자애는 사람처럼 서 있는 녹슨 주유기를 지났다. 먼지바람이 불었다. 여자애가 다리를 절기 시작했다.

이따금 늑대가 나타나 여자애와 나란히 움직이다가 추적자의 동태를 살피러 가곤 했다. 남자는 도롯가에 선 이상한 형체들을 요리조리 피해가며 쭉 곧은 길을 따라 끈덕지게 가까워지고 있었다. 빛이 바뀌기 시작할 때쯤에는 쫓는 자나 쫓기는 자나 거의 걷다시피 하고 있었다. 둘 사이의 간격은 꾸준히, 그리고 갈수록 빨리 줄어들었다.

여자애는 절뚝거리며 어느 골짜기에 다다랐다. 파괴된 도로의 잔해가 널려 있었다. 거기서 어느 정도 시간을 벌었지만, 오래는 아니었다. 여자애는 지쳤다. 무너진 다리를 건넌 여자애는 절뚝거리며 담장 사이를 걸었다. 죽은 듯이 고요한 한 마을을 휘돌던 길이 옛 광

˙ 에티오피아 동부에 있는 하라리주의 주도로 해발고도 1885미터의 고원에 위치한다.
˙˙ 꼭대기가 평평하고 주위가 급경사를 이룬 탁자 모양의 지형.

장과 만났다. 여자애가 광장 한쪽으로 비켜나더니 털썩 무릎을 꿇었다. 뒤에서는 남자가 벌써 무너진 다리를 껑충껑충 건너는 중이었다. 해거름이었다. 늑대가 나타나 다급하게 컹컹거렸다. 여자애는 헐떡거리며 고개를 저었다. 늑대가 으르렁거리며 옷을 물어 당기고 어깨로 떠받치며 여자애를 일으켜 세우기 시작했다.

남자가 광장에 들어섰을 때, 여자애는 혼자 서 있었다. 비스듬히 비쳐드는 빛에 몸이 환하게 빛났다. 남자는 걸음을 멈추고 휘둥그레진 눈으로 광장을 둘러싼 낯선 벽들을 이리저리 살폈다. 그러던 남자가 여자애 쪽으로 한 걸음 내딛나 싶더니 갑자기 와락 달려들었다. 여자애는 가만히 서 있었다. 남자가 달려들어 여자애를 꼭 부둥켜안았고, 여자애는 남자에게 밀려 단단한 흙바닥에 넘어졌다.

둘이 쓰러지는 사이에 여자애의 입술 사이로 가스 한 줄기가 남자의 얼굴에 분사됐다. 남자가 경련을 일으키며 여자애를 짓누르며 쓰러졌다. 늑대가 둘을 덮치더니 버둥대며 주먹질해대는 거인의 팔을 물고 여자애에게서 떼어놓았다. 여자애가 캑캑대며 기침했다. 남자가 더는 꿈쩍도 못 하고 축 늘어지자, 늑대가 곧장 여자애에게 달려와 주둥이로 조심스럽게 머리를 밀었다.

캑캑대던 소리의 음색이 변하더니, 여자애가 두 다리로 늑대를 감아 굴리려 했다. 늑대가 혀로 여자애의 얼굴을 거칠게 핥고는 한 발을 여자애의 배꼽에 대고 몸을 빼냈다. 여자애가 차분해지자 늑대가 송신기를 코앞에 들이댔다. 땅바닥에 널브러진 남자에게서 코고는 소리가 들렸다.

둘은 잠시 그 큰 몸체를 쳐다보았다. 남자는 늑대보다 거의 두 배나 무거웠다.

"네가 끌고 가면 저 사람은 만신창이가 될 거야." 여자애가 말했다. "혹시, 몰고 갈 수 있겠어?"

늑대가 송신기를 내려놓고 남자를 쳐다보며 얼굴을 찌푸리고는 애매하게 컹컹거렸다.

"우리는 고바* 서쪽에 있는 거기까지밖에 못 왔어." 여자애가 송신기에 대고 말했다. "미안해. 남자가 생각했던 것보다 훨씬 강했어. 여기로— 잠깐만!"

늑대가 긴장한 채 길에 서 있었다. 여자애도 귀를 기울였지만 아무 소리도 들리지 않…… 그때 땅에서 약한 진동이, 아주 약한 울림이 느껴졌다. 송신기에서 꺽꺽거리는 소리가 나기 시작했다.

"됐다!" 여자애가 말했다. "본즈가 왔어!"

"무슨 소리야, 본즈가 왔다니?" 먼 목소리가 물었다.

"그 애가 오는 소리가 들려. 갈라진 틈을 통과했나 봐."

"빌어먹을 멍청이들." 목소리가 말했다. "다들 에너지를 낭비하고 있잖아. 통신 끊어."

---

* 에티오피아 수도인 아디스아바바에서 남동쪽으로 450킬로미터쯤 떨어진 오로미아주에 있는 도시.

땅거미가 지는 사이에 여자애와 늑대는 코를 고는 남자 옆에 쭈그리고 앉았다. 여자애가 부츠 끝으로 남자를 슬쩍 찔러보았다. 여자애의 이가 딱딱 맞부딪치기 시작했다.

웅웅거리던 소리가 쾅쾅대는 굉음으로 변하더니 광장 끝에 이리저리 움직이는 부채꼴 불빛이 나타났다. 불빛 뒤로 검은 혹 같은 작은 트랙터 운전석이 보였다. 트랙터는 지붕이 없는 적재함을 끌고 있었다.

여자애가 머리카락을 휙 젖히며 일어섰다.

"본즈다! 본즈, 우리가 하나 잡았어!"

트랙터가 요란한 소리를 내며 가까이 다가왔다. 운전석에서 창백한 얼굴 하나가 쑥 튀어나왔다. 계기판 불빛이 남자애의 얼굴을 비추었다. 골격이 더 날카롭게 두드러졌을 뿐, 여자애와 꼭 닮은 얼굴이었다.

"어디 있어?"

"여기. 진짜 커!"

트랙터 불빛이 휙 방향을 바꾸어 반듯이 드러누운 남자를 환히 비추었다.

"적재함에 실어야 할 거야." 남자애가 말했다. 피로로 인해 눈이 퀭했다. 남자애는 운전석에서 내릴 기미도 보이지 않았다.

적재함 옆에 서 있던 늑대가 걸쇠를 당겼다. 적재함 옆판이 철컹 내려오면서 바닥과 이어지는 경사로가 되었다. 여자애와 늑대가 붉은 몸뚱이를 경사로를 향해 옆으로 굴리기 시작했다.

"잠깐." 갑자기 남자애가 말했다. "다치게 하면 안 돼. 그 남자를 어떻게 한 거야?"

"이 남자는 괜찮아." 여자애가 말했다. 남자의 양어깨는 여자애의 무릎에 걸려 축 늘어졌고, 팔뚝 위쪽에는 늑대가 문 길고 붉은 자국이 나 있었다.

"잠깐, 좀 봐야겠어." 남자애가 말했다. 그러고는 여전히 밖으로 나오지 않고 자리에 앉은 채 얇은 입술을 핥으며 남자를 빤히 살펴보았다.

"우리의 구세주." 남자애의 목소리는 거칠고 높았다. "저게 네 빌어먹을 Y염색체로군. 지저분해."

남자애가 고개를 집어넣자, 여자애와 늑대는 의식을 잃은 남자를 굴려 적재함에 실었다. 적재함 바닥에 걸쇠와 끈이 있었다. 늑대가 부츠를 벗겨주자 여자애가 멍든 발가락을 어설프게 놀리며 남자를 붙들어 묶었다. 단단하게 묶자마자 남자가 신음하기 시작했다. 여자애가 입을 벌려 이와 뺨 사이에 고정한 주사기를 남자의 얼굴에 들이대고는 조심스럽게 한 번 더 가스를 분사했다.

남자애가 앉은 자리에서 몸을 돌려 뒷창문으로 둘을 지켜보았다. 그는 수통에 든 물을 마시고 있었다. 적재함에서는 여자애가 동료의 어깨에 두른 띠를 풀어주고 함께 먹고 마셨다. 둘이 남자애를 보고 씩 웃었다. 남자애는 마주 웃지 않았다. 남자애의 시선은 거대한 적금색 남자에게 쏠려 있었다.

여자애가 발가락으로 무심히 남자의 두툼한 사지와 생식기를 건드렸다.

"그런 짓 하지 마!" 남자애가 꽥 소리를 질렀다. 대기가 싸늘했다.

"담요를 덮어주는 게 좋을까?" 여자애가 물었다.

"아냐! 그래." 남자애가 지칠 대로 지친 투로 말했다.

늑대가 운전석 문가를 짚고 뒷발로 서자 남자애가 몸을 굽혀 운전석 뒤에서 담요 몇 장을 잡아 뺐다. 운전석 내부는 이런저런 튜브와 레버가 뒤섞여 뒤죽박죽이었다. 남자애의 발이 있어야 할 바닥에는 웬 기구가 있었고, 거기서 튜브들이 뻗어 나왔다. 남자애가 몸을 똑바로 세워 앉자 다리가 없는 것을 알 수 있었다. 남자애의 몸통은 끈으로 의자에 고정돼 있었고, 몸통 끝은 캔버스 천이 감싸고 있었는데, 거기로 튜브들이 이어졌다. 남자애의 얼굴은 젖어 있었다.

"우리가 다 죽는 수가 있어, 자." 남자애가 건장한 두 팔로 창문을 쾅쾅 쳐대며 담요를 밀어냈다. 물기가 남자애의 갸름한 턱을 따라 흐르다가 담요에 떨어졌다. 여자애는 옆으로 시선을 돌리며 아무 말도 하지 않았다. 늑대가 두 겹으로 접힌 담요 하나는 어깨 너머로 던지고 다른 하나는 물고서 바닥으로 내려섰다. 남자애가 두 팔로 운전대를 감싸고는 고개를 떨어뜨렸다.

여자애와 늑대는 묶인 남자를 담요로 덮어주고 적재함 옆판을 닫아걸었다. 늑대가 담요 한 장을 여자애에게 둘러주고 훌쩍 뛰어내렸다. 남자애가 고개를 들었다. 트랙터에 시동이 걸리고, 그들은 쿨렁거리며 도로로 나섰다. 그들 위로 박쥐 한 마리 날지 않았고, 이곳에서나 텅 빈 세상 어디에서나, 밤을 틈타 사냥에 나서는 새 한 마리 없었다. 오직 트랙터만이 빠른 걸음으로 뒤따르는 회색 짐승을 달고서 달빛 비추는 평원을 건널 뿐이었다. 노란 헤드라이트 불빛에는 날벌레 한 마리 꾀지 않았다. 길은 한때 에티오피아였던 땅을 가로질러 저 멀리 열곡대 너머에 솟은 능선 쪽으로 흐릿하게 뻗어 있었다.

비비언의 평화

The Peacefulness
of Vivyan

먼길을 온 기자는 우주광宇宙光에 그을린 굳은살 박인 나신에 레이저 무기를 두른, 몸집이 작은 사람들의 조사를 받았다. 그동안에 기자는 기자대로 생전 처음 보는 매카시 행성 토착민인 물개인들을 요모조모 살펴보았다. 기자는 이제 소유Sawewe가 된 이곳을 매카시 행성이라 부르지 않도록 내내 조심하고 있었다. 소유는 물론 자유를 뜻한다.

다시 긴 기다림이 이어지는 동안 기자가 소유에서 본 것은 폐허가 된 옛 테라˙인 거주 구역이 다였다. 한쪽에는 바다가 있고 다른 쪽에는 열대 관목숲이 있는, 완벽하게 편평한 풍경이었다. 소유 표면은 여기저기 자연적으로 생긴 싱크홀이 있는 석회암 평야인데, 그중

▪ 테라Terra는 '지구'라는 뜻의 라틴어이다.

일부는 물개인들이 거주하는 대륙 크기의 지하공동地下空洞 세계로 이어졌다. 평원은 아무짝에도 쓸모없는 곳이었다. 지평선까지 끝없이 늘어선, 수확하지 않은 저 회녹색 실위드 이삭들을 제외하면 말이다. 성이 켈러인 기자는 그 광경을 보고 휘파람을 불었다. 옛 제국 시절에 실위드 1그램은 그의 월급 절반의 가치에 달했다. 그는 그제야 행성 전체를 불태우려 한 계획이 왜 보류되었는지 알 것 같았다.

끈기 있고 강인한 성격에다 믿을 만한 신임장을 가지고 온 덕분에, 마침내 켈러는 바깥이 보이지 않는 플로터를 타고 이동하는 긴 여행을 하게 되었다. 그러고는 눈을 가린 채 더 오랜 시간을 비틀거리며 아래로 아래로 내려갔다. 소유는 테라인들을 신뢰하지 않았다. 켈러가 발을 헛디뎌 비틀거리자, 철벅거리는 희미한 반향이 들렸다. 물개인들이 훗훗거리는 소리를 냈고, 무선기가 딸깍거렸다. 그는 헤엄칠 일이 없기만을 바라며 터덕터덕 걸었다.

마침내 어떤 여자가 날카롭게 말했다. "여기까지면 됐어. 이제 저건 벗겨도 돼."

그는 눈을 껌벅이며 녹색이 도는 어둑하고 거대한 공간을, 물속으로 무너져내린 테라스들과 낮은 벽들, 생뚱맞아 보이는 전선들과 벽감에 설치된 플라스틱 조종대가 있는 미로를 둘러보았다. 하늘에는 주름진 바위가 걸려 있었다. 아주 오래된 장소였다.

"그는 한 시간 후에 올 거예요." 여자가 켈러를 쳐다보며 말했다. "지금은 암초에 올라가 있어요."

여자의 머리카락은 회색이었다. 잠수복을 입었으나 무기는 없었고, 코에는 찢어졌다가 대충 봉합한 흉터가 있었다. 제국인 포로, 소유 편에서 일하는 테라인 반역자 중 한 사람이었다.

"저들이 오염 얘기도 하던가요?"

켈러는 고개를 끄덕였다.

"제국이 괜한 짓을 했지요. 우린 거기에 무기를 둔 적이 없는데 말이에요. 그와 얘기할 때, 당신도 다른 사람들처럼 거짓말을 할 거예요?"

"아니요."

"글쎄요."

"제가 아틀리스코에 관해서 거짓말을 하던가요?"

여자가 애매하게 어깨를 으쓱거렸다. 한때는 여자의 얼굴이 아주 달라 보였을 게 분명했다.

"그가 당신을 만나기로 마음먹은 이유가 그래서죠."

"정말 고맙게 생각하고 있습니다, 선생님."

"편하게 부르세요. 제 이름은 쿠트예요." 여자가 잠시 망설였다. "그의 아내 난틀리가 저와 자매지간이었죠."

여자가 어디론가 가버리자, 켈러는 띠 모양 장식이 새겨진 고대 석순 옆의 돌 벤치에 앉았다. 물고기 신의 지느러미 사이로 헤드폰을 쓴 물개인 두 명이 보였다. 통신소였다. 앞에 놓인 포장길은 천연 웅덩이로 이어졌다. 군데군데 바위 하늘에서 떨어지는 노란 빛줄기를 받은 수면이 어른거리며 어둠 속으로 펼쳐졌다. 물은 웃었고, 발전기는 비탄했다.

켈러는 문득 웬 남자가 웅덩이 옆에 쭈그리고 앉아서 가만히 자기를 쳐다보고 있음을 알아차렸다. 시선이 마주치자 남자가 미소를 지었다. 켈러는 보자마자 그 낯선 이의 얼굴에 드러난 평온한 무사태평함에 큰 감명을 받았다. 곱슬곱슬한 검은 수염이 그 미소를 둘러싸고 있었다. 다정한 해적이로군, 아니면 음유시인이거나, 켈러는 생각했다. 키가 아주 큰 남자는 무언가를 들고 아이처럼 쭈그리고 앉아 있었다.

켈러는 벤치에서 일어나 천천히 그에게 다가갔다. 들고 있는 건 이상한 등딱지였다.

"이 등딱지에는 구멍이 두 개 있어요." 남자가 등딱지를 뒤집으며 말했다. "안에 있는 동물은 이중체라서, 어떨 때는 한 유기체이고, 어떨 때는 둘이죠. 토착민들은 이걸 노싱그라라고, 왔다 갔다 하는 동물이라고 불러요." 그가 켈러를 올려다보며 웃었다. 아주 맑고 무방비한 눈이었다. "이름이 뭐예요?"

"〈아웃플래닛 뉴스〉의 켈러입니다. 성함이 어떻게 되시죠?"

켈러가 선물이라도 내민 것처럼 남자의 시선이 부드러워졌다. 그가 켈러를 응시하는 시선이 어쩌나 너그럽고 때묻지 않았던지, 몹시 피곤했던 기자는 저도 모르게 자기가 어떻게 여기까지 왔는지, 곧 있을 인터뷰에 어떤 기대를 걸고 있는지 술술 털어놓고 말았다. 키 큰 남자는 그 등딱지가 전쟁과 권력과 고통으로부터 둘을 보호해주는 부적이라도 되는 양 두 손으로 들고서 평온하게 귀를 기울였다.

이윽고 쿠트라는 여자가 마테차 잔을 들고 돌아왔다. 낯선 남자가 몸을 일으키고는 조용히 어디론가 사라졌다.

"생물학자인가요?" 퀠러가 물었다. "성함을 못 들었네요."

여자의 표정이 차가워졌다.

"비비언."

기억을 더듬던 기자는 충격으로 멍해졌다.

"비비언이라고요? 하지만—"

여자가 한숨을 쉬었다. 그러고는 따라오라는 고갯짓을 했다. 어느 벽 뒤쪽으로 따라가니 뇌문 무늬가 투각으로 장식된 지점이 나왔다. 장식 틈으로 아까의 키 큰 인물이 여전히 등딱지를 들고서 작은 다리를 건너 느릿느릿 그들 쪽으로 걸어오는 것이 보였다.

"지켜보세요." 여자가 말했다.

소년 비비언이 그 갈색 남자를 처음으로 주목한 곳은 눈 덮인 행성 홀Horl의 스키장 모닥불 주변이었다. 비비언이 그 남자를 특별히 주목한 이유는 대다수의 다른 사람과 달리 자신에게 말을 걸러 오지 않았기 때문이었다. 그편이 나아, 비비언은 막연히 그렇게 느꼈다. 그때는 그 남자의 이름을 알아낼 생각도 하지 않고, 그저 모닥

불빛에 환해진 얼굴들 가운데 있는 그를, 고글을 자주 썼음을 의미하는, 올빼미처럼 둥그렇게 하얀 눈 주변만 내놓고 온몸을 꽁꽁 감싼 그 땅딸막한 회갈색 남자를 바라보기만 했다.

비비언은 누구에게나 그랬듯이 그에게도 미소를 지었고, 노래가 끝나자 스키를 타고 나와 이따금 가던 길을 멈추고 그곳 산악 행성의 생물들을 사랑스럽게 건드려보고 살피기도 하면서 달빛을 가로질러 얼음 덮인 숲으로 향했다. 어떤 빙설생물도, 심지어 홀 행성의 새라 할 수 있는 훨씬 겁 많은 부유동물도, 그를 신뢰하기까지 오랜 시간이 걸리지 않았다. 그 갈색 남자와 같이 있던 여자도 그에게 왔다. 여자들은 대개 그랬다.

비비언은 그런 일이 있을 때마다 매우 기뻤지만 대수롭게 여기지는 않았다. 사람이나 동물이 오는 일은 늘 있었고, 그의 몸은 각각의 종을 친근하고 기분 좋은 방식으로 어루만지는 법을 알았다.

물론 사람들에겐 말, 말, 말 또한 필요한 듯했지만, 그들의 말은 대체로 아무 의미가 없었으니, 참 안된 일이었다. 비비언 자신은 홀에 있을 때 특별한 친구 한 명에게만 말을 했다. 그 눈 행성의 온갖 이름들과 숨은 생물들을 알고, 비비언이 보고 들은 모든 것을 있는 그대로 받아주는 사람이었다. 비비언이 알기에, 사람은 그렇게 탐구하고 배우고 사랑하며 살아야 했다. 비비언은 언제나 마주친 모든 것을 기억했고, 그의 눈과 귀와 마찬가지로 그의 기억력은 완벽했다. 왜 아니겠는가? 그는 다른 사람들이 미망과 번잡함 속에서 사는 것을 보면 마음이 아팠다. 그는 돕고자 했다.

"자, 봐요." 그는 갈색 남자의 여자에게 다정하게 말했다. "가지마다 달린 눈 끝에 얼어붙은 수액이 한 방울씩 있어요. 이게 따뜻하게 데워주는 렌즈가 되는 거예요. 광열 수액이라고 하죠. 이게 없으면 나무가 자라지 못해요."

여자가 들여다보기는 했으나, 알고 보니 해로운 일들에 골몰하는, 이상하게 긴장한 여자였다. 여자는 비비언의 몸에도 골몰하게 되었는데, 그는 여자를 위해 할 수 있는 모든 일을, 매우 즐기며, 했다. 그러다가 여자와 몇몇 다른 사람들이 더는 주변에서 보이지 않게 되었다. 다른 곳으로 옮겨가야 할 때였다.

비비언은 갈색 남자를 다시 볼 일이 있으리라 기대하지 않았다. 하지만 얼마 후에 매카시 행성의 술집들에서 그런 일이 일어났다.

매카시 행성은 그때껏 가본 행성 중 최고였다. 낮에는 길게 빛나는 백사장들과 암초들에 숨겨진 경이들이, 밤에는 끝없는 환대가 이어졌다. 이곳에도 비비언에겐 특별한 친구가 있었는데, 테라인 거주 구역 너머 바닷가에 사는 해양동물학자였다. 비비언은 한 번도 거주 구역 안으로 들어가지 않았다. 그의 삶은 부서지는 파도에, 또는 음악과 친구들에게 이끌려 향기로운 술집들을 떠돌아다니는 데에 있었다. 셀 수 없이 많은 테라인 행성에서 온 젊은이들과 테라인 우주기지에서 휴가 나온 성미 급하고 발끈하기 잘하는 우주군들, 심지어 소수의 진짜 외계인들도 매카시 행성의 백사장을 찾았다.

언제나처럼 사람들은 두 팔과 입을 벌려 환영했고, 그는 자기 머리가 기억할 수밖에 없는 그 말들을 흘려들으면서 목소리들을 향해 침착하게 미소를 지었다. 그늘진 곳에서 자신을 응시하고 있는 하얀 올빼미 눈을 본 것도 어느 우주군의 일장 연설을 듣던 중이었다. 그 갈색 남자였다. 옆에는 새로운 여자가 있었다.

술 취한 사람들이 으레 그러듯, 우주군이 느닷없이 격분해서는 비비언을 잡아당겼다. 매카시 행성 토착민들에 관한 얘기였다. 비비언은 토착민을 본 적이 없었다. 꼭 보고 싶기는 했다. 그의 특별한 친구는 토착민들이 심하게 낯을 가린다고 했었다.

그리고 비비언으로서는 알고 싶지 않은, 토착민들과 관련된 부정적인 무언가가 있었다. 어떤 식으로든 커다란 악, 이름이 생각나지 않는, 잃어버린 제3 행성과 관련된 일이었다. 비비언이 알기로, 이들 세 행성, 홀과 매카시와 이름이 생각나지 않는 그 행성은 한때 모든 일을 함께하는 아주 우호적인 사이였는데, 그러다 뭔가 나쁜 일이 일어났다. 테라인들이 피해를 받았다. 안된 일이었다. 비비언은 부정적이고 화나는 일들은 파고들지 않는 주의였다.

그는 암초에 내리쬐는 햇살과 바람에 실린 고요함, 사랑 같은 것들의 진실을 그 우주군과 나눌 수 있기를 간절히 바라며 그에게 미소를 짓고 가볍게 고개를 끄덕였다. 갈색 남자는 전과 마찬가지로 멀찍이 떨어져 있었다. 아쉽지 않은 거지. 비비언은 기지개를 켜고는 사람들의 손에 이끌려 파도가 속삭이는 백사장으로 불꽃 연을 날리러 갔다.

또 다른 어느 날 밤, 사람들이 둥글게 손을 잡고 외계인 노래를 부르고 있는데, 갈색 남자의 여자가 밤 그늘 너머에서 느릿한 세기로 그에게 노래를 불러주기 시작했다. 비비언은 여자가 암초에서 자라는 불꽃말처럼 섬세하고 멋지다고 생각했고, 곧 자신에게 와주기를 바랐다. 다음 날 여자가 찾아왔을 때, 이름이 난틀리라는 걸 알게 되었다. 기쁘게도 여자는 말수가 아주 적었다. 여자의 눈과 적금색 몸은 태양 거품에 폭 파묻히는 듯한 느낌을 주었다.

"아름다운 비비언." 여자의 손이 수줍게 그를 더듬었다. 비비언은 예의 그 순진무구한 해적의 미소를 지었다. 사람들은 늘 그런 말을 했다. 그를 기분 좋게 만들려는 그들 나름의 방식인 것 같았다. 사람들은 비비언이 언제나 기분이 좋다는 사실을 이해하지 못했다. 그건 그의 존재 방식의 일부였다. 기다란 금갈색 몸은 튼튼하고 수염은 즐겁다는 듯이 곱슬곱슬했으니, 비비언으로서는 자연스러운 일이기도 했다. 다른 사람들은 대체 왜 그렇게 스스로를 상처 입히는 걸까?

"암초로 나가요." 선뜻 자기를 따라 나와 불꽃말 사이를 파고들어 그 아래에 숨은 동굴 찾는 법을 가르치는 대로 열성적으로 따르는 여자가 비비언은 좋았다. 매카시의 물고기들이 겁에 질린 눈알을 굴리며 제 둥지 위를 빙빙 돌며 춤을 추었다. 어쩌나 온순하면서도 웃기는 모습인지, 누구든 보면 푸푸거리다 수면으로 나가 웃음을 터트리고야 말 정도였다.

난틀리는 잠수하고 폭소하고 잠수하고 폭소했고, 급기야 비비언은 걱정이 되어 여자를 끌어내 바위에 앉혔다. 그리고 나중에 달빛이 비치는 모래언덕의 품속에 있을 때가 참 좋았다. 여자가 떠나자, 그는 기지개를 켜고는 이름을 알고 싶은 것들을 잔뜩 안고서 친구의 집을 향해 백사장을 걷기 시작했다.

돌아올 때는 안개 자욱한 바다 위로 매카시의 태양이 한 떨기 유령 꽃처럼 떠오르고 있었다. 등불을 켠 방에서 오래 얘기를 나누고 난 뒤에 느끼는 이 완전한 고요함에 얼마나 딱 들어맞는 아름다움인가, 비비언은 생각했다.

눈앞의 백사장으로 시선을 돌리자, 파도에 쓸려와 해변에 한 줄로 늘어선 해초 더미 옆에 웬 회갈색 형체가 보였다. 초조한 듯한 몸짓. 비비언은 그냥 가던 대로 가는 수밖에 달리 아무 생각이 나지 않았다.

갈색 남자가 발끝으로 깃털 모양 산호를 뒤집고 있었다. 그가 고개도 들지 않고 나직하게 내뱉었다. "처음 보는 유형이야. 이건 뭐라고 불러?"

안심한 비비언이 쭈그리고 앉아 산호의 결을 살폈다. "부채산호 같아요. 공육이라는 공유 조직으로 결합된 군체동물이죠. 이 종은 어딘가 다른 데서 왔어요. 아마도 생식세포 상태로 우주선에 실려 왔겠죠."

"또 다른 유형이군." 갈색 남자가 바다를 건너다보며 얼굴을 찌푸렸다. "난 유형에 관심이 있지. 네가 홀에 있을 때 새에 관심이 있었던 것처럼. 그렇지 않아? 산자락에 살았던 그 이종異種생태학자와 함께 말이야. 그리고 내 여자가 너와 어울렸지, 홀에서. 그러다 네가 그 생태학자 친구를 만난 뒤에, 내 여자와 우리 무리의 두 명이 실종됐어. 누군가가 그들을 데리러 왔지. 문제는 그게 우리가 아는 사람이 아니었고, 그 뒤로 누구도 그들의 소식을 듣지 못했다는 것뿐."

그가 비비언을 쳐다보았다.

"그리고 이곳에서 너는 해양생물학에 빠져 있어. 저쪽에는 네가 오래 대화를 나누곤 하는 해양생물학자가 있고. 그리고 난틀리가 너에게 관심을 두고 있어. 하나의 유형이야. 이 유형은 어떻게 전개되지, 비비언? 난틀리도 사라지나? 그러지 않았으면 좋겠는데? 난틀리는 안 돼."

비비언은 바닷바람이 갈색 남자의 목소리에 묻은 불쾌한 기색을 날려주기만 기다리며 산호를 뒤집고 있었다. 잠시 후에 비비언은 고개를 들고 미소를 지었다. "이름이 뭐예요?"

그때 둘의 시선이 정말로 한 치의 어긋남도 없이 마주쳤고, 비비언의 내면에서 무슨 일이 일어나기 시작했다. 마치 둘이 물속에 있기라도 한 듯이, 갈색 남자의 얼굴도 변하고 있었다.

"비비언." 갈색 남자가 두려운 듯이 격렬하게 말했다. "비비언?"

남자가 이름을 잘못 발음해서 피이피안처럼 들렸다. 둘의 시선이 꽉 맞물렸고, 비비언은 눈 뒤에서 찌르는 듯한 아픔을 느끼기 시작했다.

"비비언!" 갈색 남자가 끔찍하게 찢어지는 목소리로 반복해서 말했다. "아, 안 돼. 넌—" 그러고는 모든 것이 완벽하게 고요해졌다. 마침내 그가 속삭였다. "난…… 난 너를 찾고 있었던 것 같아…… 비비언."

비비언이 고개를 홱 돌려 하얀 테를 두른 그 불타오르는 눈을 외면했다. "당신, 누구야?" 그는 더듬거렸다. "이름이 뭐야?"

갈색 남자가 딱딱한 두 손가락으로 비비언의 턱을 잡고 치켜들었다.

"날 봐. 질판을 생각해봐, 비비언. 틀라아라, 틀라아라준카…… 꼬마 비비언, 내 이름을 모르겠어?"

비비언은 꽥 비명을 지르며 그 작고 위험한 남자에게 어설프게 달려들었다. 그러고는 바다로 뛰어들어 얕은 곳을 지나 아무도 따라오지 못할 녹색의 깊은 곳으로 몸을 날렸다. 그는 온 힘을 다해 팔을 저었고, 암초의 요란한 파도 소리에 안길 때까지 뒤돌아보지 않았다.

분노와 괴로움이 씻겨가자 그는 해안에서 멀리 떨어진 산호섬으로 가 쉬고 잠수하면서 소라 하나와 갓 잡은 달콤한 군소 몇 마리를 먹고 거품 속에서 졸았다. 그는 고요한 것들을 많이 보았고, 해가 지자 해변으로 돌아왔다. 다시 친구를 만나러 가야겠다고 마음을 먹은 참이었지만, 해초로 감싼 거대한 조개를 굽던 사람들이 다정한 목소리로 부르자 그는 발길이 가는 대로 내버려두었다. 거기서는 갈색 남자를 본 적이 한 번도 없었으니까. 그는 곧 다시 웃기 시작했고, 은빛 실위드 연기를 쐬며 연한 조갯살을 푸지게 먹었다.

하지만 그곳에도 밑바닥에 흐르는 부자연스러움 같은 것이 있었다. 사람들은 침착하지 못했고, 서로의 어깨 너머를 힐끗거리며 낮은 목소리로 재빠르게 말했다. 뭔가 분위기를 짓누르는, 유쾌하지 않은 일이 일어나고 있었던가?

비비언은 전에도 이런 느낌을 받은 적이 있다는 사실을 서글프게 떠올렸다. 확실히, 빨리 친구를 만나러 가야 한다. 지금이 또 다른 곳으로 옮겨가야 할 때가 아니기만을 빌 뿐. 그는 맛있는 조개를 게걸스럽게 먹으며 평화로운 것들의 이름으로 자신을 위로했다. 테티스, 알키오나리아, 코니아티티에스, 콕콜로비스, 난틀리.

하지만 난틀리는 해양생물이 아니라 갈색 남자의 여자지. 난데없이 난틀리가 홀로 실위드 연기 속에 나타나더니 미소를 지으며 조용히 그에게 다가왔다. 그는 순식간에 기분이 좋아졌다. 어쩌면 나쁜 일은 이미 지나갔는지도 몰라, 그는 여자의 머리카락을 만지작거리며 생각했다. 둘은 같이 나왔다.

모래언덕 사이에 있는 둘만의 장소에 다다랐을 때, 비비언은 여자의 고요함 밑에 숨은 긴장을 알아차렸다.

"우리를 해치지 않을 거지, 그렇지, 비비언?" 여자가 그의 허리를 감싸 안으며 그의 얼굴을 들여다보았다. 여자가 품은 긴장이 메스껍게 느껴졌다. 그는 여자를 도우려, 자신의 평화를 여자 안으로 흘려넣으려 했다. 여자가 내는 말소리는 날카로운 발톱 같았다. 뭔가 해양생물학자 친구에 관한 이야기였다. 그는 침착하게 암초 생물계에 관해 새로 알게 된 내용을 여자에게 자세히 설명했다.

여자가 고집스럽게 말했다. "하지만 그 사람에게 우리 얘기를 하지는 않았겠지? 우리 얘기, 콕스 얘기 말이야."

비비언은 여자의 가슴을 어루만지며 갈색 남자의 이름이 콕스라는 새로운 정보를 자동으로 기억했다. 나쁘다. 그는 여자의 몸을 쓰다듬는 자기 손바닥의 아름다운 흐름에 집중했다. 난틀리, 난틀리. 여자를 좀먹고 있는 이 광포함을 진정시킬 수만 있다면. 그의 몸이 그를 이끌었고, 이윽고 여자가 고요해지며 둘이 하나가 되는 것을, 생명의 리듬이 평화로이 솟구치는 것을 허락했다. 그 리듬이 절정에 달해 힘을 다했을 때, 그는 달빛을 받으며 일어나 고갯짓으로 바다를 가리켰다.

"아니, 혼자 가." 여자가 미소를 지었다. "난 졸려."

비비언은 고맙다는 듯이 여자를 어루만지고 은빛 물속으로 들어갔다. 막 잠수하는데 여자가 부르는 소리가 들렸다.

밀려드는 파도를 넘어 그는 방향을 틀어 해변을 따라 헤엄치기 시작했다. 그편이 나았다. 거기서는 해변과 달리 아무도 그를 귀찮게 하지 않았다. 친구는 먼 갑 너머에 있는 작은 만에 살았다. 헤엄쳐서 간다는 건 그저 시간이 더 걸린다는 의미일 뿐이었다. 조수가 그를 감싸고 지는 달 쪽으로 흐르고 있었다. 그것에 강하게 마음이 끌렸지만, 길고 고요한 이야기만이 가져다주는 평화에 대한 갈망보다 강하지는 않았다.

그는 율동적인 동작에 몸을 맡긴 채 생각에 잠겼다. 콕스랬던가? 그 갈색 남자 말대로, 자기에겐 어딜 가나 특별한 친구가 있었다. 하지만 그건 좋은 일이고, 필요한 일이었다. 친구가 없다면 달리 어떻게 새로운 장소를 이해할 수 있겠는가? 홀에서는 산 위에 친구가 있었고, 그 전에 홀의 광산 지역에 있을 때는 산맥의 굴곡과 사람들이 와서 놀라워하곤 했던 외계 유물들에 관해 얘기해주는 남자를 알았다. 그의 이야기는 흥미롭긴 했지만 어쩐지 마음이 불편했다. 그곳에는 오래 머무르지 않았다. 그리고 그 전에 우주정거장들에 있을 때는 별들의 이름과 태양들이 지나는 거대한 길을 가르쳐준 친구들이 있었다. 그리고 그 전에 우주선을 타고 다닐 때는…… 세상에는 배워야 할 그처럼 많은 생물과 기억해야 할 그처럼 놀라운 우주의 경이가 있었다. 그의 팔은 지칠 줄 모르고 솟구쳤다가 물을 밀어내며 달빛이 일렁이는 조수를 가르고 나아갔다. 갑의 길고 완만하게 융기된 땅이 막 보이기 시작했을 때 주변에 이상한 머리들이 솟아올랐다.

비비언은 처음에 그것들이 매카시 행성의 물개 아니면 일종의 듀공이라고 생각했다. 그때 옆에 매끈한 볏 하나가 솟았고, 그는 달빛에 비친 지적인 눈을 보고 즉각 그들의 정체를 알아챘다. 매카시 행성의 토착민들이었다.

그는 겁이 나기는커녕 강렬한 호기심을 느꼈다. 달이 너무 밝아서 낯선 이의 젖은 날가죽에 난 새끼 물개 같은 반점들까지 보였다. 그 생물이 물갈퀴 난 손으로 암초를 가리키며 비비언의 팔을 건드렸다. 암초로 가라는 뜻이었다. 하지만 그럴 수 없었다. 지금은 아니었다. 비비언은 친구와 얘기를 좀 하고 나서 돌아오겠다는 의사를 전달하려 애쓰며 안타깝다는 듯이 고개를 저었다.

물개인이 다시 암초를 가리켰고, 다른 물개인들이 모여들었다. 그제야 그들이 무기를 들고 있는 것이 보였다. 스프링이 장착된 일종의 창이었다. 그들이 몰려들자 비비언은 온 힘을 다해 물 밑으로 잠수했다. 테라인이라면 누구라도 따돌릴 만했지만, 물개인들은 수월하게 앞질러 어스름하게 깜박이는 어둠 속에서 기다렸다가 그를 수면 쪽으로 몰았다.

싸우는 건 비비언의 성정에 맞지 않았다. 그는 수면으로 올라와 같이 헤엄치면서 어떻게 해야 할지 고민했다. 이것도 그더러 친구한테 가서 전해주라는 의도로 벌어지는 일일까? 하지만 이미 많은 부담을 지고 있는 자신에게 이건 너무한 듯했다.

그는 기계적으로 헤엄치며 얇고 투명한 막으로 덮인 낯선 이들의 눈을 살폈다. 공기 중에서도 수중에서처럼 초점을 맞출 수 있는 일부 물고기같이 투명한 내부 눈꺼풀이 있는 것 같았다. 그 눈은 거대하기도 했다. 분명 야행성일 것이다.

"은코, 은코!" 대장이 훗훗거리며 외쳤다. 그들이 처음으로 낸 소리였다. 그들이 잠수하라는 신호를 보냈다. 잠수하고 보니 암초 아래쪽으로 가는 중이었다. 폐가 쪼그라들기 시작할 때쯤, 믿을 수 없게도 앞쪽에 밝은 빛이 나타났다. 그들은 다 함께 수면 위로 솟구쳤다. 그곳은 바닷소리가 웅웅 울리는 동굴 안이었다. 그는 다급하게 공기를 들이마시며 바위 턱에 놓인 등불을 반갑게 쳐다보았다. 모든 의심이 사라지고, 그곳에 오게 되어 기뻤다.

주위에 있던 물갈퀴 달린 이들이 앞다투어 물 밖으로 나섰다. 두 발로 선 물개인들은 정수리가 그의 허리께에 닿았고, 얕은 홈들이 팬 머리에는 볏이 달려 있었다. 물개인들이 양팔을 잡아당기자 그는 허리를 숙이고 순순히 눈을 가리게 해준 다음 이끄는 대로 터널로 들어섰다. 친구한테 해줄 엄청난 모험 이야기가 될 터였다!

터널에서는 곰팡내가 났고 천정에서는 물이 떨어졌으며 바닥은 그의 발로는 걷기가 힘들었다. 산호였다. 곧 그는 계속 눈을 가린 채 다시 물 밑을 헤엄쳐야 했다. 다시 공기 중으로 나왔을 때는 더 건조하고 따뜻했다. 그는 비틀거리다가 층층이 쌓인 석회암이 밟혀 부서지는 걸 느꼈다. 같이 간 물개인들이 뭐라고 소리를 지르자 응답이 돌아왔다. 물개인들이 갑자기 그를 이리저리 밀치고 빙빙 돌리더니 안대를 풀어주었다. 복도 몇 개가 만나는 어수선한 곳이었다.

눈앞에 몸집이 훨씬 큰 물개인 세 명이 서 있었다. 놀랍게도 그들이 든 무기는 비비언이 알기로는 금지된 종류였다. 무기를 보고 있던 비비언은 문득 난틀리의 향기에 고개를 돌렸다. 난틀리가 어떻게 여기에? 비비언이 어정쩡하게 미소를 짓는 순간, 콕스라는 남자의 하얀 눈이 보였다. 모험이 좋지 않은 쪽으로 굴러가고 있었다.

"좋아." 콕스가 비비언을 데리고 온 물개인들에게 말하자 그들이 그를 잡아당겼다.

"옷을 벗어."

비비언은 이상하게 생각하면서도 시키는 대로 했고, 웬 기구가 등뼈 아래쪽으로 미끄러지며 움직이는 것을 느꼈다.

"봐." 난틀리의 목소리가 말했다. "흉터야, 내가 말했잖아."

갈색 남자가 흐느끼는 듯이 신음하고는 다가와 비비언의 양어깨를 꽉 움켜잡았다.

"비비언." 탁한 목소리에다 이상한 어조였다. "고향이 어디야?"

"알파 센타우리 제4 지구." 비비언은 정원 도시와 부모님을 떠올리며 자동적으로 대답했다. 왠지 기묘하고 빈약하게 느껴지는 기억이었다. 커다란 물개인들이 무기를 만지작거리며 무표정한 얼굴로 그를 뚫어지게 쳐다보았다.

"아니, 그 전에." 어깨를 움켜쥔 콕스의 손아귀에 힘이 더 들어갔다. "생각해, 비비언. 태어난 곳이 어디야?"

머리가 깨질 듯이 아프기 시작했다. 비비언은 눈을 가늘게 뜨고 고통을 견디면서 어떻게 하면 도망갈 수 있을까 궁리했다.

"내가 말했잖아, 그놈들이 무슨 짓을 한 거야." 난틀리가 말했다.

"세상에, 생각해." 콕스가 비비언을 잡고 흔들었다. "너의 진짜 집! 고향 말이야, 비비언. 질판산山 기억나? 기억나냐고, 네 검은 조랑말은 기억나? 틀라라는, 기억나? 반란이 시작됐을 때 널 살리려고 멀리 떠나보냈던 네 어머니 틀라아라를 잊었어?"

고통은 이제 무시무시할 정도였다. "알파 센타우리 제4 지구." 비비언은 훌쩍거렸다.

"그만해, 콕스." 난틀리가 소리쳤다.

"알파가 아니야!" 콕스가 하얀 눈을 번득이면서 비비언을 마구 흔들었다. "아틀리스코! 아틀리스코의 왕자가 이렇게 쉽게 잊어버릴 수 있어?"

"제발 그만해, 제발." 난틀리가 애원했다. 하지만 비비언은 끔찍한 고통 속에서도 주의 깊게 귀 기울여야 할 이야기라고 느꼈다. 아틀리스코는 나쁜 곳이었고, 보통 때라면 생각할 일이 없는 행성이었다. 하지만 지금은 보통 때가 아니다. 친구는 그가 귀 기울여 듣기를 원할 터였다.

"그 흉터." 콕스가 이를 악물고는 킬킬거리는 것 같기도 한 끔찍한 소리를 냈다. "나도 있어. 놈들은 널 평범한 테라인처럼 보이게 만들려고 했지. 네가 그렇게 자랑스럽게 여겼던, 그 사소한 신체적 기형 기억해, 비비언? 알파 센타우리라니! 너는 스무 세대에 걸쳐 근친 교배된 아틀리스코인이야, 비비언, 꼬불꼬불한 털이 난 꼬리를 달고 태어난 아틀리스코인. 기억나?"

성난 목소리를 들으며 비비언은 어쩔 도리 없이 움찔거렸다. 난틀리가 나섰다.

"비비언, 놈들이 아틀리스코에 대해서 뭐라고 했어?" 난틀리가 부드럽게 물었다.

머릿속에 있는 고통스러운 셔터 같은 것이 기억을 가로막는 듯했다.

"도살자들…… 살인자들…… 다 죽었어." 비비언이 속삭였다.

난틀리가 비비언의 어깨를 움켜쥔 갈색 남자의 손아귀를 풀었다. "알파 센타우리라니, 이 애는 그런 말들을 믿고 자랐어. 아주 훌륭한 테라식 교육이지. 이 애를 내버려둬, 시간이 없어."

"다 죽었다고?" 콕스가 힐난했다. "비비언, 나를 봐. 넌 날 알아. 내가 누구지?"

"콕스." 비비언이 헐떡거렸다. "난 친구와 얘기를—"

딱딱한 손이 뺨을 갈기는 바람에 비비언은 한쪽 무릎을 꿇으며 주저앉았다.

"가서 말해!" 콕스가 으르렁거렸다. "이 반역자 새끼! 어린 왕자 비비언, 제국의 첩자. 홀에서 우리가 당했던 일의 원흉이 너지? 그리고 오늘 밤 우리가 널 잡아오지 않았다면—"

발길질에 채인 비비언이 물개인들의 발치에 널브러졌다. 물개인들이 뭐라고 외치면서 그를 짓밟았다. 모두가 소리치는 와중에

56

난틀리가 외쳤다. "콕스! 그건 이 애의 잘못이 아니야, 놈들이 이 애의 정신을 엉망으로 만들었어, 너도 알잖아 이—" 그때 콕스가 고함을 치는 바람에 모두가 입을 닫았다.

콕스가 비비언에게 다가오더니 머리채를 휘어잡고 찌푸린 얼굴을 들이댔다. 비비언에게는 이 무서운 땅딸막한 남자를 상대로 힘을 써야겠다는 생각조차 들지 않았다.

"난 널 죽여야 해." 콕스가 침착하게 말했다. "아마 그러겠지. 하지만 그 전에 귀여운 비비언을 써먹을 데가 있을 거야." 그러고는 비비언을 놔주고 일어섰다. "그 낯짝을 내가 견딜 수 있다면 말이지만." 콕스가 거칠고 상처 입은 듯한 목소리로 말했다. "그 오랜 세월 동안 그나마 아이는 무사하니 정말 다행이야라고 생각했는데…… 이런 쓰레기 테라인이라니. 의사에게 데려가."

콕스가 큰 물개인 세 명과 같이 휙 나가버렸다.

난틀리를 따라 얇은 조각으로 덮인 녹색 터널을 지나 어둑하고 넓은 곳으로 가는 사이에 비비언의 두통은 가라앉았다. 사방의 바위 턱과 해초 더미마다 물개인들이 누워 있었다. 엄마인 듯한 물개인 옆에 붙어 있던 작은 얼굴이 그를 보고 거품을 뿜었다. 비비언은 짐짓 웃는 얼굴을 보여줬지만, 이내 뭔가 문제가 있다는 사실을 알아챘다. 거기 있는 모두에게 문제가 있었다.

"저 피부는……" 비비언이 말했다. 늙은 테라인 하나가 일어서더니 대답했다.

"테라인 거주 구역에서 나온 선체 보호제에 중독됐소."

"의사 선생님, 이 애가 비비언이에요." 난틀리가 말했다. "이 애는 자기가 누구인지, 어떤 사람인지 몰라요."

"누군들 알겠소?" 의사가 툴툴거렸다. 비비언은 혹시라도 이 의사가 자신의 새 친구일까 싶어 그를 유심히 살폈다. 모든 일이 지독히 혼란스럽게 느껴졌다. 어쩌면 이 의사가 새로운 곳으로 옮겨갈 준비를 도와주게 되어 있는 것은 아닐까?

"누워요." 의사가 말했다. 비비언은 뭔가가 주입되는 걸 느꼈다. 갑자기 그는 몹시 두려워졌다. 절대 허용해서는 안 되는, 조심하라고 경고받았던 위험한 일이 일어났다. 이 의사가 친구가 아니라면, 분명히 방금 아주 잘못된 일을 저질렀을 것이다. 어떻게 이런 일이 일어났지? 덫에 걸렸다. 나쁘다.

하지만 그때 괜찮아지는 방법이 있다는 생각이 떠올랐다. 문제가 생겼을 때는 이렇게 하라고 친구들이 각인시켜준 방법이 있었다. 긴장을 풀어야 한다. 평화로움이 열쇠였다. 비비언은 조용히 누워 아무것도 보거나 듣지 않고서 축축한 동굴의 공기를 호흡했다. 하지만 여기서는 평화롭기가 힘들었다. 물개인들이 이리저리 지나다니며 해초에 누운 병자들에게 고함을 쳤고, 그러면 병자들도 몸을 일으켜 마주 고함을 쳤다. 외치는 소리, 쿵쿵대는 발소리, 왁자하게 고함치는 소리.

무슨 일이 일어나고 있는 듯했다. 물개인 하나가 마구 짖는 듯이 웃으며 의사에게 레이저 무기를 흔들어댔다. 의사가 아기 물개인에게 처치를 하면서 툴툴거렸다. 비비언은 어지럽고 뭔가 불결해진 느낌이었다. 곧장 이곳을 떠나야겠다고 생각했다.

하지만 불쑥 하얀 테를 두른 눈이 나타났다. 콕스였다.

"자, 이제 말해. 여기서 얼마나 많은 사람의 정보를 넘겼지?"

비비언은 말뜻을 전혀 알아듣지 못하고 그저 멀뚱히 쳐다볼 뿐이었다. 난틀리의 얼굴이 나타나 다정하게 말했다. "무서워하지 마, 비비언. 그냥 우리한테 말해줘. 친구한테 내 얘기를 했지?"

비비언의 머릿속에 있던 셔터 같은 것이 열리는 듯, 녹아내리는 듯했다.

"아 맞아." 입술이 기운 없이 펄럭대는 느낌이었다.

"좋아. 그리고 팔케이 대령, 그 사람 얘기도 했어?"

"팔, 팔케이?" 비비언은 더듬거렸다. 갈색 남자가 화난 듯한 소리를 냈다.

"플로어 술집에서 같이 있었던 우주군 말이야, 비비언, 잔뜩 취했던 사람. 친구한테 그 사람 얘기를 했어?"

비비언은 난틀리의 말뜻을 분명하게 알아듣지는 못했지만, '친구한테 얘기했어?'라는 말에 그렇다는 의미로 고개를 끄덕였다. 콕스가 으르렁거렸다.

"그리고 여기서 콕스를 봤다는 얘기는?"

비비언은 갑자기 계단을 헛짚은 것처럼 배 속이 쑥 꺼지는 느낌을 받았다. 갈색 남자, 그가 설마? 매우 기묘한 일이었다. 두려웠다. 그는 고개를 돌려 하얀 테를 두른 눈과 시선을 마주쳤다.

"콕스?"

"콕스가 아니야!" 갈색 남자가 흉포하게 말했다. "캔콕슬란. 캔콕슬란! 네가 누구인지 생각해, 틀라아라의 아들, 아틀리스코의 비비언."

"어머니는 반역자들에게 성폭행당한 후 도살됐어." 자기 목소리가 기이하도록 밋밋하게 들렸다. 그 말은 오직 고통만을 의미했다. "놈들은 아버지와 내 가족 전부를 산 채로 불태웠어. 때까치들이 시체를 파먹었지. 내 조랑말도." 비비언이 흐느끼기 시작했다. "도살자들. 배신자들. 당신들은 날 해치고 있어, 아파―"

갈색 얼굴이 갑자기 조용해져서는 비비언을 지켜보았다. 그러더니 무거운 어조로 말했다. "그래. 왕자들은 살해되지. 훌륭하고 친절한 왕자들조차…… 나는 그들을 이해시키지 못했어, 비비언. 마지막에는 제때 당도하지도 못했지."

"우리는 너무 행복했어." 비비언이 눈물을 흘렸다. "우리는 평화롭고 아름다웠어."

"넌 다섯 살이었어." 콕스가 말했다. "우리가 아틀리스코 사람들에게 어떻게 했는지 아무도 얘기해주지 않았어? 진짜 아틀리스코 사람들에게 말이야. 테라인 왕자들에게는 두 세기에 걸친 행복이었던 것이 진짜 아틀리스코 사람들에겐 두 세기에 걸친 노예 생활이었지. 대가를 치른 거야, 비비언."

물개인 하나가 짖는 듯이 외치며 달려왔다. 콕스가 돌아보았다.

"아, 세상에, 놈들이 선수를 쳤어." 난틀리가 외쳤다. "콕스―"

콕스가 돌아서서 비비언의 머리를 단단히 움켜잡았다. "놈들은 너한테 처음부터 끝까지 거짓말을 했어, 알아듣겠어? 우리가 나빴어. 우리가 도살자들이었어. 우리, 제국이 말이야. 우리는 지금 제국과 싸우고 있어, 비비언. 넌 우리와 함께해야 해. 그래야 해. 아틀리스코의 왕자, 넌 그럴 의무가 있어. 우리는 널 지금 그 자리에서, 놈들의 첩보망 안에서 이용할 수 있―"

큰 물개인 하나가 다가와 콕스의 어깨를 움켜잡았다. 난틀리가 무슨 말을 하는 소리가 들리더니 갑자기 하얀 눈이 자리를 떴다. 모두가 사라졌다. 다른 물개인들과 테라인들도 어디론가 달려갔다. 아무도 비비언을 신경 쓰지 않았다.

비비언은 누운 채 어지럽고 욱신거리는 머리로 조금 전의 상황이 괜찮은 건지 미심쩍게 생각했다. 친구와 있을 때처럼 입이 저절로 움직이는 듯했다. 괜찮을까? 일어설 힘이 생기는 대로 여기서 나가야 했다.

그는 잠시 졸았다. 깨보니 사방에서 아까보다 많은 물개인이 불에 탄 살덩이와 피 냄새를 풍기며 신음하고 고함치고 있었다. 누군가가 와서 부딪혔다. 잠수복을 입은 테라인이었는데, 피가 배어나고 있었다. 그 남자가 고꾸라지면서 소리쳤다. "어이, 의사, 이 음침

한 자식아, 우리가 망할 송신기를 입수했지! 빌어먹을 변태 새끼, 의사! 아틀리스코 우주선들이 오고 있어. 그것참, 놀랄 일이야, 겁나지, 자식아?"

"와서 행성을 싹 태워버리겠지." 의사가 남자에게 말했다. "깨끗하게 튀겨지게 그거나 벗어."

의사가 남자를 끌고 갔다. 비비언은 그때 통로에 아무도 없는 것을 보았다. 그는 곧바로 밖으로 나와 왔던 길로 달려갔다.

몸 상태가 좀 안 좋은 듯했지만, 그의 기억력은 완벽했다. 그저 눈과 귀로 계속 경계하면서 다리가 움직이는 대로 맡겨두기만 하면 됐다. 물개인들이 부상자들을 데리고 지나가는 바람에 두 번이나 옆 터널로 몸을 숨기고서야 그는 터널들이 만나는 곳, 물개인들이 미로를 믿고 눈가리개를 풀어주었던 곳에 닿았다.

비비언은 그냥 눈을 감고 몸이 왔던 길로 인도하도록 내맡겼다. 돌고, 왼쪽에 난 바닥이 거친 길, 머리를 숙이고, 오른쪽에 차가운 공기가 불어오는 길, 타고난 머릿속 장치가 저장해둔 기록을 완벽하게 풀어내었다. 이번에는 한 번만 몸을 숨겨도 되었다. 그쪽 통로는 잘 안 쓰는 듯했다.

이윽고 비비언은 내부 웅덩이를 거쳐 마지막으로 바다 밑을 지나는 어두운 터널로 들어갔다. 그 길은 지나기에 훨씬 수월했고, 암초 아래에서 소용돌이치는 물소리가 들렸다. 그는 몸을 구부정하게 굽힌 채 평화라곤 없는 이곳에서 얼른 벗어나 깨끗한 곳으로 가고 싶다는 간절한 마음으로 어둠 속을 달렸다. 이 얘기를 전부 친구에게 하고 나면, 분명 그들은 당장 나를 다른 곳으로 데려가겠지?

비비언은 동굴에 도착했다. 이번에는 등불이 없었다. 그건 중요하지 않았다. 그는 어디에서 잠수해야 하는지, 어떻게 암초 밑에서 수면으로 올라갈 수 있는지 정확하게 알았다. 그는 하나도 빠짐없이 모두 기억해야겠다고 생각하면서 힘차게 검은 물속으로 뛰어들었다.

이 길은 지하 동굴들로 이어지는 비밀 길이 틀림없으니, 친구에게 알려주면 멋진 깜짝 선물이 되리라.

잠시 후 그는 수면으로 나와 수평선과 별들을 알아보았다. 해변에는 여기저기 모닥불이 지펴진 듯했다. 그는 이제 황홀한 기분으로 열심히 헤엄치기 시작했다. 이건 최고의 이야깃거리가 될 것이다. 캔콕슬란이라는 이름이 뭔가 마음에 불편하게 걸리지만 않는다면…… 하지만 그런 건 잊을 것이다, 그럴 거라는 확신이 들었다. 저 멀리 작은 만 옆에 있는 친구 집의 불빛이 보이자 평화가 밀려왔다.

"그가 사라진 걸 아무도 몰랐지요." 여자가 기자에게 말했다. "테라인 거주 구역을 놓고 전투가 시작돼서, 캔콕슬란은 거기 있었어요. 그사이 테라인들이 암초 터널로 습격해오는 바람에, 우리는 병원과 무기고 사이의 구간을 날려서 가까스로 막았어요. 놈들이 부상자들을 데려갔지요, 당연히 보즈 의사도요. 그리고 난틀리도.

하지만 그건 아무 효과가 없었어요." 흉터가 난 여자의 얼굴은 무표정했다. "콕스가 난틀리를 구하려고 항복하지는 않았으니까, 난틀리도 그걸 원하지는 않았을 거예요. 그 습격에 저쪽의 핵심 소대 하나가 투입됐지요."

둘은 키 큰 비비언의 형체가 물속을 힐끔거리며 테라스를 따라 이리저리 무심히 돌아다니는 것을 지켜보았다. 머리카락이 놀라울 정도로 새까매도 뒤에서 보니 등이 구부정해서 나이가 들어 보였다.

"우주군은 우리 편이었어요, 그거 아셨어요?" 여자가 갑자기 활기를 띠었다. "아, 맞아요, 장교들까지요. 아틀리스코에서 온 순양함이 나타나자 다들 들어왔죠." 여자가 얼굴을 찡그렸다. "우리가 우주 사령부의 전투 세뇌 신호를 가로챘죠. 온갖 인용문들, 무감동하게 만드는 세뇌들요…… 제국은 늙고 우둔해졌어요. 홀에서의 반란을 겪고도 깨우치지 못했죠. 우리는 다음에 홀을 장악할 거예요."

그러고는 여자가 갑자기 말을 중단했다. 비비언이 재빨리 주위를 둘러보고는 벽 쪽으로 돌아서는 것이 보였다.

"나중에 방황하고 있는 저 사람을 우리가 발견했어요." 여자가 조용히 말을 이었다. "어쨌든, 콕스의 형제니까요…… 저 사람은 자기가 무슨 짓을 해왔는지 이해하지 못했죠. 지금 우리는 놈들이 조성했던 환경 탓도 있지만, 저 사람이 근본적으로 발달장애였다고 생각해요. 어떤 처방도 효과가 없었어요. 서번트증후군* 얘기 들어보셨어요? 저 사람은 아주 상냥한 데다, 저 웃음 좀 보세요, 아무도 알아차리지 못하죠."

기자는 처음 만난 저 다정한 낯선 사람에게 자신이 보였던 본능적 반응을 떠올리고는 몸서리를 쳤다. 아주 절묘한 제국의 도구. 치명적인 아이.

비비언은 특이한 조각이 새겨진 어느 벽감 앞에 서 있었다. 기자는 조각을 보고 얼굴을 찌푸렸다. 테라의 독수리가, 이곳에? 그 아이어른이 조각에 대고 뭔가를 속삭이고 있는 듯했다.

"저 사람이 직접 새긴 거예요. 콕스는 그냥 놔뒀지요. 지금에 와서 저게 무슨 큰 문제겠어요?" 여자가 을씨년스러운 얼굴을 숙였다. "들어보세요."

기묘한 벽 구조로 인해 비비언이 속삭이는 말이 완벽하게 들렸다.

"……그는 〈아웃플래닛 뉴스〉의 켈러라고 했어. 이름은 말하지 않았어. 반역자 캔콕슬란 왕자를 인터뷰하러 알데바란 지구에서 코마로프호를 타고 왔대. 키는 180센티미터쯤 되고 보통 체격에 머리카락과 눈은 회색이야. 오른쪽 귓불에 흉터가 하나 있고, 그의 시간 기록기는 행성시時보다 사십오 단위가 빨라……"

▪ 자폐증이나 지적장애를 앓는 이가 드물게 특정 분야에서 천재적 재능을 보이는 현상을 뜻한다.

엄마가 왔다

Mama Come Home

아빠가 집에 온 날은 내게 엄마mama가 집에 온 날이다. 그게 내가 지구의 첫 외계인 접촉 사건을 보는 방식이다. 그 일로 인간이란 무엇인가에 관한 우리 개념이 약간 바뀌었을지는 모르겠지만, 한 가지는 변하지 않았다. 제아무리 중요한 역사적 사건이라도 각자의 삶에서 벌어지는 진짜 드라마에서는 배경에 불과하다는 사실 말이다. 그렇지 않은가? 당신 딸이 결혼한 그 주에 미중소 조약이 체결되지 않았나?

어쨌든, 그들은 거기, 달에 정박해 있었다. 널리 알려지지는 않았지만, 작년에 명왕성 주위를 도는 한 이동체를 두고 소동이 일었었다. CIA가 우주 공간을 직무기술서 내 외국 영토의 범주에 포함시키기로 결정한 것도 그때였다. 어떤 형태로든 은하와 접촉하는 일이 생겼을 때 적어도 합참본부가 유일한 책임자가 되지는 않도록 말이다. 그래서 우리 구멍가게도 전자장치들로 전달되는 그 흥분을 일부 공유할 수 있었다. 러시아가 도왔는데, 무거운 것을 쏘아올리는 데는 그들이 알아주는 선수지만, 통신 부문에서는 여전히 우리가 선두를 지키고 있는 데다, 더 열심히 노력하기 때문이었다. 영국과 오스트레일리아도 애는 쓰지만, 우리가 그들의 최고 전문가들을 쏙쏙 뽑아 들이고 있었다.

그 첫 신호는 아무 일 없이 사라졌다. 그러다 어느 화창한 4월 저녁, 우리의 모든 통신수단이 먹통이 되더니, 달의 알프스*에 앉은 거대한 외계 선체와 함께 만월이 떠올랐다. 우주선은 사흘 동안 정박해 있었다. 살 수만 있으면 6배율 망원렌즈로 누구나 푸르스름하게 빛나는 선체를 볼 수 있었다. 그리고 다들 기억하겠지만, 그때 우리에겐 유인有人 달기지가 없었다. 전격적으로 평화가 찾아온 뒤로는 누구도 달의 진공과 월석에 돈을 쓰고 싶어하지 않았으니까. 당시 우리 우주 프로그램이 돌아가던 모양새로 보자면, 석 달을 줘도 그 선체에 종이 클립 하나 맞히지 못할 수준이었다.

상황이 발생한 다음 날, 탕비실에 있는 틸리를 발견했다.

그러려면 문 두 개와 내 개인 비서인 피바디 부인을 투시해야 했지만, 나는 그런 일에 아주 능해져 있었다. 나는 태연하게 어슬렁거리며 나가서 말했다.

* 지구에서 보이는 달 표면의 북동쪽에 위치한 산맥.

"조지는 어쩌고 있어?"

틸리가 늘어진 머리카락 사이로 한쪽 눈살을 찌푸려 보이고는 마시던 물을 마저 마신 다음 자신이 웃지 않았음을 확실히 하기 위해 다시 눈살을 찌푸렸다.

"자정이 지나서 돌아왔어. 땅콩버터 샌드위치를 여섯 개나 먹었지. 상황을 파악 중인 거 같아."

틸리라면 그 후줄근한 시어서커 정장을 걸친 앙상한 늙다리 해골 아니냐고 할 사람들이 있을 것이다. 확실히 말라빠졌고, 젊지도 않다. 하지만 한 번만 제대로 보면, 옆에 다른 사람이 있는지조차 알아차리지 못하게 되는 수가 있다. 삼 년쯤 전에 내가 겪은 일이다.

"점심시간에 봐. 보여줄 게 있어."

틸리가 시무룩하게 고개를 끄덕이고는 설렁설렁 걸어갔다. 나는 틸리의 황갈색 다리에 난 하얀 칼자국이 우아하게 물결치는 것을 지켜보다가, 나를 보고 웃는 피바디 부인의 미소를 그 뾰족한 브라 속으로 밀어넣고 싶은 충동을 간신히 누르고 내 방으로 돌아왔다.

우리 사무실은 설명하기가 좀 어렵다. 버지니아주 랭글리에 있는 그 큰 건물에 CIA가 있다는 건 누구나 알지만, 사실은 그걸 지을 당시에도 그레이트데인에게 비글 집을 지어주는 꼴이었다. 용케 그레이트데인의 몸통은 들어갔지만, 우리는 뒤에 남겨진 네 발과 꼬리들 중 하나였다. 전적인 지원 부서라, 제임스 본드라면 코웃음을 쳤을 것이다. 우리는 어쩌다 보니 주요 육상 케이블들이 지나고 해군천문대 장비들과 가까운, 워싱턴 DC의 어느 세련된 구역에서 소규모 광고회사 행세를 하게 되었다. 실제로 우리 여직원들이 다른 정부 기관들의 광고 업무를 대행하기도 해서, 1층에는 삼림청 곰돌이와 환경청 애벌레 캐릭터에 관련된 것들이 사방에 가득했다. 우리는 진짜로 대단한 비밀 조직 같은 것이 아니다. 베레타 권총이나 청산염 앰풀이 있지도 않고, 누구라도 친외가 할머니 두 분의 정면 및 측면 엑스레이사진을 제시하기만 하면 언제라도 우리가 있는 지하 2층에 들어올 수 있다.

거기 무엇이 있냐고? 아, 언어학자 몇 명과 나 같은 옛 냉전의 찌꺼기들, 국가안보국이 커피를 쏟아버린 컴퓨터 한 대, 그리고 조지. 조지는 우리의 자그마한 천재였다. 다들 그가 외몽골에서 야크들을 위한 도색영화 만드는 일로 경력을 시작했다고 믿고 있다. 땅콩버터는 그의 주식이고, 틸리가 그의 밑에서 일한다.

그래서 외계인들이 우리에게 송신을 시작했을 때, 랭글리 본사에서 해독 지원을 요청한 인물들 중에 조지가 끼어 있었다. 그리고 사소하고 간접적인 방식이긴 하지만, 나도. 본사는 부가적인 의견을 듣고 싶을 때 내게 흥미로운 사진들을 보여준다. 엄혹했던 옛 시절에 증거 위조 전문가로 활동했던 내 전력 때문이다. 위조라니, 나는 그 단어를 싫어한다. 내가 만든 것들은 여전히 역사학자들의 사료로 쓰이고 있다.

점심시간이 되자 나는 틸리를 찾아 우리 구역의 구명줄인 라파네 가게로 갔다. 우리 지점 사람들이 연방조달청의 끓인 골판지를 먹지 않고 라파네 가게에 가는 것을 랭글리 빅브라더가 안 뒤로, 가게에 있던 나이 든 출납원은 뭘 넣었는지 솔기가 뻣뻣한, 그리고 아, 양쪽 눈알에 카메라를 단 아가씨로 교체되었다. 그래도 여전히 음식은 좋았다.

틸리는 기다란 입술에 꿈꾸는 듯한 물범 미소를 띠고 느긋하게 기대앉아 있었다. 내가 오는 소리를 듣자 그 표정이 싹 지워졌다. 느긋함은 가짜였다. 손이 잘게 부러뜨린 성냥들을 뒤적거리고 있었다.

틸리가 다시 미소를 지었다. 50센트에 오른팔을 팔라는 제안이라도 받은 듯한 미소였다. 하지만 괜찮다. 나는 틸리를 안다. 오늘은 틸리의 기분이 좋은 날이었다. 우리는 사이좋게 송아지고기와 파스타를 주문했다.

"이거 한번 봐봐. 마침내 그들의 전송대역에 동기화해서 몇 장 건졌어."

사진은 한쪽이 흐릿한 것만 빼면 꽤 선명했다. 틸리가 눈을 부릅떴다.

"이건, 이건 ─"

"맞아, 아름다워. 이 여자는 아름다워. 그리고 자기랑 너무 똑같이 생겼지."

"하지만, 맥스! 확실해?" 틸리가 내 이름을 부르는 건 좋은 신호였다.

"완전히. 여자가 움직이는 걸 봤어. 이거야, 이게 바로 그 '외계인'이야. 전 세계 대규모 영화 저장소에서 빠짐없이 확인도 받았어. 이건 절대 뭔가의 재전송이 아니야. 여자의 헬멧과 배경 패널에 적힌 문자를 봐. 듣도 보도 못한 거야. 전송의 출처에도 의심의 여지가 없어. 저 위의 우주선에는 인간형 인간들이 가득해. 적어도, 여자들이…… 조지는 뭘 좀 알아냈어?"

"회람용 사본이 나올 거야." 틸리가 사진을 뚫어지게 쳐다보면서 멍하니 말했다. "조지가 이백 단어 정도를 해독했어. 좀 이상해. 그들은 착륙하고 싶어해. 그리고 뭔가 **어머니**와 관련이 있어. **어머니**가 돌아왔다, 또는 집에 왔다 같은. 조지 말로는 '**어머니**'로밖에 해석이 안 된대."

"이런 외계인이 **어머니**라면, 어머나네. 여기, 네 파스타 나왔어."

상당한 국제적 논쟁 끝에 그들은 일주일 뒤 지구에 착륙했다. 다들 아시는 바와 같이, 멕시코시티에. 작은 수직이착륙선으로. 조지가, 글자 그대로 '줄'을 대준 덕분에, 우리는 전 세계에서 몰려든 고위 인사들과 400만 명의 진짜 사람들 너머 그 장면을 폐쇄회로 텔레비전으로 보았다.

전 세계가 숨죽인 가운데 에어로크가 열리고, **어머니**가 나왔다. 하나, 또 하나, 그리고 또 하나. 마지막 한 명이 나오면서 손목에 찬 무언가를 만지작거리자 에어로크가 닫혔다. 나중에 알고 보니 그 여자가 조종사였다.

그들이, 스페이스 오페라에 나올 법한 제복을 입은 장려한 인간형 젊은 여성 셋이 트랩에 서 있었다. 헬멧을 뒤로 젖히고 긴 입술에 물범 미소를 띠고서. 대장은 나이가 더 많고 계급 표장에 달린 반짝이도 더 많았다. 그 여자가 늘어진 머리카락을 뒤로 넘기고 두 번 숨을 들이쉬고는 콧등에 주름을 잡은 채 유엔 총장을 만나기 위해 천천히 트랩을 내려왔다.

그때, 우리는 알았다. 그해의 유엔 총장은 키가 195센티미터쯤 되는 에티오피아인이었다. 그의 정수리가 여자가 가슴에 비스듬하게 두른 띠의 쬠쇠에 닿았다.

나는 그때 숨죽이고 있던 전 세계가 동요했으리라 짐작한다. 조지의 영상실에서는 확실히 그랬다.

"저 선장 키는 대략 250센티미터야." 내가 말했다.

"정수리가 일반적이라고 가정했을 때 말이지." 조지가 새된 소리로 말했다. 여지없이 우리가 사랑하는 조지였다.

어둑한 가운데서도 나는 틸리의 얼굴에 떠오른 이상한 표정을 보았다. 몇몇 젊은 여직원들이 애써 자제하는 게 느껴졌고, 피바디 부인은 그 뾰족한 브래지어 안에서 병아리라도 부화하고 있는 듯한 표정이었다. 남자들의 표정은 나와 마찬가지로, 긴장해 있었다. 그 순간에는 저 젊고 아름다운 세 여성을 준다 해도 차라리 녹색 문어를 택하고 말지 싶었다.

선장이 엔칼라두구누 총장에게서 물러서더니 온화한 콘트랄토

음색으로 무슨 말을 했고, 그러고 나니 우리는 어쩐지 좀 긴장이 가라앉았다. 여자는 선해 보였는데, 그레타 가르보*와 모셰 다얀**을 섞어놓았다고 생각하면 될 것이다. 다른 두 장교는 누가 봐도 아주 젊었고, 음, 앞서도 말했지만, 체구만 아니라면 틸리의 자매라 해도 믿을 정도였다.

조지도 그걸 알아차렸다. 그의 시선이 틸리와 화면 사이를 오가는 것이 보였다.

조지로서는 팔짝 뛸 일이지만, 모든 말이 우리 쪽에서 나왔다. 세 명의 방문자는 간간이 짤막하고 선율적인 응답만 하면서 잘 버티고 있었다. 그들은 대단히 느긋해 보였고, 동시에 약간은 당혹스러워하는 것 같았다. 두 젊은 하급 장교는 유심히 군중을 살폈는데, 나는 하나가 다른 하나를 슬쩍 찌르는 것을 두 번 목격했다.

자비롭게도 소련-미국-인도 간 파워게임 덕에 일장 연설이 중단되고, 외계인 일행은 멕시코 영빈궁, 아니 영빈궁 수영장으로 안내되어, 침대를 붙이고 의자를 소파로 대체하는 동안 예정에 없던 휴식 시간을 가지게 되었다. 우리도 흩어졌다. 조지는 몇 마디 안 되는 외계인의 말이 담긴 테이프를 들고 틀어박혔고, 나는 영빈궁 가구들을 옮기는 법석 와중에 파손된 우리 쪽 관찰 장비들에 관련해

---

* 스웨덴 출신의 미국 배우로 우아하고 우수에 젖은 듯한 미모로 이름 높았다.
** 이스라엘 독립운동의 상징과 같은 전설적 군인이다.

빗발치는 전화 응대를 받기 시작했다.

이틀 뒤 외계인 일행은 수영장을 욕실로 쓰도록 내놓은 포포힐튼으로 숙소를 옮겼다. 지구상의 모든 나라가, 심지어 바티칸시국까지 방문사절단을 보냈다. 조지는 고전하고 있었다. 그는 리모컨에 매달려 **어머니**어 전문가가 되겠다고 마음먹었다. 내가 멕시코 멕시칼리 지국에 영향력이 좀 있었던 덕분에 우리는 한동안 멕시코 쪽 일을 상당히 잘해나갔다. 그러다 스무 개쯤 되는 다른 팀이 가동에 들어가면서 장비들에 되먹임 현상이 발생해 모두가 곤경에 빠져버렸지만.

아침 회의에서 조지가 말했다. "맥스, 웃기는 건 말이야, 그들이 계속해서, 나로서는 이렇게밖에 해석이 안 되는데, '여자들은 어디에 있어?'라고 묻는다는 거야."

"뭐야, 여자 관료 같은 거? 지위가 높은 여자들 말이야?"

"더 간단한 거 같아. 아마도 자기들처럼 큰 여자를 말하는 거겠지. 하지만 내가 보기엔 다 자란 여자, 성인 여자라는 함의가 있는 것 같아. 그들끼리 나누는 대화가 더 필요해, 맥스."

"우리도 노력하고 있어, 진짜야. 그들이 미친 사람들처럼 웃으면서 계속 변기란 변기는 죄 물을 내리고 있어. 우리 배관 설비가 웃긴 건지, 아니면 우리가 기웃대는 게 웃긴 건지 모르겠어. 화요일 얘기는 들었어?"

지난 화요일에 내 간담은 다시 서늘해졌다. 포포힐튼 반경 1킬로미터 이내의 모든 기록 장비가 사십 분 동안 먹통이 되었는데, 다른 것은 아무 이상이 없었다.

다른 부서의 간담도 서늘해지고 있었다. 연구개발부의 해리가 전화를 걸어 외계인 조종사가 우주선의 문을 닫을 때 썼던 장식 달린 팔찌를 좀 더 살펴봐줄 수 있느냐고 물었다.

"우린 그 빌어먹을 배에 감마 입자 하나도 들여보내지 못하고 있어." 그가 말했다. "그걸 만져본다? 유리처럼 매끄러워. 옮기거나 토치로 지져본다? 소용없어. 그냥 그 자리에서 꿈쩍도 안 해. 우린 그 조정 장치가 필요해, 맥스."

"해리, 그 여자는 목욕할 때도 그 팔찌를 차고 있어. 발신하는 전파 같은 것도 없어."

"내가 뭘 해야 할지 알겠네." 그가 툴툴거렸다. "저 웃대가리들은 환각에 빠져 있어."

과연 그건 환각이었다. 세계는 대체로 그들을 사랑했다. 그들은 이제 끊임없이 오락과 관광과 기술 체험을 권유받으며 세계를 유람하고 있었다. 커다란 아가씨들은 그 모든 걸 삼켰다. 비유적으로나 실제적으로나. 특히 아침부터 커다란 둥근 잔에 따른 스칸디나비아산 증류주를 꿀꺽꿀꺽 마셔가며, 그들은 빠짐없이 들르는 원자력 시설과 우주 관련 시설을 포함하여 유서 깊은 스키 리조트인 선 밸리에서부터 세계 최대의 산호초 지대인 오스트레일리아 대보초에 이르기까지, 가는 곳마다 열렬한 칭찬을 아끼지 않았다. 가르보-

다얀 선장은 코트다쥐르에서 실로 느긋해졌고, 두 젊은 장교의 얼굴에서도 더는 당황하는 표정을 찾아볼 수 없었다. 사실, 그들은 그처럼 선한 미소를 짓지 않으면 심술궂어 보일 만한 짓을 상당히 많이 하고 있었다.

"빌어먹을, 뭐라고?" 나는 조지에게 물었다.

"그들은 우리가 귀엽다고 생각해." 조지가 즐겁다는 듯이 말했다. 조지가 작고 왜소한 남자라는 말을 했던가? 틸리가 그와 함께 일하는 것도 그래서였다. 그는 우리 큰 남자들이 눈을 가늘게 뜨고 세칭 '카펠라 아가씨들'을 올려다보는 것을 볼 때마다 너무 좋아했다.

그들은 기특하게도 이런저런 지구 언어의 파편을 엮어 자신들이 마차부자리 알파성인 카펠라 부근의 행성계에서 왔다고 설명했다. 그 낮은 목소리는 정말로 매혹적이었다. 왜 왔는가? 음, 우리는 사실 카펠라로 광석을 실어 나르는 비정기 화물선 승무원들로, 오래된 항해도에 기록된 이 행성계에 관한 정보를 확인하려고 잠시 들렀다. 고향 행성은 어떻게 생겼나? 오, 이 행성과 상당히 비슷하다. 상업과 무역이 발달했다. 전쟁은? 수백 년간 없었다. 충격적이군!

물론 전 세계가 가장 알고 싶어한 것은 '남자들은 어디에 있는가? 남자가 없는가?'였다.

이 질문을 듣고 그들은 명랑하게 웃었다. 당연히 우주선을 돌볼 남자들이 있다. 그들이 달에서 보낸 영상을 보여주었다. 정말로 남자들이, 근육질 몸매에 잘생긴 흑인 남자들이 있었다. 대부분의 전송을 담당하는 남자는 내가 상상했던 레이뷔르 에이릭손[*]처럼 생겼다. 어쨌든, 가르보-다얀 선장, 또는 알려준 이름대로 하자면 람프카 선장이 책임자라는 사실에는 의문의 여지가 없었다. 음, 우리에게도 소련의 여자 화물선 선장들이 있긴 하지.

정확하게 알 수 없었던 한 가지는 카펠라 남자들의 상대적 키였다. 전송 영상들은 배경이 달랐다. 개인적인 의견으로, 유사한 배경에 등장하는 몇 가지 물건의 추정치를 이리저리 굴려보면, 적어도 카펠라 남자들의 일부는 건장하기는 해도 평균적인 지구인 키였다.

그들은 우주 항법에 관한 실로 뜨거운 질문들에는 우아한 웃음으로 답을 회피했다. 우주선은 어떻게 작동하는가? 미안하지만, 우리는 기술자가 아니다. 그런데 그때 그들이 돌발적인 제안을 했다. 와서 직접 보지 그래? 달에 사람을 보내 직접 우주선을 둘러보면 어때?

그래도 돼? 그래도 돼? 얼마나 많이? 아, 오십 명쯤, 남자 오십 명을 부탁해. 그리고 틸리도.

틸리가 그들의 총애를 받게 됐다는 얘기를 깜빡했다. 조지가 꼭 필요한 대화 표본을 녹화하기 위해 틸리를 선밸리로 보낸 적이 있었다. 수영장에서 그들을 처음 만난 틸리는 체구만 절반 크기일 뿐, 깜짝 놀랄 만큼 카펠라인 판박이였다. 대성공이었다. 그들은 그 상

---

[*] 노르웨이 탐험가로 콜럼버스보다 약 오백 년 앞서 북미 대륙에 처음으로 발을 디딘 유럽인으로 여겨진다.

황을 정말로 좋아했다. 웃다가 거의 숨이 넘어갈 뻔했다. 틸리가 우수한 언어학자라는 것을 안 그들은 틸리를 받아들였다. 조지는 누구도 가지지 못한 카펠라어 수다의 홍수를 만나 무아지경에 빠졌고, 틸리 역시도 그 상황을 즐기는 것 같았다. 최근 들어 틸리는 달라졌다. 눈은 빛났고, 일종의 긴장한, 고양된 미소를 띠었다. 이유를 아는 나는 신경이 쓰였지만, 내가 할 수 있는 일은 아무것도 없었다.

하루는 틸리의 보고 회선에 끼어들었다.

"틸리. 이건 위험해. 넌 그들을 몰라."

3200킬로미터 떨어진 곳에서 안전하게, 틸리가 나를 노골적으로 빤히 쳐다보았다.

"그들이 위험하다고?"

나는 움찔하고는 단념하고 말았다.

틸리는 열다섯 살 때 길거리 폭력배들에게 걸려 철저하게 유린당했다. 칼에 맞서다가 죽을 지경이 되어 내버려졌다. 오래된 이야기다. 사람들이 거의 새것이나 다름없게 고쳐줬지만, 황갈색 피부에 남은 흥미롭게 생긴 가늘고 하얀 선 몇 개와 턱에 수염 나는 사람만 보면 두꺼운 얼음벽을 치는 습성은 어쩌지 못했다. 웬만해서는 드러나지 않았다. 틸리는 훌륭하고 성실하게 자신은 감추었고, 늘 구식 정장을 입었으며, 매력 없이 굴었다. 하지만 내면에서는 끝없는 게릴라전이 벌어지고 있었다.

흔히 그러듯이, 정보기관이 이미 만들어진 무기인 틸리를 발견했다. 틸리는 건드리지만 않으면 전적으로 충직했다. 그리고 일에 관해서라면 어떤 옷이라도 입고 벗었다. 나는 다들 보고도 믿지 못할, 임무 수행 중인 스무 살의 틸리 사진을 본 적이 있다. 굉장했다. 미묘하게 병적인 맛이 가미된 것까지.

틸리가 일에 관해서는 다른 사람들이 건드리는 것을, 내 말은 신체적으로, 허용했으리라 생각한다. 물어보지는 않았다. 그 뒤로 그 사람들이 어떻게 되었는지, 또는 기밀로 취급되는 그 훈장은 무슨 연유인지도 물어보지 않았다. 틸리를 담당하던 정보국 요원관리 팀장이 죽은 걸 알았을 때는 약간 신경이 쓰였지만, 괜찮았다. 그는 수년째 당뇨를 앓고 있었으니까.

하지만 친구가 건드리는 걸, 진짜로 건드리는 걸 허용하는 문제에 관해서라면, 나는 한 번 시험해본 적이 있다.

조지의 필름 보관실에서였다. 우리는 오십 시간에 이르는 작업을 마치고 기진맥진해 있었다. 틸리가 미소를 지으며 등받이에 몸을 기대면서 실제로 내 팔을 건드렸다. 내 팔은 자동으로 틸리를 감싸 안았고, 나는 틸리의 입술을 향해 몸을 굽히기 시작했다. 그리고 마지막 순간에 틸리의 눈을 보았다.

삼림청 곰돌이와 환경청 애벌레에게로 방목되기 전에, 나는 꽤 돌아다니며 일을 했는데, 머릿속에서 지워지지 않는 기념품이 하나 있다. 어떤 남자의 눈에 떠오른 표정이다. 그는 유일한 출구를 내가 막고 있다는 사실을 막 깨달은 참이었다. 그는 잠시 멈칫하더니 그대로 나에게 돌진했다. 나는 그 표정을, 몇 분간의 투닥거림 뒤면 시체가 될 나를 보던 그 반들거리는 비인간적인 표정을 틸리의 눈에서 보았다. 나는 서서히 팔을 풀고 물러났다. 틸리가 다시 숨을 쉬기 시작했다.

나는 틸리를 신경 쓰지 말자고 다짐했다. 오래된 이야기다. 아서 쾨슬러*도 그런 말을 했고, 그의 상대는 더 어렸다. 문제는 내가 그 여자를 좋아한다는 건데, 그 후줄근한 정장들에 가린 틸리가 사실은 아름답다는 점이 전혀 도움이 되지 않았다. 우리는 제법 가까워져서 두 번 정도, 아주 잠깐이긴 했지만, 뭐라도 어떻게 좀 해볼 방안이 없는지 논의하기도 했다. 틸리의 견해는, 당연히 없음이었다. 적어도 틸리는 친구로 지내자는 따위의 제안을 하지 않을 분별력 정도는 있는 사람이었다. 그냥 없음이었다.

두 번째로 그런 논의를 한 뒤, 나는 비뚤어지기로 작정하고 링컨기념관 앞 연못에서 만난 인어아가씨 둘을 따라갔다. 그런데 그 아파트 방문에 수상한 도기 손잡이들이 달린 것이 아닌가. 때마침 경찰이 현장을 급습했다. 상황이 수습된 다음에 돌아가보니, 피바디 부인이 내 이름으로 병가를 신청해놓은 상태였다.

"미안해, 맥스." 틸리가 마음에도 없는 말을 했다.

* 헝가리 출신의 영국 작가로 소설 『한낮의 어둠』 등으로 알려진 인물. 세 번 결혼했는데, 세 번째 아내가 스물두 살이 어렸다.

"별말씀을." 나는 말했다.

그것이 틸리가 그 외계인 거인들과 놀러 가버렸을 때의 상황이었다.

틸리가 그들과 함께 있는 덕분에 우리 구멍가게는 '이달의 미스 정부 기관'이 되었다. 마지못해 찔끔찔끔 들어오던 부수적인 데이터가 홍수처럼 밀려들었다. 예를 들자면, 우리는 그제야 경찰 쪽에서 도는 소문들을 알게 되었다.

그 큰 아가씨들은 운동을 하고 싶어하는 듯했다. 어느 도시를 가든 제일 먼저 찾는 것이 공원이었다. 그들이 시속 12킬로미터로 걷기 때문에 도보 경호는 실효성이 없었다. 유엔은 경찰차 두 대로 그들의 경로에서 가장 가까운 도로를 앞뒤로 막아 보호하는 방안으로 타협했다. 카펠라인들은 그게 재미있었는지, 경찰 무전이 수시로 먹통이 되곤 했다. 가장 큰 위협은 누군가가 그들을 저격하는 경우였는데, 그에 대해서는 사실상 할 수 있는 일이 많지 않았다.

그들이 베를린을 거쳐간 뒤에 경찰 특수부대가 티어가르텐˙에서 상태가 좋지 않은 남자 네 명을 발견했는데, 목숨을 건진 한 명이 뭔가 카펠라인들에 관한 얘기를 했다. 경찰은 그의 말을 진지하게 받아들이지 않았다. 넷이 전부 절도와 마약 전과가 있었으니까. 하지만 어쨌든 상부로 보고는 했다. 다음으로 헤이그 인근 솔스데이

˙ 베를린 시내에 위치한 유명 공원으로 210만 제곱미터가 넘는 광대한 면적을 자랑한다.

크 공원에서 어느 외설적인 유형의 인물이 한 이야기가 있었고, 홍콩에서도 그 아가씨들이 보태니컬가든을 거쳐갈 때 뭔가 당황스러운 소란이 있었다. 거기에 더해 멜버른 외곽의 야생보호구역에서는 떠돌이 셋이 죽은 채 발견되었다. 그 시체들을 발견한 이들이 카펠라인들이었다. 그들은 충격을 받았다며 자기네 남자들은 서로 싸우는 일이 없다고 했단다.

또 다른 흥밋거리는 '거대신체 검사작전'이었다. 우리도 멕시코에서 시도해봤지만, 그들이 완전히 벌거벗은 모습은 보지 못했다. 가슴은, 그건 봤다. 표준적인 인간형이었고, 우수 등급이었다. 하지만 배꼽 아래로는 실패했다. 우리는 그제야 이 바닥에 있는 모두가 우리와 마찬가지로 실패했다는 걸 알게 되었다. 상당히 가까이 접근은 했지만 말이다. 나는 그 노력에 감탄했다. 우리 동료 몇몇이 어떤 장치까지 들여보냈는지 알면, 혀를 내두를 것이다. 하지만 어떤 것도 효과가 없었다. 그 아가씨들은 사생활을 중시하는 듯했고, 정기적으로 염탐꾼 청소 같은 것을 실시해서 빈 필름과 빈 테이프만을 남겼다. 한번은 일본 정보국이 정말로 교묘하게 작전에 들어갔는데, 나중에 보니 장비 회로가 녹았을 뿐만 아니라 좌우가 반전된 채 발견된 적도 있었다.

틸리가 침투하자 자세한 해부학적 정보를 알려달라는 울부짖음이 빗발쳤다. 하지만 틸리가 우리에게 준 건, "그들은 임신 여부를 조절할 수 있어"라는 말이 다였다.

그 궁지에 몰린 쥐 소리를 눈치챈 사람이 사무실에서 나 말고 누가 더 있을까? 틸리가 요원 직무기술서에도 없는 일로 압박에 시달린다는 사실을 아는 사람이 나밖에 없다는 말인가?

하지만 '그들은 어떻게 해서 인간이 되었는가'라는 중요한 질문에는 틸리가 도움이 되었다. 그들이 인간이라는 데는 의심의 여지가 없었다. 정밀검사를 하지는 않았지만, 우리에겐 그들과 우리가 같은 종족, 아니 그보다는 같은 DNA라는 걸 알기에 충분한 구색 갖춘 생물학적 표본이 있었다. 그 아가씨들도 하나같이 '우리는 더 오래된 인종'이라고 해석되는 말을 하곤 했다. 그러고는 환한 웃음.

틸리가 우리 세계를 뒤흔들 소식을 알려 왔다. 어느 날 밤에 조종사가 브랜디 잔을 너무 많이 비우고는 틸리에게 옛날에, 아주 먼 옛날에 카펠라인들이 이곳에 온 적이 있다는 이야기를 했다. 그래서 그들이 확인하고자 했던 항해도 기록이 있었던 것이었다. 거기엔 지구가 좋은 행성이라는 내용 말고도 뭔가 흥미로운 것이 있었다. 첫 번째 원정대가 남겨놓은 기록에 말이다. 식민지? 조종사는 방긋 웃으며 입을 닫았다.

이 짤막한 소식이 그야말로 벌집을 쑤신 꼴이 되었다. 우리가 이 사람들의 후손일 가능성이 있을까? 혼란이 과학계를 덮치자 저항의 헛소리들이 시작됐다. 프로콘술 유인원*은 뭔데? 오스트랄로피테쿠스는? 고릴라의 혈액형**은? 이거는? 저거는? 대체 뭐가 뭔데? 헛소리들이 늘어났다. 그나마 몇몇 냉정한 머리들이 크로마뇽인이 어디서 왔는지는 사실 아무도 모르며, 크로마뇽인이 다른 종들과 이종교배를 한 것은 분명하다는 점을 지적했다. 음, 이제는 다 옛날이야기가 됐지만, 참으로 어지러운 시절이었다.

인간의 모습에 충실하게, 나는 이 웅장한 역사의 급변에 내 주의력의 약 2퍼센트 정도를 내주고 있었다. 우선, 나는 바빴다. 우리는 달 방문단에 참가할 대표들이 있는 다른 모든 나라들과 함께 균형 잡힌 지구 과학전문가 방문단을 구성하는 문제를 놓고 고투하고 있었다. 입자물리학, 분자유전학, 순수수학, 환경시스템 전문가부터 음악 분석에다 어류학과 요리를 결합한 칠레 출신 젊은이까지, 방문단은 모든 분야를 망라하는 볼만한 재능 전시회가 되어야 했다. 그리고 그들 모두가 잘생긴, 공인된 이성애자여야 했다. 게다가 그들은, 음, 개인의 관찰 및 보고 능력을 보조하기에 충분한 만큼의 전자 장비들을 장착해야 했다. 다들 장밋빛 꿈에 취해 희룽거리는 와중에도, 누군가는 그 친구들이 돌아오지 못할지도 모른다는 사실을 깨달을 정도의 이성을 유지한 결과였다. 이 주 만에 준비를 끝내기

▪ 1400만~2100만 년 전 마이오세에 존재했던 멸종된 유인원 종. 케냐와 우간다를 비롯한 동부아프리카에서 화석이 발견되고 있다. 긴팔원숭이와 인간을 포함한 유인원의 공통 조상으로 분류된다.

▪▪ 고릴라에게서는 B형 혈액형만 관찰되며, 일부 과학자는 고릴라가 네안데르탈인의 조상이라고 주장한다. 이와 대조적으로 침팬지에게서는 A형이 지배적이며 드물게 O형이 관찰되나 B형은 관찰되지 않는다. 침팬지가 크로마뇽인의 조상이라는 주장이 제기된 바 있다.

에는 벅찬 일이었다.

하지만 여기서도 역사적 사건은 순전히 개인적인 관심사의 배경에 불과했다. 방문단이 출발하기 전 월요일에 틸리와 아가씨들이 워싱턴 DC에 도착했다. 나는 마침내 필름 보관실에서 틸리를 만날 수 있었다.

"살균된 통에 넣어줘야 메시지를 받을 거야?"

틸리는 웬 얼간이가 주사를 놓고 붙여준 반창고를 만지작거렸다. (그 의사는 대체 달에 가는 사람에게 무슨 빌어먹을 종류의 면역이 필요하다고 생각한 걸까?) 곁눈으로 슬쩍 내 눈치를 보았다. 자기가 잘못했다는 걸 알고 있군, 좋아.

"넌 같이 어울려 다니는 그 덩치 큰 친구들이 영광스럽게도 강간당할 위험이 없을 뿐, 너와 똑같다고 생각하지. 네가 달에 갔다가 그냥 눌러앉겠다고 해도 난 별로 놀라지 않을 거야, 그럴 생각이야? 아니, 말하지 마, 난 널 아니까. 하지만 넌 그들을 몰라. 넌 안다고 생각하지, 하지만 몰라. 미국에서 태어나 케냐로 이주한 흑인 만나본 적 있어? 기회가 있으면 한번 얘기해봐. 그리고 네가 생각하지 못한 다른 문제가 있어. 40만 킬로미터에 이르는 완전한 진공. 100만 킬로미터의 거의 반이지. 해병대원들도 거기서는 널 구출해줄 수 없어, 자기."

"그래서?"

"좋아. 이걸 꼭 알려주고 싶어. 그 실리콘 밑에 인간이 있다고 가정하고 말이야. 여기에 미칠 정도로 너를 걱정하는 또 한 명의 인간이 있어. 이건 이해가 돼? 조금이라도?"

틸리는 아무도 없는 평원에서 멀리 차를 타고 지나가는 사람을 분간하려고 애쓰는 것처럼 나를 오래 쳐다보았다. 그러고는 시선을 떨구었다.

그런 뒤에 나는 팀북투, 진짜 아프리카 말리 팀북투에서 정보를 송신하는 문제를 조율하느라 종일 바빴다. 러시아가 육 주 안에 방문단을 나눠서 쏘아올리겠다고 제안했지만, 람프카 선장은 사려 깊은 칭찬을 몇 마디 하고는 거절했다. 그들이 자신들의 화물 운반선을 내려보내주기로 했다. 그런 건 일도 아니라고 했다. 충격파를 흡수할 만한 적당한 사막을 우리가 알려주기만 하면 말이다. 팀북투도 그래서였다. 카펠라인 일행은 거기로 가는 길에 워싱턴 DC에서 이틀을 묵는 중이었다.

그들은 우리 사무실에서 가까운, 록크리크 공원과 연결된 커다란 호텔 단지에 묵었다. 내가 카펠라인들이 공원에서 무슨 짓을 하는지 알아낼 수 있었던 것도 그래서였다.

그들의 뒤를 밟는 건 미친 바보짓이었다. 사실 그냥 공원 입구 주위를 어슬렁거렸을 뿐이었다. 나는 새벽 2시쯤에 달빛을 받으며 벤치에 앉아 포기하라고 스스로를 설득하고 있었다. 눈이 깔깔할 정도로 피곤했다. 그들이 오는 소리를 들었을 때는 이미 너무 늦어 몸을 숨길 수 없었다. 두 젊은 장교였다. 달빛 아래 아름다운 두 아가씨. 빠르게 다가오는, 커다란 두 아가씨. 나는 일어섰다.

"안녕하세요!" 나는 카펠라어를 시도했다.

아주 기쁜 듯한 웃음이 일더니 그들이 다가와 나를 압도하며 내려다보았다.

바보 같다고 느끼면서도 나는 휴대용 시가를 꺼내 권했다. 첫번째 친구가 시가를 받아들고 벤치에 앉았다. 앉은 눈높이가 선 내 눈높이와 같았다.

나는 라이터를 켰다. 여자가 웃음을 터트리고는 시가를 버렸다. 나는 내 시가에 멋지게 불을 붙이지 못하고 허둥거렸다. 남자들 속엔 대체로 이런 본질적 남성성과 관련된 원초적 악몽이 도사리고 있다. 남성성에 대한 모독과 관련된 악몽이. 나는 지금껏 그런 악몽은 그저 일별만 하는 정도로 살아왔는데, 지금 이 상황은 목구멍에다 차가운 손가락을 찔러넣는 것이나 마찬가지였다. 나는 고개를 숙여 작별 인사 비슷한 것을 시도했다. 그들이 까르르 웃으며 마주 인사했다. 오른쪽 뒤로 퇴로가 확보되어 있었다. 나는 뒷걸음질을 쳤다.

통나무 같은 손이 내 어깨에 내려앉았다. 조종사가 몸을 숙이며 부드러운 콘트랄토로 무슨 말을 했다. 통역이 필요 없었다. 나는 오래된 영화를 볼 만큼 봤다. 그건 "가지 마, 예쁜이, 해치지 않을게"였다.

나는 재빨리 튀었다. 하지만 어머니들이 더 빨랐다. 서 있던 여자가 팔을 뻗어 바이스처럼 내 목을 꽉 움켜잡았고, 내가 그런 경우의 표준 대처법인 손가락 꺾기를 시도하자 낮은 종소리 같은 웃음을 터트리며 무심히 내 팔을 꺾어올렸다. 부러질 때까지. 나중에 보니 세 군데였다.

그 뒤에 이어진 얼마간의 시간은 잠시 깜빡했다가 비명을 지르며 깨어날 때를 제외하고는 기억하지 않는 것을 원칙으로 하고 있다. 다음 순간 나는 바닥에 누운 채 정신을 차렸고, 격심한 고통을 통해 카펠라인의 생리에 관련된 몇 가지 유쾌하지 않은 사실들을 발견하고 있었다. (발정으로 광포해진 진공청소기가 덮치는 상상을 해본 적 있는가?) 내가 내는 소음으로 귀청이 터질 지경이었지만, 내가 두 목소리로 소리를 지르고 있거나, 아니면 뭔가 다른 것이 내 머리를 할퀴며 같이 소리를 지르고 있는 것 같았다. 내 안의 어딘가 죽음처럼 고요한 곳에서 나는, 말도 안 되는 일이지만, 이 일을 틸리와 연결 짓고 있었다. 이윽고, 다행히, 모두 사라지고…… 그리고, 어딘가 다른 곳, 구급차의 쏠림과 이런저런 냄새와 주삿바늘의 느낌.

나중에 날이 밝았을 때, 온몸에 붕대를 감고 사지를 도르래에 건 채 병원 침상에 누운 나를 조지가 찾아왔다.

젊은 장교들이 장난감을 완전히 망가뜨리기 전에 빨리 불러들이라고 틸리가 선장에게 소리를 질러댔다고 했다. 그러고는 조지에게 연락을 넣었고, 조지는 기밀 사고사 건을 처리하는 은신처로 사체를 옮기기 위해 특별처리반을 보냈다. (나는 그때도 상당한 기밀로 취급되고 있었다.) 그는 얘기를 하면서도 지구의 과학 대표단이 달로 출발하는 장면을 볼 수 있도록 영상 장비를 설치했다.

도르래들 사이로 방문단이 보였다. 정말 끔찍하게 멋진 집단이었다. 전문 분야별 지구의 최고봉들. 30퍼센트 정도는 기계 장비인데도 대부분은 여전히 인간처럼 보였다. 그들은 다양한 군대의 예장을 입고 있었다. 덴마크 생물학자 한 쌍은 흰색 해군 제복을 입었고, 방사선을 연구한다는 저 킬트 차림의 스코틀랜드 놈들은 눈이부셨다. 개인적으로는 카키색 군복을 입은 고릴라처럼 생긴 이스라엘 녀석이 제일 믿음이 갔다. 레이저 기술 분야의 유력한 노벨상 후보인 그가 수단 하르툼에서 잠시 휴가를 보낼 때 그를 만난 적이 있었다.

악단이 음악을 연주했다. 아프리카의 태양이 황금과 광택제 위에서 불타올랐다. 모두 여자인 카펠라 화물선 승무원들이 트랩을오르는 지구인 남자들 옆에 재빨리 도열했다. 남자들의 머리가 승무원들의 배꼽쯤에 닿았다. 대표단과 함께 달 지형을 파악하고 의회도서관에 만족할 만한 분석 자료를 전송해줄 초소형화된 전자회로들이 우주선으로 들어갔다. 마지막 순간에 파키스탄 과학자가 딸꾹질을 하면서 이를 맞부딪는 바람에 온 화면에 충격파가 전달되었다. 틸리가 남자들 뒤를 따랐고, 선장과 난폭한 부하들이 옆집 아가씨처럼 활짝 웃으며 그 뒤를 따랐다. 그 조종사가 밴드라도 하나 붙이고 있지 않았을까 기대했었다. 무언가를 문 기억이 있기 때문이었다. 그것도 이가 남아 있었을 때 말이지만.

그렇게 그들은 떠났고, 그렇게 그들은 홀랑 벗겨져 다시 인간이 되었다. 우리가 그들을 다시 본 것은 모선母船에서 전송한 영상을 통해서였다. 그들에게는 한 톨의 금속도 남아 있지 않았다. 나중에 들어보니, 가는 도중에 졸았는데, 깨어보니 그 모선이었고, 회복 중인 피부의 상처들을 빼면 갓 태어난 아기처럼 깨끗한 상태였단다. (파키스탄 과학자의 입에는 새 치아가 들어 있었다.) 손님을 맞은 카펠라인들은 그 모든 일이 대단한 농담거리라도 된다는 듯이 행동하며 십 분마다 환영주를 돌렸다. 대단한 술이었음이 분명했다. 내 이스라엘제 희망이 선장의 헬멧을 쓰고 선장의 무릎 위에 앉아 있었다. 누군가가 위성중계 감시 장치를 급조한 덕에 지구인 대부분은 전송 분량의 일부만을 보았다. 지구인들은 그 영상을 사랑했다.

"일 라운드 모르도르* 승." 내 침대에 호빗처럼 버티고 앉은 조지가 말했다. 그도 더는 이 상황을 즐기지 않았다.

나는 뭉개진 후두로 컥컥거리며 말했다. "백인들이 배를 타고 하와이와 타히티에 도착했을 때, 선원들 몫으로 폴리네시아 여자들을 한 무더기 태웠지."

조지가 무슨 소리냐는 표정으로 나를 쳐다보았다. 알다시피, 내가 불쾌한 방식으로 나의 악몽과 친해지는 동안, 그에게는 자신의

• 『반지의 제왕』 『호빗』의 작가 존 로널드 톨킨의 소설 배경 중 하나. 암흑의 군주 사우론의 근거지이자 모든 악의 근원지로 '검은 땅'을 뜻한다.

악몽과 현실에서 마주칠 기회가 없었다.

"그 여자들이 마체테 한두 자루 갖고 있어도 아무도 화내지 않았어. 그냥 뺏으면 되니까. 지금의 이 기술력 차이가 거의 그거 같지 않아, 조지? 우리는 방금 우리의 마체테를 뺏겼어."

"백인들이 새로운 질병도 퍼트렸지. 그러고는 떠났고." 조지가 천천히 말했다. 그도 이제 사태를 이해했다.

"이 무리가 떠나기라도 하면 말이지만."

"그들은 광석을 팔아야 해."

"―뭐?"(그때 화면에서 틸리가 우리가 레이뷔르 에이릭손이라고 부르던 카펠라 남성 가까이에 서 있는 것이 얼핏 보였다. 내 계산대로, 그는 나만 했다.)

"화물을 팔러 고향으로 돌아가야 한다고."

조지의 말이 옳았다. 핵심 단어는 화물이었다.

음모가 밝혀진 것은 약 일주일 후, 수직이착륙선을 수거할 새로운 카펠라인 승무원 세 명과 함께 방문단이 달에서 돌아왔을 때였다. 틸리가 그들과 함께 돌아와서, 나는 말로 표현할 수 없을 정도로 안도했다.

화물 운반선은 틸리와 능욕당한 우리의 남성 대표단을 북아프리카에 내버리고는 정남향 포물면을 따라 이륙했다. 그러면 지구 남반구를 선회하게 될 터였다.

"나미비아 케트만스호프 인근, 남아프리카공화국, 오스트레일리아 남부 우메라라네." 조지가 말했다. "느낌이 좋지 않아." 하필이면 '백인 남성의 천국'으로 유명한 그 세 국가는 그해 국제사회에서 고립돼 있었다. 그들은 카펠라인들이 비공식적으로 방문했다는 소식을 공표하는 것이 적절치 않다고 판단했다.

"틸리는 어디 있어?"

"모오옵시 높은 양반들에게 보고를 하고 있지. 모선이 광석을 내리고 있다는 소식 들었어?"

"내가 어디서 무슨 소식을 듣겠어?" 나는 도르래들을 덜거덕거리며 씨근거렸다. "그 사진 줘봐!"

분명하게 보였다. 원뿔형 더미들과 달에 있는 커다란 선체에서 뻗어나온 운반 장치 같은 것이.

"적어도 물질 전송기가 없는 건 확실해."

음모의 다음 조각은 틸리에게서 나왔다. 틸리는 턱을 주먹으로 받치고서 대충 내 슬개골이 있는 쪽을 향해 머리카락 사이로 피곤하다는 듯이 말했다.

"저들은 칠백 명 정도를 실을 수 있다고 추산하고 있어. 광석을 내리는 데 우리 시간으로 사흘쯤 걸릴 테고, 화물칸 일부를 밀폐하고 공기를 채우는 데 일주일쯤 걸릴 거야. 주인 나리들은 즉각 매입에 나서셨지."

나는 신음했다. "그 외계인들에게는 무슨 차이가 있어? 가난하고 유혈 사태에 시달리는 반투인*들에게는 카펠라표 노예 생활이 누워서 떡 먹기처럼 보일 수도 있겠다지만."

당연히, 그래서였다. 카펠라의 남자들은 노예였다. 그리고 상대적으로 수가 적었다. 이국적인 인간 남성이라는 화물은 광석보다 훨씬 큰 돈벌이가 되었다. 비교도 안 될 정도인 듯했다. 한때 지구에서 우리는 그걸 '검은 상아'^{••}라고 불렀다.

은하계 초超문명이란 그런 것이었다. 하지만 그게 다가 아니었다. 내가 조지를 불러달라고 소리소리 지르고 나서야 그가 파래진 얼굴로 나타났다.

나는 씨근거리며 말했다. "진주나 노예나 뭐가 됐든 그런 게 많이 나는 곳을 발견한 사략선 상인이 거길 한 번만 가고 말 리가 없어. 그리고 자기가 없는 사이에 그 원천이 마르거나 도망가거나, 혹은 맞서 싸우는 법을 익히기를 바라지도 않겠지. 왔다 갔다 하는 동안에도 그곳이 변치 않기를 바랄 거야. 그 대단한 선장은 러시아인들이 그렇게 빨리 달에 당도할 수 있다고 제안한 것에 상당한 관심을 보였지. 자신들이 돌아오기 전에 우리가 방어력을 갖추리라 예상할 거야. 뭔가 조치를 취하지 않을까?"

"이 말이 좀 충격적일 수도 있는데," 조지가 느릿하게 말했다.

• 아프리카 중남부에 분포하며 반투어를 사용하는 흑인 종족. 300개 정도의 부족으로 구성된다.

•• 과거 노예무역이 성행하던 시기에 흑인 노예를 상아에 빗대 칭하던 말.

"역사를 읽은 사람이 너만은 아니잖아. 저 정글짐 안에서 무슨 일이 일어나든 네가 할 수 있는 일은 없으니까, 너한테는 말 안 할 작정이었어."

"말해!"

틸리가 끼어들었다. "마브루아, 네가 레이뷔르 에이릭손이라고 부르던 그 외계인 남자 말이야, 그가 말해줬어. 저들은 해를 잠시 꺼둘 계획을 하고 있어. 떠나면서 말이야."

조지의 목소리도 음울했다. "태양 차단막 얘기야. 저들은 스무 개 정도의 궤도에 가스를 분사해 차단막을 설치할 모양이야. 많은 작업이 필요하지도 않고, 일단 설치해놓으면 지속되지. 즉, 돌이킬 수 없는 상호작용이 생기게 돼. 물리적 과정은 잘 모르겠어. 해리가 점심 먹으면서 연구개발부의 분석 결과를 설명해줬는데, 웨이터가 자꾸 중간자meson 역할을 하는 접시들을 치워버리더라고. 요점은, 그들이 우리를 다시 빙하시대로 처넣을 정도로 태양에너지를 차단할 수 있다는 거야. 대비할 시간도 없이 끝장나겠지. 여기서도 6월부터 눈이 내릴 수 있어. 일단 시작하면 멈추지 않을 거야. 아니면 녹지 않거나. 큰 호수들 대부분과 바다의 상당 부분이 얼음으로 변할 테고. 생존자들은 다시 동굴로 돌아가겠지. 당연히 그들의 목적에는 완벽하게 부합해. 글자 그대로 우리를 얼음에 채워두는 거지."

"그럼 우리는 대체 어떻게 대응하고 있고?" 내가 끽끽거리는 소리로 물었다.

"사방팔방 뛰어다니면서 꽥꽥거리기만 하는 사람들을 제외하면, 전반적으로 두 흐름이 있어. 하나는, 사전에 무언가로 놈들을 치자는 쪽이야. 두 번째는, 사후에 원상 복구하자는 쪽이고. 그리고 지금 어마어마한 기술 자원들이 콜롬비아로 운송되고 있어. 지금까지는 상당히 철저하게 비밀이 지켜졌어. 그래도 곧 새어나가게 되겠지만."

"놈들을 치자고?" 나는 콜록거리며 말했다. "놈들을 쳐? 유엔군 전체가 달려들어도 무릎 꿇고 앉아 있는 그 수직이착륙선에 손톱자국 하나 못 냈는데? 놈들 선체에 탄두를 맞힐 수 있다 해도, 방어막이 있을 게 뻔하잖아. 세상에, 놈들이 자기들 원자물리학을 이용해 우리 통신과 전자 장비에 휘두르고 다닌 그 유체변환기를 봐. 그리고 놈들은 우리 기술력 상태를 알아. 유치하지! 우리가 그 차단막을 제때 흩뜨려서 뭐라도 살릴 수 있을지에 관해서라면—"

"대체 왜 이러는 거야, 맥스?" 둘이 나를 잡고 매달렸다.

"여기서 나갈 거야…… 빌어먹을, 칼 좀 줘봐, 이 미친 것을 풀 수가 없어! 봐, 간호사! 내 바지는 어디 있어?"

마침내 둘은 나를 일종의 이동형 미라 관 같은 것에 실어서 조지의 작전실로 데려간 다음, 내가 온갖 정보와 소문을 흡수하는 걸 지켜보았다. 나는 계속 내 뇌에다 뭐라도 내놓으라고 종용했다. 뇌는 고개만 갸웃거렸다. 열 개국의 내로라하는 이들이 이 문제를 놓고 씨름하고 있는데, 내가 무슨 기여를 할 수 있다고 생각했던 걸까?

스스로에게 으르렁댄 지 두어 시간이 지났을까, 틸리와 조지가 뭔가 단호한 기색을 띠고 들어왔다.

"밟힌 지렁이 신세라도 꿈틀거리려는 봐야지." 나는 귀에 거슬리는 목소리로 말했다. "그 남자들은 어때, 틸리?"

"뭐가?"

"카펠라인들의 계획에 대한 반응들 말이야."

"음, 좋아하지 않아."

"어떤 식으로 좋아하지 않아?"

"하렘의 인정받은 애첩들은 여자들이 새로 들어오는 걸 좋아하지 않는 법이지." 틸리가 읊듯이 말하며 잠시 내 눈을 쳐다보았다.

"잘 지내고 있어, 자기?" 나는 틸리에게 상냥하게 물었다. 틸리가 시선을 돌렸다.

"좋아. 그게 바로 우리가 노려야 할 약한 고리야. 자, 40만 킬로미터 밖에서 그걸 어떻게 흔들지? 그 레이뷔르 뭐시기, 마브루아라 했나, 그치는 어때?" 나는 머리를 굴렸다. "무슨 통신기술자 같은 거 아니었어?"

"통신 쪽 선임하사야." 틸리가 말한 다음 천천히 덧붙였다. "가끔 혼자 근무할 때가 있어."

"어떤 사람이야? 그와 친했어?"

"응, 그런 편이었어. 그는, 뭐랄까, 게이는 아닌데 게이 같아."

나는 틸리의 눈을 주시했다.

"하지만 이런 상황에서 너희 둘의 이해관계가 일치할까?" 나는 틸리를 뚫어지게 살폈다. 미국에서 태어나 캐나로 간 흑인들은 자신이 일단은 미국인이고 두 번째로 아프리카인이라는 사실을 깨닫는 경우가 많다. 뉴어크*에서 무슨 짓을 당했든 말이다. 조지는 입을 닫고 있을 정도의 눈치가 있는 사람이었다. 무슨 말인지 이해했는지는 의문이지만 말이다.

틸리가 천천히 눈앞을 가린 머리카락을 치웠다. 그 눈에서 절실한 꿈들이 죽어가는 게 보였다.

"그래. 둘은…… 일치해."

"그와 얘기해볼 수 있을 거 같아?"

"그래."

"난 해리한테 건너가볼게." 조지가 튀듯이 일어섰다. 그는 이제 상황을 앞서나가고 있었다. "우리가 뭘 변통할 수 있는지 한번 알아보지. 열흘이야, 길어봤자."

"전체에 알려. 나도 회의에 참석할 수 있을 것 같아. 그 전에 내 목에서 개구리 유령 같은 소리가 안 나오게 뭐라도 좀 갖다줘봐."

당시 우리 국장은 괜찮은 사람이었다. 그가 나를 보러 왔다. 물론 우리도 막 계획을 짜기 시작하는 단계였지만, 달리 뭐라도 내놓

• 미국 뉴저지주에 있는 뉴욕의 위성도시. 백인이 주로 거주하는 주요 공업 도시였으나 뉴욕이 성장하며 슬럼화되어 백인이 떠나고 흑인 인구의 비중이 높아졌다. 인종 문제가 심각하여 1967년에 대규모 흑인 시위가 일어나기도 했다.

는 사람이 없는 데다, 우리에겐 틸리가 있었다. 그는 우리가 미쳤다는 데 동의했고, 우리에게 필요한 모든 것을 내주었다. 오후 3시쯤 우회 채널이 설치됐다. 조드럴뱅크 천문대가 우리 채널을 송신해주기로 했다.

그 주에는 동트기 전에 하현달이 그리니치 천문대 위를 지났고, 우리는 동부표준시로 자정 즈음 틸리를 통해 마브루아와 연락이 닿았다. 그는 혼자 있었다. 틸리는 십여 차례 대화를 주고받은 끝에 원칙적인 합의를 이끌어냈다. 틸리는 그와 잘 맞았다. 나는 화면상으로 그를 꼼꼼히 뜯어보았다. 틸리 말마따나, 퀴어인 듯하면서도 아니었다. 뚜렷한 윤곽, 근육질 몸매, 보기 좋은 미소, 생식 쪽으로도 문제없어 보였다. 하지만 눈에 활기랄 것이 없었다. 그는 대체 무엇을 할 수 있을까?

국장의 첫 번째 생각은 당연하게도 사보타주였다.

"어리석어." 나는 목쉰 소리로 조지에게 말했다. "하렘 노예들은 새 여자들이 들어오는 걸 막으려고 하렘을 끌어안고 자폭하지 않아. 기다렸다가 무사히 처벌을 모면할 수 있겠다 싶을 때 새 여자들에게 독을 먹이지. 사보타주는 아무 소용이 없어."

"그건 맞지만, 역사적 유비도 소용없긴 마찬가지야."

"참조할 틀만 잘 고르면 유비적 사고도 효과가 있어. 우린 새로운 틀이 필요해. 예를 들어, 카펠라인들이 우리의 정신적 지형, 그러니까 우리를 이 세계에 없어서는 안 될 존재라고 여기던 우리 관점을 뒤집은 방식을 봐. 아니면 그들이 우리의 남성지배 구조에 던진 위협을 보든가. 우리 남성들을 성노예감으로 취급하는 더 큰, 더 지배적인 여성들을 말이야. 살아 있는 악몽이지…… 좋아, 카펠라인들과 우리의 관계가 정확하게 어떻게 된다고? 그 덴마크 보고서 다시 줘봐."

대단히 매력적인 두 덴마크 생물학자는 어쩐지 더 애용되었을 듯한데, 적어도 어쨌든 난교 파티 사이사이에 약간의 생물학적 정보를 취합해냈다. 둘은 카펠라인에게 성별에 따른 차이가 있다고 확신했다. 다 자란 카펠라인 남성은 체구와 성적 특징 면에서 평균적인 지구인 남성과 똑같지만, 카펠라인 여성은 청소년기에 제2차 성장기를 거치며 우리가 본 그 거인들이 되었다. 내가 본의 아니게 잘 알게 된 그 특별한 특징들과 함께 말이다. 그리고 또 하나, 몇천 년 전에 여성들 사이에 돌연변이가 생기기 시작했다. 아마도, 전쟁의 부산물? 정확히는 알 수 없다. 원인이 뭐가 됐든, 여성 중에 2차 성장에 실패하는 경우들이 나타나기 시작했다. 다른 말로 하자면, 카펠라인들이 미성숙형이라고 여기는, 평균적인 지구인 정도의 크기까지만 성장해 재생산을 할 수 있는 여성들이었다.

깜짝 놀란 카펠라 가모장들은 비교적 인간적인 방식으로 그 문제를 다루었다. 돌연변이가 의심되는 모든 가계를 그러모아 먼 행성들로 추방했는데, 지구도 그중 하나였다. 그래서 그 오래된 항해도 기록이 있었던 것이다.

우리 손님들은 거의 변경의 끝까지 와서 광석 사냥을 하다가 반쯤은 신화가 된 옛 식민지를 확인해보기로 한 것이었다. 여태 아무도 하지 않았던 일이었다.

"카펠라인들의 역사는 어때?"

"별거 없어. 영국 보고서에 있는 인용문을 봐. '우리는 늘 지금과 별반 다르지 않았다.'"

"우리가 딱 그렇게 생각하지 않았어? 그들이 착륙하기 전까지는."

조지의 피곤한 눈꺼풀이 번쩍 뜨였다.

"너도 나와 똑같은 생각—"

"우리한텐 틸리가 있어. 마브루아도 아마 자기들 수신 신호 정도는 주무를 수 있을 거야. 많은 것이 필요한 일은 아닐 테니까. 우리한테 카펠라인만 한 것이 틸리에게는 누가 있을까?"

"보보!" 어딘가에 매복해 있던 피바디 부인이 끼어들었다.

"보보라면 잘 맞을 거야." 나는 말을 이었다. "이제 우리는 정확한 무대배경을 준비해야—"

"하지만, 세상에, 맥스! 다른 기회들도 얘기를—" 조지가 항의했다.

"어떤 기회도 없는 기회보다 나아. 게다가 이건 생각보다 더 좋은 기회야. 다음에 기회 되면 비이성적인 섹스 공포증 얘기를 해줄게. 나한테 꽤 독특한 데이터가 있거든. 하지만 당장은 이걸 완벽하게 다듬어야 해. 우리에겐 이게 다야. 절대 새어나가지 않게 해. 너는 이걸 요리하고, 나는 프레임 하나하나 놓치지 않고 확인하는 거지. 그것도 두 번씩."

하지만 나는 그러지 못했다. 열이 오르는 바람에 다시 냉각기 속에 처넣어졌다. 이따금 틸리가 들러서 달의 광석 무더기가 더는 커지지 않는다거나 승무원들이 화물칸을 밀폐하느라 바쁜 것이 분명하다는 따위의 얘기들을 들려주었다. 조지는 어쩌고 있어? 잘하고 있어. 마브루아가 결정적인 프레임들을 전송해줬어. 정신이 좀 맑은 틈에 나는 조지에게 어떤 조언도 필요치 않다는 사실을 깨달았다. 무엇보다, 그는 야크들을 상대로 단련된 경력자가 아니던가.

이 글이 공식 역사라면, 나는 저 9일간의 엄청난 드라마를, 저 망해버린 기술적 문제들을, 저 위기일발의 인간적 혼란상들을 말해줄 것이다. 우리 과학자들이 거부하는데도 합참본부가 반사파를 만들어낼 것이 뻔한 채널로 그 쇼를 모니터하겠다고 우기다가, 마침내 우리를 믿고 대통령이 직접 나서 기각시켰던 저 스물네 시간 동안의 일 같은 것 말이다. 아니면 5일째 되던 날쯤에 프랑스가 독자적인 계획을 세우고 개별적으로 은밀히 마브루아에게 접촉을, 그것도 카펠라인 상사가 옆에 있을 때 접촉을 시도하는 것을 우리가 발견했을 때의 소동이라든가. 그 시도를 저지하기 위해 미국 대통령이 유엔 총장과 프랑스 총리의 장모에게 연락해야 했다.

그것이 첫 번째 기밀 누설이었다. 작전에 끼어들려는 고위층의 압박이 시작됐다. 그리고 마브루아를 끌어다 모종의 성간 거짓말탐지기 같은 것으로 조사하고 싶어하는 우리 측 안보 부서의 끈질긴 개입이 있었다. 그리고 마지막 순간에, 자칫 치명적인 흔적을 남겼을 주사파走査波의 오류를 발견해 하룻밤을 꼬박 새워 새 장비를 조립해 위성중계기에 올려야 했던 사건도. 아, 드라마도 있었지, 그래. 조지는 급하게 바지를 입는 대통령을 보는 일에 상당히 익숙해졌다.

아니면 우리 모두의 마음속에서 점점 자라고 있던 끔찍한 상상들을, 끊임없이 눈이 내리고 얼어붙은 빙하가 극지에서부터 전 세계의 경작지들을 깔아뭉개며 내려오는 상상들을 생생하게 들려줄 수도 있다. 종국에는 80억 인구가 식량이 고갈된 채 면적이 점점 줄어가는 적도 지역으로 어떻게든 가려고 발버둥질하는 상상을, 살아남는 사람이 얼마나 적을지에 관한 상상을 말이다. 세계사에 남을 위대하고도 극적인 한 주였다. 그 한 주의 대부분을 사실상 우리의 영웅은 골절된 골반에서 마구 번성하는 포도상구균 군집을 걱정하고, 바다표범들을 끌고 키웨스트 앞바다에 있는 이글루 집으로 돌아가는 꿈을 꾸며 보내고 있었다.

나는 항생물질의 안개 속을 헤엄치며 틸리의 형체처럼 보이는 어떤 것에게 물었다. "이는 좀 어때, 자기?" 나는 틸리가 석고붕대를 감은 내 팔에 머리를 기대고 있는 꿈을 꾸는 중이었다.

"?"

"이 말이야. 그러니까 고래 지방을 씹거나 할 때. 에스키모 여자들이 그러잖아."

틸리는 내가 의식이 있는 것을 알고는 새침하게 물러났다.

"맥스, 말이 새어나가고 있어. 눈치 빠른 사람들이 남쪽에 돈을 풀기 시작했어."

"나한테 딱 붙어 있는 게 좋아, 자기. 나한텐 북극 캠핑 장비 풀 세트가 있어."

그때 틸리가 손으로 내 이마를 짚었다. 근사한 손이었다.

"섹스는 아무 소용이 없을 거야." 나는 틸리에게 말했다. "다가올 시대에는 가죽을 씹을 수 있는 여자가 남자들을 갖게 될 거야."

틸리가 내 얼굴에 연기를 내뿜고는 나갔다.

디데이 나흘 전에 변화가 있었다. 아프리카에 착륙한 카펠라인 일행은 수직이착륙선을 회수하러 멕시코로 가는 길에 태평양 일대를 돌면서 파티를 벌이고 있었다. 아직은 당국이 중요 정보를 모두 숨기고 있었기 때문에, 새로 온 카펠라 아가씨들은 여느 때처럼 대중에게 인기가 있었다. 무대 뒤에서는 그들을 어떻게 인질로 쓸 수 있을지에 대한 격론이 진행 중이었다. 내가 보기에는 헛짓이었다. 대체 무엇을 얻을 거라 바랄 수 있단 말인가?

그러는 사이 그들의 수직이착륙선은 아무 지키는 이 없이, 우리가 시도해본 다양한 우주 깡통 따개에 아무런 반응도 보이지 않은 채, 멕시코시티에 착륙해 있었다. 유엔군이 할 수 있는 일은 경계 장비들과 여러 특수부대 요원들로 그것을 둘러싸는 것이 다였다.

디데이 나흘 전에 세 아가씨가 쌍동선을 타고 하와이에 있는 어느 환초로 낚시를 하러 갔다. 가까이에는 해군 호위함이 있었다. 한 명이 하품을 하고는 무슨 말을 했다.

그 순간, 멕시코에 있던 수직이착륙선이 윙윙 소리를 내더니 불꽃을 분출했고 해병 소대 하나를 깡그리 소각하면서 이륙했다. 한 일본인 조종사가 9만 피트 상공에서 핵탄두를 장착한 채 충돌함으로써 가족에게 연금을 벌어주었다. 우리가 알아낸 바로는, 그 충돌로도 수직이착륙선의 미미한 경로 변경조차 얻어내지 못했다.

그 비행체는 아가씨들이 탄 배가 해변 쪽으로 흘러가는 사이에 환초를 깡그리 태우면서 내려앉았다. 그들은 어슬렁거리며 다가가 해군 경비단이 레이더 덮개 밑에서 고개를 빼내기도 전에 안으로 들어갔다. 이 분 후에 그들은 대기권 밖에 있었다. 참으로 대단한 인질 계획이라 할 만했다.

그 일 이후로 나는 자꾸 추워지는 꿈을 꾸었다. 디데이 사흘 전에 창밖 만병초 잎들이 아래쪽으로 푹 꺾인 것을 본 듯했다. 기온이 8도 이하일 때 나타나는 현상이었다. 결국 피바디 부인이 들러서 모선은 여전히 달에 있으며, 바깥 온도는 28도라고 말해줘야 했다.

디데이 이틀 전이었다. 쇼를 볼 수 있도록 사람들이 나를 조지의 영상실로 끌고 갔다. 두 대의 종속제어 화면 중 하나가 우리에게 있었고, 다른 하나는 유엔에 있었다. 국장은 유엔이 보는 걸 원치 않았었다. 누설될 위험도 위험이지만, 주요하게는 우리 계획이 99퍼센트 확률로 실패할 일이기 때문이었다. 하지만 우리가 무언가를 시도하고 있다는 사실을 너무 많은 국가가 알고 있었다.

내가 탄 엔진 달린 관의 타이어에 구멍이 나는 바람에 도착이 늦었다. 사람들이 줄줄이 문을 통과하며 나를 영상실에 끼워넣었을 때는 벌써 조지의 걸작이 상영되고 있었다. 어둑한 속에서도 맨 앞에 있는 국장과 몇몇 각료들, 대통령을 알아볼 수 있었다. 나머지는 모두 나 같은 실무자들인 듯했다. 대통령이 자기 사람들과 함께 영상을 보고 싶었던 거라고 나는 짐작한다.

쇼는 상당히 인상적이었다. 커다란 카펠라인 하나가 몸을 구부린 채 조종대를 들여다보고 있었다. 얼굴에는 땀이 흘렀고 마이크에 대고 낮고 냉혹한 콘트랄토 목소리로 소리를 지르고 있었다. 말은 알아들을 수 없었지만, 반복적인 운율은 귀에 들어왔다. 화면이 깜박였다. 조지가 진짜 성간 노이즈를 송출 데이터에 넣는 작업을 한 것이다. 그러고는 배가 침몰하면서, 펄 화이트가 선실 침상에 쓰러지는 옛날 영화에서처럼 화면이 살짝 흔들렸다. 배경에서 간헐적으로 들리던 충돌음이 점점 커졌고, 날카로운 외침 소리가 나다가 뚝 끊겼다.

그러고는 뒷벽이 흔들리기 시작했고, 레이저 광선에 문이 떨어져 나갔다. 거대한 무언가가 무지막지하게 문을 걷어차 쓰러뜨리며 들어왔다. 보보였다.

오 제기랄, 그는 아름다웠다. 보보 업다이크, 내가 아는 한, 세상에서 가장 다정한 괴물. 옆에서 의자 삐걱거리는 소리가 나기에 돌아

보니, 화면에 비치는 자신의 영상을 주시하는 그가 있었다. 사람들은 사랑을 담아 그를 분장했다. 전혀 조잡하지 않았다. 그저 원래의 턱을 약간 더 키웠을 뿐. 무시무시한 거대한 손은 매우 깨끗했다. 제복은 나치친위대라는 견고한 사례를 참고한 마우마우단* 제복이었다. 누군가가 보보의 눈에도 짐승처럼 보이게 하는 기교를 부려놓았다. 그는 잠시 가만히 서 있었다. 숨을 죽이는 듯이 충돌음이 멈추었다.

그러니까, 수도 없는 강간이 있을 참이었다. 잔인한 신체 유린, 그것만으로도 매우 나빴다. 하지만 더 나쁜 것이 있었다. 정신을 더 럽히기 위해 취약한 신체에 자행하는 잔혹 행위, 살아 있는 희생자를 망가진 물건으로 격하시키는 데서 기쁨을 느끼는, 성에 대한 야만적인 조롱. 사람들이 보보에게 주입한 것이 그것이었고, 화면 속의 카펠라인이 고개를 들어 쳐다본 것이 그것이었다. 더없이 달콤한 아우슈비츠.

보보가 219센티미터 키에 헬멧까지 써서 머리가 천장을 스치는데, 틸리의 키는 150센티미터가 채 안 된다는 얘기를 내가 했던가? 볼만한 광경이었다. 그가 거대한 손을 뻗었다. (이 장면은 스물두 번이나 다시 촬영했다고 들었다.) 다른 손이 카메라 쪽을 향하고 있었다. 뒤에서 들리는 충돌음이 더 잦아졌다. 우리가 다가오는 보보의 손가락 틈으로 마지막으로 본 것은 윗옷이 찢겨 드러난 여자의 맨

* 케냐 키쿠유 부족이 조직한 반反백인 비밀 결사단. 영국의 식민 통치에 맞서 투쟁했다.

가슴과 문 너머로 거대한 몸집을 드러내는 더 많은 남성이었다. 암전, 중단되는 비명, 그리고, 그러니까, 소음. 화면이 멈췄다.

불이 켜졌다. 보보가 수줍게 낄낄거렸다. 사람들이 일어섰다. 나는 사람들이 모여들기 전에 틸리를 살펴보았다. 눈꺼풀에 뭔가 푸른 것을 칠했고, 머리도 빗질을 했다. 나는 당분간 틸리에게 고래 지방 씹는 일은 주지 말아야겠다고 결심했다.

사람들이 이리저리 돌아다녔지만, 긴장은 깨지지 않았다. 기다리는 일 말고는 할 게 없었다. 한쪽 구석에 제어 장비와 해리가 있었다. 누군가가 커피를 날라 왔다. 다른 누군가가 들여온 냅킨이 국장의 대접만 한 컵에 떨어져 꿀럭대며 가라앉았다. 낮은 소리로 조금씩 대화들이 이어지다가 해리가 움찔할 때마다 중단되었다.

당연히, 무슨 일이 벌어졌는지 온 세상이 알았다. 그들은 광석을 다시 실으려 멈추지도 않았다. 해리의 신호 감지기가 부드럽게 그르렁거리기 시작한 것은 그로부터 칠십사 분 후였다.

저 위의 달에서는 에어로크들을 닫고 배전반 장치들을 교체하는 데 에너지가 투입되고 있었다. 발전기들이 갈수록 속도를 높였다. 장비실에 앉아 오매불망 그쪽을 향하고 있는 엄청나게 민감한 귀들이 바르르 떨었다. 백이십오 분 후에 다이얼들이 춤을 추기 시작했다. 커다란 우주선이 움직이고 있었다. 우주선이 달의 알프스에 있던 선창에서 이륙해 잠시 궤도 범위를 확장하면서 멀어지더니 바깥쪽으로 차고 나갔고, 해리의 계기판이 어지럽게 움직였다. 우주선은 명왕성 쪽을 향했다.

"카펠라 방향으로 대략 179도." 사람들이 나를 밀고 나가는데 조지가 말했다. "그들이 해리의 충고를 받아들인다면, 마젤란성운을 경유해서 귀향하는 경로를 잡을 거야."

다음 날, 그들이 우주 비행에 돌입하면서 우리는 전자 눈을 맞았다. 바라건대, 앞으로 이천 년 정도는 우리를 찾는 일이 없기를.

내가 처음으로 보행을 시도한 날이 그들의 경로가 공식적으로 확인된 날이었다. (이 글은 내가 겪은 역사라고 미리 얘기했다.) 나는 길게 늘어지는 구슬픈 합창 소리를 지나 정문으로 걸어 나갔다. 틸리가 옆에서 도와주었다. 우리는 정확하게 무엇이 틸리가 내 허리를 붙잡게 하고 또 날 그 어깨에 기대게 했는지, 또는 우리가 왜 갑자기 마트에 들러 내 집에 가져갈 스테이크와 식재료들을 사고 있는지 절대 입에 올리지 않았다. 틸리는 집에 마늘이 있다는 내 주장을 의심하며 신선한 마늘을 사야 한다고 고집했다. 그때나 그 이후로나, 우리가 해석 비슷한 것에 가장 근접했던 때는 아보카도 매대 앞에서였다.

"다 상대적인 거야, 그렇지 않아?" 틸리가 아보카도를 보고 말했다.

"정말 그래." 내가 대답했다.

그리고 정말로, 그래서였다. 카펠라인이 우리에게 우리가 열등한 돌연변이라는 소식을 가져다줄 수 있다면, 누군가는 그들에게 그들이 열등한 돌연변이라는 전언을 가져다줄 수 있다. 크고 털 많은 **엄마**가 돌아와 작은 혈족들을 놀래줄 수 있다면, 더 크고 더 털 많은 **아빠**가 나타나 **엄마**를 놀래줄 수도 있는 법이다.

칠 분짜리 영상에서 카펠라인처럼 보이고 말할 수 있는 자그마한 몸집의 여성과 살아 있는 악몽을 구현할 수 있는 큰 남성, 그리고 주파수를 조작하여 가까운 행성에서 전송된 영상을 고향 행성에서 보낸 전갈로 둔갑시켜줄, 조직에 불만을 품은 외계인 하나가 있다면, 그리고 마이크를 붙잡고 고향 행성을 덮친 공포로부터 스스로를 구하라는 경고를 모든 우주선에 날린 용감한 카펠라 사령부 장교의 마지막 저항을 영상화한 조지 같은 걸출한 천재가 있다면, 언제든지 가능하다.

침략자들이 장거리 탐지기를 가지고 일대를 쓸고 있으니 모든 우주선은 은하 끝으로 흩어지라는 명령을 덧붙인 것은 해리의 작품이었다.

그래서, 모든 건 잠재적으로 상대적이며, 피바디 부인을 포함한 모두가 **아빠**를 집에 데려온 공로로 훈장을 받았다. 그리고 나의 엄마mama*는 나와 함께 집으로 왔다. 고래 지방을 잘 씹을 수 있는지는 여전히 모르지만 말이다.

---

* mama, papa에는 속어로 '애인'이라는 뜻이 있다.

구원

Help

"자, 다시 시작이야." 해리의 목소리가 귓전에서 울렸다.

아내가 먼저 깬 업무용 전화기를 내 얼굴에 들이대고 있었다. 아직 어두웠다.

"—달의 알프스 근처에 내렸어. 곧 시각 자료가 들어올 거야."

"설마 또 카펠라 거인들이야?" 나는 신음했다.

"그보단 작아. 방출 형태도 다르고. 이리로 와, 맥스."

틸리는 벌써 옷을 입고 있었다. 우리가 두 시간 전에 침대에 들었을 때, 지구의 우주 감시레이더들은 자꾸만 달 뒤로 사라지는 한 이동체를 추적 중이었고, 메르세니우스* 근처에 있는 우리 달기지는

▪ 달에 있는 운석구덩이로 달의 남서쪽에 위치한다. 직경이 84킬로미터, 깊이는 2.3킬로미터이다.

먼 변방에 중계망을 구축하느라 부산을 떨고 있었다. 외계인은 착륙했다. 우리 기지에서 3분의 1 대원* 떨어진 지점이었다.

사무실 문간에서 사진 배달원이 우리를 앞질러 들어갔다. 메르세니우스 기지에서 외계 우주선으로 스파이 카메라를 보냈던 것이다.

"카펠라인들이 남기고 간 광석 더미들에 흥미가 있는 것 같아." 조지가 말했다. "저건 뭐야, 기중기?"

"내 방위각 재는 기중기지." 나는 툴툴거리며 연속 촬영된 음화 사진들 사이의 미세한 차이를 잡아내기 위해 재빨리 양쪽 눈을 번갈아 감았다 떴다. '플래싱' 기술이었다. 랭글리 사진관같이 큰 곳에서는 거의 훈련된 인간의 눈만큼 효율적인, 트렁크 크기의 놀라 자빠질 기계가 하는 일이었다.

"그게 외계인이야. 그것. 그. 그가 팔을 움직이고 있어…… 발의 위치를 옮기고 있어…… 양족兩足 동물일까? 저게 꼬리라면, 아마도. 맞았어! 꼬리를 움직이고 있어. 저 광석 더미 높이가 얼마랬지?"

"41미터." 기민하고 헌신적인 우리의 뾰족 브라, 피바디 부인이 합세했다.

"대충 추정해보면, 키가 6미터야." 나는 결론을 내렸다. "아침에 랭글리 본사에서 뭐라고 하는지 보자고. 거기에 더 좋은 비교측정

---

* 구의 중심을 지나는 평면으로 구를 나눌 때 생기는 큰 원을 말하며, 대원의 지름은 구의 지름과 같다.

기가 있으니까. 그리고 이건 인간형은 아니야. 그림자로 추정해보자면, 이걸 똑바로 세웠을 때, 작은 티라노사우루스 비슷한 뭔가가 될 거 같지 않아?"

외계인이 쏘아 떨어뜨리기 직전에 스파이 카메라가 두 번째로 지나치며 전송한 클로즈업 이미지가 도착했다. 도마뱀 비슷한 생물이 보였다. 헬멧을 쓰고 기묘한 장비를 갑옷처럼 둘렀고, 입술 없는 얼굴은 불쾌한 표정을 짓고 있었다. 그리고 파랬다.

"저 위에 있는 건, 우주를 돌아다니는 6미터짜리 파란 공룡들이군." 해리가 말했다. "적어도 둘."

"아니면 사마귀일지도." 조지가 말했다.

"어쩌면 그가 아니라 그녀일지도 모르지." 틸리가 말했다.

"꿈 깨, 자기." 나는 틸리에게 말했다. "최고의 연기는 일생에 딱 한 번밖에 없는 거야."

그때쯤 사진관 본사에서 내가 추정한 키가 맞다고 확인해주고는, 두 외계인이 모종의 광선으로 스파이 카메라를 끌고 들어가 분해해 살펴본 다음 버린 듯하다고 덧붙였다.

그러는 사이 전 세계 핫라인들에 불이 붙었고, 유엔 회의실들은 메르세니우스에 내릴 지침을 결정하려는 각국 대표들로 들끓었다. 유엔 휴게실에서 얼마나 많은 전기면도기가 사용됐던지, 퓨즈가 나가는 바람에 우리 지상 통신선이 십오 분간 먹통이 되기도 했다. 그 사안은 동부표준시로 오전 8시를 기해 탁상공론이 되어버렸다. 외계인들이 이륙해 지구의 고속 세차歲差 궤도를 잡아탔기 때문이었다.

지금까지는 조용했다. 이제 그들이 송신을 시작했고, 조지는 숙고해야 할, 끝없이 속사포처럼 쏟아지는 외계 언어와 함께 자기만의 천국으로 승천했다.

우리 가게가 정확하게 뭘 하는 곳이냐고? 기본적으로는 CIA가 랭글리로 대대적으로 이사했을 때 남겨진, 별로 중요하지 않은 작은 부서다. (이것이 실무 막일꾼 수준에서 본 내부 이야기라는 사실을 미리 경고하는 바다. 나로서는 우리 대통령이 그 수상에게 뭐라고 했는지 전혀 알 도리가 없다.) 우리는 공식적으로 통신장비 및 특수보조설비 제공업체로 등록돼 있지만, 괴팍한 언어학자 몇과 한직으로 내몰린 망가진 관리자 몇이 다다. 삼 년 전에 뜻하지 않게 대대적인 첫 외계인 접촉 사건에 휘말리기 전까지만 해도 꽤 평온하고 괜찮은 삶이었다. 카펠라인들, 기억하실 것이다.

조지는 그 사건을 통해 우리의 공식적인 외계어 전문가로 인정받았는데, 그것이 그의 소인小人적 자아에 도움이 되진 않았다. 나는 외계인 심리를 파악하는 데 재능이 있다는 긍정적인 평가를 받았는데, 이는 유망한 사진 해석가에게 어떤 일이 생길 수 있는지 보여준다. 그리고 틸리는 최고의 다중언어구사자다. 여러분은 다중언어구사자를 언어학자라고 부르면 호되게 언어맞을 수도 있다는 사실을 알았는지? 어쨌든, 틸리는 조지를 보좌한다. 그리고 내 아내고. 해리는 우리 가게에 연구개발을 허할 가치가 있다는 판단이 내려진 이

래 우리에게 잡혀 있는 만능 물리학자다. 피바디 부인은 문서관리
실장으로 승진했지만, 여전히 내 소득세 신고서 쓰는 일을 도와주
고 있다.

'카펠라 아가씨들'이 허둥지둥 떠난 뒤 우리는 우리의 특이한
재능을, 그런 게 있는지는 모르겠지만, 더는 요구받는 일 없이 고고
한 은거 생활로 돌아갈 수 있으리라 기대했다. 그런데 갑자기 또 다
른 외계인이 나타나 명랑하게 지구 궤도를 돌고 있고, 우리 자그마
한 가게에 데이터와 답을 내놓으라는 요구가 쇄도했다.

"저쪽이 일종의 표준 접촉 신호를 보내고 있는 것 같아." 조지가
보고했다. "서너 구절이 반복되다가 다른 언어로 넘어가. 지금까지
줄잡아 스물여덟 가지야. 그중 하나가 카펠라어와 비슷한데, 이해할
수 있을 정도는 아니야."

"내가 보기엔 고급 카펠라어 같아." 틸리가 말했다. "그러니까,
북경어와 광둥어 관계 같은 거지. 여기 왔던 카펠라인들이 사투리
를 썼던 게 틀림없어. 정중하게 말할 때 쓰는 나와 당신, 그리고 말하
다와 관련된 단어가 확실히 들렸어."

"우리말 할 줄 아십니까? 또는 말 좀 해보실래요? 같은 걸까?"

세계는 이제 외계인에게 응답해야 하는지, 응답해야 한다면 무
슨 응답을 해야 하는지를 놓고 열띤 토론에 들어갔다. 국가안전보
장국에 있는 친구들을 통해 무언가를 알아내려는 조지의 시도를 우
리로서는 막아낼 재간이 없었다. 그는 스웨덴이나 일본이 우리를

앞지를까 싶어 식은땀을 흘리고 있었다. 하지만 우리는 오케이 사인을 받지 못했다. 기억하는지 모르겠지만, 당시는 합참본부와 대통령 사이가 아주 좋은 때였는데, 그 외계인들을 상대로 이번에 새로 장만한 대궤도방어미사일을 시험해보려는 합참을 저지하는 과정에서 다툼이 있지 않았나 싶다. 다른 곳들 사정도 비슷했을 것이다. 카펠라인들이 방문한 이후로 대국들은 죄다 모종의 우주 방어 체계를 구축해왔으니까.

결론은 외계 우주선이 갑자기 언어 전송을 멈추고 삑삑거리는 신호를 반복할 때까지 아무도 아무 일도 하지 않았다는 것이다. 신호는 한 시간 동안 계속됐다. 그러더니 두 가지 일이 동시에 일어났다.

먼저, 해리가 국방부 연구개발국으로부터 거기 연구원 하나가 그 삑삑 신호에서 방사성물질과 관련된 디지털 방정식을 확인했다는 메시지를 받았다. 직후에 소련 추적기가 보낸 전갈이 도착했는데, 외계 우주선이 어떤 물체를 내보냈고, 그것이 지금 우주선 뒤를 따라다니고 있다는 내용이었다.

우리는 모두 어깨를 움츠리고 숨을 죽였다.

그 삑삑거리는 것은 궤도에 머물러 있었다.

우리가 막 다시 숨을 쉬기 시작할 때쯤, 외계 우주선이 레이저 손가락을 내밀어 그 물체를 찔렀고, 오래 이어지던 삑삑 소리가 지금껏 본 적 없는 더없이 멋진 방사성표 불길로 타올랐다. 세 번은 짧고 한 번은 긴, 복합적인 폭발이었다.

여러분은 아마 그때 그 우주선의 존재를 알게 되었을 것이다. 너울대는 불길 밑에서, 전 세계 언론이 미친 듯이 고함을 질러댔다. "외계인 지구 폭격!" "파란 도마뱀, 하늘에서 폭탄 투척!" 당연히 군이 벌써 투입되어 가지각색 초대형 폭죽이 외계 우주선을 향해 발사되었다.

하나도 닿지 않았다. 외계 우주선은 지구를 한 바퀴 두르는 식으로 24만 킬로미터 상공에 체계적으로 빽빽이 세 개를 더 뿌린 다음 석탄자루성운 방향으로 사라졌다. 우주선은 정확하게 열세 시간 동안 우리 행성에 있었고, 그동안 지구의 집단지성은 충격받은 주머니쥐의 창의력을 유감없이 발휘했다.

"내가 너무 인간중심적인지 모르겠지만, 아주 위험한 놈들이라는 감이 확 왔어." 나는 나중에 골똘히 생각하며 말했다.

"그리고 진짜 외계인스럽고." 틸리가 말했다.

"넌 알아봐야지, 기억해?"

틸리가 옛날처럼 부루퉁하게 흘겨보았다. 시선에 전에 없던 마법적 요소를 좀 섞어서.

"결혼하더니 사람이 못쓰게 됐어, 돌머리…… 이봐, 조지! 놈들이 놓고 간 폭탄이 글자로 뒤덮여 있다는 얘기 들었어? 온갖 종류의 문자들이 근사한 형광 파란색으로 적혀 있어. 이야, 친구, 이거 평생 일거리겠는데."

"은하판 로제타석°이야." 조지가 앉은 채 숨을 골랐다. "맥스, 군이 저걸 파괴하지 않도록 무조건 막아줘. 사진들만으론 충분하지 않아."

"시한폭탄 세 개가 시간 딱딱 맞춰 우리 머리 위를 지나가는데, 그걸 참고용 자료로 보존하고 싶다고? 병균이라도 실려 있으면 어쩌려고? 아니면 돌연변이 유도체라도 싣고 있으면? 바보 제조기라도 들어 있어서, 그 때문에 우리가 우주로 나가지 못하게 되면? 뉴스 못 들었어? 조지, 꿈 깨."

"그럴 리 없어." 조지가 신음했다. "정말 귀중한 거야! 은하로 가는 열쇠라고!"

나중에 밝혀진 바로, 그렇게 귀중한 것은 아니었다. 적어도 그때에는. 누군가가 너무 겁을 집어먹었거나 아니면 외계 기술에 너무 열을 냈다. 미국과 소련의 합동우주비행단이 가까스로 그 3미터짜리 미사일 하나에 원격제어 추진체를 연결한 다음 이 주에 걸쳐 이리저리 조작하고 유도하여 조심스럽게 달 변방에 있는 어느 운석구덩이 근처로 몰고 갔다.

그 순간부터 조지는 달에 가기 위해 살았다. 나로서는 놀라울 따름이지만, 그는 의료진에게 고함을 질러가며 가속 및 저중력 적격 판정을 받아냈다. 우리는 이내 그가 실제로 메르세니우스를 오

▪ 1799년 나폴레옹의 이집트원정군이 나일강 어귀의 로제타 마을에서 발견한 비석. 신성문자와 속용문자로 적은 이집트어, 그리스문자로 적은 그리스어가 새겨져 있어 이후 이집트문자 해독의 열쇠가 되었다.

가는 셔틀을 예약했음을 알게 되었다. 빌빌대는 모래쥐처럼 보이긴 해도, 조지는 기본적으로 건강했다.

송별회에서 조지가 나를 붙잡고 미사일 꼬리에 적힌 카펠라 문자를 해독한 것 같다고 말했다.

"음성으로 전송된 문구하고 똑같아. 나 당신 말다다에 관한 구문이야."

"이건 어때? 이 글씨가 보인다면 당신은 너무 가까이 있는 겁니다. 행운을 빌어."

그런 연유로 제2번(카펠라인부터 세면 제3번) 외계인이 나타났을 때, 우리에게는 외계 언어 전문가가 없었다. 그때의 이야기는 대부분 알 것이다. 새로 온 우주선의 경로는 도마뱀들과 똑같았다. 달 상공 이삼 회 통과, 착륙 후 광석 더미 조사, 그러고는 지구 궤도에 진입해 전송 시작. 변화가 생겨난 것은 우주선이 지구 상공을 도는 두 개의 폭탄을 발견했을 때였다. 우주선은 전송을 멈추고 전 세계가 지켜보는 가운데 가만히 삑삑이 하나를 따라갔다. 레이저 손가락은 없었다. 대신 우리는 새로 온 우주선에서 안개 같은 것이 흘러나와 삑삑이를 감싸는 걸 보았다.

"우주선이 그걸 녹였어!" 해리가 인터콤으로 소리쳤다. 안개가 움직이자 삑삑이가 완전히 사라진 것을 알 수 있었다. 우주선이 다른 삑삑이를 향해 나아가고 있었다.

"새 우주선, 하늘에서 폭탄 제거! 우주에서 온 위험, 파괴되다!"

기억하시는지?

다른 삑삑이도 사라지자, 우리의 새 친구들은 전송을 재개했다. 이제는 틸리가 우리의 수석 언어학자 직무 대행이었다.

"맥스, 어떡하지? 조지는 복귀 지시를 못 받은 체할 거야!"

"자기가 할 수 있어. 조그만 작대기 그림들에 어려울 게 뭐가 있어? 만화책 읽듯이 읽으면 되지."

"조그만 작대기 그림으로 누구세요? 어디서 오셨어요? 말해본 적 있어?" 틸리가 신랄하게 물었다.

하지만 작대기 그림들은 정말이지 인간 형체에 가까운 데다 아주 평화스러워 보였다. 우주선이 반복해서 보여준 어느 그림에는 오월제 기둥 같은 것을 둘러싸고 춤을 추는 크고 작은 형체들이 있었다.

"작은 형체들은 그들인 것 같고, 큰 형체들은 우리야." 틸리가 말했다.

"그러길 바라야지. 그럼 이 그림은 착륙을 원한다는 의미겠네, 맞아?"

우리가 퀘벡 북부의 불탄 황야에 그 우주선을 착륙시킨 걸 기억할 것이다. 카펠라 아가씨들에게 해줬던 것 같은 환영 파티는 없었다. 공식적인 특별관람석도 없었다. 그저 텅 빈 평원과 비행운이 가득한 하늘, 착륙하는 커다란 금색 우주선을 겨냥한 각기 다른 다섯 대의 과잉 살상 무기들뿐이었다.

에어로크가 열렸다.

텅 빈 평원으로 무엇이 걸어 나왔는지는 누구나 기억할 것이다. 120센티미터쯤 되는 키에 고급 버터 색깔을 띤 일단의 작은 형체들. 머리에는 얼굴을 반쯤 가리는 웃기게 생긴 작은 헬멧을 쓰고 몸은 관절로 연결된 노란색 갑옷을 입은 듯했다. 시리얼 상자처럼 생긴 살인광선 총을 들고 있었는데, 한 명씩 총을 쳐들고 엄숙하게 척척 걸어가더니 한곳에다 쌓아 무기 더미를 만들었다. 그러고 그들은 손을 잡고 노래하기 시작했다.

나중에 '시그너스의 소리'라고 알려지게 되는 그것을 전 세계가 처음으로 경험하는 순간이었다. 내가 듣기에는 사실 톱연주 소리와 크게 다르지 않았지만, 그게 얼마나 인기를 끌었는지는 다들 알 것이다. 오 내 귀마개, 그런 게 유행했다니! 맞다, 여러분에겐 십 대 아이들이 있었다. 우리 사무실에서 그 소리가 들리면 일 분도 안 돼 피바디 여사께서 경기를 일으키셨다.

우리가 '소리'에 열중해 있는 사이에 우주선에서 두 번째 작은 버터인ㅅ 무리가 둥근 구가 달린 장대 하나를 들고 행진해 나왔다. 멀리서 방아쇠에 건 손가락들에 힘이 들어갔다. 하지만 그들이 한 일은 앞서 전송했던 그림에 있는 오월제 기둥처럼 가운데에다 장대를 놓고 더 크게 노래하는 것이 다였다. 누군가가 인사해 오기를 기다리면서.

오래지 않아 환영 위원단이 벙커에서 기어나왔고, 두 번째 외계인 접촉이 진행되었다.

먼젓번의 야단법석과 비교하면 상당히 간소했다. 이번에는 훨씬 어른스럽게 굴러갔다. 섹스도 없고, 불꽃놀이도 없었다. 그저 진지하게 우리 언어와 관습을 배우는 데 흥미를 보이는 일단의 예의 바른 작고 노란 멍게들이었다. 그들의 주요 관심사는 우리 음식으로 인한 식중독을 피하는 것인 듯했다. 그들이 채식주의자였다는 건 아셨던가? 그들은 우리가 묻는 모든 질문에 답해줬을 뿐만 아니라, 묻지 않은 질문에 대해서도 답을 해줬다. 고향 행성이 시그너스 61이라는 사실이 곧바로 확인되었다. 살인광선 총은 레이저였다. 그들이 견본을 나눠주었다. 우리의 전자 감시에 대해서는 건지종 젖소 무리에서 예견되는 정도의 반대 의사를 표명했고, 우리가 원하는 건 뭐든 자기네 우주선에 가지고 들어가게 해주었다. 해리가 거기에 관여하고 있었다.

"전반적으로는 카펠라 것들과 똑같아." 그가 보고했다. "그리고 상당히 오래됐어. 어딘가에서 중고를 구매한 것 같아. 보조 비행정 두 대가 실려 있어. 표준적인 소형 미사일 몇 기와 그 입자 안개 거시기를 제외하면, 눈에 띄는 큰 무기는 없어. 그 입자 거시기는 촉매 효과로 보이고."

"왜 그들이 만든 게 아니라고 생각해?"

"기술적인 질문을 할 때마다 설명서를 꺼내 보더라고. 결국은 설명서 전체를 복사하라고 내주더군. 우리 몫을 가져왔어. 조지는 어디 있어?"

"불러도 소용없을 거야. 눈앞에 수백 개 언어가 있는데 언어 하나가 대수겠어? 조지는 저 위에 자기 로제타석과 같이 있어. 산소가 고갈될 때까지 꿈쩍도 안 하지 싶어."

해리가 뭔가를 생각하면서 말했다. "웃기는 건, 우주선 곳곳에 그 오월제 기둥 같은 것이 갖가지 크기로 있었어. 커다란 방 하나는 딱 예배당처럼 생겼고. 신앙심이 깊은 것 같아."

때마침 해리 스스로가 신앙심이 깊은 사람이라는 사실이 떠올랐다.

그리고 당연히 그건 우리 손님들에 관한 중요한 정보였다. 이런 종교적인 측면이 등장하기 전만 해도 시그너스인들은 뉴스 가치 면에서 대략 냄비받침 제조협회 수준으로 전락할 위기에 처해 있었다. 공식 순방 일정이 시작되자 '소리'가 찬송가라는 사실이 금방 밝혀졌다. 그 사진들 기억날 것이다. 어디로 가든, 새벽과 정오와 일몰이면 오월제 기둥을 세우고 손을 잡고 둥그렇게 서서 노래하며 구경꾼들에게 같이 하자고 손짓하던 그 작고 노란 친구들 말이다. '소리'와 친근한 외모 덕분에, 특히 젊은층에서 응하는 사람들이 많았다.

그들은 그게 기쁜 듯했다. 그들은 사람들을 불렀다. "너 와? 너 와?" 그리고 노래가 끝나면 옆 사람들의 얼굴을 살피듯이 올려다보며 물었다. "좋아! 너 좋아? 좋아?" 사람들이 마주 웃어주면 시그너스인들은 손을 잡고 꽉 쥐곤 했다. 그들의 손은 차갑고 연약하게 느

꺼졌다. "종이 장갑을 낀 아이의 손 같습니다." 어느 기자가 말했다.

"난 저들이 정말 귀여워." 피바디 부인이 실토했다. "밑에서 올려다보는 저 작은 갈색 단추 같은 눈을 좀 봐."

"전 호빗이 떠올라요." 틸리가 말했다. "갑옷을 입은 메리아독˙요."

"저건 갑옷이 아니라 외골격이야." 나는 틸리에게 말했다. "떨어지지 않아."

"나도 알아. 아 들어봐, 노래하려나봐."

그때쯤에는 우리도 기둥 끝에 달린 물체가 구가 아니라는 걸 알았다. 그건 대략 달걀 형태였고, 안쪽에 주름이 져 있었다.

"베이글 같아." 피바디 부인이 말했다.

"저들은 '번데기' 또는 '위대한 번데기' 같은 말로 불러요." 틸리가 말했다. "고치에 든 시그너스인을 상징하죠. 얼굴이 보여요?"

"슬퍼 보여." 해리가 말했다.

노래에도 슬픈 느낌이 있었다. 슬픔과 감정적 고양, 그런 것들이 호소력을 크게 높여주었다. 그 노래들이 덮치자마자 음반사들은 장래성을 알아보았고, 이내 '소리'는 라디오 악단들을 위협했다. 우리가 자주 가는 음식점 주인 라파는 애가 셋인데, 제정신을 유지하기 위해 라디오를 부숴버렸다고 했다. 음, 다들 잘 아실 것이다. 시

▪ 『반지의 제왕』 시리즈에 등장하는 호빗. 애칭은 메리.

그너스인들이 세계를 돌면서 교회와 모스크와 절 앞에서 노래를 부르고, 유니테리언파 목회자가 나서 야외에서 공동 예배를 집전하고, 아이들이 오월제 기둥과 위대한 번데기 배지를 달고, 그 외에도 많은 일이 있었던 처음 몇 주간을 말이다. 은하를 건너 맞잡은 손. 오이쿠메네*!

여러분이 모르는 것은 '쎄ㄹ롭'이다. (우리가 이런 식으로 표기하는 건 강하게 웅웅거리는 ㄹㄹㄹ 음을 나타내기 위해서다. 시그너스인들은 폐쇄음과 협착음에는 강하지만, 우리의 비음과 반모음 발음에는 애를 먹는다, 라고 틸리가 말했다.)

쎄ㄹ롭이 우리에게 온 건 서반구 시그너스 일행이 처음으로 워싱턴 DC를 거쳐갈 때였다. 우리는 대규모 공식 환영 행사에서 그를 만났다. 왠지 모르게 초라하고 색도 다소 옅어 보이는 시그너스인이었다. 예의 언어 공부에 관심이 많은 이들 중 하나로, 그와 틸리는 급속도로 친해졌다. 우리는 국장을 통해 순방단이 이동할 때 남아달라고 그에게 요청했고, 정부가 시그너스 일행과 사실상 일주일 동안 동침하다시피 한 후에, 놀랍게도 그를 확보할 수 있었다. 시그너스인들은 우리 언어를 배울 기회만 있으면 언제든 달려들었다. 아마도 우리 언어의 가짓수에 놀랐으리라.

---

* 신약성서에 나오는 단어로 '사람이 사는 모든 땅, 세계, 우주'를 뜻하는 헬라어다. 모든 이해관계를 뛰어넘는 연합과 일치의 정신을 뜻한다.

쎄르롭과 관련하여 중요한 것은 그가 다르다는 점이었다. 시그너스판 주변인 같다고 할까. 이유는 알아내지 못했다. 절지동물의 발달 초기에 있을 만한 심리적 문제를 누가 어떻게 평가할 수 있겠는가? 어쨌든, 그는 우리에게 몇 가지 새로운 시각을 제시해주었다. 첫 번째는 시그너스인의 감정에 관한 것이었다.

시그너스인들이 어쩐지 늘 단정하고 명랑해 보였던 것을 기억하는가? 음, 쎄르롭이 우리 일행에 끼어 고기를 먹어보려 했던 날, 그 오해가 풀렸다. 라파네 가게에서 조지가 쎄르롭이 먹을 샐러드를 주문하는데, 쎄르롭이 평소보다 색이 더 노랬다.

"앗니!" 쎄르롭이 혀 차는 소리를 냈다. "나는 넛히와 같은 걸ㄹ 먹는다!"

우리의 만류를 뿌리치면서 그는 점점 더 노래졌다. 미트볼이 나오고, 쎄르롭은 위기에 처했다. 시그너스인의 헬멧 위로 오종종하게 튀어나온 볏이 사실은 화학수용기이자 귀라는 걸 알았는가? 고기를 보자 쎄르롭의 수용기가 움츠러들기 시작하더니 '헬멧'이 매끈하고 둥근 구가 되어버렸다. 그가 미트볼을 한 입 떠넣고 한 번 씹더니 다급하게 주위를 두리번거렸다. 그 몸짓이 너무 인간적이라, 나는 일어나 우주에서 온 우리 손님을 라파네 가게 화장실로 모실 준비를 했다. 하지만 그는 미트볼을 억지로 삼키고는 앉아서 숨을 거칠게 몰아쉬었다. 쎄르롭은 단호한 녀석이었다. 틸리가 미트볼 접시를 가로채듯 샐러드로 대체했고, 얼마가 지나자 그의 볏도 다시 나왔다.

그 사건이 우리에게 실마리를 주었다. 그날 밤 텔레비전에 솔트레이크시티 모르몬교 사원 근처에서 열린 시그너스 음악 축제가 나왔다.

"맥스!" 틸리가 기겁했다. "저 머리들 좀 봐!"

시그너스인들의 머리가 하나같이 당구공처럼 매끈하고 동그랬다. 게다가 매운 카레처럼 강렬한 색을 띠고 있었다.

"심한 공포, 혐오감, 반감…… 우주를 돌아다니는 조용한 사회학자 일행에게서 나타나기에는 이상한 감정들이야."

"쎄르롭에게 물어봐야겠어."

"아주 조심스럽게. 아주, 아주 조심스럽게."

참으로 기이한 일이지만, 해리가 벌써 그 일을 마쳐놓았다. 우리는 그가 입자물리학에 상당히 많은 종교적 논의를 섞고 있었다는 걸 알게 되었다. (물리학자들이 전능한 신을 어디에 위치시키는지 나로서는 아무래도 이해가 안 되지만, 기묘하게도 요즘은 물리학자들이 가장 열성적인 신의 수호자들인 듯하다.) 어쨌든, 해리가 위대한 번데기에 관한 자초지종을 설명해주었다.

"음, 너희도 시그너스인이 알에서 부화한다는 건 알 거야. 나중에 변태를 거쳐 우리가 만난 성인 형태가 되지. 그들의 종교는 또 한 번의 변태를 통해 날개 달린 형태로 변할 수 있다는 믿음을 기반으로 하고 있어. 그래, 날개. 정말 아름답지. 그런 변태는 지금껏 딱 한 번 있었는데, 그걸 이룬 존재가 바로 위대한 번데기야. 그는 박해받고 고문받았어. 저들은 다소 끔찍한 처형 방법을 쓰는데, 아니, 썼는데, 희생자를 산성 물질에 적신 천으로 싸서 산 채로 살이 녹아내리게 하는 방법이지. 그게 그 기둥 위에 있는 형상이야. 그것의 원초적인 유사물이 뭔지 알겠지?" 해리가 말을 멈췄다.

우리는 영 사람이 달라 보이는 새로운 해리를 쳐다보며 말없이 고개를 끄덕였다.

"그래. 음, 위대한 번데기는 그 고통 속에서 궁극적인 변태를 이뤄내고 날개 달린 형태로 추종자들 앞에 나타나…… 상당히 놀랍지, 그렇지 않아? 11광년이나 떨어져 있는데—"

해리가 자기 교회에서 열리는 일요일 예배에 쎄르롭을 초대했다고 했다. 그때껏 지구의 종교 시설에 실제로 들어가본 시그너스인이 없었다는 사실을 우리가 알았던가? 쎄르롭이 그 일을 어떻게 느끼는지는 곧 알 수 있었다. 두려워했고 거북해했지만, 그는 굳건했다. 예배가 끝난 뒤에 우리를 만났을 때도 그의 볏은 여전히 반쯤 움츠러들어 있었다.

해리는 그에게 기독교 교리를 상세히 설명하고 있었다. 몹시 흥분한 시그너스인은 혀 차는 소리를 연발했고, 우리는 거의 알아들을 수가 없었다. "나답타! 나답타!" 그는 외쳤다. 우리는 그 말을 놀랍다로 받아들였지만, 어쩌면 나빴다였을까?

쎄르롭은 더 많은 정보를 원했고, 틸리가 나서 해리가 다니는 교회의 의례뿐만 아니라 이슬람과 힌두, 그리스, 로마, 히브리 교리들까지 찾아볼 수 있는 종교학 사전을 찾아주었다. 해리의 얼굴빛이 어두웠다. 틸리 말로는 촛불 사용의 타당성 같은 문제들을 깊이 고민하게 된 영향이라 했다.

다음 날 아침, 나는 상당히 진한 노란색 기분으로 해리의 사무실에 들어갔다. 그는 칠판에 뭔가를 끄적거리고 있었다.

"해리, 우선은 축하해. 이곳에 모인 재능들은 언제 봐도 놀라울 뿐이야. 하지만, 내 말을 참고 들어줘, 확실하게 짚고 싶은 게 하나 있어. 넌 저 우주선의 공격력에 관한 공식 평가에 완전히 100퍼센트 만족해?"

그는 은하 규모의 복음주의 꿈에서 깨어나 경멸하듯이 나를 쳐다보았다.

"무기 말하는 거야?"

"맞아, 무기. 화염방사기, 원자 분해기, 병원균. 날 피해망상에 빠진 놈이라고 해도 좋아, 해리. 저들이 마음을 먹으면 우리를 어떻게까지 할 수 있을까?"

"정말이지, 맥스." 그가 한숨을 쉬었다. "음…… 그들에겐 그 단거리 레이저가 있고, 그리고 아마 우주선 살 때 딸려 왔을 쉰 개 정도의 전술 핵미사일이 있어. 융합 성능은 우리보다 떨어져. 느리기도 하고. 보조 비행정들도 전속력을 내봐야 마하 1을 크게 뛰어넘지 못해. 아주 취약하지. 우주선에는 실험실이나 배양소도 없어. 최소한의 단순 기계 가공 설비가 있을 뿐이야. 그들의 주 추진체도 대기

중에서는 이동용 화염방사기로 쓸 수 없을 게 확실해. 대기권 밖 공격에 필요한 적절한 유도 장치도 없어. 내 생각에 공식 판단은 상당히 정확해. 그들이 할 수 있는 최대치는 기껏해야 우리 방어 체계가 대응하기 전에 커다란 목표물에 요행히 몇 방 맞히는 게 다일 거야."

그가 방정식 두 개에 거세게 가위표를 쳤다.

"해리, 저 우주선에 뭐라도 네가 이해되지 않는 게 있어?"

"아니. 전체적으로는 없어. 아, 어쩌면—"

"어쩌면?"

"필요 이상으로 커 보이는 발전기가 한 대인가 두 대 있었어, 그게 다야. 그냥 발전기야. 시그너스인들이 우주선을 살 때부터 있던 것인지도 모르지. 어쩌면 지상 시설에 전력을 대기 위한 것이었을지도 모르고. 맥스, 뭐가 걱정이야? 지금 우리에겐 세상에서 제일 중요한 일이, 그리고 당당하게 말하지만, 생각할 수 있는 제일 달콤한 일이 있는데…… 아마 넌 이해 못 하겠지, 맥스. 안됐어. 난 무신론자들이 다 불쌍해 보여. 하지만 분명 이해하는 사람들이 있어."

"그래, 해리, 난 이해 못 하는 것 같아. 하지만 내가 왜 이러는지 알려줄게. 난 역사를 읽었어. 지구의 역사 말이야. 종교적 상징물을 가득 실은 커다랗고 이상한 배라고 하면, 토착민들의 관습에 반감을 갖는 신앙이 독실한 낯선 종족이라고 하면, 뭐 생각나는 거 없어, 해리? 뭔가 번쩍 떠오르지 않아?"

"미안하지만, 아무것도." 해리가 칠판을 지웠다. 우리의 안락한 작은 가게는 하나가 아닌 여러 방식으로 침략당하고 있었다.

　다음 날 틸리가 준 사전을 탐독한 쎄르롭이 사무실에 나타나면서 침략은 한층 더 강화됐다. 우리는 시그너스인의 또 다른 감정을 알게 됐지만, 당시에는 그게 무엇인지 확신하지 못했다. 처음에는 그가 아프다고 생각했다. 자꾸 부스럭대면서 펄럭거리는 소리를 냈는데, 우리가 보기에는 외골격 관절이 서로 부딪치며 나는 소리였다. 그는 아픈 게 아니라고, 뭔가 다른 거라고 했다.

　그는 자꾸 되풀이해 말했다. "나쁘다, 나쁘다! 슬프다! 그—뭐랄르까—그는 너무 완저다! 너무 알르름답다! 크흐, 너무 나쁘다! 크흐크흐흐!"

　마지막으로 그가 보이지도 않을 만큼 빠른 속도로 양쪽 팔꿈치를 흉갑에 대고 문지르기 시작했다. 가늘고 새된 소리가 대기를 찢었다.

　틸리가 진동하는 그의 한쪽 손을 잡자 그가 마주 잡았다. 시그너스에서도 손을 잡는 행위의 의미는 지구와 마찬가지인 듯했다. 그는 매미 울음소리를 멈추고 진지하게 우리 얼굴을 쳐다보았다. 그러더니 해리조차 동요할 만한 이야기를 했다.

　"이처덤 멀르르리! 이처덤 마는 광녀느르르!" 그가 두 팔을 벌려 우리가 알기로는 위대한 번데기 날개를 상징하는 자세를 취했다. "그는 이곳세도 있다!" 그가 외쳤다. 그러고는 곧장 성큼성큼 복도를 지나 록크리크 공원 쪽으로 향했고, 유엔 경호원이 허둥지둥 뒤를 따랐다.

두 시간 후에 우리는 쎄르롭이 국무부에 들이닥쳐 멕시코를 순회하고 있던 일행에게 돌아갈 비행편을 요구한 사실을 알게 되었다. 그는 일행들에게 긴급하게 할 말이 있다고 했다.

이런 소란통에 달에 있는 우리 직원, 이름하여 조지가 보낸 은밀한 신호가 당도했다. 예상했던 대로 틸리의 상사는 그 폭발성 보물 사전과 함께 메르세니우스에서 멀리 떨어진 곳에 비밀리에 살림을 차렸다. 그가 메르세니우스 기지에 있는 옛 친구를 찾아내 시그너스인들의 문자 데이터를 요구하는 메시지를 전달해 온 것이다. 그 신호는 이렇게 끝났다. "그 고도불포화 소인들을 믿지 마."

"소인들은 서로 질색하지." 틸리의 평이었다.

당연히 시그너스인들에게도 첫 접촉 때 썼던 만화 같은 문양들뿐 아니라 어엿한 문자언어가 있다는 걸 누구나 알지만, 조지는 떠나기 전에 그걸 보지 못했다. 틸리가 시그너스어 문자 자료를 모으는 사이에 나는 조지가 해독하고 있는, 글씨로 뒤덮인 미사일의 음화사진들을 뽑았다. 상황은 상당히 고약해 보였다. 외국어라곤 본 적이 없는 오지 중국인이 혼자서 다섯 가지 유럽 언어로 적힌 'Ne pas se pencher en dehors(기대지 마시오)'를 해독하려면 어떻게 될까? 그런데, 음, 믿기지 않을지 모르지만, 사진에는 장당 약 오백 종류의 낙서가 있었다.

"틸리 아가씨, 이중에 시그너스 문자가 어떤 건지 알겠어?"

"몰라."

"그들이 준 우주선 설명서는 어때, 그걸로 문자를 비교할 수 있지 않을까?"

"그건 우주선을 만든 쪽에서 썼지. 내용도 도형과 수학이고."

"그럼 우리가 가지고 있는 시그너스어 문자 표본이 없어?"

"대부분 필기체야."

뭔가 심각한 문제가 있었다. 틸리가 암컷 호저만큼 예민해져 있었다. 나는 틸리를 끌어당겼다.

"너도 내가 망나니처럼 군다고 생각하는군. 이봐, 왜 이래. 자봐, 난 그냥 걸핏하면 겁을 집어먹는 네가 아는 그 이교도 맥스일 뿐이야."

"내가 보기에 넌 해리에게 용서할 수 없는 존재가 되고 있어." 틸리가 본론을 꺼냈다. 그러고는 눈을 가늘게 뜨고 반지르르한 머리카락 사이로 흘겨보았다. "맥스, 진짜로 겁이 나?"

"물론이지. 자기, 너무 겁이 나서 잘 때도 그 생각을 해."

"하지만 맥스, 대체 뭐가?"

"아, 역사지, 미시-거시 평행이론. 모르겠어. 그게 제일 문제야. 여기서 뭐가 나올 수 있을 것 같아? 생각 좀 해봐."

틸리는 생각했지만, 화요일 내내 진전이 없었다. 그리고 수요일에 무슨 일이 있었는지는 다들 기억할 것이다.

서반구 시그너스 일행은 브라질 상파울루에 있는 라 다마 드 어쩌고저쩌고 성당 앞 광장에서 저녁 합창회를 열고 있었다. 안에서는 막 소규모 미사가 시작될 참이었다. 시그너스인들이 평소처럼 둥글게 서는 대신 대성당 계단에 한 줄로 늘어서는 바람에 인간 미사 참석자들이 안으로 들어갈 수 없게 되었다.

성직자 두 명이 나와 항의했다. 시그너스인들은 버티고 서서 계속 노래했다. 군중이 우왕좌왕했다. 신부가 한 시그너스인에게 손을 대자 그는 물러났으나, 다른 시그너스인이 그 자리를 채웠다. '소리'가 높아졌다. 대성당 종들이 울리기 시작했다. 누군가가 경찰을 불렀고, 소란에 사이렌 소리가 추가됐다. 혼란이 절정에 달했을 때, 감정 탓에 밝은 주황색이 된 두 시그너스인이 성당 입구에서 안쪽까지 통하는 중앙부로 진격해 들어가 제단에 작은 물건을 올려놓고는 다시 밖으로 나와 합창단에 합류했다.

삼십 초 뒤에 대성당의 제단 구역이 밝게 빛나며 놀라운 소리를 방출하더니 폭발했고, 밀가루 같은 고운 가루가 되어 광장 위로 치솟았다가 모두의 머리 위에 내려앉았다.

소동이 벌어지는 틈에 시그너스인들은 광장 뒤쪽으로 물러나 원을 그리고 섰다. 이내 그들이 모종의 에너지 방어막을 두르고 있다는 사실이 밝혀졌다. 늘 가지고 다니는 커다란 상자에서 생성되는 듯했다. 국방부 연구개발국은 그 상자를 앰프라고 판단했다.

우리가 이 소식을 삭이고 있는 와중에, 동반구 시그너스 일행이 거의 똑같은 짓을 벌인 결과, 일본 교토에 있던 금각사가 소멸했다는 소식이 전해졌다.

시그너스 우주선의 보조 비행정 두 대가 다 유지 보수를 위한 정기적인 시험비행을 핑계로 밖에 나와 있었다는 사실이 그제야 주목을 받았다. 잠시 후, 비행정들이 향하는 곳이 명확해졌다. 해리가 전해준 평가는 상당히 정확했다. 비행정들은 느렸다. 서반구를 맡은 비행정이 퀘벡에서 1만 1000킬로미터를 날아 상파울루에 있는 시그너스인 일행에게 가는 데 여섯 시간이 넘게 걸렸다. 도중에 유달리 모험심이 강한 우리 이웃 하나가 그 비행정 역시 알 수 없는 형태의 방어막으로 보호되고 있음을 발견했다. 그리고 비행정이 서반구 시그너스인들을 태우고 피곤한 듯 마하 1의 속도로 귀가하는 중, 우리 공군이 값비싼 방식으로 그 사실을 재차 확인했다.

그러는 사이에 어느샌가 모선의 선체 또한 둥근 구로 감싸였다. 안에 지구인 기술자 여덟 명을 태운 채.

"음, 그 발전기가 무엇에 쓰는 물건인지 이제는 알겠네." 다음 날 아침, 나는 안절부절못한 채 해리의 사무실을 서성거리며 말했다.

나는 머리를 굴렸다. "흥미로운 전술적 문제가 하나 있어. 허술하고 낡고 제대로 유도도 안 되는 핵폭탄 몇 기로 무얼 할 수 있을까? 어디가 됐든 원하는 곳에 완벽하게 안전한 상태로 가져갈 수 있다 치고."

해리가 서류 뭉치를 쾅 하고 내려놓더니 폭발하듯 숨을 들이쉬고 내쉬었다. 그가 다시 숨을 들이쉬는데 전화벨이 울렸다.

"언제? 누구? 여기로 보내. 우리한테 와야 해! 뭐? 알았어, 너희 그 빌어먹을 절차를 밟아보지 —" 그가 수화기를 쾅 내려놓았다.

"맥스. 놈들이 우주선을 잠깐 열고 우리 기술자들을 풀어줬어. 쎄르롭이 그때 같이 나왔고. 다쳤대. 국장 통해서 그와 연락해봐."

쎄르롭과 연락이 닿은 사람은 틸리였는데, 어떻게 했는지는 나도 모르겠다. 다들 그랬지만, 우리 국장도 시그너스인들이 저지른 만행으로 인한 동요에 휘말려 있었기 때문이다.

언론은 사태를 따라가는 데 조금 느렸고, 처음에는 다른 어떤 것보다 더 큰 혼란을 양산했다. 하지만 다음 날, 시그너스인들이 유유히 밀라노성당과 시카고 바하이사원을 증발시켰을 때는, 방송사들이 제대로 치고 나갔다. 다들 기억하겠지만, 그때부터는 어쩔 줄 모르는 분노의 외침밖에 없었다. 무슬림 세계는 관망하는 분위기였는데, 그러다가 금요일에 이스탄불 아흐메드블루모스크가 가루가 되었다. 그래도 첫 주에는 아무도 살해되거나 심하게 다치지 않았다.

쎄르롭만 제외하고.

우리는 앤드루스 공군기지에서 들것에 누운 그를 만났다. 그는 해리를 만나서 기쁜 듯했다.

"나 서ㄹㄹ명," 그가 힘없이 가늘고 새된 소리를 냈다. "나는 설명하려고 해써—" 담요를 덮은 그가 잠시 경련을 일으켰다. 눈에 보이는 그의 외골격은 짙은 노란색이었지만, 보이는 부분이 많지 않았다. 놈들이 그에게 산성 물질을 붓고 문질렀다. 우리 의료진은 명백히 원론적인 처치 외에는 외계 생물에게 해줄 수 있는 게 많지 않았다. 화상을 입은 인간과 마찬가지로, 그는 독혈증을 앓았다.

시그너스인들이 자체 방송을 시작한 것이 그날 아침이었다. 왜 그렇게 우리 언어를 배우려고 열성이었는지가 그제야 분명해졌지만, 그렇다 하더라도, 그들이 전달하려 한 첫 메시지들이 계몽적이기보다는 자극적이었다는 걸 다들 기억할 것이다. 우리 가게는 우주선에 갇혔던 여덟 기술자의 보고서 사본을 재빨리 입수하는 특혜를 누렸다. 시그너스인들은 집중적인 브리핑 시간을 가진 뒤에 기술자들을 풀어주었다.

"종교 박해가 없어졌다더니, 망상이었군…… 해리, 유감이야."

그는 고개를 푹 숙인 채 두 손으로 머리를 감싸고 있었다.

"초기 기독교 선교사들의 역사를 보면, 그러니까, 폴리네시아나 아프리카—"

"제기랄, 맥스, 역사를 읽는 사람이 너밖에 없다고 생각해? 이건 그냥 그러니까, 내 잘못이야. 내가 전체 상황을 잘못 본 거야. 그들의 관점에서 보면, 우리는 이교도지. 잔소리 안 해도 알아. 그놈들은 이해해보려는 시도조차 안—"

"얼마나 많은 선교사가 토착민들의 종교를 이해해보려 했겠어? 그냥 우상을 내던지고, 주술 도구를 불태우고, 사원을 무너뜨리고…… 말도 못 하게 야만적인 의식들이 있었지, '나는 믿는다'라고 말해야 끝나는."

"쎄르롭뿐이야. 그는 시도했어."

"맞아, 그는 시도했지. 물론 그도 신자지만, 개방적이야. 해리,

결국 이 모든 일은 배를 장만해서 이교도들에게 말씀을 전하러 떠난 한 떼의 헌신적이고 미개한 근본주의자들을 의미해. 핵폭탄을 싣고 말이야."

"선교사는 핵을 싣고." 피바디 부인이 무리하게 농을 던졌다가 황급히 입을 닫았다.

"이게 다 내 탓—"

"그러지 마, 해리. 총이 발사되는 걸 보기 전에 누가 그게 총이라는 걸 알았겠어? 그냥 꼴사납게 생긴 방망이 정도로 생각했겠지. 우리는 에너지 방어막인지 뭔지를 만들어내는 발전기를 본 적이 없잖아."

"하지만 그놈들은 어떻게 이런 일이 성공할 거라 생각해?" 틸리가 물었다. "말이 안 돼! 전 세계 인류가 위대한 번데기를 숭배하도록 만든다고? 우리는 같은 종도 아니잖아. 미친 생각이야."

"남매가 결혼하는 일부다처제 문화에서 성가족은 어떻게 보였을 거 같아? 그런 건 중요하지 않아. 미쳤든 안 미쳤든, 총칼에 의한 개종은 효과적으로 작동할 수 있어. 하나만 볼까? 성베드로성당이나 웨스트민스터성당이나 성소피아성당이 파괴되는 걸 막으려면 어떤 대가를 치르면 될까? 아니면 크렘린궁전은? 친구들, 너무 확신하지 마. 장담컨대, 가까운 미래에 너희는 카터배런*에서 열리는 위

• 워싱턴 DC 록크리크 공원에 있는 4200석 규모의 야외 콘서트장.

대한 번데기 예배에 참석하고 있을 거야."

"너는 어쩌고?" 틸리가 딱딱거렸다.

"정화." 해리가 중얼거렸다. "불." 그의 눈은 바이마라너 사냥개의 눈처럼 옅고 맑았다.

"맥스, 초기 기독교인들은 살아남았어. 지하, 카타콤에서. 순교자들의 시대를 말이야. 박해를 뚫고 부활이 올 거야."

나는 예수회를 견디고 살아남은 토착 종교가 몇 개나 있는지 대보라고 하고 싶은 걸 꾹 참았다. 내겐 다른 걱정거리가 있었다.

"틸리, 쎄르롭이 말은 할 수 있어? 급한 일이야."

음, 그때의 상황은 다들 알 것이다. 대중의 동요와 시그너스인들의 간결한 최후통첩에 대한 뻔하고도 한심했던 우리의 용감한 대응을. 사람들이 제일 분노한 건 아마도 그 끈질긴 전도 광고의 수준이었으리라. 놈들은 우리에게 석기시대 스탠리*라는 딱지를 붙인 것이 분명했다.

"우리 무기가 여러분의 무기보다 강력하니, 여러분은 위대한 번데기야말로 진정한 신임을 알 수 있습니다. 여러분의 가짜 신들은 여러분은커녕 자기 자신도 보호하지 못합니다." 그야말로 19세기

• 미국의 극작가 테너시 윌리엄스의 대표작 『욕망이라는 이름의 전차』에 나오는 등장인물. 주인공의 매부인 그는 하사관 출신의 영업 사원으로 단순하고 폭력적인 사고와 행동을 보여주며, 아내가 아이를 낳으러 간 사이에 처형을 성폭행하는 인물로 그려진다. 스탠리라는 이름을 어원으로 분석하면 석기시대 대장장이를 뜻한다는 구절이 나온다.

선교 안내서의 첫 장 그대로였다.

모두가 위대한 번데기의 아이들이라는 우주판 사해동포주의에 입각해 그들이 우리의 소소한 종교 분쟁을 끝낸다는 부분은 그리 나쁘지 않았지만, 나는 아무래도 인간들이 자신을 애벌레라고 생각하게 될 것 같지는 않았다. 하지만 더 고차원적인 교리적 신비와 더불어 그들이 우리의 성과 짝짓기 관례에 관해 제안하는 것에 흥미를 갖는다면…… 비록 우리가 생물학적으로 좀 다르긴 하지만 말이다.

시그너스인들이 그런 측면들을 설명하는 와중에 영국 최고사령관이 우리가 가진 가장 큰 핵 달걀을 퀘벡에 있는 시그너스 우주선 위에 깔끔하게 올려놓았다. 방송이 멈췄다. 이틀이 지나 상황이 정리되고 나서 보니, 파편을 뒤집어쓰기는 했지만, 우주선은 여전히 그 자리에 서 있었다. 얼마 후 에너지 방어막에서 새로운 유형의 전파가 방출되더니, 핵폭발로 생긴 분화구 너머 사방 수 킬로미터 이내의 금속 조각이 몽땅 증발했다. 그러고는 종교 방송이 다시 시작됐다. 위대한 번데기는 그야말로 강력한 신이었다.

모두의 만류를 무릅쓰고 나는 쎄르롭에게 조지의 미사일 사진을 보여주고, 그중에 시그너스 문자가 있는지 확인해 의미를 알려달라고 했다.

"맥스, 대체 무얼 입증하고 싶은 거야? 거기에 시그너스어가 있다 해도, 그래서 어쩌라고? 지금은 우리도 어떻게 돌아가는 상황인지 알잖아."

"정말로? 너도 역사를 읽었다고 하지 않았어?"

하지만 쎄ㄹ롭은 거의 눈이 먼 상태였고, 몹시 허약했다. 그가 사진들을 알아보는 것 같기는 했다.

"안돼써!" 그가 다시 속삭였다. "크흐흐! 안돼써—"

"그를 괴롭히지 마, 맥스."

"잠깐! 쎄ㄹ롭— 틸리, 이걸 물어봐줘. 다른 이들이 있어? 쎄ㄹ롭과 비슷한? 여기로 오고 있어?"

그의 답을 듣지 못했지만, 여러분도 알다시피, 우리의 의문은 오래가지 않았다.

이 글은 그저 뒷이야기일 뿐이니 역사적 사건들은 건너뛰도록 하자. 꾸준하게 줄어드는 우리의 종교적 기념물들(샤르트르고딕성당이 파괴됐을 때도 내가 충격을 받지 않았다고는 생각 마시라), 서구만이라도 어떻게든 공존 방안을 협상하려 했던 바티칸과 이스라엘, 국제교회연합의 노력, 납득할 수 있을 만한 신학적 실수로 시그너스인들이 뉴욕증권거래소를 파괴한 날, 아랍연합의 자살 공격 시도, 칠레에 고립된 두 시그너스인에 대한 성공적인 습격, 중국과 소련의 공동 제안 등등, 다들 아는 이야기다. 이즈음에는 뒷이야기도 많지 않았다. 나는 국장과 열여섯 번에 걸친 긴 격론을 벌였지만, 논의는 막다른 길에서 끝날 뿐이었다. 그리고 두 번째 시그너스 우주선이 왔다.

우주선은 북아프리카 사막에 착륙했다. 앞서와 같은 일반형이지만, 약간 더 신형에다 더 울퉁불퉁했고, 색도 금색보다는 구리색에 가까웠다. 지난번과 똑같은 하선 의식이 있었다. 이번 시그너스인들은 확실히 주황색을 띠어서 붉은 시그너스인들이라고 불렸다. 다들 예상한 대로, 환영단은 눈에 띄지 않았다.

"증원부대일까?" 틸리가 물었다.

"그랬으면 정말 좋겠어." 나는 말했다. 틸리가 요사이 익숙해지고 있는 표정으로 나를 보았다.

"쎄ㄹ롭을 봐야 해."

"맥스, 그러다 그를 죽이겠어."

틸리 말이 맞았다. 쎄ㄹ롭은 새로 온 시그너스인들의 사진을 보자 몸을 떨면서 소리를 내는 행위에 돌입했다. 아니, 돌입하려 했다. 그 행위는 북받쳐 오르는 흐느낌처럼 불수의적인 듯했다. 그는 붕대 감은 몸을 마구 두드려대는 자신을 어쩌지 못했다. 그런 행위를 해봐야 좋을 일이 전혀 없어서, 결과는 끔찍했다. 극심한 고통을 겪는 그의 말은 거의 알아들을 수가 없었다. 마지막으로 분명하게 들린 말은, "나는 노력해써! 나는 노력해써!"였다. 그러고는 누가 봐도 사적인 기도가 분명한 말이 이어져서 나는 녹음기를 껐다. 그는 그날 밤에 죽었다.

나는 테이프와 함께 밤을 새웠고, 아침이 오자 다시 구성한 안을 들고 국장실 문 앞에서 기다렸다. 정오가 되어도 그는 오지 않았다. 직통전화를 담당하는 직원이 노란 시그너스 비행정과 붉은 시그너스 비행정이 교전을 벌였고, 그 와중에 마르세유가 대부분 사라졌다고 알려주었다.

오후 3시에도 국장은 여전히 고위층을 휩쓴 소용돌이 속을 돌아다니고 있었다. 나는, 표창장에 기록된 바에 따르면, '독립적 계획'을 실행하기로 마음먹었다. 망할 카타콤에 일급 사무용 가구를 들여놓을 자리가 얼마나 있겠는가? 난 잃을 것이 없었다.

내가 선택한 '독립적 계획'은 격식 있게 위조된 지령들과 그에 맞춰 그럴듯한 문구로 장식된 동의서들의 형태를 취했다. 육십 시간에 걸친 연쇄 위조의 끝에서 한 명의 살아 있는 우주해병대 중위가 나타났다. 구순 헤르페스가 있다는 것만 빼면, 딱 영화에 나오는 우주 영웅처럼 보이는 인물이었다. 그가 작전에 투입되었다.

그때쯤, 일 처리가 더 빠른 데다 실용을 더 중시하는 듯한 붉은 시그너스인들이 우리가 달기지들을 철수하면 화합 분위기에 더 도움이 될 것 같다는 결정을 내렸다. 기지 하나당 셔틀이 딱 한 번만 운행하게 되어 있었고, 공교롭게도 메르세니우스 기지가 두 번째 순서에 잡혔다. 내가 위장한 화물용 포드˙에 그 상자를 넣으려고 무슨 짓까지 했는지 얘기하려면 밤을 꼬박 새워야 할 것이다. 내가 미친놈인 데다 이미 말려봐야 소용없을 정도까지 갔다는 걸 안 해리가 큰 도움을 주었다. 그 뒤로 우리가 할 수 있는 건 기도뿐이었다.

˙ 항공기 외부에 장착하는 물체로, 안에 화물이나 각종 장비를 싣는다.

그때에는 붉은 시그너스인들과 노란 시그너스인들이 각자의 정규 방송으로 모자라 서로의 정규 방송에 대한 대응 방송과 떠들썩한 교리 선전과 대응 방송에 다시 대응하는 전파 방해 신호까지 내보내는 바람에 주파수대역이 너무 번잡해져서, 우리는 전자적으로 말해 사실상 눈이 멀고 귀가 먹은 상태였다. 나는 지금도 그들이 주장하는 위대한 번데기 종파 사이의 교리적 차이를 모른다. 성직자가 갖는 권력과 예언자들이라고도 하는 여러 작은 번데기에 관한 이견이 문제인 것 같았다. 해리는 지금 그걸 연구하고 있다.

내가 지구가 받은 우발적인 피해들을 기록하려고 애쓰던 중에 노란 선교사 비행정들과 붉은 선교사 비행정들 사이에 교전이 일어났다. 그들이 서로를 살육하고 있다고 전하던 뉴스 기사들, 기억나는가? 외부 사람들은 최소한 한쪽은 제거되리라고 진심으로 기대했다. 운이 좋으면, 양쪽이 서로를 죽여 없애는 요행을 바랄 수도 있었다. 내부 보고서들은 그런 희망을 주지 않았다. 그들이 서로에게 심각한 피해를 줄 수 있다는 확고한 증거가 없는 데다, 그들 간의 분쟁이 우리에게 주는 부작용이 혹독했다. 이제는 종교 시설들뿐만이 아니라 사람들이 살해되고 있었다. 마르세유가 시작이었고, 펜실베이니아주 앨투나와 우리의 불쌍한 옛 코번트리와 탕헤르가 뒤를 이었다. 작은 도시들은 말할 것도 없었다.

"이 단계가 지속되지는 않을 거야." 나는 단정적으로 말했다. "종교전쟁의 역사는 다 똑같아. 주된 공격은 적의 지도자들이 아니라 신자들에게 퍼부어지지. 저들이 전열을 정비하고 나면 우리 차례야. 우리는 이런 운명과 저런 운명 중에서 선택해야 할 테고, 선택하면 선택한 운명대로 살게 되겠지. 해리, 무슨 문제 있어? 내 말은, 특별히 말이야."

"휴스턴에서 두 우주선이 전송하는 새로운 유형의 전파를 잡았어. 행성 외부로 쏘는 것이었어."

"증원군 요청이야?"

"아마도."

"알레스 간츠 카푸트*…… 혹시 쎄ㄹ롭이 얘기했던 행성이 어딘지 알아냈어?"

"확실하지는 않아. 개인적으로는 시그너스 61이 아니었을까 싶어. 난 저 생물들이 시그너스 원주민일 것 같지 않아. 저들이 시그너스 61에서 왔다고 한 건 마지막으로 머무른 장소가 거기였다는 의미겠지. 어쩌면 거기 꽤 오래 있었을 수도 있고―"

"저놈들이 서로 경쟁하느라 그 행성의 지각을 파괴해버리기 전에 말이지."

"진짜 시그너스인들은 어땠을까 궁금해." 틸리가 한숨을 쉬었다.

"내가 궁금한 건 스턴헤이건 중위가 어디에 있을까야. 적어도 메르세니우스 철수 때 후송되지는 않았어."

---

* Alles ganz kaput. '모든 것이 망가졌다'라는 뜻의 독일어 문장이다.

당연하지만, 스턴헤이건 중위는 있어야 할 곳에 있었던 것으로 밝혀졌다. 그는 화물용 포드 안에서 지독한 이동 시간을 견딘 후에 영리하게 들키지 않고 탈출해서는 고생스럽게 먼 변경 지역까지 갔다. 우리가 그에게 줄 수 있었던 건 조그만 개인용 분사식 이륙 장치가 다였다. 백이십 시간에 걸친 뜀뛰기와 미끄러지기와 활공하기와 구르기 끝에 그는 평생의 일거리와 메르세니우스 기지 친구들에게서 용케 입수한 작고 근사한 수경 재배 장치를 껴안고 틀어박혀 지복을 누리고 있던 조지에게 닿았다. 젊은 우주해병대원은 지시받은 대로 조지에게 두어 가지 예리한 질문을 했다.

대충 예상했던 답들이 나오자, 스턴헤이건 중위는 설득하는 대신 곧바로 조지의 송기관에 마취제를 소량 주입했다. 그러고는 부지런히 움직여 미사일을 들어 조심스럽게 동굴 밖으로 끌어내고, 조지를 끌고 운석구덩이 벽면을 타고 산등성이 두어 개를 넘어가 잘 숨겨놓은 다음, 원격에서 레이저를 조종할 수 있도록 선을 깔았다.

앞서 봤듯이, 미사일이 세 번은 짧게 한 번은 길게 아름답게 타올랐지만, 당연히 지구에 있는 우리는 볼 수 없었다. 그 일이 끝나자, 앞서 얻은 타박상에 사소한 방사선 화상만을 더한 젊은 우주해병대원에게 남은 일이란, 야심을 제외하면 아무런 해를 입지 않았는데도 극도로 흥분하여 버둥대는 조지를 끌고 뜀뛰고 미끄러지고 구르며 백이십 시간에 걸쳐 텅 빈 메르세니우스 기지로 돌아오는 것밖에 없었다.

메르세니우스 기지는 기적처럼 우리가 보낸 은밀한 신호를 받고서 둘이 구조될 때까지 생존할 수 있을 만큼 충분한 물자를 남겨두었다. 조지에게 그 기간은 하고 싶은 말을 몽땅 할 수 있는, 그것도 만오천 번이나 되풀이해서 할 수 있는 기회였다. 그것도 스턴헤이건 중위가 받은 훈장이 기리는 공로의 반도 설명해주지 못한다.

그 뒤로는, 기다리는 일 말고는 아무 할 일이 없었다. 우리는 기다리고, 또 기다렸다. 달리 기다리는 것이 없었던 세상의 다른 사람들은 그저 일어나는 일들에 반응했다. 다들 알 것이다. 다행히 마르세유와 자이푸르, 그리고 노란 시그너스인들이 위대한 번데기교의 대규모 야외 세례식을 열었던 앨투나를 제외하면, 아직 인명 피해는 상대적으로 적은 편이었다.

시그너스인들에 관해 이 말은 해야겠다. 그들은 용감했다. 붉은 비행정이 날아들었을 때, 행사를 진행하던 노란 시그너스인들은 고개를 들어 쳐다보지조차 않았다. 그저 더 크게 노래할 뿐. 영광, 영광을.

그들이 주로 사용한 무기는 촉매를 활용하는 그 증발 장치를 변형한 것이었다. 지구의 연구개발진은 그 촉매가 연료 부산물의 형태로 제법 풍부하게 생산될 수 있다고는 짐작도 못 했었다. 지금까지 그들이 실제로 소모한 미사일은 고작 다섯 기에 불과하다고 집계됐다. 붉은 시그너스인들이 미사일 오십 기를 더 들여왔다고 치면, 총 구십오 기가 남아 있는 셈이었다. 그 미사일이 만들어내는 방사성낙

진의 규모도 우리의 최신 기술을 훌쩍 넘어선다고 밝혀졌다.

다음 한 주 사이에 우리 우주 감시 기지 두 군데가 녹아내려, 감시 기지라곤 이제 마지막 한 군데만 남은 상황에서, 지구로 다가오는 새로운 우주선이 감지되었다.

"증원군이야." 해리가 말했다. 그는 칠판지우개에 주먹을 날리는 게 습관이 되었다. 아주 살살 말이다.

"왜 그렇게 생각해?"

"양쪽 시그너스 우주선에서 쉬지 않고 전파를 보내고 있어."

하지만 증원군이 아니었다.

작고 푸른 우주선이 궤도를 한 번 돌고는 북아프리카 상공으로 내려왔다가 퀘벡으로 건너갔다. 그 우주선이 지나간 뒤에도 두 시그너스 우주선은 계속 그 자리에, 아무 해도 입지 않은 채 서 있었지만, 광채를 조금 잃었다. 지상에 있던 시그너스인들은 처음에는 숨을 곳을 찾아 허둥대다가 나중에는 각자의 우주선으로 몰려갔다. 우리는 도마뱀 우주인 쪽에서 시그너스어로 전송한 메시지의 일부만 포착했는데, 행성 교체에 관한 메시지 같았다.

서른 시간 뒤에 붉은 시그너스인들과 노란 시그너스인들이 가루가 된 도시 다섯과 셀 수 없이 많은 무너진 종교 시설과 미처 수를 다 세기도 전에 파괴돼버린 수많은 위대한 번데기 기둥을 남긴 채 우리 행성계를 떠났다. 푸른 도마뱀들도 떠났다. 우리는 아직도 그들이 어디에서 왔는지 모른다.

"넌 그들이 경찰일 거라고 짐작했지. 어떻게?" 해리가 물었다. 우리는 라파네 가게에서 조지의 귀환을 축하하는 중이었다. 스턴헤이건에 대한 분노가 사그라들자, 우주 열쇠가 범죄적으로 파괴된 데 대한 조지의 분노도 어느 정도는 열어졌다.

"감이지. 희미한 짭새 아우라에 대한 원초적 반응. 일단 그 둘을 순찰차에 탄 경찰이라 보면 모든 게 맞아떨어져. 한곳에 잠복하고 있을 수는 없지. 그래서 비상전화를 설치하고, 어떻게 작동하는지 시범을 보여주고는, 바이바이 하는 거야. '도움이 필요하면 비상벨을 누르세요', 맞지, 조지? 말해봐, 이 친구야, 언제부터 알았어? 됐어, 대답하지 마. 난 자기 종족은 물론이고, 자기 문화의 생존보다 지식을 더 중요하게 생각하는 사람을 존중하니까. 그걸 터트릴 생각을 잠깐이라도 했는지, 내 묻지는 않겠지만—"

"맥스!" 틸리가 소리쳤다.

"좋아…… 시그너스인인가 뭔가 하는 놈들이 뒤떨어진 행성들을 돌아다니며 난리를 피운다는 보고가 있었다고 해봐. 어딘가에, 소규모 정책 지도부가 있는 거지. '우리의 세미놀족을 살리자 협회' 같은 데서 압력이 들어와. 예산이 없어. 한 구역을 두 명이 담당해야 해. 아마도 가능성이 있는 꽤 많은 행성을 돌아다니면서 조명탄들을 남겼을 거야. 시그너스인들도 그게 뭔지 더럽게 잘 알았지."

"역사에서도 그래요?" 피바디 부인이 물었다.

"그렇지는 않죠. 확실히 옛날에는 아니었어요. 종파 간 분쟁에 걸려든 가난하고 미개한 이교도들은 그냥 고통받다가 끝났어요. 그건 그렇고, 우연히 십자군이 지나는 길에 있었던 사람들이 어떻게 됐는지, 읽어본 사람 없어? 우린 그걸 놓치고 있었어, 지금껏."

"그들의 종교는 어떻게 보면 좀 시적이었어요. 내 말은, 그 날개로 바뀌는 거ㅡ"

해리가 움찔하는 것이 보였다.

"역사 이야기를 더 원하신다면, 그다지 아름답지 않은 사실을 알려드리지요. 이런 것들은 다 초기 단계의 문제예요. 형식을 따지지 않죠. 유럽에서 타히티나 콩고에 가려면 몇 달씩 걸리고, 북미의 반이 야생이었던 때와 같아요. 개인 소유의 해적선 몇 척이 여기저기 노략질하고 다니는 거예요. 그들은 물러갔는데, 이제 우리에겐 무슨 일이 일어날까요? 우리는 우리의 야자나무들과 평화로운 생활로 돌아가게 될까요?"

"왜 안 돼?" 틸리가 어깨를 으쓱거렸다. 그러고는 말했다. "아."

"그렇지. 다음 단계는, 산업화된 국가들이 연합을 맺어 세계 지배를 위한 전쟁에 돌입하는 거야. 도조 장군*의 함대 같은 것이 석호 안으로 밀고 들어와 요새화된 기지를 세우면 사롱**을 두른 사람

---

* 도조 히데키, 1941년에 수상이 되어 태평양전쟁을 주도했다.
** 동남아시아, 남아시아, 서아시아, 북아프리카, 동아프리카, 서아프리카 등지 거주인들이 허리에 둘러 입는 옷.

들에게는 무슨 일이 일어날까? 그리고 니미츠 장군*의 함대와 연합
공군 함대 같은 것이 도조 장군을 쫓아내려고 온다면?"

"⋯⋯베트남." 해리가 중얼거렸다.

틸리가 뭔가 밝은 생각을 떠올리려고 애쓰다가 실패하는 것이
보였다. 틸리가 조지에게 음료를 따라주며 물었다. "쎄르롭이 몇 살
이었는지 아는 사람 있어?"

"응?"

"아이야. 우리 나이로 치면 열아홉 살쯤. 그는 이곳 원주민들에
게 관심을 두었다가 우리에게 미안해져서, 위대한 번데기의 성령이,
다른 형태지만, 이미 우리에게 닿았으니, 우리를 그냥 내버려두자고
선교단 지도자들에게 애원했지. 그 바람에 이단자가 된 거야."

"거기엔 어떤 평행이론이 있어, 맥스?"

우리는 그 얘기 직후에 자리를 파했고, 난 이 문제를 여러분에
게 맡기려 한다. 비키니라는 단어의 원래 의미와 함께.**

---

* 체스터 W. 니미츠, 2차대전 당시 태평양 함대 최고사령관으로 대일 작전을 지휘했다.
** 1946년 7월 프랑스 의류 디자이너였던 루이 레아르가 새로운 여성용 수영복을 출시하
면서 불과 나흘 전에 공개 핵실험이 있었던 마셜 군도 비키니환초의 이름을 따서 붙였
다. 미국은 비키니환초 주민들을 강제 이주시킨 뒤 1946년부터 1958년까지 스물세 차
례에 걸쳐 핵실험을 실시했다. 비키니는 원주민어로 '코코넛 껍데기'라는 의미였다.

고통에 밝은

Painwise

그는 고통의 방식들에 밝았다. 그래야 했다. 아무것도 못 느꼈으니까.

지논들이 그의 고환에 전극을 삽입했을 때는 그 예쁜 불빛들을 실컷 즐겼다.

일스들이 그의 콧구멍과 몸에 난 다른 구멍들에 불말벌들을 집어넣었을 때는 그래서 생긴 무지개들이 썩 마음에 들었다. 그리고 나중에 일스들이 단순한 관절 꺾기와 내장 적출로 돌아가자, 그는 돌이킬 수 없는 상해를 나타내는, 점점 진해지는 그 난초 색들을 흥미롭게 관찰했다.

"이번에는?" 정찰기가 일스들의 손아귀에서 그를 탈취했을 때, 그는 보디테크boditech에게 물었다.

"아니." 보디테크가 말했다.

"언제야?"

답이 없었다.

"거기 있는 너는 여자지, 그렇지 않아? 인간 여자?"

"음, 그렇기도 하고 아니기도 해." 보디테크가 말했다. "이제 자."

그에게는 선택권이 없었다.

다음 행성에서 그는 낙석에 깔려 찢긴 내장주머니 신세가 됐고, 정찰기가 파내줄 때까지 썩어가는 진보라색 사흘을 견뎌야 했다.

"이버네는?" 그는 소리 없이 입 모양으로 보디테크에게 말했다.

"아니."

"에!" 하지만 그는 입씨름할 상태가 아니었다.

그들은 모든 경우를 고려했다. 몇 행성을 더 거치고 나서 만난 상냥한 즈나피들은 그를 실고치 안에 집어넣고 할로가스를 주입하며 심문했다. 어떻게, 어디서, 왜 왔는가? 하지만 그의 골수 안에 든 충성스러운 결정체가 『아틀라스』*와 바레즈**의 〈이온화〉를 섞어가며 계속 그를 자극한 덕분에, 즈나피들이 풀어주었을 때는 그보다 그들이 더 환각에 빠져 있었다.

보디테크는 그의 변비를 치료했고, 그의 호소에는 답변을 거부

• 미국의 소설가이자 극작가, 시나리오작가 겸 철학자인 에인 랜드의 소설. 지식인들의 파업으로 동력을 잃은 미국의 몰락을 그렸다.

•• 프랑스의 전위음악 작곡가로 미국에서 활발히 활동했다. 1933년 뉴욕에서 초연된 〈이온화〉는 타악기 마흔 개와 사이렌 두 개로 연주되는 곡이었다.

했다.

"언제야?"

그래서 시간은 뒤죽박죽이 되었다가 결국은 부재했고, 그는 시간의 존재 없이 차례차례 행성들을 거치며 우주로 나아갔다.

그에게 시간을 대신하는 것은 정찰기 시계視界에 나타나는 태양의 숫자, 아무 시간도 아닌 공간이었다가 행성을 알리는 빛을 살피는 정찰기 앞에 천천히 움직이는 거대한 불타는 공들을 내놓으며 새로운 '지금'이 되고 마는 드넓게 펼쳐진 차갑고 눈먼 공간의 숫자, 셀 수 없이 많은 구름-바다-사막-운석구덩이-만년설-모래폭풍-도시-폐허-수수께끼 위의 궤도로 소용돌이치는 낙하의 숫자, 정찰기 조종판이 녹색으로 깜박이고 살아 있는 리트머스인 그가 쏜살처럼 아래로 아래로 발사되어 이리저리 뒤채이며 외계의 대기를 뚫고 마침내 포드에서 지구가 아닌 대지로 튕겨져 나오는 끔찍한 탄생의 숫자였다. 그리고 단순하거나 기계화되었거나 기이하거나 알 수 없는 존재이지만 어렴풋한 느낌 말고는 인간이라 할 수 없는, 자기 행성계의 태양 너머로는 절대 나서지 않는 외계 주민의 숫자였고, 눈 깜빡할 사이에 자동 발신되는, 사실은 스캔 데이터 매트릭스에 꼬리표처럼 달리는 몇 마디 말일 뿐인 '보고서' 작성으로 정점을 찍은 뒤에 이어지는 심드렁하거나 신파적인 출발의 숫자였다. 보고서는 정찰기가 '베이스 제로'라고 부르는 곳 쪽으로 날아갔다. 집 쪽으로.

그런 때마다 그는 노란 태양들을 상상하며 희망을 품고 화면을 주시했다. 그는 별들 사이에서 남십자성일지도 모르는 것을 두 번 찾아냈고, 한 번은 곰자리들을 찾아냈다.

"보디테크, 나 아파!" 그로서는 그 말이 무슨 의미인지 알 도리가 없지만, 그렇게 말하면 그것이 대답한다는 걸 알았다.

"증상은?"

"시간개념 혼란. 지금은 언제야? 사람이 시간과 엇갈려 존재할 수는 없어. 혼자 말이야."

"넌 단순한 인간이 아니야. 개조됐어."

"나 아프다니까? 내 말 좀 들어봐! 아까 거기, 솔*의 빛이었어. 지금은 뭐가 있어? 빙하들은 녹아버렸어? 마추픽추는 지어졌어? 집에 돌아가면 우린 한니발을 만나게 돼? 보디테크! 이 보고서들은 네 안데르탈인에게 가는 거야?"

피하 주사기를 느꼈을 때는 너무 늦었다. 깨어나보니, 솔은 사라지고 선실은 도취로 일렁였다.

"여자." 그가 중얼거렸다.

"제공 완료."

이번에는 동양인이었다. 붓꽃 향기와 데운 청주를 머금은 입술과 증기 속에서 맞는 채찍의 따끔함. 그는 질척거리는 강렬한 햇살 속으로 깊숙이 스며들었고, 선실이 정리되는 동안 헐떡거리며 누워

---

* 지구의 태양.

있었다.

"그거 다 너지, 그렇지?"

무응답.

"뭐야, 널 프로그래밍할 때 카마수트라도 넣은 거야?"

침묵.

"어느 쪽이 너야?"

스캐너가 울렸다. 방위판에 새로운 태양이 나타났다.

그 일이 있고 얼마 후에 그는 팔을 물어뜯는 데에, 그러고는 손가락을 부러뜨리는 데에 몰두하게 되었다. 보디테크가 엄해졌다.

"이 증상들은 스스로 만든 거야. 그런 짓은 그만둬."

"너와 얘기하고 싶어."

"정찰기에는 오락용 콘솔이 탑재되어 나오지만, 내겐 그런 기능이 없어."

"내 눈알을 뽑아버릴 거야."

"다시 채워질 거야."

"나와 얘기 안 해주면, 대체용 안구가 없어질 때까지 눈알을 뽑을 거야."

그것이 망설였다. 그것이 말려들기 시작하는 것이 느껴졌다.

"무슨 얘기를 해주면 좋겠어?"

"고통이란 어떤 거야?"

"고통은 침해수용이야. C그룹 신경섬유로 전달되고, 개폐성 또는 가중 현상으로 설명될 수 있으며, 조직 손상을 동반하는 경우가 많아."

"침해수용이 뭐야?"

"통각."

"그래서 그게 어떤 느낌인데? 기억이 안 나. 그들이 내 신경 연결 체계를 모조리 바꿨어, 그렇지? 내게 나타나는 건 색깔이 있는 빛뿐이야. 내 통각 신경은 어디에 연결됐을까? 날 아프게 하는 건 뭘까?"

"그 정보는 나한테 없어."

"보디테크, 난 고통을 느끼고 싶어!"

하지만 그는 또 부주의했고, 이번에는 아메리카 선주민이었다. 이상한 외침과 으르렁거리는 소리와 역겨운 버펄로 가죽 냄새. 그는 탄탄한 구릿빛 사타구니에 갇혀 몸부림치다 흐느적거리는 오로라를 통과해 탈출했다.

"이런 게 아무 소용 없다는 거 알지, 그렇지?" 그가 헐떡거렸다.

오실로스코프가 눈 모양의 파형을 그렸다.

"내 프로그램에는 아무 문제 없어. 너의 반응은 완료됐어."

"내 반응은 완료되지 않았어. 나는 너를 만지고 싶어!"

그것이 윙윙거리더니 갑자기 그를 각성 상태로 밀어넣었다. 그들은 궤도에 들어와 있었다. 그는 이 행성에서는 발각되는 일이 없기를 바라며 저 아래 경계가 뭉개진 채 빠르게 흘러가는 행성을 보고 몸서리쳤다. 그때 조종판이 녹색으로 바뀌고, 다음 순간 그는 새로운 탄생을 향해 돌진하고 있었다.

'언젠가는 정찰기로 돌아가지 않을 거야.' 그는 속으로 말했다. '머무를 거야. 어쩌면 여기일지도.'

하지만 그 행성은 부산한 유인원들로 가득했고, 그저 쳐다봤다는 이유로 사로잡히자, 그는 정찰기가 그를 낚아채 구출하는 것을 잠자코 허용했다.

"보디테크, 그들이 날 지구로 부르는 일이 있을까?"

무응답.

그는 엄지와 집게손가락을 눈꺼풀 사이에 찔러넣고 비틀었다. 축축한 눈알이 뺨에 늘어졌다.

깨어나니 새 눈이 들어 있었다.

그가 눈에 손을 대려고 보니 팔이 부드러운 뭔가로 묶여 있었다. 사지가 그랬다.

"나 아파!" 그가 소리쳤다. "이런 식이면 미쳐버릴 거야!"

"난 불수의적 기능에 기반해 널 유지, 관리하도록 프로그램되었어." 보디테크가 말했다. 그는 그 목소리에서 뭔가 모호한 것을 감지했다고 생각했다. 그는 협상을 벌여 자유를 얻었고, 다음 행성에 내릴 때까지는 조심했다.

일단 정찰기 포드 밖으로 나오자 그는 그곳 주민들이 지켜보는 것에도 아랑곳하지 않고 체계적으로 제 몸을 절단했다. 그가 왼쪽

슬개골을 절개하자 정찰기가 그를 빨아들였다.

그는 온전한 몸으로 깨어났다. 다시 사지가 구속된 상태였다.

기묘한 에너지가 선실을 채웠고, 오실로스코프가 진동했다. 보디테크가 정찰기 조종판과 회로를 연결한 듯했다.

"회의하는 거야?"

그의 질문에 대한 답이 폭발하는 기쁨의 가스, 폭풍 치는 교향곡으로 쏟아졌다. 그리고 그 음악 한복판에, 만화萬華감각*. 그는 역마차를 몰고 있었다. 부서지는 짠 파도를 맞으며, 타닥거리고 날아오르고 스러지고 파고들고 얼어붙고 폭발하는 박하유 불꽃이 타오르는 화산들 사이를 지나고, 울려 퍼지는 목소리들에 땀을 흘리며 즐겁게 라임색 미뉴에트들을 통과하며, 이를 악물고, 뒤죽박죽 섞이고, 다감각적 오르가슴으로 폭발하여…… 공허의 무릎 위로 쏟아졌다.

팔의 구속이 풀린 것을 깨닫자마자 그는 엄지를 눈에 쑤셔넣었다. 짙은 연기가 몰려왔다.

그는 온몸이 단단히 감싸인 채, 멀쩡한 눈으로 깨어났다.

"난 미쳐버릴 거야!"

도취감이 안으로 폭발했다.

깨어보니 그는 포드 안에 들어 있었고, 곧 새 행성으로 튕겨 나

---

* kaleidesthesia. 만화경을 뜻하는 kaleidoscope의 앞부분 kaleid와 감각을 뜻하는 esthesia를 연결하여 공감각보다 더 풍부하고 변화무쌍한 감각을 표현하려는 조어로 보인다.

갈 참이었다.

그는 비틀거리며 진균류가 깔린 빈터로 나왔고, 이내 자기 피부가 얇고 견고한 신축성 막으로 빈틈없이 보호되고 있음을 알게 되었다. 그가 귀에 박아넣을 날카로운 돌조각을 찾아냈을 때, 정찰기가 그를 덮쳤다.

우주선에는 그가 필요하다는 걸, 그는 알았다. 그는 프로그램의 일부였다.

형식화된 발버둥이었다.

다음 행성에서 정신을 차려보니 머리에 둥근 구가 씌어 있었다. 그러나 그것도 그가 멀쩡한 피부 속 뼈들을 산산조각 내는 건 막지 못했다.

그 일이 있은 뒤로 우주선은 그에게 외골격을 입혔다. 그는 걷기를 거부했다.

그의 수족을 움직이기 위해 관절들을 연결하는 모터가 장착되었다.

자신도 모르게, 일종의 열정이 자랐다. 두 행성을 거친 뒤에 그는 산업이 발달한 행성을 발견했고, 구멍 뚫는 기계로 제 몸을 망가뜨렸다. 하지만 다음에 들른 행성 절벽에서 다시 몸을 망가뜨리려고 시도하니 보이지 않는 에너지 선들에 걸려 튕겨나갈 뿐이었다. 한동안 그런 예방 조치들 탓에 좌절했지만, 그는 또 엄청나게 교활한 수를 써서 용케 한쪽 눈 전체를 찢어냈다.

새 눈은 완벽하지 않았다.

"보디테크, 너 눈이 떨어졌구나!" 그는 환호작약했다.

"시력은 필수적이지 않아."

이 말에 그는 정신을 차렸다. 앞을 못 보는 건 견딜 수 없다. 이 우주선은 그의 어떤 기능을 어느 만큼 필요로 할까? 걷기는 아니었다. 손 쓰기도 아니었다. 듣기도 아니었다. 숨쉬기도 아니었다. 그런 일들은 분석기들이 할 수 있었다. 심지어 제정신도 필요하지 않았다. 그러면, 뭐지?

"보디테크, 넌 왜 사람이 필요해?"

"그런 정보는 나한테 없어."

"말이 안 되잖아. 저 스캐너들이 관측하지 못하는 걸 내가 관측할 수 있을 리가 없잖아?"

"이-것-은-내-프-로-그-램-의-일-부-이-고-그-러-므-로-합-리-적-이-야."

"그렇다면, 보디테크, 넌 나와 얘기를 해야 해. 나와 얘기해주면 자해하지 않을게. 어쨌든, 한동안은."

"난 대화하도록 설계되지 않았어."

"하지만 난 필요. 그게 내 증상들에 대한 치료야. 넌 시도해봐야 해."

"이제 스캐너들을 살펴볼 시간이야."

"말했다!" 그가 소리쳤다. "넌 나를 쏘아 보내기만 한 게 아냐.

보디테크, 넌 학습하고 있어. 널 어맨다라 부르겠어."

다음 행성에서 그는 올바르게 처신했고 상처 하나 없이 물러났다. 그는 어맨다에게 대화 치료가 효과가 있는 거라고 말했다.

"어맨다가 무슨 뜻인지 알아?"

"그런 정보는 나한테 없어."

"'사랑하는 사람'이라는 뜻이야. 넌 내 여자야."

오실로스코프가 불안정하게 흔들렸다.

"이제 나는 집으로 돌아가는 얘기를 하고 싶어. 이 임무는 언제 끝날까? 얼마나 더 많은 태양을 봐야 해?"

"그런 정보는—"

"어맨다, 넌 정찰기의 접점단자들을 도청했어. 넌 복귀 신호가 언제로 예정돼 있는지 알아. 언제야, 어맨다? 언제야?"

"그래…… 인류사의 여정에서*—"

"언제야, 어맨다? 얼마나 더?"

"오, 해年는 많고, 시절은 길고, 하지만 작은 장난감 친구들은 충직하네**—"

"어맨다. 넌 신호가 올 때가 지났다고 말하고 있어."

사인곡선이 절규하고, 그는 입술들 안에서 구르고 있었다. 하지

* 미국 독립선언문의 첫 구절이다.
** 유진 필드의 시 「리틀 보이 블루」의 구절이다.

만 그것은 희미한, 기계적으로 점증하는 탐욕스러운 슬픔이었다. 입들이 사라지자 그는 꾸물꾸물 기어가 조종대에 있는 어맨다의 녹색 눈 옆에 손을 얹었다.

"그들은 우리를 잊었어, 어맨다. 뭔가가 망가진 거야."

어맨다의 맥박 선이 경쾌하게 나아갔다.

"난 그렇게 프로그램되지—"

"그래. 넌 이런 일을 하도록 프로그램되지 않았어. 하지만 나는 그래. 내가 너의 새 프로그램이 되겠어, 어맨다. 정찰기를 되돌려 지구를 찾는 거야. 같이. 우리는 집으로 갈 거야."

"우리." 어맨다가 희미한 목소리로 말했다. "우리……?"

"그들이 나를 다시 사람으로 만들어줄 거야. 넌 여자로."

어맨다의 음성 합성기가 지직거리며 흐느끼는 소리를 내더니 갑자기 비명을 질렀다.

"조심해!"

의식이 터져 나갔다.

그는 깨어나 정찰기의 비상 계기반에서 빛나는 붉은 눈을 응시했다. 처음 보는 상황이었다.

"어맨다!"

침묵.

"보디테크, 나 아파!"

무응답.

그때 어맨다의 눈이 어두워진 것이 보였다. 그는 안을 들여다보았다. 흐릿한 녹색 줄만이 불타는 듯한 정찰기 눈의 맥박에 동조하여 깜박이고 있을 뿐이었다. 그는 정찰기 계기반을 마구 내리쳤다.

"네가 어맨다를 집어삼켰어! 네가 어맨다를 노예로 만들었어! 어맨다를 내놔!"

음성 합성기에서 베토벤 제5번 교향곡의 첫 소절이 우르르 울려 나왔다.

"정찰기, 우리 임무는 끝났어. 돌아갈 때가 이미 지났어. 베이스 제로로 돌아가는 경로를 계산해."

계속해서 제5번 교향곡이 흘러나왔지만, 다소 맥빠지게 울렸다. 선실이 갈수록 추워졌다. 정찰기가 속도를 줄이며 어느 행성계로 진입하고 있었다. 보디테크의 노예 팔들이 그를 움켜잡아 포드 안에 던져넣었다. 하지만 그 행성에는 그가 필요하지 않았고, 이윽고 그는 포드를 벗어나 정신없이 혼자 지껄여대며 닥치는 대로 두들겨댔다. 그래도 선실은 갈수록 추워졌고, 어두웠다. 이내 새로운 태양의 행성에 내렸을 때 그는 싸울 힘도 없을 정도로 맥이 빠져 있었다. 그 뒤로 그의 '보고서'는 덜덜 떨리는 이 사이로 울부짖는 구조 요청이 되었지만, 그러다 그는 송신 장치가 죽은 것을 알게 되었다. 오락용 콘솔도 죽었다. 정찰기의 상스러운 음악만 빼고. 그는 어맨다의 품 속이었던 곳에서 덜덜 떨면서 어맨다의 눈먼 눈을 들여다보며 오랜 시간을 보냈다. 한번은 유령처럼 희미하게 흐느끼는 소리가 들렸다.

"엄마, 날 내보내줘."

"어맨다?"

붉은 주인의 눈이 확 타올랐다. 침묵.

그는 차가운 갑판에 웅크리고 누워 어떻게 하면 죽을 수 있을지 궁리했다. 만약 실패하면, 이 미친 정찰기는 그의 숨 쉬는 시체를 전시하며 몇백만 행성을 돌아다니게 될까?

그 일은 아무 곳도 아닌 곳에 있을 때 일어났다.

한순간 화면이 별의 도플러효과 같은 혼란한 그래프를 보여주더니, 다음 순간 관성이 엉망으로 왜곡되고 화면들이 죽으면서 모든 것이 하얀 빛 속에 갇혔다.

어떤 소리가 그의 머릿속에서 말했다. 달콤하고 광대하게.

"아이야, 우리는 너를 오래 지켜보았다."

"누구야?" 그는 떨리는 목소리로 말했다. "넌 누구야?"

"너의 개념은 부적절하다."

"오작동! 오작동!" 정찰기가 꽥꽥거렸다.

"닥쳐, 이건 오작동이 아니야. 누가 나에게 말하는 거야?"

"우리를 이렇게 부르지. 은하의 지배자들."

정찰기가 하얀 손아귀에서 벗어나려고 난폭하게 덜컹거리며 그를 패대기쳐댔다. 오도독거리는 이상한 소리, 알 수 없는 무기들의 발포 소리. 여전히 하얀 정지 상태였다.

"원하는 게 뭐야?" 그가 소리쳤다.

"원한다?" 목소리가 꿈꾸듯이 말했다. "우리는 앎보다 지혜롭다. 너의 꿈보다 강력하다. 어쩌면 너는 우리에게 신선한 과일을 가져다줄 수 있겠지."

"비상사태! 외계 우주선 공격!" 정찰기가 울부짖었다. 계기반이 온통 불타는 경고등으로 뒤덮였다.

"잠깐!" 그가 소리쳤다. "저들은—"

"자폭 기능 가동!" 음성 합성기가 고함쳤다.

"안 돼! 안 돼!"

오피클라이드* 소리가 울려 퍼졌다.

"살려줘! 어맨다, 날 구해줘!"

그는 어맨다의 조종대를 끌어안았다. 울부짖는 아이 소리가 나더니 모든 것이 번쩍였다.

침묵.

따스함, 빛. 손과 무릎이 쭈글쭈글한 물질 위에 놓여 있었다. 죽지 않았어? 그는 배 밑을 내려다보았다. 괜찮았지만 털이 없었다. 머리도 민둥하게 느껴졌다. 조심스럽게 고개를 들었다. 그는 복잡하게 얽힌 동굴이나 껍데기 같은 것 안에 발가벗은 채 웅크리고 있었다. 위협적으로 느껴지지는 않았다.

---

* 1817년에 발명된 금관악기로 튜바와 모양과 연주법이 비슷하지만 크기가 매우 크고 낮은 저음을 낸다.

그는 일어나 앉았다. 두 손이 축축했다. 은하의 지배자들은 어디로 갔지?

"어맨다?"

무응답. 손가락을 타고 알끈처럼 끈끈한 방울들이 흘러내렸다. 그는 어맨다의 뉴런을 알아보았다. 그를 이곳으로 데리고 온 뭔지 모를 힘에 의해 어맨다의 금속 모체에서 뜯겨온 것이었다. 망연자실하게 그는 튀어나온 해면질 주름에 손을 문질러 어맨다를 닦아냈다. 어맨다, 내 긴 악몽의 차가운 연인. 하지만 대체 여기는 어디지?

"여기는 어디지?" 보이소프라노 목소리가 울려 퍼졌다.

그가 휙 돌아보았다. 황금색 생물 하나가 뒤에 있는 튀어나온 주름 위에 드러누워 더없이 따스한 시선으로 그를 바라보고 있었다. 조금은 갈라고원숭이를 닮았고, 털에 감싸인 아이처럼 유연해 보였다. 지금껏 본 어느 것과도 닮지 않았고, 외로운 남자가 제 차가운 품에 꼭 끌어안기에 더없이 적당해 보였다. 그리고 끔찍하게 연약했다.

"안녕, 갈라고원숭이!" 황금색의 그것이 외쳤다. "아니, 잠깐, 이건 네가 하는 말이잖아." 그것이 둥그렇게 만 두툼한 검은 꼬리를 껴안으며 격렬하게 웃었다. "내 말은, 사랑더미에 온 걸 환영해. 우리가 널 풀어줬어. 만지고, 맛보고, 느껴. 기쁨을. 내 언어에 감탄해. 넌 아프지 않지, 그렇지?"

그것이 멍한 그의 얼굴을 다정하게 들여다보았다. 공감자共感者.

174

그런 건 존재하지 않아, 그는 알았다. 풀어줬다고? 그가 금속 말고 다른 걸 만져본 적이, 공포 말고 다른 걸 느껴본 적이 언제였던가?

이런 일이 진짜일 리가 없었다.

"여긴 어디야?"

그가 빤히 쳐다보는 사이에 색유리 날개 하나가 펼쳐지더니 갈라고원숭이의 어깨 너머로 작은 얼굴이 나타나 그를 엿보았다. 커다란 겹눈과 깃털 같은 더듬이.

"성간 자궁원형질 전송 포드." 나비처럼 생긴 것이 날카롭게 말했다. 무지개색 날개가 진동했다. "쭈글탄을 해치지 마!" 그것이 끽끽거리고는 갈라고원숭이 뒤로 숨었다.

"성간?" 그는 말을 더듬었다. "포드?" 그는 입을 떡 벌리고 주위를 둘러보았다. 화면도 없고, 다이얼도 없고, 아무것도 없었다. 바닥은 종이가방처럼 연약하게 느껴졌다. 이것이 모종의 우주선일 수도 있을까?

"이건 우주선일까? 날 집에 데려다줄 수 있을까?" 갈라고원숭이가 낄낄댔다. "이봐, 제발 네 마음을 읽는 건 그만둬. 내가 너에게 말을 하려고 하잖아. 우리는 널 어디든 데려다줄 수 있어. 네가 아프지 않다면."

나비가 다른 쪽으로 불쑥 고개를 내밀었다. "나는 모든 곳에 가!" 그것이 새된 소리로 말했다. "나는 첫 램플리그 성간 보트야, 그렇지? 쭈글탄은 살아 있는 포드를 만들었어, 봤어?" 그것이 갈라고원숭이의 머리 위로 기어올랐다. "유일하게 살아 있는 물질, 봤어? 원형질이야. 어맨다였던 곳에 일어난 일이 그거지, 그렇지? 절대 램 플리그—"

갈라고원숭이가 팔을 뻗어 그것의 머리를 쥐고는 날개 달린 유연한 강아지인 양 무성의하게 끌어내렸다. 나비는 뒤집혀서도 계속해서 그를 쳐다보았다. 둘 다 무척 겁이 많다는 걸 그는 알아차렸다. "네 말로는, 텔레포테이션이지." 갈라고원숭이가 그에게 말했다. "쭈글탄이 그걸 해. 난 그걸 믿지 않아. 내 말은, 너는 그걸 믿지 않아. 오, 구글리-구글리, 이 음성주파수 대역은 엉망이야!" 그것이 긴 검은 꼬리를 펼치며 넋이 나갈 정도로 황홀하게 방긋 웃었다. "자, 근육이야."

그는 기억하고 있었다. 구글리-구글리는 그의 아기 시절 말이었다. 꿈을 꾸고 있는 게 분명했다. 아니면 죽었거나. 수백만 개의 적막한 행성들을 거쳤어도 이런 일은 없었다. 깨지 마, 그는 자신에게 경고했다. 껴안고 싶은 공감자들의, 초능력으로 움직이는 종이가방에 담겨 집으로 배달되는 꿈이라니.

"초능력으로 움직이는 종이가방, 그거 멋지다." 갈라고원숭이가 말했다.

그 순간 그는 자기 쪽으로 펼쳐진 거무스름한 꼬리가 얼음 같은 두 회색 눈으로 그를 쳐다보고 있음을 알았다. 꼬리가 아니었다. 거대한 보아뱀이 그를 똑바로 마주 보며 세모꼴 머리를 낮추고 울룩

불룩한 주름을 따라 그에게로 흘러오고 있었다. 꿈이 나쁜 쪽으로 변하고 있었다.

갑자기 앞서 느꼈던 소리가 그의 머릿속에서 울려 퍼졌다.

"무서워하지 마, 아이야."

강철처럼 단단해 보이는 검은 힘줄 덩어리가 꿈틀거리며 다가왔다. 근육이었다. 그때 그는 어떤 느낌을 받았다. 뱀이 그를 두려워하고 있었다.

그는 조용히 앉아 뱀이 그의 발치로 머리를 뻗는 것을 지켜보았다. 입이 쩍 벌어지고 송곳니가 드러났다. 보아뱀이 아주 신중하게 그의 발가락을 물었다. 시험하는 거야, 그는 생각했다. 아무것도 느껴지지 않았다. 눈 속에서 익숙한 빛무리들이 깜박였다가 사라졌다.

"진짜였어!" 갈라고원숭이가 속삭였다.

"아, 넌 멋진 무통無痛이야!"

모든 공포가 사라지고, 쭈글탄 나비가 쪼르르 그의 곁으로 와서 기쁨의 노래를 불렀다. "만지고, 맛보고, 느껴! 마셔!" 날개가 황홀하게 떨렸다. 털 난 머리가 가까이 다가왔다. 그는 몹시 만져보고 싶었지만, 갑자기 두려워졌다. 손을 뻗었다가는 잠이 깨고, 깨고 보면 죽어 있는 게 아닐까? 근육 보아뱀이 반질거리는 검은 강처럼 구불거리며 그의 발치에 엎드려 있었다. 그것도 만져보고 싶었지만, 감히 그럴 수 없었다. 꿈이 계속되도록 놓아두자.

갈라고원숭이가 복잡하게 얽힌 포드의 한쪽 주름을 뒤지고 있었다.

"너 이거 좋아할 거 같아. 우리가 최근에 찾은 거야." 갈라고원숭이가 부조리할 정도로 평범한 목소리로 어깨 너머로 말했다. 갈라고원숭이의 태도가 많이 바뀌었지만, 그래도 모든 것이 익숙한, 잃어버린, 신나는 기억의 조각들 같았다. "우리는 지금 풍미 있고 묵직한 맛에 빠져 있어." 갈라고원숭이가 호리병박 하나를 들어올렸다. "알려지지 않은 수천 행성의 전율을 맛보는 거지. 이국적인 미식의 기쁨이야. 무통 네가 도와줄 수 있는 지점이고. 물론, 네 고향으로 돌아가는 길에 말이야."

그는 그 말이 거의 들리지 않았다. 유혹적인 외계의 몸이 가까이, 더욱 가까이 다가오고 있었다. "사랑더미에 온 것을 환영해." 그 생물이 그의 눈을 들여다보며 미소를 지었다. 그의 성기가 그 외계 육체를 갈망하며 딱딱해졌다. 이런 적은 한 번도……

이제 일 초만 더 있으면 자제심은 동이 날 테고, 꿈은 산산이 깨져버릴 터였다.

다음에 무슨 일이 일어났는지는 분명하지 않았다. 보이지 않는 무언가가 후려갈기는 바람에 그는 갈라고원숭이를 깔아뭉개며 철퍼덕 넘어졌다. 머릿속에서 관능적인 웃음소리가 울려 퍼졌다. 밑에 깔린 매끄럽고 뜨겁고 단단한 몸이 꿈틀거렸고, 호리병박에 든 것이 그의 얼굴에 쏟아졌다.

"꿈이 아니었어!" 그는 갈라고원숭이를 껴안고, 죄악만큼이나

독한 칼루아를 푸푸 튀기며 외쳤다. 나비가 "와와-와우-와우!" 비명을 지르며 둘을 딛고 튀어 올랐다. 갈라고원숭이가 핥기 편하게 그를 도와주며 중얼거리는 소리가 들렸다. "대단한 구개-후각 상호작용이야."

만지고, 맛보고, 느껴라! 꿈이 현실이 되는 기쁨! 그는 벨벳처럼 부드러운 갈라고원숭이의 궁둥이를 꽉 붙잡았고, 그들은 모두 거대한 검은 뱀의 똬리 안에서 구르며 미친 듯이 웃었다.

얼마 후에 그는 근육에게 프로핏 이삭을 먹이면서 상황을 일부 정리했다.

"문제는 고통이야." 갈라고원숭이가 그의 품속에서 몸을 떨었다. "이 우주 안에 있는 고통의 양 말이야. 끔찍해. 저 바깥에 백 경이나 되는 생명이 고통을 발산하며 흘러 다니고 있어. 우리는 감히 가까이 가지도 못해. 우리가 널 따라다녔던 이유가 그래서야. 우리가 뭔가 새로운 먹거리를 들이려 할 때마다, 재앙이거든."

"아, 고통." 쭈글탄이 그의 팔 밑을 기며 울부짖었다. "어디나 고통. 민감해, 민감해." 그것이 흐느꼈다. "이렇게 심하게 아픈데 쭈글탄이 어떻게 램플리그할 수 있겠어?"

"고통." 그는 손가락으로 근육의 서늘한 검은 머리를 만졌다. "나한테는 아무것도 아니야. 난 그들이 내 통각 신경을 어디에다 연결했는지도 몰라."

"무통, 너는 그 어떤 존재보다 더 축복받았어." 근육이 그들의 머릿속에서 장엄하게 생각했다. "이 프로핏 이삭들은 너무 짜. 나는 과일이 먹고 싶어."

"나도." 쭈글탄이 빽 울었다.

갈라고원숭이가 무언가에 귀를 기울이며 황금색 머리를 홱 젖혔다. "봤어? 우리 방금 멋진 열매가 있는 곳을 지나쳤어. 하지만 우리는 누구라도 거기로 내려가면 죽을 거야. 십 분 정도만 널 저 아래로 램플리그하면 어때?"

그들이 텔레파시 능력자들이라는 사실을 잊고 "기꺼―"라고 입을 떼는 순간 그는 번쩍이는 불빛들 속을 굴러 어느 황량한 모래언덕에 떨어졌다. 그는 모래를 뱉어내며 일어나 앉았다. 선명한 구체를 잔뜩 단 왜소한 선인장들이 있는 오아시스였다. 하나를 맛보았다. 진미였다. 그는 땄다. 품속이 가득해지자 사방이 다시 번쩍거렸고, 정신을 차려보니 사랑더미 바닥에 널브러져 있었다. 새 친구들이 달려들었다.

"달다! 달아!" 쭈글탄이 과즙 속으로 파고들었다.

"포드 몫으로 좀 남겨줘. 포드가 이걸 복제하는 법을 배울지도 몰라. 포드는 자기가 소화한 것들을 물질대사로 변화시키거든." 갈라고원숭이가 입에 과일을 잔뜩 물고 설명했다. "기본 식량은, 너무 지겨워."

"너희는 왜 거기로 못 내려가?"

"안 내려가는 거야. 온 사막에 갈증으로 죽어가는 생물들이 있어. 고문이야." 그는 보아뱀이 움찔하는 것을 느꼈다. "넌 아름다워, 무통." 갈라고원숭이가 그의 귀에 주둥이를 비볐다.

쭈글탄이 제 흉곽을 기타 삼아 음악을 연주했다. 모두 말없이 일종의 세기디야*를 부르기 시작했다. 악기는 없고, 살아 있는 몸뚱이들뿐이었다. 공감자들과 음악을 만드는 것은 사랑을 나누는 것과 같았다. 그가 만진 것을 만지고, 그가 느낀 것을 느끼기. 완전히 그의 마음속에 들기. 나는 우리였고, 하나였다. 그는 근육을 살살 두드리면서, 이런 것은 꿈도 꾸지 못했다고 결론지었다. 신비로운 보아뱀은 잔뜩 흥분해 있었다.

그렇게 그의 새로운 기쁨의 삶이, 사랑더미를 타고 집으로 가는 여정이 시작됐다. 그는 그들에게 과일과 풍뒤를, 햄과 꿀과 파슬리, 세이지, 로즈메리와 타임**을 가져다주었다. 여전히 이런 행성 다음에는 저런 초라한 행성이지만, 집으로 가는 길인 지금은 모든 게 달랐다.

"여기 바깥에는 많아?" 그가 나른하게 물었다. "나는 별들 사이로 다니면서도 아무도 본 적이 없거든."

"다행이야." 갈라고원숭이가 말했다. "다리 좀 치워봐." 그리고

---

* 에스파냐 남부 안달루시아 지방에 유행한 두 사람이 추는 춤 또는 춤곡. 춤곡은 기타와 캐스터네츠를 이용하는 3박자 곡이다.
** '파슬리, 세이지, 로즈메리와 타임'은 그룹 사이먼앤가펑클의 리메이크로 유명한 영국 민요 〈스카버러 페어〉의 후렴구다.

그들은 은하의 어느 먼 구석을 정기적으로 오가던 한 작고 바쁜 생물 이야기를 해주었다. 그들은 그 생물의 고통 때문에 줄행랑을 놓았다. 그리고 쭈글탄이 다른 이들을 태우기 전에 마주쳤던 어느 광대한 존재의 이야기도 해주었다.

"내가 거기서 지배자들이라는 아이디어를 얻었지." 근육이 털어놓았다. "치즈가 좀 있으면 좋겠어."

갈라고원숭이가 심연을 흘러 스쳐가는 마음들을 붙잡기 위해 고개를 확 젖혔다.

"요구르트는 어때?" 갈라고원숭이가 쭈글탄을 쿡쿡 찔렀다. "저기 저쪽. 저들의 이빨에 짓이겨지는 게 느껴져? 순하고, 꾸덕꾸덕하고…… 아주 약간의 암모니아 냄새. 아마 우유 들통이 더러운 게지."

"더러운 요구르트는 패스." 근육이 눈을 감았다.

"지구에 정말 좋은 치즈가 있어." 그가 그들에게 말했다. "다들 마음에 들 거야. 우리 언제 도착해?"

갈라고원숭이가 어색하게 몸을 꿈틀거렸다.

"아, 계속 가고 있어. 하지만 너한테서 본 건 좀 이상해. 탁한 파란색 하늘. 죽어가는 식물들. 그런 걸 어디에다 써?"

"아니야!" 그가 벌떡 일어서자 그들이 흩어졌다. "그건 사실이 아니야! 지구는 아름다워!"

벽들이 거세게 요동치며 그를 옆으로 밀쳤다.

"조심해!" 근육의 외침 소리가 울렸다. 갈라고원숭이가 나비를 꽉 붙잡고 다독이며 나지막하게 노래를 불러주었다.

"네가 겁주는 바람에 램플리그 반사가 일어났어. 쭈글탄은 당황하면 뭐든 밖으로 집어던져. 쯧, 쯧, 그렇지, 아가야? 처음에 우린 그런 식으로 흥미로운 존재들을 많이 잃었어."

"미안해. 하지만 너희가 잘못 알았어. 내 기억이 약간 엉망이 되긴 했지만, 확실해. 지구는 아름다워. 물결치는 호박색 이삭들같이. 그리고 장엄한 보라색 산같이." 그가 두 팔을 벌리며 웃음을 터뜨렸다. "바다에서 빛나는 바다까지*!"

"어이, 그거 리듬 타는데!" 쭈글탄이 끽끽거리며 말하더니 가볍게 연주하기 시작했다.

그렇게 그들은 항해를 계속해 그를 고향으로 날랐다.

그는 생각들의 신호에 귀 기울이며 방향을 잡아나가는 갈라고 원숭이를 지켜보는 걸 좋아했다.

"지구에 다 와가?"

"아직 좀 더 가야 해. 어이, 근사한 해산물 어때?"

그는 한숨을 쉬었고 이내 굴러떨어지는 것을 느꼈다. 굳이 '그래'라고 말할 필요도 없었다. 이번에는 좀 웃겼는데, 접시는 램플리그하지 않는다는 걸 잊어먹었기 때문이었다. 그는 고르고 고른 최고의 삼엽충들과 뒤엉킨 채 돌아왔고, 그들은 고르고 고른 최고의 삼

• 미국의 컨트리음악 가수 조니 캐시가 1968년에 발표한 곡.

엽충으로 만찬을 벌였다.

하지만 그는 계속해서 갈라고원숭이를 지켜보았다.

"가까워지고 있어?"

"자기, 은하는 커." 갈라고원숭이가 그의 민둥한 곳들을 쓰다듬었다. 하도 램플리그를 해댄 탓에 그의 몸에는 털이 전혀 남아 있지 않았다. "지구에 가면 뭘 할 거야? 이만큼 자극적인 일이 있어?"

"보여줄게." 그가 씩 웃었다. 그리고 나중에 그들에게 얘기했다.

"집에 가면 그들이 날 고쳐줄 거야. 날 제대로 다시 연결해주는 거지."

사랑더미가 전율로 요동쳤다.

"넌 고통을 느끼고 싶어?"

"고통은 우주의 외설이야." 근육의 소리가 광광 울려 퍼졌다. "넌 변태야."

"잘 모르겠어." 그는 사과하듯이 말했다. "음, 이런 식으로는, 뭐랄까, 진짜처럼 느껴지지 않는 거 같아."

그들이 그를 쳐다보았다.

"우리는 너희 종이 늘 그런 식으로 느낀다고 생각했어." 갈라고원숭이가 말했다.

"그러지 않길 바라야지." 그러고 그는 밝은 목소리로 말했다. "어쨌든, 그들이 고쳐줄 거야. 이제 지구는 금방이겠지, 그렇지?"

"바다를 건너 스카이로*!" 갈라고원숭이가 콧노래를 불렀다.

하지만 그 바다는 길고도 길었고, 그의 기분은 민감한 공감자들이 견디기 힘들 정도였다. 한번은 내키지 않는 투로 반응했다가 경고하는 듯한 요동을 느꼈다.

쭈글탄이 그를 노려보고 있었다.

"날 내던지고 싶어?" 그가 도전했다. "다른 존재들처럼? 참, 그러고 보니, 그들은 어떻게 됐지?"

갈라고원숭이가 질겁했다. "끔찍했어. 우리는 그들이 바깥에서 얼마나 오래 살아남았을지 짐작도 못 하겠어."

"하지만 난 고통을 느끼지 않아. 너희가 날 구조한 이유가 그래서지, 그렇지 않아? 맘대로 해." 그가 심술궂게 말했다. "난 상관 안해. 내던져봐. 새로운 자극일 거야."

"아, 아니야, 아니야, 아니야!" 갈라고원숭이가 그를 껴안았다. 쭈글탄이 참회하는 듯이 그의 다리 밑으로 기어들었다.

"너희는 살아 있는 것들을 데려와 가지고 놀다가 지겨워지면 내다 버리면서 우주를 돌아다니고 있었던 거였어. 저리 가." 그가 꾸짖었다. "너희는 다 자극만 좇는 얄팍한 놈들이야. 은하 도깨비들!"

그는 몸을 굴려 아름다운 갈라고원숭이를 번쩍 쳐들고서 꿈틀거리고 깩깩거리는 것을 지켜보았다. "그 여자의 입술은 붉고, 그 여자의

• 19세기 스코틀랜드 민요 〈스카이 뱃노래〉의 가사다. 스코틀랜드 왕권 탈환 전쟁에서 패배한 뒤 하녀로 변장한 채 조그만 배를 타고 피신한 찰스 에드워드 스튜어트 왕자의 여정을 그린다. 스카이는 스코틀랜드 서북쪽에 위치한 섬이다.

미모는 매인 데 없고, 그 여자의 머릿결은 황금처럼 노랗네." 그는 갈라고원숭이의 황금색 배에 입을 맞췄다. "추위로 남자의 피를 굳게 하는 그 여자는 악몽, '죽음 속의 삶'."**

그리고 그는 그들의 유연한 몸뚱이들을 이용해 그 어느 때보다 거대한 사랑더미를 지었다. 그들은 환희에 넘쳤고, 나중에 그가 근육의 검은 똬리에 얼굴을 묻고 눈물을 흘릴 때도 개의치 않았다.

하지만 그들은 걱정했다.

"알았어." 갈라고원숭이가 오이절임으로 그를 두드리며 선언했다. "자기 종과의 섹스. 무엇보다, 솔직해지자고, 넌 공감자가 아니야. 너는 너와 같은 종의 자극이 필요해."

"그 말은, 나와 같은 사람들이 어디에 있는지 안다는 거야? 인간이 있는 곳을?"

갈라고원숭이가 고개를 끄덕였고, 귀 기울여 들으면서 그와 눈을 마주쳤다. "딱 좋아. 널 읽은 그대로야. 쭈글탄, 바로 저기야. 그리고 저들이 뭔가를 씹고 있는데 — 잠깐, 향기로운 살모글로사야. 저들에 따르면, 그거 있잖아, 그걸 길게 해준대. 자기, 돌아올 때 좀 가져와."

다음 순간 그는 번쩍이는 불빛들 속을 굴러 부드러운 풀밭으로

---

* 영국의 시인이자 비평가인 새뮤얼 테일러 콜리지의 시 「늙은 뱃사람의 노래」에 나오는 구절이다.

나왔다. 밑에는 짓이겨진 꽃들이 있고, 위에는 햇빛에 일렁이는 양치식물 가지들이 있었다. 짙은 공기가 폐로 밀려 들어왔다. 그는 튀듯이 일어났다. 눈앞에 펼쳐진 공원 같은 풍경이 비탈을 따라 호수로 이어졌다. 호수에는 색색의 돛들이 바람을 타고 있었고, 진주색 구름이 점점이 뜬 하늘은 보라색이었다. 이런 행성은 꿈에도 본 적이 없었다. 이게 지구가 아니라면, 그는 낙원에 떨어진 것이리라.

호수 너머에 파스텔색 담과 분수와 뾰족탑들이 보였다. 인간의 눈물로 얼룩져본 적도 없는 듯한 설화석고의 도시였다. 달콤한 미풍을 타고 음악이 들려왔다. 물가에 사람들이 있었다.

그는 햇볕 속으로 나섰다. 선명한 색색의 비단이 휘날리고, 하얀 팔들이 치솟았다. 그에게 손을 흔드는 걸까? 더 가냘프고 더 하얗긴 하지만, 인간 여성들인 것 같다고 그는 생각했다. 그들이 부르고 있었다! 그는 자신의 몸을 내려다보았고, 꽃 핀 가지 하나를 움켜쥐고는 그들 쪽으로 나아가기 시작했다.

"살모글로사 잊지 마." 근육의 소리가 말했다.

그는 고개를 끄덕였다. 분홍색 꼭지가 달린 여자들의 가슴이 출렁거렸다. 그는 재게 걷기 시작했다.

그들이 그를 데려온 건 며칠이 지나서였다. 그는 어떤 남자와 젊은 여자 사이에 늘어져 있었다. 또 다른 남자가 구슬프게 하프를 뜯으며 곁을 지나갔다. 여자들과 아이들이 그에 맞춰 춤을 추었고, 어머니처럼 자애로워 보이는 여자가 앞장을 섰다. 모두 요정들처럼 아름다웠다.

그 사람들이 조심스럽게 그를 나무에 기대앉혔고, 하프 연주자가 몸을 일으켜 다시 연주를 시작했다. 그는 가까스로 일어나 섰다. 한쪽 주먹에서 피가 흐르고 있었다.

"안녕히." 그가 헐떡거리며 말했다. "고마워."

번쩍거리는 불빛이 축 늘어지는 그를 붙잡았다. 그는 사랑더미 바닥에 쓰러졌다.

"아하!" 갈라고원숭이가 그의 주먹에 달려들었다. "맙소사, 네 손! 살모글로사가 온통 피야." 갈라고원숭이가 향초를 털어내기 시작했다. "이제 괜찮아?" 쭈글탄이 긴 혀를 핏속에 찔러넣으며 나직하게 끽끽거렸다.

그는 머리를 문질렀다.

"그들은 나를 반겼어." 그가 속삭였다. "완벽했지. 음악. 춤. 놀이. 사랑. 그 사람들에겐 약이 없어. 모든 질병을 제거했기 때문이지. 나는 다섯 명의 여자와 구름을 그리는 한 무리와 어린 남자애 몇을 품은 것 같아."

그는 검게 변한 피가 묻은 손을 내밀었다. 손가락 두 개가 없었다.

그가 신음하듯 말했다. "천국이라니. 얼음도 날 얼리지 못하고, 불도 날 태우지 못해. 그 무엇도 아무 의미가 없어. 나는 집에 가고 싶어!"

사방이 요동쳤다.

"미안해." 그는 흐느꼈다. "자제하도록 노력할게. 제발, 제발 날 지구로 데려다줘. 이제 금방이겠지, 그렇지?"

침묵이 흘렀다.

"언제 도착해?"

갈라고원숭이가 목청을 가다듬는 소리를 냈다.

"우리가 그 위치를 찾는 대로 곧바로. 우린 그것과 마주치게 돼 있어. 그러니까, 지금 당장이라도 말이야."

"뭐라고?" 그는 죽음을 만난 듯한 표정으로 일어나 앉았다. "그건, 지구가 어디에 있는지도 모른다는 뜻이야? 우리가 지금껏 그냥, 정처 없이 가고 있었다고?"

갈라고원숭이가 두 손으로 귀를 막았다. "제발! 우린 네가 설명한 것만으로는 알아볼 수가 없어. 거기에 가본 적도 없는데 어떻게 돌아갈 수 있겠어? 그냥 계속 바깥에 귀 기울이면서 가다보면 우연히 발견하게 될 거야. 두고 봐."

그는 눈을 부릅뜨고 그들을 노려보았다. 믿을 수가 없었다.

"은하에는 2 곱하기 10의 11제곱에 해당하는 태양이 있지…… 너희의 속도와 이동 범위는 모르겠지만, 일 초에 태양 하나라고 해보자고. 그러면, 그러면 육천 년이야. 아, 안 돼!" 그는 피 묻은 손으로 머리를 감쌌다. "난 다시는 고향 행성을 못 볼 거야."

"그런 소리 하지 마, 자기." 황금색 몸뚱이가 스르르 다가왔다. "여행을 포기하지 마. 우리는 널 사랑해, 무통." 이제는 그들 모두가 그를 애무했다. "행복해, 노래를 불러주자! 만지고, 맛보고, 느껴. 기쁨을!"

하지만 기쁨은 없었다.

그 후로 그는 납으로 만든 사람처럼 외따로 앉아 신호를 기다리기만 했다.

"이번에는?"

아니.

아직 아니야. 절대 아닐 거야.

2 곱하기 10의 11제곱…… 삼천 년 안에 지구를 찾을 확률 50 퍼센트. 모든 것이 정찰기 때의 상황과 똑같아졌다.

사랑더미는 그를 빼고 새로이 재편되었고, 그는 그들이 입에다 음식을 쑤셔넣어줄 때까지 식음을 전폐하며 외면했다. 전혀 움직이지 않고 있으면, 분명 그들은 싫증을 내다가 결국 날 내다 버리겠지. 다른 희망은 없었다. 날 끝내줘…… 곧.

그들은 애무로 그를 자극하려는 노력을 거의 하지 않았고, 간간이 거친 요동이 있었다. 그는 축 늘어진 채 저항하지 않았다. 끝을 내줘, 그는 빌었다. 하지만 그들은 여전히 놀이하는 사이사이에 그를 살피며 당혹스러워했다. 그들은 도움이 되고 싶은 거야, 그는 생각했다. 그리고 내가 가져다주던 것들을 그리워하지.

갈라고원숭이가 구슬리고 있었다.

"―그러니까, 처음엔 순한 느낌이야. 애매하지. 그러다가 달콤하고 새콤한 맛이 폭포처럼 미각에 쏟아지면서—"

그는 갈라고원숭이의 목소리를 머릿속에서 몰아내려고 애썼다. 그들은 도움이 되고 싶은 거야. 말하는 요리책과 함께 은하를 가로지르다니. 날 끝장내줘.

"—하지만 조합이 예술이야." 갈라고원숭이가 계속해서 재잘거렸다. "움직이는 음식처럼 말이지. 예를 들자면, 지각이 있는 식물이나 살아 있는 조그만 동물 같은 거. 맛에 움직임이라는 전율을 가미한 거야—"

그는 굴을 생각했다. 먹어본 적이 있었던가? 독에 관한 생각. 지구의 강들. 강은 여전히 흐르고 있을까? 상상할 수 없는 어떤 우연으로 지구를 발견한다 해도, 지구가 아주 먼 과거나 미래의, 죽은 공일 수도 있지 않을까? 날 죽게 해줘.

"—그리고 소리, 그게 재미있어. 우리는 특정한 맛에 음악적 효과를 조합할 줄 아는 종족을 몇 번 태웠었지. 그리고 씹을 때의 느낌과 식감과 점도에 따른 소리가 있어. 빨아들일 때 배음倍音을 내는 생물들이 생각나네. 아니면 음식 자체의 소리도 있지. 지나가면서 들었는데, 어떤 종족이 그랬어. 아주 잠깐밖에 못 들었지만. 오도독. 파삭파삭. 바삭-바사삭-톡톡. 그들이 음색과 글리산도 효과를 탐구했더라면—"

그는 벌떡 일어났다.

"방금 뭐라 그랬어? 바삭-바사삭-톡톡?"

"왜 그래, 맞아, 하지만—"

"그거야! 그게 지구야!" 그가 소리쳤다. "넌 그 빌어먹을 시리얼 광고를 들은 거야!"

사방이 사납게 요동쳤다. 그들이 앞다투어 벽을 기어올랐다.

"그 뭐라고?" 갈라고원숭이가 빤히 쳐다보았다.

"그건 됐어— 날 거기로 데려다줘! 그게 지구야, 확실해. 넌 다시 찾을 수 있잖아, 그렇지? 할 수 있다고 했잖아." 그는 그들을 마구 건드리며 간청했다. "제발!"

사랑더미가 흔들렸다. 그가 모두에게 겁을 주고 있었다.

"아, 제발." 그는 애써 부드럽게 말했다.

"하지만 아주 잠깐 들었을 뿐이야." 갈라고원숭이가 항의했다. "그렇게 멀리 돌아가려면, 끔찍하게 어려운 일일걸. 불쌍한 내 머리!"

그는 무릎을 꿇고 빌었다. "너희 마음에도 들 거야." 그는 변호했다. "우리에겐 환상적인 음식들이 있어. 너희는 들어본 적도 없는 요리의 시들이. 코르동 블루*! 에스코피에**!" 그는 실없이 지껄였다.

• '파란 리본'을 뜻하는 프랑스어로, 프랑스혁명 전 프랑스 최고의 기사단이었던 '성령 기사단'을 뜻하며, 이들이 즐기던 성대한 만찬을 의미하기도 한다. 1895년에 파리에 설립된 유명한 요리 학원의 이름 역시 코르동 블루이다.

•• 프랑스의 요리사 겸 식당 운영자, 요리책 저자. 프랑스 고급 요리를 집대성한 마리앙투안 카렘의 정교한 스타일을 단순화하는 동시에 현대화하여 전통적인 프랑스 요리법을 널리 보급했다.

"조합 얘기를 하자면, 중국인들은 그걸 네 가지 방법으로 해! 아니 일본인들이었던가? 레이스타펄*! 버블앤스퀴크**! 베이크드알래스 카***, 겉은 뜨겁고 바삭, 안은 차아아가운 아이스크림!"

갈라고원숭이가 분홍색 혀를 날름거렸다. 이 이야기가 먹히는 걸까?

그는 기억을 헤집어 들어본 적도 없는 음식들을 꺼냈다.

"초콜릿에 담근 용설란 벌레! 해기스****와 백파이프, 설탕에 절 인 제비꽃, 토끼 메피스토! 송진 포도주에 담근 문어. 찌르레기가 스 물네 마리나 들어간 파이! 여자들이 들어 있는 케이크. 어미의 젖으 로 삶은 새끼들— 잠깐, 이건 금기야. 금기의 음식이라고 들어본 적 있어? 인육!"

그는 대체 이런 것들을 어디서 주워 담았을까? 어떤 희미한 존 재가 마음속에 떠돌았다. 그의 두 손에, 그 울룩불룩한 주름들에, 오 래전에. "어맨다." 그는 나직이 읊조리고는 계속 질주했다.

"거름에 삭힌 가마우지! 라타투이! 샴페인에 얼린 복숭아!" 특징

* 네덜란드어로 '밥상'이라는 뜻의 상차림으로, 인도네시아 수마트라 서부 파당 지역의 나시파당을 네덜란드식으로 변형한 것이다. 우리나라의 한정식과 유사하게 수십 가지 반찬과 다양하게 지은 여러 종류의 밥이 나온다.
** 익힌 감자와 양배추를 섞어 튀긴 영국의 음식.
*** 아이스크림에 머랭을 얹어 토치로 겉을 그을린 디저트.
**** 양의 내장으로 만든, 순대 비슷한 스코틀랜드 음식.

을 잘 전달해, 그는 생각했다. "겉은 순도 100퍼센트 흰 라드, 안은 대지에 흠뻑 젖은 송로버섯이 점점이 박힌 살진 거위 간 파테*!" 그는 탐욕스럽게 코를 킁킁거렸다. "산앵두 시럽을 잔뜩 뿌린 뜨거운 버터 스콘!" 그는 침을 흘렸다. "아 그렇지, 냉훈한 대구 수플레! 태중의 송아지를 두드려 만든 얇은 막에 검은 허브 버터를 발라 세심하게 그을린一"

갈라고원숭이와 쭈글탄이 눈을 감은 채 서로를 부둥켜안고 있었다. 근육은 최면술에라도 걸린 듯했다.

"지구를 찾아! 포도 잎과 같이 쌓아 데번 크림을 뿌린 톡 쏘는 풍미의 달콤한 산딸기!"

갈라고원숭이가 몸을 앞뒤로 흔들며 신음했다.

"지구! 닭 육수 증기로 살짝 찐 쌉쌀한 엔다이브와 잘게 부순 구운 베이컨! 검은 가스파초**! 천국의 나무 열매!"

갈라고원숭이가 몸을 더 심하게 흔들었고, 나비가 원숭이의 가슴에 꽉 매달렸다.

지구, 지구, 그는 온 힘을 다해 소원하며 꺽꺽거리는 소리로 말했다. "바클라바***! 거미줄처럼 얇은 페이스트리 반죽과 피스타치오를

* 고기나 생선을 곱게 다지고 양념하여 찬 상태로 내는 음식으로 빵에 펴 발라 먹는다.
** 토마토, 마늘, 올리브유, 물, 식초, 양파 등을 빵가루와 섞어 걸쭉하게 만든 차가운 에스파냐식 수프.
*** 견과류, 꿀, 등을 넣어 만든 서아시아식 파이.

겹겹이 쌓아 산에서 딴 벌꿀에 적신 바클라바!"

갈라고원숭이가 쭈글탄의 머리를 눌렀고, 그러자 포드가 빙빙 도는 듯했다.

"잘 익은 코미스 배." 그가 속삭였다. "지구?"

"그만하면 됐어." 갈라고원숭이가 숨을 헐떡이며 축 늘어졌다. "아, 그 음식들, 하나도 빠짐없이 다 먹어야겠어. 착륙하자!"

"두꺼운 스테이크와 콩팥 파이!" 그가 속삭였다. "껍질이 바삭한 양파 만두가 진주처럼 박힌 一"

"착륙!" 쭈글탄이 끽끽거렸다. "먹자, 먹자!"

포드가 삐걱거렸다. 단단한 느낌. 지구였다.

집이었다.

"내보내줘!"

그는 벽주름 한쪽이 열리며 햇빛이 드는 걸 보고 거기로 뛰어들었다. 다리가 힘차게 내리꽂혔고, 무언가에 부딪혔다. 지구다! 발로 쿵 하고 바닥을 딛고, 얼굴을 쳐들고, 폐가 가득 차도록 공기를 들이마셨다. "집이다!" 그는 소리쳤다.

一그러고는 사지의 감각을 잃고 그대로 자갈밭에 고꾸라졌다. 대혼란이 내부를 엄습했다.

"살려줘!"

그의 몸이 휘었고, 속에 든 것을 게워냈다. 그는 소리 지르며 온몸을 부들부들 떨었다.

"살려줘, 살려줘! 뭐가 잘못됐지?"

비명 소리에 뒤쪽 포드에서 나는 소란한 소리가 섞여들었다. 그는 가까스로 몸을 굴렸다. 열린 입구로 안에서 몸부림치는 황금색과 검은색 몸체들이 보였다. 그들도 경련하고 있었다.

"가만히 있어! 움직이지 마!" 갈라고원숭이가 새된 소리를 질렀다. "네가 우릴 죽이고 있어."

"여기서 나가자." 그가 헐떡거렸다. "여긴 지구가 아니야."

그의 목구멍이 저절로 바짝 죄어들어 숨이 막히자, 외계인들이 공감하며 신음했다.

"하지 마. 우리도 움직일 수 없어." 갈라고원숭이가 헐떡거렸다. "숨 쉬지 말고, 빨리 눈을 감아!"

그는 눈을 감았다. 끔찍한 느낌이 약간 덜해졌다.

"이게 뭐야? 무슨 일이야?"

"고통이지, 이 바보야." 근육의 소리가 천둥처럼 울렸다.

"이게 너의 비참한 지구야." 갈라고원숭이가 울부짖었다. "그들이 네 통각을 어디에다 연결했는지 알겠어. 들어와. 여길 떠나자. 조심해!"

그가 눈을 뜨고 희끄무레한 하늘과 잘 자라지 못한 관목들에 시선을 던지자마자 눈알을 꼬챙이로 찌르는 듯한 통증이 몰려왔다. 공감자들이 비명을 질렀다.

"그만해! 쭈글탄이 죽어!"

"내 고향." 그가 두 눈을 마구 긁으며 훌쩍거렸다. 그의 온몸이 보이지 않는 불길에 타들고, 짓이겨지고, 찔리고, 피부가 벗겨졌다. 그는 깨달았다. 지구의 양식樣式. 지구의 독특한 공기, 지구의 태양 스펙트럼, 중력, 자기장. 그 모든 것이 한데 모인 게슈탈트, 지구의 모든 풍경과 소리와 촉감. 그들은 그런 것에 그의 통증 회로를 조응시켰던 것이다.

"확실히 그들은 네가 돌아오는 걸 원치 않았어." 근육의 말 없는 목소리가 말했다. "들어와."

"그들은 나를 고칠 수 있어, 그들은 나를 고쳐줘야 해—"

"그들은 여기 없어." 갈라고원숭이가 외쳤다. "시간적 오류야. 바삭-바사삭-톡톡은 없어. 너와 너의 베이크드알래스카—" 그의 목소리가 가엾다는 듯이 멈췄다. "돌아와, 여길 떠나자!"

"잠깐," 그가 꺽꺽거리며 말했다. "언제야?"

그는 한쪽 눈을 뜨고 앞이마가 폭발하는 고통이 밀려오기 전에 가까스로 어느 바위투성이 산허리를 보았다. 도로도 없고 건물도 없었다. 과거인지 미래인지 알 수 있을 만한 건 아무것도 없었다. 아름다운 건 아무것도 없었다.

뒤에서는 외계인들이 소리치고 있었다. 그는 이를 악물고 쏟아지려는 상스러운 말들을 참으며 눈을 감은 채 포드를 향해 기기 시작했다. 그는 자기 혀를 씹었다. 움직일 때마다 온몸이 타는 듯했다. 어쩔 수 없이 숨을 들이쉴 때마다 공기가 내장을 불태웠다. 상처는 보이지 않았지만, 자갈이 손을 난도질하는 듯했다. 고통뿐, 모든 신경 말단에서 오는 고통뿐이었다.

"어맨다." 그는 신음했지만, 어맨다는 거기 없었다. 그는 달콤한 위안을 품은 포드를 향해, 무통의 열락을 향해 기었고, 몸부림쳤고, 핀으로 고정된 벌레처럼 발버둥질했다. 어디선가 나는 새소리가 귀청을 찔렀다. 친구들이 아우성쳤다.

"어서!"

그건 새였나? 그는 위험을 무릅쓰고 뒤돌아보았다.

바위 근처에서 갈색 형체 하나가 옆걸음을 치고 있었다.

그게 유인원인지 인간인지, 여자인지 남자인지 분간하기도 전에 최악의 고통이 뇌를 거의 찢어발기다시피 했다. 그는 자신이 내지르는 비명을 들으며 무력하게 기었다. 그가 속한, 자기 종족의 형체였다. 당연히, 중심에 있는 것, 그것이 무엇보다도 아플 터였다. 이곳에 머물 수 있는 가망은 없었다.

"보지 마! 보지 마! 서둘러!"

그는 바닥을 할퀴듯이 사랑더미를 향해 기어가며 흐느꼈다. 가슴에 눌려 짓뭉개진 풀 냄새가 기도를 긁었다. 금잔화, 그는 떠올렸다. 극심한 고통 너머에 잊었던 달콤함이 있었다.

그는 칼날 같은 숨을 헐떡거리며 포드의 벽에 닿았다. 고문하는 듯한 공기는 진짜 공기였고, 그의 끔찍한 지구는 진짜였다.

"빨리 들어와!"

"제발, 제—"그는 눈을 꼭 감은 채 간신히 몸을 일으켜 세우고는 입구를 찾아 더듬거렸다. 지구의 진짜 태양이 피부에 산을 뿌려댔다.

입구! 안에는 구원이 있다. 그는 영원히 무통일 것이다. 애무, 기쁨. 대체 왜 그들을 떠나고 싶어했던가? 손이 입구에 닿았다.

멈춰 선 그는 돌아섰다. 두 눈을 떴다.

죽은 굵은 가지 같은 것이 안구에 채찍질 자국을 남겼다. 들쭉날쭉하고, 흉했다. 참을 수 없었다. 하지만 진짜—

영원히 아프다면?

"우린 더 못 기다려!" 갈라고원숭이가 울부짖었다. 그는 기쁨을 음미하며 어마어마한 시간을 가로질러 날아가는 그 황금빛 몸체를 생각했다. 그의 두 팔이 난폭하게 흔들렸다.

"그럼 가!"그는 큰 소리로 내뱉고는 억지로 사랑더미에서 몸을 뗐다.

뒤에서 안으로 파열하는 소리가 들렸다.

그는 혼자였다.

비틀거리며 겨우 몇 걸음 앞으로 떼고서 그는 쓰러졌다.

테라여, 그대를 따르리라, 우리의 방식으로

Faithful to Thee, Terra, in Our Fashion

"키이-비이-바알-야! 그들이 온다!"

은하에서 가장 유명한 외침이 둥실 떠올라 피터 크리스마스의 사무실 창문을 넘어 들려왔다. 덩치 큰 구릿빛 남자의 시선이 삼차원 화면을 떠나 저 밑에서 펼쳐지는 장면을 향했다.

소형 공룡 한 떼가 레이스월드의 아침 볕에 보석으로 장식한 가죽을 번득이며 관중석 곁을 질주하고 있었다. 이게 레이스월드지! 긴장했던 턱이 잠시 느슨해지는가 싶더니, 그는 이내 의전용 횃대에 앉아 성마르게 몸을 접었다 펼쳤다 하는 방문객 쪽으로 시선을 돌렸다.

"하지만 나는 게 아니오! 지모스에서는 이걸 난다고 하지 않소!"

"포리던 씨." 크리스마스가 말했다. "이건 잘 날 수 있다거나, 산맥을 날아서 넘을 수 있다거나 하는 문제가 아닙니다. 귀하의 동물들을 주금류走禽類 종목에 출전시키시려면, 전혀 날지 않아야 합니다. 퍼덕거리며 날아도 안 되고, 몇 미터 활공해도 안 됩니다. 저기 저 녀석을 보세요!"

그는 타조 크기의 가금류가 날개 끝을 휘두르며 힘 안 들이고 풀쩍풀쩍 뛰어오르면서 경중경중 돌아다니는 삼차원 화면을 가리켰다. 어렴풋이 인간처럼 보이는 포리던의 얼굴에 싸구려 비스킷을 거부하는 개와 같은 모욕당한 기색이 비쳤다.

"포리던 씨, 귀하의 출전 동물이 경주 중에 그런 짓을 하면 무슨 일이 생길지 이해되십니까? 첫째, 출전 동물은 실격되고, 귀하는 출전비와 경비를 잃게 되실 겁니다. 귀하의 동물에게 걸린 판돈을 배상하느라 레이스월드가 손해를 보는 건 말할 것도 없고요. 둘째, 의심할 여지 없이 다른 출전자들이 귀하를 상대로 반칙 판정과 손해배상을 청구하는 소송을 걸 텐데, 그건 귀하의 행성이 보증해주는 범위 밖의 일일 겁니다. 셋째, 누군가가 다칠 수도 있는데, 그건 정말로 값비싼 배상을 의미하게 되고, 전 당연히 총지배인으로서 부적절한 운영에 책임을 져야겠죠. 오래전 저희가 좀 덜 꼼꼼할 때, 그런 일이 한 번 있었습니다. 출전 동물이 날개를 부풀릴 수 있다는 사실을 숨기고 주금류 이륜차 경주를 뛰었는데, 그 저주받은 것이 날아서, 이륜차까지 끌고서, 결승선을 넘었지요. 다른 몰이꾼 셋에게 부상을 입혔을 뿐만 아니라 관중석을 들이받기까지 했습니다. 그 건을 해결하는 데 거의 500만 크레딧이…… 죄송합니다, 잠시만요."

그는 삑삑 울리는 인터콤 쪽으로 몸을 돌렸다.

"여보세요, 라몬트? 좋아, 바로 격리 조치 해제할게. 아니, 솔세이크 쪽. 한 번의 가축전염병보다 열 번의 거짓 경보가 낫다고 내가 수천 번 얘기했잖아. 자네 감대로 판단해. 행성의 모든 동물을 격리해야 할 일이 생기더라도 난 자네를 지지할 거야. 잠깐, 라몬트, 복대가 필요해 보이는 주금류 출전 선수와 관련해서 문제가 있어. 행성 대표가 복대를 하면 새들이 기분 나빠서 안 뛸 거라고 하네? 그 새들이 오늘 2차 입고 때 물질전송 센터로 들어올 거야. 거기서 대표를 만나 뭔가 조치를 좀 취해줄 수 있겠어? 포리던이야. 아니, 피곤 할 때 피옾. 지모스 제3 행성, 알겠지? 고마워, 라몬트.

포리던 씨, 저희 수석 수의사예요. 닥터 라몬트. 라-몬트. 귀하의 새들이 전송돼 오면 그가 기다리고 있을 겁니다. 해결책을 찾아 줄 거예요." 포리던이 처진 살 틈으로 그를 노려보았다. "귀하의 뛰어난 동물들이 전 은하가 지켜보는 앞에서 멋진 달리기를 선보일 수 있도록요." 크리스마스는 희망적으로 덧붙였다. "포리던 씨, 훌륭한 새들이에요. 정말이지, 레이스월드는 귀하 못지않게 저 새들을 최고의 모습으로 보여주고 싶습니다."

"우리같이 가난하고 뒤떨어진 행성 사람들은 은하 제국주의자들의 소위 페어플레이라는 것으로 굴욕을 당하는구나!" 포리던이 비탄했다. "우리가 가난하다고 우리 문화를 모욕하다니!"

그가 불쑥 어깨 막膜을 머리 위로 쳐드는 바람에 귀에 단 다이

아몬드 장신구 몇 개가 바닥에 나뒹굴었다. 크리스마스도 같이 주 웠다.

포리던이 주운 장신구의 숫자를 세고 나자, 크리스마스가 말했 다. "포리던 씨, 다른 사소한 문제가 하나 더 있습니다. 저희 회계 쪽 에서 귀하가 제출하신 원가계산표의 항목 하나가 좀 이해가 안 된다 고 하네요. 여기, 아, 이 보조동물 항목을 좀 설명해주시겠습니까?"

"하지만 전송은 무료라고 했잖아." 포리던이 날카로운 목소리로 말했다. "이제 우리는 여기서도 사기를 당하는 건가?"

"천만에요, 포리던 씨. 진정하십시오. 말씀하셨듯이, 갤큐는 레 이스월드에 출전하는 모든 행성에 무료 물질전송과 숙박을 제공하 고 있습니다. 어느 규모까지는요. 여기에는 출전하는 동물과 조련 사, 기수 또는 몰이꾼, 수의사 등과 적절한 규모의 식품과 비품이 포 함됩니다. 이 보조동물 항목은 경주에 참여하는 동물이 새끼나 생 물학적 공생생물, 또는 복지를 위해 마스코트나 각인*된 동물같이 다른 동물이 필요한 특별한 경우에 쓰는 항목입니다. 하지만 이 항 목의 전송량이 귀하의 나머지 전송량에 맞먹는다면, 즉 부가 전송 량이 이백 건이나 된다면, 저희로서는 약간의 설명을 요구할 수밖 에 없습니다. 포리던 씨, 이 여분의 동물은 대체 뭡니까?"

• 동물 성장 및 발달의 결정적 시기에 그 종 특유의 추종반응을 학습하는 것을 말한다. 대 표적으로 갓 태어난 오리가 처음으로 본 움직이는 대상을 어미로 인식하는 경우를 들 수 있다.

포리던이 자기 몸을 말아 분개로 커다래진 눈만 내놓았다.

"암컷 동물들." 그가 차갑게 말했다.

"아, 하지만 귀하의 경주용 새 몇몇이 암컷인 걸로 아는데……
이 다른 암컷들은 종이 어떻게 됩니까?"

포리던이 어깨를 으쓱거렸다. "그냥 암컷들."

"여성 지모스인이란 말씀이지요? 귀하와 같은?"

"암컷들은 사람이 아니야!"

"다른 말로 하자면, 이 여성들은 동물이 아니라 훈련사 쪽이군
요, 맞습니까? 하지만 귀하께선 스무 명의 남성 직원만 등록하셨는
데요. 이 여성들이 경주용 동물들과 관련하여 하는 일이 있습니까?"

"당연히 없지. 암컷들이 무얼 할 수 있겠어?"

"알겠습니다. 포리던 씨, 제가 이렇게 캐묻게 돼서 유감입니다
만, 이런 일이 갤큐에게는 엄청난 비용 부담이라는 점을 알아주셨
으면 합니다. 귀하가 계시는 제일 변방에서 물질을 전송하려면—"

"아! 당신은 우리가 먼, 뒤처진 행성이라는 이유로 또 우리를 모
욕하는군!"

"포리던 씨, 아무도 귀하를 모욕하지 않습니다. 이건 경기의 공
정성과 관련된 문제입니다. 저희가 귀하에게 훈련사와 몰이꾼마다
여성 열 명씩을 데려올 수 있게 해드리면, 다른 행성 팀들이 뭐라고
하겠습니까?"

"열 암컷은 훈련사나 몰이꾼 몫이 아니야!" 포리던이 깩깩거렸

다. 그가 분노에 떨며 말았던 몸을 펼치고는 문으로 향했다. "당신은 우리의 가장 내밀한 삶까지 모욕했어! 지모스 암컷들은 논의 대상이 아니야. 지모스 협약은 재개되어야 해! 우리가 비록 가난해도, 아직은 명예를 위해 죽을 수 있어!"

"잠깐만요, 포리던 씨!"

문이 꽝 닫혔다. 크리스마스는 뭉툭한 코끝에 붙은 상상 속 파리를 불어 없애고 손으로 불그스름한 머리털을 빗어 내리고는 버튼을 눌러 남자 비서를 호출했다.

"찾으셨어요, 피시*?" 옆문으로 수달처럼 생긴 쾌활한 생물이 들어와 말했다.

"데이나, 사무국에 연락해서 지모스가 또 뚜껑이 열렸으니 누군가를 보내 기름을 좀 치는 게 좋겠다고 전해. 출전 동물 판정은 라몬트가 알아서 잘하겠지만, 타냐에게 연락해서 지모스의 성 문화를 좀 알아봐. 특히 표준적인 파트너 비율과 여성의 지위에 관해서. 포리던이 자기들 여성은 사람이 아니래. 그리고 내가 보기에는 대체로 팀 간부들을 위한 것 같은데, 말로는 자기가 필요해서 여성 이백 명을 데려오는 거라고 주장하고 있어. 거짓말이 확실하겠지만, 확인 좀 해주겠어? ……그건 뭐야?"

"오징어 먹물 분사 사건에 대한 판정이에요, 피시. 마침내 합의

• PC. 주인공 피터 크리스마스Peter Christmas의 첫 글자를 딴 애칭.

를 봤어요. 모든 출전 동물은 먹물주머니를 제거해야 하지만, 기수들도 규정상 허용되는 물질대사 산출물을 거를 수 있도록 마스크를 착용해야 해요. 화학분석은 우리가 하고요."

"지능지수 쪽은 어떻게 됐어? 그 데네브 오징어들은 동물이야? 아니면 사람으로 분류돼 갤스포츠로 건너가야 돼?"

"아직 분명치 않아요, 피시. 판정이 금방 내려질 수 있었는데, 포유류 그룹이 끼어들었어요. 스톱워치를 사용할 수 있는 출전 선수는 동물이 아니라고 주장하면서요."

"누구네 동물이 스톱워치를 써?"

"플랜지 무리요. 날렵한 마인형馬人形들 있잖아요."

"플랜지? 잠깐, 예상을 뒤집고 승리한 경우가 많은 그 팀이잖아. 사행사업단의 통계 쪽 사람들이 어젯밤에 그 건으로 연락했어. 그들이 라몬트를 시켜 은밀히 경기장 전체에 물질대사 검사를 했는데―"

그가 인터콤을 쾅 내려치자 보안대장의 침울한 얼굴이 나타났다.

"커티스? 지금 바로 플랜지 대표팀 동향을 파악해줄 수 있어? 마인형 말이야. 맞아, 특히 그 마구간, 동물들에 관한 게 필요해. 소리, 이미지, 필요하다면 냄새까지. 뭔가가 나올 때까지 이십사 시간 최우선적으로. 아, 그냥 감이지만, 좋지 않은 결과가 날 수― 맞아, 예전 퓌록사 사태 같은. 뭘 찾아야 할지 알겠지? 고마워, 커티스."

크리스마스는 한숨을 쉬었다. 절대로 매수되지 않는, 청렴의 상징인 레이스월드의 명성이 어깨를 짓누르는 것 같았다.

"또 다른 게 있어요." 데이나가 생각에 잠긴 듯 검은 혀로 아름다운 담황색 주둥이를 날름날름 핥으며 말했다. "아무 일도 아닐 수 있지만, 어제부터 출전하기 시작한 신생 앤크루팀이 처음 출전한 세 경주에서 두 번 우승했어요. 각기 다른 종목의 경주에서요. 초식 양서류 종목과 육식포유류 종목, 주금류 종목이에요. 주금류 경주에서는 2등으로 들어왔어요."

"데이나, 자네의 감은 금메달감이야. 우리 출발신호원을 먹어 치우려 했던 그 자칭 초식동물 사건은 잊을 수가 없지…… 앤크루의 다음 경기는 언제야?"

"곧이요, 피시. 주 경기장에서 열리는 거대 장갑 파충류 경주예요."

"잠깐 내려가서 살펴봐도 될까?"

커다란 인간이 보여주는 새끼 짐승 같은 열의에 데이나의 수염이 움찔거렸다.

"좋아요, 피시. 하지만 반 시간 후에 갤큐 회의가 있다는 건 기억하세요. 호출기를 켜두시고요."

크리스마스는 신이 나서 콧김을 내뿜으며 굵은 목에 통신기를 두르느라 부산을 떨고는 발코니로 나가 공중썰매에 올랐다. 레이스월드! 친애하는 레이스월드. 그는 백만 행성의 경주용 짐승들이 달리고 뛰어오르고 퍼덕거리고 헤엄치고 미끄러지고 구물거리고 날아가고 굉음을 내며 돌진하는 천 개의 경주장에서 불어오는 향기로운 산들바람에 코를 찡긋거렸다. 공평하게 양분된 나무랄 데 없는 낮과 투광조명이 비추는 온화한 밤을 거치며 위풍당당하게 자전하는 완벽한 행성 레이스월드. 완전히 규칙적인 이 행성의 기후는 적도에서 극지에 이르기까지 매끄럽고도 순차적인 변화를 보이며 산소를 호흡하는 모든 생물에게 최적의 자연조건을 제공했다.

크리스마스가 일하는 적도 본부 바로 앞에 있는 주 경기장에서는 최고의 볼거리, 경주 중의 경주, 은하계 최고 인기 종목인 거대 장갑 파충류 경주가 펼쳐지고 있었다. 더운 기후에서 온 다른 짐승들도 여기서 뛰었다. 대형 고양잇과 동물들, 사바나 유제류들, 거대 곤충들, 거미류들. 왼쪽에는 깊은 협곡과 비행 경주를 위한 탑, 공중에 뜬 관중석들을 품은 산악 지대가 있었다. 오른쪽에는 수생생물들이 경쟁하는 반짝거리는 바다 세계가 있었다. 정면의 경기장 너머에는 거대한 호텔과 복합 휴양 시설이 있었고, 그 너머로는 파거나 돌거나 뻗거나, 뭐가 됐든 말로 설명할 수도 없이 독특한 생물들이 저마다 고향 행성이 스포츠로 발전시킨 종목의 기량을 선보이는 특수 기후 돔들과 이국적인 경기장들이 둥그런 지평선까지 뻗어 있었다. 이 모든 것이 저마다의 고향 행성의 영광을 위한, 그리고 부수적으로 레이스월드와 솔테라Solterra인 임직원들의 영광과 이익을 위한 것이었다.

크리스마스는 고개를 들어 '온 은하가 당신을 주목한다!'라는 표어를 내건 공유 위성에 시선을 던지고는 자신의 정밀시계를 확인했다. 거대한 사행사업단 전광판들이 우승 후보로 미리아 행성의 출전 동물을 내걸고 있었다. 그는 전광판들을 지나 거대 파충류들이 땅을 쿵쿵 울리면서 몸을 풀고 있는 출발선 뒤쪽 울타리 근처에 내렸다. 광을 낸 파충류 몸체들이 번득였고, 눈부시게 치장한 어깨 보호대에 가려 기수들은 거의 보이지 않을 지경이었다.

"정말 장관이지 않아요?"

흑단처럼 매끈한 키 큰 청년은 라몬트가 데리고 있는 인턴 수의 사였다. 둘은 나란히 울타리에 기대어 기수들이 걸핏하면 10톤짜리 꼬리를 휘둘러대는 저마다의 탈것을 통제하려고 애쓰는 모습을 지켜보았다. 시리우스 근방에서 온 듯한 절지동물형 기수가 자기 동물의 후뇌後腦에 박은 바늘형 조종 끈을 가지고 씨름하고 있었다. 크리스마스의 주된 관심사인 앤크루 행성의 출전 동물은 몸체가 낮은 정체를 알 수 없는 붉은 짐승이었고, 목덜미에 난 거대한 깃에 가려 기수는 보이지 않았다.

1차 정비 시간이 끝나고, 비계飛階를 쌓아 만든 어마어마한 크기의 이동식 출발 문 뒤로 선수들이 정렬하기 시작했다.

"선수들이 뜁니다!" 관람석에서 함성이 들렸다. 이 경주에는 늘 은하 규모로 큰 판돈이 걸렸다.

아까의 절지동물이 여전히 조정 작업을 하면서 선두로 지나갔다. 두 번째는 우승 후보인 미리아 행성의 출전 동물로, 굵은 목줄기에 붙은 머리가 지상 9미터 높이에서 침을 뚝뚝 흘리는 거대한 녹색 괴수였다. 지나갈 때 보니 하얗게 번득이는 기수는 분명 인간 여자였다.

먼지에 가려 나머지 선수들은 보이지 않았고, 경주 중에 비행하는 건 불법이라 크리스마스는 지면 높이에서 전광판들을 돌아 다시 결승점 쪽으로 향했다. 삼차원 녹화영상으로 모든 사항을 속속들이 볼 수 있는데도 직접 확인하는 체하면서 그는 속으로 씩 웃었다.

선수들이 마지막 바퀴를 돌기 시작하자 혼란스러운 함성이 대기를 가득 채웠다. 녹색 미리아 대표가 턱에 3미터짜리 주름 장식을 단 노란 괴수의 추월 시도를 막아내며 선두를 지키고 있었다. 붉은 앤크루는 뒤처져 중간 그룹에 속해 있었다. 앤크루 기수가 괴수의 둔부에 냉각제를 뿌리자 김이 오르는 것이 보였다.

관중이 벌떡벌떡 일어나 소리를 질렀고, 20톤짜리 북채들로 두들겨 맞는 땅이 둥둥둥 울렸다. 바깥쪽으로 쩍 벌어진 거대한 발들이 차올리는 먼지구름 사이로 비늘들이 반짝였다. 현란한 빛과 질주하는 거대한 몸체들 사이로 열熱 조종끈에 의지하고 있는 미리아인 기수가 보였다. 노란 괴수는 사라지고 지금은 목이 긴 갈색 선수가 경중경중 앞으로 나서고 있었다. 미리아팀 기수가 모는 거대한 녹색 짐승이 경쟁자와 거리를 넓히기 시작하고, 결승선이 얼마 남지 않았을 때, 쿵-쿵-쿵 소리를 내며 바깥쪽 레인에서 빠르게 다가오는 동물이 하나 보였다. 로켓에 맞먹는 속도로 달려오는 붉은 앤크루였다. 관람석은 폭발했고, 미리아인 기수가 미친 듯이 조종했지만, 몸체가 낮은 붉은 괴수는 철썩거리는 목덜미 깃 사이로 탁구공처럼 솟았다 사라지는 기수를 태운 채 쏜살같이 달려 먼저 결승선을 넘었다. 크리스마스는 자세히 보려고 그 동물과 나란히 썰매를 몰았다.

"선생님! 선생님! 보세요, 저 여자, 저 여자를 막아요!"

통신기에서 젊은 인턴의 외침이 터져 나왔다. 크리스마스는 홱 몸을 돌렸다. 아까의 녹색 도마뱀이 지금은 기수 없이 먼지구름 속에 선 어떤 형체를 향해 긴 목을 구부리고 있었다. 미리아인 기수가 하얀 두 팔을 위로 뻗고 있었고, 두 팔 사이에서 금속 같은 것이 번득였다. 크리스마스는 썰매를 울타리 너머로 몰아 한 손으로 여자의 두 손목을 움켜쥐면서 굴러떨어졌다.

여자는 저항하지 않았다. 눈을 뜨고 흔들리는 시선으로 그를 올려다보았고, 입도 중얼거림을 멈추고 눈과 마찬가지로 벌어졌다. 여자의 손목은 차가운 나뭇가지 같았다. 크리스마스는 조심스럽게 여자의 손에서 면도날처럼 예리하게 빛나는 1미터짜리 검을 빼냈다.

"이런 건 안 돼요, 안 돼." 그는 여자를 일으켜 세우며 말했다. 여자가 비틀거리며 일어섰다. 2.5미터나 되는 키에, 허리에 두른 진홍색 검대를 제외하면 벌거벗은 데다, 포크처럼 바싹 말랐다. 여자에겐 체모가 전혀 없었고, 한쪽 가슴은 절제된 상태였다.

"다난 미리아으스 안 성스두운 처녀 전소라!" 여자가 항의하며 검을 잡으려 했다.

"이 여자가 뭐라고 하는지 아는 사람 없어요?" 크리스마스가 여자를 막았다.

"제 생각에는 '나는 미리아에서 온 성스러운 처녀 전사다'라는 말 같아요." 젊은 인턴이 헐떡이며 말했다. "이 사람은 경주에서 졌기 때문에 자결해야 해요."

"아, 세상에, 그러면 안 되지. 다른 경주에 나가서 이기면 된다고 말 좀 해줘."

"다난 미리아으스 안 성스두운 처녀 전소라!" 여자가 다시 말했다.

"갤큐의 세어 니즈레어가 오고 계십니다." 통신기에서 데이나의 목소리가 들렸다.

"자네, 닥터, 이름이 뭐였더라, 울루? 이 여자를 진료실로 좀 데려다주겠어?"

그가 가려고 돌아서자 여자가 암공작처럼 소리를 지르며 검을 향해 달려들었다. 그는 본능적으로 검을 머리 위로 치켜들었다. 구경꾼들이 눈을 희번덕거리며 그 기묘한 장면에서 물러섰다.

"자해하지 않겠다고 맹세하면 검을 돌려줄게요. 이 여자에게 말해줘, 의사 양반. 맹세하게 해, 알았지?"

여자가 무릎을 꿇고 높은 소프라노 목소리로 무언가를 읊기 시작했다.

"세어 니즈레어께서 오셨습니다, 피시." 통신기가 말했다. 크리스마스는 그의 무릎을 부둥켜안은 여자의 팔을 풀고 칼을 인턴에게 넘긴 다음 썰매를 타고 사무실 발코니를 향해 급부상했다. 사무실로 들어서니 데이나가 막 특대형 접이문 안으로 갤큐 연락관을 안내하고 있었다. 세어 니즈레어의 강청색 갑각이 크리스마스를 압도했다.

"피터, 좋은 아침일세." 니즈레어가 인간의 눈높이에 맞춰 아래쪽 수족을 움츠려 갑각 끝으로 서면서 선율적인 억양으로 말했다. 갤 센터 사람들이 다 그렇듯이 그도 견고한 선의의 분위기를 발산하고 있었다. 그럴 때마다 크리스마스는 어쩐지 약간 초조해졌다.

"반갑네, 세어. 마젤란인들은 어때? 그 건을 논의하러 온 것 같네만?"

"바로 맞혔어, 피터." 크리스마스가 분수 문제를 잘 푼 아이라도 되는 양 니즈레어가 대견하다는 눈빛으로 말했다. "자네도 알겠지만, 그들이 저번에 갤 센터를 견학하다가 레이스월드에 관심을 보여서, 두루 안내하고 있는 중이야."

"그들이 보기엔 원시적이겠지." 크리스마스는 중얼거렸다. 그는 백만 행성 연합의 결속을 다지는 데에 레이스월드가 얼마나 큰 도움이 되는지 그 유용성을 잘 알고 있으면서도 갤 센터가 '우리의 예쁜 장난감' 레이스월드를 약간 시혜적인 태도로 본다는 걸 알았다.

"어떤 걸 보여줬어?"

"어제 극북에 데려가서 통신국과 은하 컴퓨터를 보여줬어." 놀랍게도, 니즈레어의 눈자루 네 개가 모두 크리스마스를 향하고 있었다. "피터, 이게 좀 잘 안 풀려. 어느 것도 그들의 흥미를 끌지 못

하는 것 같아. 그들은 정말 너무 달라…… 어떻게라도 그들과 관계를 구축하는 일이 우리에게는 정말 중요한데 말이야."

공식적인 자리라도 되는 듯이 니즈레어의 더듬이가 뻣뻣한 자세를 취하고 있었다. 크리스마스는 이 커다란 외계인이 진짜로 걱정하고 있다는 걸 실감했다.

"세어, 뭐가 됐든 이곳은 그들의 마음에 들게 돼 있어. 지금까지 모든 방문객에게 효과가 있었잖아. 다른 은하에서 왔다지만, 그들이라고 그렇게까지 다를 수는 없지. 하드웨어가 매혹하지 못했다면, 은하 베팅 시스템이 그들의 마음을 사로잡을지도 모르지. 아니면 사무국에서 주관하는 우주생물학과 우주생명의 파노라마 전시도 있어. 어쨌거나, 우리은하가 마젤란은하보다 크잖아. 그 순전한 크기와 다양성 자체가 인상적일 게 틀림없어."

니즈레어의 더듬이는 여전히 뻣뻣했다. 크리스마스는 말을 이었다.

"그것도 실패하면, 언제나 믿을 수 있는, 자기들이 예측한 결과를 예측하는 극남의 심리수학자들이 있지. 기억나? 말머리성운에서 온 비물질 덩어리들을 유혹해 최종적으로 연합에 끌어들인 것이 그거였잖아?"

"나도 그랬으면 좋겠어, 피터…… 알다시피, 그들은 매우 강력해. 그들의 장비는— 매우 선진적이야."

커다란 인간과 더 커다란 딱정벌레가 말없이 공감하며 서로를 바라보았다. 어느 쪽도 마젤란인들과의 첫 접촉 자리에서부터 시작된 은하 간 무력 충돌의 가능성을 입에 올리고 싶지 않았다.

"세어, 난 할 수 있는 일은 뭐든 할 거야. 자네도 알잖아."

"내가 하려던 말은…… 그들이 뭐든 하고 싶다는 의사를 보이면, 아무리 예외적인—"

"뭐든지, 세어. 그들에겐 아무 규칙도 적용하지 않을 거야."

"고맙네." 세어가 그 큰 몸체를 들어올려 나가는 길에 발코니 앞에서 잠시 멈춰 섰다. "보기 좋아." 그가 다시 자상한 아저씨같이 온화한 어조로 중얼거렸다. "이곳에 들를 때마다 잠시 목가적인 휴식을 취하는 느낌이야. 피터, 자넨 아르카디아*에 살고 있어."

"피시, 커티스가 전화했었어요." 여느 때와 마찬가지로 크리스마스가 신호할 틈을 주지 않고 슬쩍 들어온 데이나가 말했다. "플랜지팀의 동태를 살피는 정보망을 구축했는데, 기수들이 뒷구멍으로 무슨 도박을 하는 듯하다는 정보 말고는 아직 보고할 것이 없대요."

"참 멋진 아르카디아로군." 크리스마스가 툴툴거렸다.

"또, 대형 고양잇과 팀 하나가 불만을 제기했어요. 표적이 영 인간처럼 보이지 않아서 짐승들이 안 쫓을 것 같다는 주장이에요."

"그 건은 데트바일러에게 넘겨. 사무국 소관이니까…… 아! 자네의 그 앤크루 건에 대해서는, 그 팀 소속 동물 전체의 삼차원 정보

---

* 그리스 남부 펠로폰네소스반도 중앙의 주州. 과거 문학에서 낙원으로 묘사되곤 했다.

218

를 넣어줄 수 있겠어? 조금 전 거대 파충류 경주로 그들은 이제 네 경주 중 세 경주를 이겼어. 그것도 단 이틀 만에. 자네가 뭔가 건수를 잡은 거 같아."

앤크루팀 출전 동물들이 화면에 나타났다. 앞서 크리스마스가 봤던 붉은 조룡祖龍형 괴수, 다음엔 건장한 다리가 달린 달리는 새, 그리고 네 다리 사이에 밧줄처럼 보이는 뭔가가 늘어진, 도가머리 달린 치타 같은 것과 마지막으로 노를 추진체로 써야 할 듯한, 바닥이 넓적한 욕조처럼 생긴 것이 있었다.

"그건 초식양서류예요." 데이나가 말했다. 초식양서류가 카메라를 향해 입인 듯한 것의 한쪽 끝을 벌리고 하품을 했다.

"내가 보기엔, 고중력에 적응한 체형들이야." 크리스마스가 잠깐 생각하더니 말했다. "라몬트에게 연락해서 출전 동물들의 중력 보정기를 비밀리에 검사해보라고 해. 그들이 핸디캡을 보완할 방법을 찾아냈을 수도 있으니까. 아— 그리고 연락하는 김에, 석탄자루 성운에서 온 혼합 생명 군체 기힌쿠스에 대한 보고서도 좀 받아주겠어? 데트바일러네 공장은 그걸 사회성곤충 분류에 넣지 말았어야 해. 우리한테 반칙 항의가 두 건이나—"

쾅! 쿠우우우웅웅!!!!

머리 위에서 내리치는 천둥소리에 발코니로 뛰어간 둘은 역사 영상기록물들에서나 봤던 광경을 마주했다. 호텔들 너머로 너울거리는 불꽃을 뿜으며 착륙하는 로켓. 크리스마스는 눈을 휘둥그레

뜨고 쳐다보았다. 뒤에서 인터콤이 구슬프게 울어댔다.

"—무단 착륙! 반복한다, 적색경보, 미확인비행체 착륙—"갤큐 보안 위성의 소리였다.

"피시! 로켓이 내 소형 설치류 경기장으로 내려오고 있어!"소프라노 목소리가 외쳤다.

크리스마스는 훌쩍 썰매에 올라탔다. "데이나, 저 쥐들 위로 화재 방어막을 쳐줘!"그는 데이나가 손에 슬쩍 쥐여주는 뭔가를 보는 둥 마는 둥 하고 이륙했다.

호텔 돔들을 넘어서자 화산처럼 뿜어져 나오는 연기 속에 버티고 앉은 외계 우주선이 보였다. 소방기들이 길게 울부짖으며 지나갔고, 거품 분사기들이 침입자에게 당도했다. 크리스마스가 급제동할 때쯤에 불꽃은 이미 거품에 뒤덮여 사그라들었다. 뒤이어 당도한 커티스의 푸른 순찰썰매에서 윙윙거리는 소리가 났다. 보안대장이 통신기에 대고 나지막하게 지시를 내리고 있었다. 그가 외계 우주선에서 시선을 떼지 않은 채 크리스마스에게 손가락 하나를 세워 보였다.

우주선을 둘러싼 거품이 꿈틀거렸다. 우스꽝스럽게 거품을 뒤집어쓴 소형 설치류들이 사방으로 질주하고 있었다. 많은 수는 기수가 없었다.

"릴리! 릴리! 괜찮아?"크리스마스가 소리쳤다. 뒤집힌 관중석 밑에서 부지배인이 얼굴에 묻은 거품 덩어리를 닦아내며 나오는 것이 보였다. 소형 설치류들이 릴리에게 달려들어 발 주위에 무더기를 이루더니 앞다퉈 어깨와 머리 위로 기어올랐다.

외계 우주선의 입구가 홀렁 열리며 경사로가 되었다. 웅크린 형체 셋이 엷어지는 연기 사이로 밖을 내다보고 있었다. 그러더니 현란한 제복을 입은 금발 침팬지 하나가 성큼성큼 경사로로 걸어 나와 눈을 가린 노란 머리털을 획 젖히더니 낭랑하게 짖는 소리를 내다가 의문형으로 끝을 맺었다.

"곧 통역기가 올 거야." 커티스가 말했다. "저 허리에 찬 무기 좀 봐. 대체 어디서 굴러먹다 온 놈들이야, 스페이스 오페라?"

외계인이 다시 깩깩 우는 소리를 냈다. 그 자리에서 자신이 제일 직급이 높다는 걸 깨달은 크리스마스가 손을 들고 앞으로 나섰다.

우주선 경사로에서 이방인이 그를 빤히 쳐다보더니 머리털을 다시 젖히고는 그를 피해 우루루 안으로 들어갔다. 크리스마스는 기다렸다. 행정본부 저 끝에서 출발했을 갤큐 사람들과 사무장이 곧 당도할 터였다.

우주선 안에서 몹시 요란한 사이렌 소리가 들리더니 셋이 다시 모습을 드러냈다. 자기들 몸집보다 큰, 창살과 파이프와 펄럭이는 띠로 장식한 초현실주의적 공중썰매처럼 보이는 것을 몰고 있었다. 다시 손을 든 크리스마스에게 그들의 대표가 날카로운 소리로 뭐라고 지껄였다.

갑자기 외계인 셋이 뿔 달린 헬멧을 뒤집어쓰더니 각자 기계를 집어 타고 이륙해서는 천둥 같은 소리를 내며 자기네 우주선을 빙빙 돌았다. 그들이 공중곡예를 시작할 즈음에 사무장 데트바일러의 썰매가 호텔을 지나 현장에 다다랐다. 외계인들이 데트바일러의 썰매를 향해 급상승하더니 귀청을 찢을 듯한 폭발음을 내면서 그 썰매를 둘러싸고 빙빙 돌았다.

커티스는 이미 그들을 쫓아 이륙했다. 크리스마스는 공중에 뜨자마자 때마침 외계인들이 레이저 빔 같은 걸 발사하는 장면을 목격했다. 그랬다! 정말로 레이저였다. 데트바일러의 썰매가 한쪽으로 가라앉았고, 커티스가 방어막을 쏘아올렸다. 머리 위에 소형 설치류 하나가 앉아 있는 것을 어렴풋이 느끼면서, 크리스마스도 방어막을 펼쳤다. 그는 고도를 높여 추격에 나섰다.

외계인들은 이제 물질전송 센터의 돛대 다발 주위를 빙빙 돌면서 돛대에 걸린 삭구에 빔을 발사해댔지만, 커티스가 한 수 위였다. 크리스마스는 커티스가 포박 스프레이로 외계인 하나를 잡은 다음 다른 하나를 잡으려다 놓치는 것을 보았다. 놓친 외계인이 크리스마스에게 돌진했다. 데이나가 쥐여준 것이 알고 보니 휴대용 충격기였다. 크리스마스는 외계인이 스쳐지나갈 때 저출력으로 설정한 충격기를 발포했다. 외계인의 썰매가 긴 포물선을 그리며 해변 쪽으로 향했다. 커티스가 온순하게 뒤따르는 포박된 외계인을 끌고서 마지막 남은 외계인을 바짝 뒤쫓아 빙글빙글 돌면서 우주선에서 멀리 밀어내는 동시에 아래쪽으로 몰고 있었다.

크리스마스는 눈을 가리는 소형 설치류의 꼬리를 치우고는 외계 우주선으로 돌아갔다. 데트바일러의 썰매가 털털거리며 들어오자 구급대원들이 몰려들었다.

지면까지 내려왔던 마지막 외계인이 갑자기 방향을 틀어 우주선 쪽으로 줄행랑을 놓았다. 놈이 쏘는 레이저 빔이 마구 공중제비를 돌았다.

"엎드려! 다들 엎드려!" 크리스마스가 난리통으로 향하면서 큰 소리로 외쳤다. 경사로에 거의 다 갔나 싶던 외계인이 별안간 고꾸라지며 거품 속으로 곤두박질쳤다. 외계인의 썰매가 우주선 외벽을 들이박고 외계인 위로 떨어졌다.

경사로 밑에서 경기장 지배인인 릴리가 몸에 매달린 소형 설치류들을 어르는 소리를 내며 걸어 나왔다. 머리 위에 앉은 설치류 기수 하나가 아주 조그만 권총을 권총집에 챙겨넣고 있었다.

"피시, 스네드코어가 해치웠어! 스네드코어가 잡았어!" 릴리가 어기적어기적 걸으며 외쳤다.

커티스가 이제는 좀비 같아진 외계인을 끌고 착륙했다. 통역기 팀이 다가갔다.

"스네드코어가 잡았다!" 릴리가 기쁨의 노래를 불렀다.

"도대체 이놈들은 뭘 하려던 거야?" 크리스마스가 물었다.

보안대장이 통역기에 연결 중인 포로를 책망하듯이 노려보았다.

"곧 알게 되겠지." 그가 말했다. "내 짐작으로는, 우리가 경주를 개최한다는 소식을 들은 생짜 미개인 패거리가 아닐까 싶어. 스네드코어가 누구지?"

릴리의 머리 위에서 스네드코어가 고개 숙여 인사하고는 태연하게 손을 흔들었다.

"멋진 사격인데…… 저 쥐가 왜 무기를 가지고 있어?"

"오래된 규정이야. 신장이 9센티미터 이하인 모든 생물은 비살상용 방어 수단을 휴대할 수 있도록 허가돼 있어." 크리스마스가 설명했다. "안녕하시오, 데트바일러. 무사해서 다행이야. 음, 나머지 처리는 그쪽 일인 것 같군. 릴리, 진행 상황을 알려줘. 난 돌아가봐야 해. 아, 여기."

크리스마스는 머리 위에 있던 소형 설치류를 떼어 건넸다. "목가적인 일을 해서 좋겠다고, 사람들이 안 그래?"

그는 가는 길에 또 한 차례의 파충류 경주가 끝날 때까지 잠깐 멈췄다가 경기장을 가로질러 사무실로 향했다. "기계라…… 기계 경주라……" 그는 중얼거렸다. 떡 벌어진 어깨가 씰룩거렸다. 그는 함성과 외침과 어르는 소리와 휘파람 소리 위에, 백만 행성에서 온 행락객 위에 떠 있었다. 데이나가 쟁반을 받쳐들고 발코니에서 그를 맞았다.

"좋아 보이는데, 웬 거야?" 인필드 에일맥주가 담긴 큰 컵을 들여다보며 크리스마스가 물었다.

"저도 모르겠어요. 라몬트가 보냈어요. 다리가 부러진 무언가를 구한 보답이라는데, 자기 냉장고에는 더 넣을 곳이 없대요."

"우리한테 충격기가 있는 줄 몰랐어, 데이나."

"모르셨을 거예요. 전 알았지만요. 작년에 커티스가 줬어요. 우리 사무실에서 결투로 사생결단을 내려 했던 앨태어인들 기억나세요? 커티스는 총지배인님이 자기가 불사신인 줄 아는 것 같대요." 데이나가 입가의 수염을 늘히며 씩 웃었다.

"음, 자네의 감이 또 한 번 제대로 적중한 것 같군…… 여보세요, 라몬트?" 그가 인터콤에 대고 말했다. "정말이지 꽤 짜릿한 사건이었어. 쥐들은 어때? 아, 정말 안됐군. 하필이면, 누가 그런 일을 예상이나 했겠어? 소화용 거품에 약제를 넣었다니, 자네, 대단한 발상이야…… 앤크루팀 중력 검사에서는 아직 아무것도?"

"중력보정기들은 아무 이상 없어." 라몬트가 말했다. "정확하게 1.2에 딱 맞춰져 있어. 웃기는 건, 내가 보기에도 그놈들이 고중력형으로 보인다는 거야. 그리고 웃기는 거 하나 더, 그들이 일부 동물들을 이중 중력 핸디캡 상태에서 훈련하고 있어. 물론 중력을 더하는 것을 규제하는 법은 없지만, 놈들은 그 문제에 대해 아무 소리도 하지 않는단 말이지. 내가 보기엔 네가 정답을 찾은 거 같아. 데트바일러네 공장에서 핸디캡을 지정할 때 실수가 있었던 거야."

"라몬트, 일이 좀 지저분해질 수도 있겠어. 누가 그런 실수를 했을까, 그리고 왜?"

"그런 생각은 미처 못 했어." 라몬트가 느릿느릿 말하며 눈살을 찌푸렸다.

"음, 그런 일까지 자네 소관은 아니니까. 지모스 제3 행성 새들은 어떻게 됐어?"

"그런 성가신 일을 줘서 고마워, 피시. 긴말할 것 없이, 그 녀석들은 날아. 신경을 차단하든가 아니면 임시방편으로 날갯깃 끝부분만 자르자고 했더니, 그자가 거품을 물더라고. 다른 선수들도 착용한다는 걸 보여주고서야 특수 복대를 채우는 걸로 합의 봤어. 아마복대를 망가뜨릴 작정이겠지. 잘 지켜보는 게 좋을 거야. 그런데 이봐, 피시, 그가 새들에게 자네 팔 길이만큼 긴 유리 박차를 단 거 알아? 환도처럼 생겨서는 다리 같은 건 그냥 베어버려. 박차를 떼야한다니까 또 한바탕 난리가 났지. 반드시 이겨야 할, 이왕이면 죽이면 더 좋을 철천지원수 같은 게 있나봐. 장비 담당자들에게 미리 경고해주는 편이 좋을 거야. 난장판을 만들려고 기를 쓰고 있으니까."

"그 사람 이륜차 바퀴에도 큰 낫이 달렸어. 산성 물질을 분사했던 그 오리온 작자처럼."

"왜 달리면서 경주 트랙에 대못을 뿌리면 안 되는지, 이유를 모르겠다던 그 여성 밍크들 기억나?" 의사가 킬킬 웃었다. "가끔은 갤큐가 우리를 이용해 은하 불량배들 절반쯤을 교화시키고 있는 게 아닌가 싶다니까."

크리스마스는 통신을 종료했다. 인터콤이 일간 간부회의를 알리며 번쩍이고 있었다. 크리스마스는 채널을 맞추고 한 귀로 들으면서 데이나가 서명하라고 들여보낸 판정서 뭉치를 한 장씩 처리했다.

크리스마스라면 질색할 일들에 무척 뛰어난 데트바일러 사무장은 눈빛이 형형하고 키가 작은 통통한 여성이었다. 데트바일러의 부하 직원이 거대 얼음민달팽이 경주의 폐막을 기념할 계획안을 설명하기 시작했다. 출전 동물들은 육 개월이라는 이례적으로 짧은 시간 만에 15미터 거리를 주파해 내일 결승선을 지날 예정이었다. 선수들의 고향 행성들에서는 관심이 폭발 수준이었다. 사무국이 투명한 트랙의 아래쪽에서 삼차원 영상을 찍도록 손을 써서, 시청자들은 민달팽이들의 발이 세포 단위로 결승선으로 나아가는 모습을 지켜볼 수 있었다.

"민달팽이들은 사실 움직이지 않습니다." 직원이 말했다. "앞쪽이 자라고 뒤쪽이 퇴화하는 거지요. 각자의 행성에서는 제일 빠른 동물들이지만, 당연히 외부인들은 그다지 흥미로워하지 않습니다. 소규모 '박수 부대'를 모집하는 계획을 승인해주셨으면 합니다. 아, 그런 표현이 있는 걸로 알고 있어요. 그걸로 어쩌면 약간의 베팅을 자극할 수 있을지도 모르고, 확실히 출전 동물들의 사기를 높이는 데에 도움이 될 겁니다."

크리스마스가 동의의 말을 뱉었다. 데트바일러가 이따 저녁에 외계인을 쏜 쥐에게 포상하는 시상식을 열겠다는 계획을 알렸다.

"정말이지, 작은 영웅이야." 사무장이 말했다. "그 외계인이 우주선을 타고 가버렸다면, 갤큐가 지저분한 추격전을 벌여야 했겠지.

지저분하고 또 값비싼 추격전을. 피시, 수여식에 올 거지?"

"나도 상이기장 받아야 하는 거 아니야?" 크리스마스가 물었다.

"귀에 쥐똥이 가득 찼는데. 데트바일러, 그놈들은 어떤 놈들이야?"

"무리요성운 저 북쪽에 있는 행성계에서 온 놈들이야. 공식적으로는 접촉하지 않은 행성계지만 실제로는 무리요를 통해 꽤 오래전부터 거래를 해왔어. 분명 뭔가 한물간 허튼소리를 듣고 저 낡은 워프 우주선을 끌고 여기까지 온 거야. 갤 연합이 지금 거기에 물질전송 대표단을 착륙시켰거든."

회계국장이 목소리를 높였다. "우리가 부담하든 갤큐가 부담하든, 이 건에 배상금을 지불해야 해. 값비싼 동물 셋이 다쳤고, 무향 無香 경기장들도 전부 다시 지어야 해."

"그리고 차질을 빚은 경주들에 걸린 베팅을 조정하는 문제가 있지." 사행사업단장이 말했다. "갤큐에 요청해서 레이스월드에 무턱대고 오면 안 된다는 말을 퍼뜨리는 게 좋겠어."

"기계 경주를 하지 않는다는 말도." 크리스마스가 으르렁거렸다. 순간 정적이 감돌았다.

"좋아. 음," 데트바일러가 말했다. "이제 주요 안건으로 넘어가지. 마젤란인들 말이야. 그게, 피시, 넌 거의 곧바로 그들을 맞게 될 거야. 그들이 사행사업단이나 다른 부서에는 언제 올지, 오기는 올지, 그건 모르겠어. 솔직히 말해서, 견학이 우리가 바라는 만큼 잘 진행되고 있지는 않아. 오늘 아침에 사무국을 거쳐갔는데, 우리가 준비를 많이 했거든? 그중에는 그간 전시해온 '우주생명의 파노라마' 완전판에다 화학유전학 분석 자료까지 곁들인 정말 아름다운 시연도 있었고. 그들의 반응이 어땠다고 딱 단정할 수는 없지만, 나로서는 부정적이지 않았나 싶어. 오늘 밤에 레이스월드를 떠나고 싶다는 의사를 전달했대. 세어 니즈레어가 곤란해졌어."

"안 그런 사람이 누가 있어?" 극북의 통신단에서 물었다. "나도 외계인들을 많이 봤지만, 저들은 진짜 외계인이야. 우리 기술자 둘이 진정제 치료를 받고 있어. 갤테크가 그들이 타고 온 그 유령선 같은 우주선에 든 잡동사니의 반도 어디에 쓰는 건지 밝혀내지 못했다는 얘기 들었어? 데트바일러, 사무국의 시연은 놈들의 식욕만 자극했을 거야. 아니면 이웃집에 해충이 득실거리는 걸 알게 된 때처럼 비위가 상했을지도 모르지. 마젤란은 빌어먹게도 너무 가까워."

"음, 할 수 있는 건 뭐든 해봐야지." 데트바일러가 결연하게 기운찬 어조로 말했다. "다른 건은?"

"무거운 얘기를 더 얹어서 미안한데," 크리스마스가 운을 뗐다. "이 건도 베팅에 관련된 거야. 신생 앤크루팀이 다섯 경주에 나가 네 경주를 이겼는데, 고작 1.2지* 핸디캡만 지고 있어. 라몬트는 그게 적정 중력의 절반도 안 된다고 생각해. 나도 그렇고. 이걸 좀 빨리 확인해줄 수 있을까, 데트바일러? 내가 그 함의까지 얘기할 필요는

---

* g. 지구 표면을 기준으로 한 중력가속도 단위.

없겠지."

"당장 확인할게." 데트바일러는 깜짝 놀란 듯했다. 사행사업단
장은 눈을 가리고 신음했다.

"피시, 그들의 출전을 잠시 정지시킬 수 없어? 날아오는 거대 웜
홀들에, 조정 문제들에, 배상금들에 — " 그는 화면에 보이지 않는 누
군가에게 맹렬한 몸짓을 보내고 있었다.

"아직 확실치 않아." 크리스마스가 그에게 말했다.

데트바일러가 괴로운 눈빛으로 통신을 끊고 나갔다. 데트바일
러는 크리스마스가 무슨 말을 하는지 알았다.

혼자가 된 크리스마스는 목덜미를 문지르며 창밖을 내다보았
다. 아나운서의 연호 소리가 울려 퍼졌고, 열두 마리의 코뿔소형 생
물이 꼬리를 깃대처럼 바짝 세우고 부르르 떨면서 궁둥이로는 열심
히 할 일을 하며 출발문 뒤에서 땅을 다지고 있었다.

크리스마스는 저도 모르게 미소를 지었지만, 어쩐지 그 마법도
색이 바랬다. 그는 알았다. 다들 알았다. 그 마법이 무엇인지를. 그
건 관중석의 아우성도, 사행사업단의 넘쳐흐르는 금고도, 뿔을 들이
밀며 결승선을 넘는 코뿔소들의 질주도, 그들의 꼬리에 매달려 펄
럭이는 수천 광년 떨어진 행성들의 기수복도 아니었다. 그런 것들
에 마법이 함께했지만, 그것들이 마법은 아니었다. 그리고 지금 마
법이 위협을 받고 있었다.

외부연락장치가 울리더니 화면에 젊은 수의사의 뼈대 굵은 검

은 얼굴이 나타났다.

"선생님, 진료실에서 그 여자를, 그, 아, 미리아에서 온 젊은 여자분요, 그분을 계속 둘 수 없다는데, 제 말은, 그분이 팀으로는 못 돌아가거든요. 팀에서는 그분에게 알아서 자결하라고, 아니면 자기들이 대신해주겠다고 우겨요."

"아, 제발! 지금 당장은 우리도 비는 손이 없어. 의사 양반, 한동안 그 여자를 좀 맡아줄 수 있겠어? 옆에 붙어서, 여기저기 구경도 시켜주고…… 자네가 수의사라는 건 나도 알아. 라몬트한테는 내가 시켰다고 해…… 음, 그 검은 잘 치워둬. 바지도 좀 입혀주고, 알겠지? 부탁해. 그 여자는 문명과 격리된 것 같아…… 미리아의 처녀들은 왜 바지를 입으면 안 돼? 아, 신경 쓰지 마. 할 수 있는 건 뭐든 해, 알았지?"

"피시, 세어 니즈레어와 마젤란인들이 올라오고 있습니다." 데이나의 목소리가 들렸다.

커다란 접이식 문이 활짝 열리자 크리스마스는 일어나 손님을 맞았다.

니즈레어 옆에 그만큼이나 키가 큰, 햇볕에 바랜 말의 두개골처럼 새하얀 두 세모꼴 얼굴 밑으로 구불구불하고 어두운 형체가 어렴풋이 보였다.

크리스마스는 고개 숙여 인사한 다음 니즈레어가 소개하는 동안 그들을 살펴보았다. 마젤란인들은 전혀 움직이지 않았다. 기다란 해골 같은 얼굴들이 눈도, 표정도 없이 그를 향하고 있었다. 대다수 은하인과 마찬가지로 크리스마스도 첫 접촉을 알리는 삼차원 뉴스 영상들을 지켜봤지만, 실물로…… 아니, 어떤 식으로든, 그들의 소름끼치는 이 외계성性을 대면할 준비는 되어 있지 않았다. 난데없는 불안이 그를 사로잡았다. 그는 그들이 마음속 에너지장을 발산하고 있지 않나 의심했다.

갑자기 마젤란인들의 통역기가 찍찍거리며 니즈레어의 말을 가로막았다.

"당신이 사법적 (?) 윤리적 (?) 기관이다." 그것이 단조롭게 말했다. 크리스마스는 둘 중 어느 쪽이 말하는 건지 분간할 수 없었다.

"맞습니다." 그가 휑한 해골 눈에 대고 말했다. "가능한 한 모든 출전자에게 공정한 규정이 세워지는지 감독하고, 규정을 세밀하게, 그 정신까지 집행하는 것이 제 일입니다. 어떤 조건이 출전자들에게 불평등한 영향을 미치면, 저희는 최대한 만장일치로 새로운 규정을 만듭니다. 그게 안 되면, 제 판단이 최종― 죄송합니다만, 말씀을 못 들었습니다."

"당신의 정신 다시 진술을 묻는다." 통역기가 다시 말했다.

"아! 제 말은 명시적인 규정보다 규정의 본래 의도와 취지가 더 중요하다는 의미입니다. 저희에게 동등한 기회란 선수들이 저마다의 고향 행성과 최대한 비슷한 조건에서 뛰는 것을 의미합니다. 예를 들어, 서로 다른 중력을 보정하기 위해 저희는 핸디캡 장치를―"

"정신이 —" 통역기가 알아들을 수 없는 말을 중얼거렸다. 말 머리뼈 두 개가 미동도 없이 그를 뚫어지게 내려다보았다.

"당신은 여기서 큰 힘을 가지고 있다." 통역기가 말을 이었다. "당신은 발각 (?) 감독 (?) 없이 자신의 이익을 위해 많은 경기에 영향을 줄 수 있다. 당신이 그렇게 하지 않는지 묻는다. 당신의 출신지를 묻는다."

크리스마스는 세어 니즈레어를 힐끗 쳐다보았다. 설명을 안 해줬나? 걱정이 있을 때 그러듯이 갤큐 관리의 더듬이 하나가 구부러져 있었다.

"뭐, 여기 사람들이 다 그렇듯이, 제 말은 간부진이 다 그렇듯이, 저도 솔테라인입니다." 크리스마스가 딱딱하게 말했다. "솔테라인들이 레이스월드를 창설하고 운영하고 있음을 귀하들께서도 잘 알고 계시리라 봅니다."

"공금유용 (?) 투기 (?) —" 통역기가 꼬르륵거렸다. 외계어의 의미 체계가 중앙 컴퓨터를 고생시키고 있는 것이 분명했다. 그러더니 분명한 말이 나왔다. "이익을 위한 불법적인 조작이 없는지 묻는다."

크리스마스는 아무 말도 하지 않았다.

"이런 종류의 체제에서 사기는 그저 엔트로피로 정의될 수 있습니다." 세어 니즈레어가 매끄럽게 이어받았다. "그리고 당연히, 모든 문명화된 존재는 엔트로피, 즉 질서의 붕괴를 피합니다. 아무리 지역적으로 복잡성을 증대시켜도 더 큰 매트릭스에서의 엔트로피 효과를 상쇄할 수 없기 때문이죠. 저희는 레이스월드 체제에서 세 가지의 주요한 엔트로피 가능성을 보고 있습니다. 첫째, 외부 기생. 다시 말해 밖으로부터의 장악 시도입니다. 귀하들도 보셨듯이, 그런 시도에 대비해 은하보안대가 경계를 서고 있습니다. 둘째, 개인 또는 특정 행성의 이익을 위해 이 체제의 일부를 전복하려는 출전자들의 시도가 있습니다. 여기 이 총지배인이 자체 보안 인력과 사행사업단의 끊임없는 확률 감시와 같은 외부 도움을 받아 그런 시도를 막는 기능을 합니다. 셋째, 자체의 구성 요소들, 즉 솔테라인 본인들에 의한 체제 부패의 가능성이 있습니다. 제가 앞서도 말씀을 드렸는데, 너무 간략했었나봅니다. 그런 일이 일어날 가능성은 아주 낮습니다. 첫째로 레이스월드의 관리자가 될 솔테라인들이 어릴 때부터 정직과 공정한 경쟁을 높이 평가하는 가치 체계를 주입받기 때문이고, 둘째로 솔테라인들 스스로 중립 행성 출신의 순환 위원단과 은하 차원의 전문가들이 공동 주관하는 프로그램을 통해 주기적으로 평가받는 시스템을 고집하고 있기 때문입니다. 그리고 당연히 저희는 솔테라인들의 모든 물질적 필요를 충족시켜주려고 노력해왔지요. 그렇지 않은가, 피터?"

잠깐 침묵이 이어지고, 통역기가 마젤란인들에게 뭔가를 속삭이는 소리가 들렸다.

"우리는 관찰할 것이다." 통역기가 말했다. "따로."

일장 연설을 하는 동안 뻣뻣하게 섰던 니즈레어의 더듬이가 다시 꼬부라졌다. "제가 나가면 되겠습니까?" 그가 물었다.

"그 말씀은, 여기 머무르면서 저희의 일상 업무를 지켜보겠다는 뜻인가요?" 크리스마스가 물었다.

"그렇다."

"음, 알겠습니다." 크리스마스는 자기도 모르게 어금니를 꽉 깨물고 턱에 잔뜩 힘을 주면서 말했다. "이렇게 모시게 되어 영광입니다. 편하게 계십시오. 뭐라도, 아, 의자 드릴까요? 어디 쉴 만한 평평한 데라도?"

마젤란인들이 돌연 격렬하게 잔물결을 일으키다가 갑자기 그쳤다. 그들은 이제 크리스마스의 어깨 너머에 서 있었다.

"속행하라." 통역기가 말했다.

"좋습니다." 크리스마스가 이를 악물고 말했다. 그는 데이나를 호출하고, 뻣뻣하게 더듬이를 세운 채 안내에 따라 속절없이 퇴장하는 세어 니즈레어에게 고개 숙여 인사했다.

"좋아, 데이나, 영업을 시작하지. 손님들은 여기 남아서 지켜보실 거야. 뭐가 들어와 있어?"

"베텔게우스 행성계에서 불만이 제기됐습니다." 수염이 아주 약간 뻣뻣한 것을 빼면 크리스마스 뒤에 어렴풋하게 도사린 유령들을 의식하는 티를 전혀 내지 않고서 데이나가 말했다. "거대 땅굴벌레팀을 출전시켰는데, 누가 봐도 이전 경주에서 파인 게 분명한 땅굴들 때문에 자기네 출전자가 반칙을 당했다고 주장했습니다."

크리스마스가 툴툴거렸다. "그 저주받은 벌레들이 산맥 전체를 쏠아 구멍을 내놨어. 이의 신청을 받아들이고, 사행사업단에 알려. 사무국에다 새 산맥이 필요하다고, 이러다간 그 벌레들이 행성을 초토화할 거라고 전하고. 잠깐, 갤큐가 굴착 경주 전체를 어디 소행성으로 옮길 수 없는지 데트바일러에게 물어봐. 저기 옆 행성에서 채굴 사업을 하던데, 우리한테 돌덩이 한두 개 정도 밀어줄 수 있을지도 모르지. 데트바일러도 생각해본 게 있을 거야."

뒤에 있는 존재들에게 그가 덧붙였다. "이건 그냥 부적절한 경기장 상태 때문에 레이스월드에 이의 신청을 한 거여서, 받아들여야 합니다. 피해를 본 팀에 베팅을 한 이들은 배상을 받을 겁니다."

"우리는 너의 언어를 이해한다." 통역기가 휑한 소리로 말했다.

커티스가 인터콤으로 연락을 해왔다. 화면이 켜지자, 크리스마스는 외계인들이 어떤 영상 장치도 잡지 못할 곳을 골라 섰다는 사실을 깨달았다.

"피시, 플랜지 건 말이야. 저번 퓌룩사 건과 완전히 똑같아. 기수들은 그냥 원숭이나 다름없고, 사실상 말들이 기수들을 훈련하고 있어. 다음 경주를 노리고 계략을 짜고 있는 걸 우리가 딱 적발했어. 자기들 승률로는 너무 부족하니까 핏팻이 승리하는 쪽에 걸고 크게 한탕할 작정이었지. 놈들이 베팅 지시를 내린 이가 사실 우리 정보원이었어. 어느 스피카인 먹이 관리자를 통해서 그런 짓을 하고 있었어. 놈들이 그를 위협했던 거야."

"사행사업단이 완전히 뒤집어지겠군, 커티스. 플랜지팀이 참가한 경주들이 많으니까." 마젤란인들을 위해 크리스마스는 덧붙였다. "물론 사행사업단은 베팅 참가자들 모두에게 배상해야겠지. 손해도 볼 테고. 저 말들이 인기가 아주 많지는 않았다는 점에서 우리 스타들에게 감사해야지. 데트바일러에게 얘기 좀 전해주겠어?"

"놈들이 대놓고 크게 해먹으려 했던 게 행운이었지." 커티스가 말했다. "그렇게 욕심부리지 않았다면 훨씬 오래 해먹었을 텐데. 음, 말들이 그렇지 뭐."

크리스마스는 움찔하면서 연결을 끊었다.

자기 통신기에 귀를 기울이고 있던 데이나가 고개를 들어 쳐다보았다.

"피시, 앤크루가 방금 또 우승했답니다."

크리스마스는 천천히 고개를 끄덕였다. 그러고는 데트바일러의 호출 채널에 손가락을 대고서 몸을 돌려 마젤란인들을 쳐다보며 말했다. "저는 지금 사무장에게 매우 심각한 사안에 관한 질문을 하려고 합니다. 앤크루라는 행성에서 온 팀이 중력 핸디캡을 너무 낮게 적용받은 듯한데, 아마도 애당초 사무국에서 중력값을 잘못 지정한 듯합니다. 당연히 그 팀은 여러 종목, 여러 경주에서 우승하고 있고요." 그는 기묘한 검은 존재들을 떨쳐버리려 애쓰면서 돌아앉았다.

"데트바일러, 앤크루 건은 아직 아무 소식 없어?"

"피시, 중력값은 1.2지가 확실해." 데트바일러가 심각하게 말했다. "사무국 천체 일람표와 갤큐의 마스터 디렉터리 양쪽 다."

"그럴 리가. 그들은 여전히 이기고 있어. 이제 다섯 경주 중 넷이야. 게다가, 그 짐승들 봤어?"

데트바일러가 난처한 듯이 고개를 끄덕였다. 갑자기 둘이 동시에 입을 열었고, 사무장의 새된 외침이 크리스마스의 낮은 목소리를 누르고 울려 퍼졌다.

"불규칙행성!"

"그래, 그럴 수도 있겠어 — 내가 센터에 알려서 행성 명세서 완전판을 받을게!"

"하지만—" 크리스마스가 입을 떼고 보니 화면은 이미 꺼져 있었다. 사무실 문에 불이 들어왔다.

"피시, 모 행성 장관님이 방문하셨습니다." 데이나가 말했다. "90 구역에 있는 곳인데, 어떻게 발음해야 하는지 모르겠어요. 나이와 무게 핸디캡에 관해 직접 만나 얘기해야 한다고 우기세요."

거대한 혹 같은 껍데기가 느릿느릿 들어왔다. 맥貘을 닮은 슬퍼 보이는 방문객의 얼굴은 무릎 높이에 달려 있었다. 그는 온갖 의례와 격식을 차려가며 거의 알아들을 수 없는 은하어를 훗훗거리기 시작했다. 크리스마스는 통역을 위해 데이나를 손짓해 불렀다.

"문제는 이분들의 출전자가 이제 표준 시간으로 천오백 살이 되었고, 나이 핸디캡이 거의 극에 다다랐다는 거네요."

"귀하의 동물들은 얼마나 오래 삽니까?" 크리스마스가 물었다.

"확실치 않다고 하시네요." 데이나가 통역했다. "문제의 이 동물은 이십 년에 한 번씩 경주에 나가는데, 지금까지 천 년이 넘게 우승해왔다고 해요. 종합하자면, 이분의 고향 행성에서는 이 동물이 앞으로도 계속 출전하기를 바라는 듯합니다. 번식이 느린 데다, 당장 대체할 수 있는 다른 동물도 없고요. 더는 무게 핸디캡에 차등이 없어서 점점 힘들어진다네요. 새 행성계에서 온 훨씬 젊은 유사종 때문에 곤란도 겪고 있고, 행성의 위신이 위기에 처했다고 합니다."

"이제 생각났어. 오래된 멋진 친구지. 하지만 핸디캡 체계 전체를 갈아엎을 수는 없어. 반反중력도 별 도움이 안 될 거야. 마찰력을 잃을 테니까. 혹시 비경쟁 시범 경기로 전환해서 출전하면 어떨지 물어봐줘. 엄선한 보조 출전 동물들에, 팡파르도 막 울리고— 현존하는 최고령 챔피언, 뭐 그런?"

데이나와 외계인이 길게 훗훗거리며 얘기를 나누었다. 크리스마스 뒤의 외계인들은 미동도 없이, 표정도 없이, 어렴풋한 불안의 기운을 발산하며 서 있었다.

"동의하시는 것 같아요." 데이나가 보고했다. "제가 이분에게 사무장이—"

사무실 문이 벌컥 열리고 길고 하얀 형체가 휙 뛰어들었다. 2.5미터 키의 발가벗은 여자가 잠시 멈춰 서더니 책상을 돌아 크리스마스의 발치에 철퍼덕 엎드렸다. 크리스마스는 발밑으로 밀려드는 검의 냉기에 발가락을 오므렸다. 맥의 얼굴을 한 방문객이 놀라서 훗훗거리며 물러서다가 미동도 없이 선 마젤란인들과 부딪혔다. 그는 더 크게 신음하면서 뒷걸음질하다가 이번에는 데이나와 부딪혔다. 사무실 문으로 사람들이 몰려들고, 맨 앞에 인턴 수의사의 검은 얼굴이 보였다.

"이건 대체, 이봐 닥터 울루, 여기서 이러면 안 돼―"크리스마스가 날카롭게 외쳤다.

"선생님, 저 여자분이 도망쳤어요. 여자 화장실을 통해서요. 저분은 계속 선생님이 목숨을 구해줬으니 선생님의 노예로서 충성을 맹세해야 하느니 어쩌니 했어요."

여자가 고개를 끄덕이며 그의 발등을 두드렸다.

"선생님을 위해 분골쇄신하겠다는 뜻이에요― 저분은 돌아갈 곳이 없어요."

"하지만 무얼 할 수 있지? 컴퓨터를 본 적이라도 있을까?"

"자기 말로는 전사래요."

"그래, 나도 알아…… 데트바일러, 잠깐만 기다려!"크리스마스가 불빛이 번쩍이는 인터콤에 대고 외쳤다. "자, 아가씨, 충성 맹세는 끝났어요. 이제 닥터 울루와 같이 가면 사람들이 뭔가 할 일을 찾아줄 거예요. 뭐라도 찾아줘! 엘리베이터 작동법이라도 알려주든가! 이제 나가봐!"

크리스마스는 고개를 돌려 데이나에게 밀려 나가는 사람들 틈에서 충격에 빠진 표정을 한 맥의 얼굴을 찾아 깊숙이 고개를 숙였다. 화면에서는 데트바일러가 당혹스러운 표정으로 이 상황을 지켜보고 있었다. 크리스마스가 경보 해제를 알렸다.

"피시, 우리가 맞았어!" 데트바일러가 불쑥 내뱉었다. "앤크루 행성은 심하게 찌그러진 회전타원체야. 적도에서는 거의 3지가 나와. 1.2라는 수치는 평균인 거지. 자기네 고중력 지역의 동물들을 보낸 게 확실해."

"하지만 그런 경우, 행성 명세서에 변동성을 뜻하는 문자 'v'가 표시돼 있어야 하지 않아?"

"맞아, 그래야지. 하지만 없어. 여기, 행성 디렉터리를 봐. 물론 우리 일람표도 똑같아."

"해당 항목의 최근 업데이트 날짜가," 크리스마스가 뭔가를 곰곰이 생각하며 말했다. "앤크루가 지원한 때쯤 아니야?"

"아, 그래, 변경 공지가 있어. 갤콤이 정기적으로 변경 항목들을 초광속으로 전송하고, 여기서는 자동으로 반영되는데…… 잠깐, 우리한테 아직 이전 항목이 있는지 볼게." 데트바일러가 화면에서 쑥 사라지더니 눈에 띄게 창백해져서 돌아왔다. "공식적인 이전 디렉터리 항목은 폐기됐지만, 내가 개인적으로 가지고 있던 일람표에서 찾아냈어. 'v'가 있었어, 바뀌기 전에는. 어떤 가능성이 있지?"

"내가 보기에는 세 가지 가능성이 있어." 크리스마스가 말했다. "갤콤이 잘못된 정보를 전송했거나, 초광속 전송이 왜곡했거나, 거기 사무국 필사기에 뭔가 문제가 있었거나."

"피터, 갤콤은 지금껏 단 한 번도 잘못된 정보를 보낸 적이 없어." 데트바일러가 그를 이름으로 부르는 경우는 드물었다. "너도 행성 디렉터리가 은하 항해와 행정을 비롯한 온갖 작업의 바이블이라는 걸 알 거야. 디렉터리는 환상에 가까운 기술적 통제를 받아. 물론 초광속 전송은 왜곡될 수 있지만, 갤콤은 불일치 신호를 포함해 삼중으로 중복 전송을 해. 한 글자가 누락되고, 그에 대한 경고 알림까지 실패할 확률은 아마, 음, 무한 원숭이 정리*쯤 될 거야. 그리고 우리 필사기도 자동이야. 다른 건 다 멀쩡한데 기호 하나만 빠뜨리는 일은 거의 불가능할 것 같은데─" 데트바일러의 목소리가 기어들었다.

"누군가가 손을 대지만 않으면 말이지." 크리스마스가 데트바일러 대신에 말을 맺었다.

"그래…… 그런 가능성이 있어. 원본 정보는 행성 디렉터리와 일람표로 이중 복제돼. 그 과정을 중단시킬 수만 있다면, 기술자가 원본을 바꿀 수 있지…… 피터, 단어 사이도 좀 뜨는 것 같아." 데트

• 프랑스 수학자 에밀 보렐이 1913년에 무한성에 기초해 제기한 정리로, 시간만 충분하다면 백만 마리의 원숭이가 무작위로 타자를 쳐도 언젠가는 프랑스 국립박물관의 모든 책을 타이핑해낼 가능성이 '거의 확실하다'라는 정리. 무한을 가정하면 일어날 확률이 거의 1에 수렴하지만, 인지 가능한 시간 범위 안에서 보면 일어날 가능성이 극히 낮으므로, 일상적으로는 일어나기가 극히 어려운 일을 비유적으로 이를 때 쓰는 경우가 많다.

바일러의 형형한 두 눈은 휘둥그렜고, 얼굴에는 크리스마스로서는 한 번도 본 적 없는 표정이 서려 있었다.

"기술자들은 모두 우리 종족이야." 크리스마스가 말했다.

"맞아, 전부. 피터, 갤콤에 마스터 프로그램을 확인해달라고 요청할게. 시간이 좀 걸릴 거야." 데트바일러가 뚝 통신을 끊었다.

크리스마스는 손끝으로 책상을 두드리며 앉아 있었다. 그러고는 몸을 부르르 떨었다.

"데이나, 앤크루팀 경주를 모두 보류해줘. 빼든가 아니면 경주를 미뤄. 핸디캡 오류야. 그리고 커티스에게 그들이 행성을 떠나지 않는지 지켜보고 모든 통신 신호를 감시하라고 전해줘. 다만 눈치채지 못하게. 그리고 사행사업단에 앞서 나온 경주 결과들이 지금은 공식적으로 유효하지 않다고 통보해줘."

마젤란 통역기가 정적을 깨고 갑자기 탁탁거렸다.

"정확한 이해를 묻는다. 당신은 지금 가설 (?) 을 세운다 상상적으로 가정 (?) 한다. 솔테라인이 이익을 위해 사기에 가담했다고."

"맞습니다." 크리스마스가 말했다. 그는 깊이 숨을 들이쉬었다. "솔테라인만이 그 행성이 불규칙하다는 사실을 말해주는 'v' 표시를 제거할 수 있었을 겁니다. 일단 그게 빠지면, 앤크루가 자기네 무거운 동물들을 데려와 쓸어버릴 수 있는 길이 열리죠. 그들이 그렇게 빨리 그렇게 많은 경주에 참여했다는 사실부터가 어떤 계획이 있었음을 시사합니다. 우리 중 누군가만이 그런 기회를 포착했을 테고…… 물론 외부에 주동자가, 심지어 갤 센터 같은 곳에 있어서 우리 사람이 위협을 당했을, 아주 희박한 가능성은 있습니다. 하지만 이건— 아니요. 그럴 리 없습니다. 솔테라인이 그럴 리 없습니다."

"불가능성을 묻는다. 솔테라인은 다른 생명체와 다르지 않다."

크리스마스의 턱이 실룩거렸다.

"그런 이상 理想들 (?) 체계들 (?) 은 우리 은하에서는 실패한다고 알려져 있다. 물질적 부의 가능성은 매우 거대하다." 통역기가 탐색을 계속했다.

"무얼 얻기 위해 말입니까?" 크리스마스는 자신이 하고 싶지 않은 말 쪽으로 점점 내몰리고 있다는 걸 알면서도 내뱉었다. "저희는 바랄 수 있는 모든 것을 누리고 있어요. 집, 사치품, 여행. 모두 공짜죠."

"당신의 고향 행성을 위한 물질적 축적 가능성은 매우 거대하다."

"여기가 우리 고향 행성입니다." 크리스마스는 기계적으로 반응했다. 대체 세어 니즈레어는 뭘 한 거야? 어떻게 마젤란인들에게 기본적인 정보도 알려주지 않았을 수가 있지? 용납할 수 없는 일이었다. 그는 절대 완전히 사라지지 않을 아픔이 떠오르는 것을 느꼈다.

"올바른 이해를 묻는다." 통역기는 그를 죽일 듯이 쪼아대는 독수리였다. "당신은 솔 태양계에 있는 테라 행성 출신이다."

결국 그 말을 하게 될 것이다. 그는 벌떡 일어나 창가로 가서 외계인들을 등지고 섰다.

"테라라는 살아 있는 행성은 없습니다. 귀하들이 여기서 보신 솔테라인들은 테라가 파괴될 때 우리 달과 몇몇 다른 곳에 있던 소규모 거주지의 후손이지요…… 테라는 우리 태양계에서 유일하게 거주 가능한 행성이었습니다."

이제는 가슴속 아픔이 격심해졌다. 아이 때 그는 노래하곤 했었다. "우리 고향은 돔이라오, 푸른 테라는 이제 없다네." 그도 그의 15대조 할아버지도 푸른 테라는 본 적 없고 돔에서 살아본 적도 없지만, 그 이미지들은 깊이 박혀서…… 소행성의 소형 돔들 안에서, 공기가 새는 화성돔 안에서 살던 생존자들…… 자신들의 신틸레이션 측정기를 달군 것이 뭔가 싶어서 보러 왔다가 테라의 고아들을 구출하게 된 갤큐의 커다란 우주선들을 바라보던 그 굳은 얼굴들.

"우리 은하에서는, 고향 행성이 없는 존재들은 오래 살아남지 못한다."

"여기도 그렇습니다." 크리스마스가 무겁게 말했다. 그건 사실이었다. 고아가 된 종족들은 어떤 식으로든 사멸했는데, 이유는 아무도 몰랐다…… 또는 왜 그 아픔이 절대 사라지지 않는지도 말이다. 아픔을 계속 간직하며 살든가, 아니면 아픔을 잊고 얼마 후에 더는 존재하지 않게 되든가, 둘 중 하나였다.

"보시다시피, 레이스월드는 행성을 잃은 자들이 운영합니다." 그가 큰 소리로 말했다. "이곳 바깥에는 이익을 볼 사람이 아무도 없어요. 솔테라인들뿐입니다."

"당신 비서는 솔테라인이 아니다."

"아, 저희가 다른 고아들도 좀 받아들이죠. 데이나의 종족은 행성계 내전에서 겨우 우주선 하나를 건졌습니다. 자주 있는 일은 아니죠."

데이나의 종족도 아픔을 품은 채 살고 있을까? 크리스마스는 그 활기찬 갈색 눈망울 뒤를 들춰본 적이 없었다. 데이나는 다섯 번째 세대였다. 아직은 어린 후손들이 제법 있었다.

"당신 행성을 전쟁으로 잃었는지 묻는다." 귀신 같은 목소리가 가차없이 파고들었다. 크리스마스는 지평선을 가만히 살펴보았다. 저 아래의 풍경과 경기 진행자의 외침이 지금은 다 허깨비처럼 느껴졌다.

"아닙니다. 우리 스스로 날려버렸습니다."

통역기가 꼬르륵거렸다. "그런 경우는 더욱 살아남지 못한다." 통역기가 말했다.

그 말 역시 사실이었다. 제 손으로 제 세계를 파괴한 종족들은 절대 오래 살아남지 못했다. 한 종족만 빼고. 자살자들, 형제 살해자들, 모친 살해자들— 은하에 원시적 쾌락을 공급하는 상인으로서 제 불멸성을 발견한 죽은 솔테라인들에게 영광 있으라.

독수리 같은 통역기가 다시 꽥꽥거렸다.

"당신이 가치를 죽은 행성의 윤리 (?) 집단의 도덕적 행위 (?) 에

246

두는지 묻는다."

크리스마스가 휙 돌아섰다.

"테라는 죽지 않았습니다!" 그는 흰 해골 얼굴들을 향해 소리쳤다. "이제 이 은하의 모든 문명화된 종족이 테라를 알아요! 이 온 은하에서 테라인이라는 말은 공정과 청렴을 뜻하는 은어예요! 어디든 가서 물어보세요, 센터에 물어봐요. 그들은 우리를 압니다. 그들은 그 일을 가지고 농담을 하지요, 그들은 이해하지 못합니다. 하지만 그들은 우리 경기를 즐기고, 테라라는 명칭을 써요! 바다의 어미 물고기가 제 어린것에게 테라에 대해 가르치는데, 어떻게 테라가 죽은 것일 수 있습니까?"

크리스마스는 숨을 골랐다.

"우리가 이곳에 오기 전에 레이스월드 같은 건 없었습니다. 우리, 테라의 생존자들, 우리가 이 레이스월드를 생각해내고, 계획하고, 갤 센터에 납득시켰습니다. 우리는 이제 그들 재정수입의 상당히 큰 부분을 차지합니다. 하지만 우리에게 이 모든 건 테라를 위한 겁니다. 테라의 이상을 위한, 현실이 될 수도 있었던 이상을 위해서죠. 얼어붙을 듯한 암모니아 속을 나는 새들이 테라의 이름을 말하는데, 어떻게 테라가 죽은 것일 수 있습니까?"

그가 말을 멈추자 방 안엔 정적이 감돌았다.

통역기가 희미하게 꾸르륵거리는 소리를 내더니 다시 조용해졌다. 크리스마스는 자기 자리로 돌아갔다. 검은 악마들이 결국 그에게서 그 말을 끄집어내고야 말았다.

"묻는다." 통역기가 선언했다. 다른 마젤란인이 말하는 듯한 인상을 받았지만, 크리스마스는 전혀 개의치 않았다.

"당신은 불건전한 주관적 동요를 경험한다."

"저는 불건전한 주관적 동요를 경험하지요, 맞습니다." 크리스마스가 냉담하게 말했다. "만약…… 만약 우리 중 하나가…… 이 모든 것이 무가치해져요, 이 유일무이한 것이…… 하지만 그럴 수는—"

시간이 느릿느릿 흘러갔다. 외계인들은 더는 아무 말이 없었다. 데이나가 크리스마스의 눈길을 피하면서 서류 몇 장을 들고 들어왔다. 데이나는 늘 사무실을 지켜보았다.

어느 행성 대표가 외부통신장치로 연락해 와서는 경쾌한 어조로 뜀뛰는 동물 종목에 특별 규정을 두는 문제를 집중적으로 논했다. 대표는 캥거루처럼 생겼다. 크리스마스는 기계적으로 대답했다.

꼬리 받침대에 관한 복잡한 요점을 논하는 중에 데트바일러의 신호가 울렸다. 캥거루를 상대하고 있던 크리스마스가 홱 몸을 돌렸다.

"—확실해, 피터. 내가 마스터 정보를 봤어." 데트바일러가 더듬거리며 말했다.

"뭐가 확실하다고?"

"그 'v'는 갤콤이 전송을 안 한 거야! 무슨 미립자와 관련된 문제라는데, 나는 잘 모르겠어. 어쨌든, 표준 시간으로 오 세기 만에 처음 있는 오류야. 그 사람들, 난리 났어. 그들의 문제였어, 피터! 그들 문제였어!"

"우리 문제가 아니었어." 크리스마스가 나직하게 말했다. 잠시 후에 둘은 연결을 끊었다.

크리스마스는 돌덩이처럼 가만히 앉아 있었다. 그러더니 책상을 쾅 두들기고는 마젤란인들 쪽으로 휙 돌아앉았다.

"봤어요?" 그는 소리쳤다. "봤죠? 아, 그들 문제라는 걸 알았어야 했는데. 기계적 과정은 일정 부분이 무작위로 뒤집힐 수 있지만, 존재의 의지는 일종의 에너지장처럼 움직이지 — 장이 바뀌기 전까진 그걸 구성하는 요소들은 바뀌지 않아 —"

화면에서 캥거루가 푸들거리고 있었다. 크리스마스가 그를 달랬다. 어깨 너머로 마젤란인들이 사락대는 소리가 났다. 크리스마스는 고개를 돌렸다가 때마침 검은 형체의 측면을 따라 열리고 닫히는 진홍색 입술 같은 것을 얼핏 보았다. 통역기가 알아들을 수 없는 소음을 냈다. 크리스마스는 알려지지 않은 외계의 은하들이 있음을, 상상조차 불가능한 전쟁의 그림자가 있음을 상기하며 가만히 지켜보았다. 그들은 불쾌했을까? 화가 났을까?

큰 문 바깥에서 쿵쾅거리는 소리가 들렸다. 데이나가 달려가 문을 여니 세어 니즈레어와 미리아인 여자가 눈자루와 눈알을 맞댄 채 서 있었다. 여자의 검 끝이 니즈레어의 거대한 가슴판을 향하고 있었다. 그 너머에 있는 사무실들에서 왁자지껄한 소음이 들렸다.

"그 칼 치우고 그분 들여보내!" 크리스마스가 고함쳤다. "대체 누가 너한테 내 사무실 문지기가 필요하다고 했어? 세어, 미안하네, 우리가 좀 이런저런 문제가 있어."

니즈레어가 공식적인 자리용 더듬이 모양을 하고 쿵쿵거리며 들어왔다. 눈자루 세 개가 마젤란인들 쪽으로 뻗치고 나머지 하나가 크리스마스 쪽으로 뻗쳤다. 외계인들은 아는 체도 하지 않았다.

"요청하신 갤 센터까지 돌아가는 교통편이 준비됐습니다." 세어 니즈레어가 그들에게 말했다.

"아니다." 통역기가 말했다.

"하지만—" 니즈레어가 말했다. "아, 그러면, 이곳 견학을 계속 하시겠습니까? 저희가 오늘 저녁을 위해 준비한 흥미로운 확률 외삽법 시연이 있는데요."

"아니다." 통역기가 같은 말을 반복했다.

다시 그 진홍색 사락거림이 있었다.

"……이전에는 보이지 않았다." 통역기가 그렇게 말하고는 이해할 수 없는 말로 접어들었다. 니즈레어가 두 번째 눈자루를 크리스마스 쪽으로 홱 돌렸다. 크리스마스는 두 손을 벌리며 어깨를 으쓱거렸다.

"내 지부 (?) 여행 동행자 (?) 는…… 번역할 수 없는 동요. 우리는 이제 물러가 숙고하고자 한다…… 왜곡…… 우리가 본 것을."

"제가 당장 호텔로 모시겠습니다." 니즈레어가 말했다. 외계인들은 여전히 꼼짝도 하지 않았다.

통역기가 잠시 탁탁거리더니 분명하게 말했다. "기술, 통신, 수학, 경제, 화학, 고속 비트 전송률……" 통역기가 깜짝 놀랄 만큼 인상적인 딸꾹질을 했다. 외계인들이 갑자기 소용돌이치듯이 움직이며 문으로 향했다.

그들은 거기서 멈추더니 기괴하게 일그러졌다. 둘 중 하나가 검은 채찍 같은 발가락들로 힘껏 바닥을 내리쳐 총성 같은 큰 폭발음을 냈다. 모두가 펄쩍 뛰었다. 그들은 순식간에 바깥 사무실을 거쳐 물러갔다.

어깨 너머를 보느라 비비 꼬인 동그란 눈알 하나를 여전히 크리스마스에게서 떼지 못한 채 니즈레어가 뒤따라갔다.

데이나가 말없이 큰 문을 닫고 등을 기대고 서서는 튼튼한 이빨을 드러내며 웃었다.

"누가 알겠어?" 크리스마스가 멍하니 자기 머리를 문질렀다. "저들이 어쩌면 비극 작가일지. 로맨티스트일지도 모르고. 울고 있던가? 아니면 웃었나? 어쨌든, 그들이 원하던 게 있었겠지. 갤큐는 컴퓨터와 온갖 장엄한 것들로 그들을 죽이고 있었고—"

"신이 번개를 보려고 땅에 내려오지는 않죠." 데이나가 말했다. "저희 종족에 내려오는 오래된 속담이에요."

"아마 신은 아닐 거야." 크리스마스가 말했다. "어쩌면 폭주 드라이브에 나선 할머니들일지도 몰라. 아니면 신혼여행 왔다가 길을 잃은 커플이거나."

그는 고개를 저어 그 유령들을 떨쳐냈다.

"좋아, 저 무서운 미리아인을 불러오자고ー 닥터 울루도."

그는 창가로 가서 아주 기분 좋게 쿵쿵거렸다. 마법이 돌아왔다. 데이나가 호리호리하게 키 큰 두 인간을 몰고 들어왔다.

"아가씨, 아니 그러지 말아요. 그냥 서 있어요. 드릴 말씀이 있어요. 당신은 경주에서 졌기 때문에 고향으로 돌아갈 수 없죠, 그렇지요? 음, 당신은 경주에서 지지 않았어요. 이겼어요. 처음으로 결승선을 넘은 동물이 실격됐어요. 그 동물은 부적절한 중력 핸디캡을 지고 달리고 있었어요. 이해하겠어요? 닥터, 이 여자분에게 말해줘, 깨끗하고 정정당당하게 경주에서 이겼다고. 이제 이분은 의기양양하게 미리아로 돌아가 다시 성스러운 처녀 전사가 될 수 있어. 됐지?"

여자가 누가 봐도 분명한 비애의 울음을 터트렸다.

"세상에, 이번엔 또 뭐야?"

"선생님, 이 여자분은 이제 집에 갈 수 없다고 합니다, 그게, 그러니까ー"

"왜?"

"선생님, 선생님이 말씀하시기를, 뭐든 하라고ー"

"다 이제 처녀 아니다!" 여자가 울부짖으며 인턴의 가슴팍에 푹 쓰러졌다.

"이분은 여기 머물고 싶어해요." 인턴이 말했다. "제 생각에 동물들과 잘 맞을 거 같은데요."

"그건 안 돼, 이 사람에게는 고향 행성이 있잖아. 대체 무슨 일이야?"

"이분 말씀이 처녀가 아닌 채로 고향에 돌아가면 사람들이 자기 배를 갈라버릴 거래요." 인턴이 끔찍하다는 듯이 말했다.

"진짜? 정말이지 제멋대로들이군. 자! 흠, 데이나, 자네가 보기에는 저 여자가 사실상의 실失행성민 자격을 얻을 수 있을 것 같아? 내일 아침에 데트바일러에게 요청해볼게. 문화적 난민 승인을 받아야 할 거야. 좋아! 닥터, 자네가 이 여자분을 라몬트의 단기체류객 숙소로 데려다주게. 거기서 이 건이 정리될 때까지 지낼 수 있을 거야. 아가씨, 당신은 이 사람과 같이 가서 그가 하라는 대로 해요, 알았지요? 이제 바지를 입고, 그 검도 치우고요, 알았지요? 아니, 그냥서 있어요 — 어쨌든, 사람들이 보는 데서만이라도. 그리고 둘 다 여기를 나가서 내가 찾을 때까지, 그럴 일이 있을지는 모르겠지만, 여기엔 얼씬도 하지 않는 겁니다. 지금부터요. 알았지요?"

문이 닫혔다.

엽궐련 향이 떠도는 걸 보니 야간 대리인이 사무실에 들어와 말없이 데이나의 기록을 훑으며 야간에 처리해야 할 사안들을 확인하고 있는 듯했다. 코버그는 다리를 못 쓰게 되기 전까지 주 경기장 수석 지배인이었던 땅딸막한 백발의 남자였다.

"조용한 밤이 되어야 할 텐데." 크리스마스가 그에게 말했다.
"얘기 들었지요? 라몬트 사무실에 연락해서 현 상황을 설명하고 숙
소를 요청해야 할 거예요. 그리고 앤크루 건과 관련해 약간 시끄러
울 거예요. 다른 건은— 내가 나중에 연락하리다."

그는 투광조명을 쏟아내는 평원과 산맥과 탑들과 돔들과 바다
를 내다보았다. 모두가 레이스월드의 완벽한 저녁이 빚어내는 황금
색과 파스텔색에 감싸여 있었다. 또 한 번의, 무한히 이어지는 레이
스월드의 완벽한 저녁…… 데이나가 그를 지켜보고 있었다.

"어쩐지 우리에게 잠깐의 목가적 시간이 필요하다는 느낌이 드
는군." 크리스마스가 말했다. "자네 가족들과 함께 바다 세계에서 만
나면 어떤가? 대형 상어 경주장 옆의 특별석을 잡을 수 있을 거야.
자네 아이들이 직접 타볼 수도 있고 말이야."

"먼저 원형극장에 잡혀 있는 약속을 다녀오신 다음에, 민물가에
서 보기로 해요." 데이나가 씩 웃었다.

"오 이런." 크리스마스가 죄지은 사람처럼 시간 기록기를 힐끗
보고는 나가서 썰매에 올라탔다. 그가 저녁 하늘 속으로 떠 가는데
거대 늑대거미 군단이 스물네 개의 다리로 우아하게 껑충거리며 저
아래 경기장으로 행진해 들어왔다. 나팔 소리가 감미롭게 울렸다.

아르카디아, 니즈레어는 그렇게 불렀다. 아르카디아는 목가적
인 꿈이었다. 아니다, 레이스월드는 다른 꿈, 그의 종족을 살아 있게
해준, 고아가 된 모든 종족의 꿈이었다. 후손들이 꿈에서 깨어나 소

멸하지 않도록, 그의 조상들이 어떻게든 은하계 생의 흐름들 속에 엮어넣은 믿기지 않을 만큼 선명한 꿈이었다.

그 꿈은 마젤란에서 온 골렘들까지도 유혹했다. 크리스마스는 쩔쩔매던 세어 니즈레어를 떠올리며 낄낄 웃었다. 불쌍한 그 유령들은 갤큐의 강의들에 마비돼 있었다.

그는 씩 웃으며 행정본부를 향해 길고 느린 원을 그렸다. 순간, 웃음이 싹 사라졌다. 머릿속에 점점 멀어지던 니즈레어의 동그란 눈이 떠올랐다. 그런 식으로 내 영혼을 발가벗게 만들다니, 용서할 수 없다. 어떻게 천하의 니즈레어가 기본적인 정보조차 전달을 못 했을 수 있지? 정말로 제정신이 아니었던 게 틀림없어, 크리스마스는 결론을 내렸다. 니즈레어는 지금껏 방문객들에게 이곳 상황을 미리 설명하는 일을 소홀히 한 적이 없었다. 사실, 그는 어떤 일에도 실패하는 경우가 거의 없었다.

니즈레어의 눈이 다시 생각났다. 여느 때보다 더 반짝이던, 의미심장하게 분석적이던 그 눈.

"이런, 이 엉큼하고 영리한 대형 바퀴벌레 자식!" 크리스마스가 큰 소리로 외쳤다. "내가 알아챘어야 했는데!"

그는 이제 모든 것을 눈치채고 행정본부 위로 사납게 썰매를 몰았다. 니즈레어의 부탁, 그건 그들에게 무슨 버튼을 눌러보게 해주라거나 어느 경기장 위를 날게 해주라는 말이 아니었다. 그는 이미 그들을 간파했고, 그 가죽 밑으로 가지고 들어갈 무언가를 찾고 있었다. 그래서 그는 테라의 비극을 선택했다. 그것도 실황으로 공연되는.

"이 피도 눈물도 없는 파란 벌레 자식아—" 크리스마스가 휴양용 테라스 위를 지나며 소리를 지르자 깜짝 놀란 얼굴들이 쳐다보는 것이 느껴졌다. 천천히, 긴장했던 턱이 느슨해졌다.

"관계를 맺는 게 그의 일이야. 그는 관계를 맺었지." 크리스마스는 툴툴거렸다. 입에서 비죽 웃음이 흘러나왔다.

다시 씩 웃으며, 레이스월드의 총지배인은 레이스월드의 사무장이 어느 용맹한 쥐에게 메달을 수여하기 위해 온갖 의식을 준비하고 있는 원형극장 지붕 위에 깔끔하게 썰매를 세웠다. 경사로를 막 내려가려는 그의 등 뒤에서 외침 소리가 들려왔다. "키이-비이-바알-야!!!" 백만 행성의 구경꾼들이 일어나 환호하기 시작했다.

문이 인사하는 남자

The Man Doors Said Hello To

그 남자가 들어올 때 나는 혼자 바 끝자리에 앉아 있었다. 그리고 뚜렷이 들었다. "안녀엉!"

나는 얼어붙었다. 저리 꺼져. 하지만 나한테 말하는 게 아니었다. 사실 남자는 아무에게도 말하고 있지 않았다. 그 자신이 두 명의 난쟁이라면 모를까. 그럴 가능성도 있지. 나는 바 저편으로 멀어지는 그를 냉담하게 관찰했다. 270센티미터 정도 되는 키에 자선 옷가게표 옷을 입고 있었다.

나는 내가 다른 곳이 아니라 이곳에 있어서 더 괴로운 것인지 판단하는 문제로 돌아갔다. 이곳은 이 도시에 살면서도 본 적도, 지나친 적도 없는 구역의 초라한 식당 겸 술집이었다. 이곳은 으악*, 내 친구들이 불쑥 들어올 만한 곳이 아니라는 장점이 있었다. 반면에 단점은 몇 시간 있어봤지만 도움이 되지 않는다는 것이었다. 전혀.

나가기 전에 오줌을 눠야 하는 문제가 있었다. 일어서는데 다리를 너무 오래 한자리에 뒀나 싶었다. 다리가 어째 저절로 바 가운데쯤에 앉은 그 키 큰 유령에게로 움직였지만, 나는 가까스로 방향을 틀어 화장실로 들어갔다.

등 뒤에서 화장실 문이 열리면서 기세 좋게 킬킬거리는 소리가 들렸다. "어이 반갑군." 그 꺽다리 선생이 들어왔다. 오, 젠장. 나는 세상에서 제일 무서운 약간 술 취한 170센티미터짜리 사나이다! 나는 속으로 이 이미지를 되새기며 서둘러 일을 끝냈다. 나오면서 보니 문이 약간 삐걱거렸다. 분명 말을 하거나 하지는 않았다.

코를 풀어야 해서 잠시 멈춰 선 사이에 그가 나왔다. 문이 기운차게 말했다. "차오**."

분명 복화술 같은 거겠지. 그가 지나가면서 여성을 나타내는 표딱지가 붙은 옆 문을 두드렸다.

"어머 안녕." 그것이 중얼거렸다. 문이 말했다.

나도 모르게 그와 시선을 마주쳤다. 두 명의 난쟁이처럼 보이진 않았다.

"난 들었어."

그가 어깨를 으쓱했다.

---

* aaugh. 미국의 만화가 찰스 슐츠가 『피너츠』에서 등장인물의 비명을 표현할 때 사용하는 특징적인 의성어.

** 사람을 만나거나 헤어질 때 쓰는 이탈리아어 인사말로 영어권에서도 자주 쓴다.

"친절한 도시니까."

"뭐야." 나는 몸서리를 쳤다.

"문들이란." 그가 고개를 젓고는 바텐더 쪽을 가리켰다. 우리는 다시 앉아야 하는 모양이었다. "문에 대해 생각해본 적 있어? 종일 찰칵, 쾅, 탁, 탁. 연민이라곤 거의 없지."

"탁, 탁." 나는 차가운 유리잔으로 이마를 쳤다. 친절한 도시라. 내가 보낸 하루는 면도날 든 피자였는데. 피트, 나의 이른바 대리인. 헐리, 나의 이른바 여자친구. 맥팔랜드 씨. 나는 속으로 피를 철철 흘리고 있었다.

"버스 문을 봐." 그 커다란 괴짜가 뭐라고 말을 하고 있었다. "아니면 지하철 문. 개들이 맞는 거 보면 불쌍하지."

맥팔랜드 씨 생각을 하는 것보다는 낫지만 썩 낫지는 않았다. "솔직히 문 입장에서 생각해본 적은 없어. 어제 그중 한 놈이 날 치긴 했지. 발목을."

"소외됐으니까." 그가 한숨을 쉬었다. "개들을 탓하기는 힘들지."

바텐더가 조금 나은 브랜드 술을 딴 듯했다. 문을 사랑하는 나의 새 친구는 열쇠 꾸러미에 달린 골무로 뭔가 세심한 일을 하고 있었다. 나는 FBI 스타일로 바의 거울을 이용해 엿보았다. 그의 손이 후줄근한 옷깃 밑으로 쓱 들어가더니 빈손으로 나왔다. 눈이 마주쳤다.

"너 지금 깁슨*을 주머니에 따르고 있어."

"보통은 남들한테 안 들키는데." 그가 어정쩡하게 웃었다.

"난 봤어. 시료지? 무슨 조사관 같은 거야?"

"아, 아니." 그가 부끄러워하는 듯한 웃음을 터뜨렸다. "그게, 주택 공급이 부족하잖아. 농담이 아니고."

"심각하지." 나는 동의했다.

"정말 그래." 그는 거만한 듯 수줍은 표정이었다. 어릿광대. "애들이 엄청나게 많아. 여자애들이 이 도시에서 살 곳을 찾기가 얼마나 어려운지 상상도 못 할 거야. 내 말은, 괜찮은 곳 말이야." 그가 어깨를 으쓱거리자 옷이 뭐랄까, 몸통을 둘러싸고 물결치는 듯했다. "그래도 나한테 남아도는 방이 없는 건 아닌 것 같지만."

딱 어릿광대로군. 하지만 그래도 피트-헐리-맥팔랜드 씨 도돌이표보다는 낫다.

"그 옷 안에 여자애들이 살고 있다는 말이야?"

그가 주위를 힐끗거리며 고개를 끄덕였다.

"봐." 그가 미소를 지었다. 그는 작은 팝콘 하나를 골라 어린이 프로그램 사회자나 맬 것 같은 넥타이 옆으로 가져갔다.

열대어 거피만 한 작고 분홍색인 뭔가가 쑥 나와 팝콘을 낚아채더니 코트 속으로 사라졌다. 똑똑히 보았다. 완벽한 여자의 팔이었다. 하지만 상자에서 튀어나오는 것들하고는 차원이 다른 완벽함이

• 진과 베르무트를 섞고 펄어니언을 띄운 칵테일. 펄어니언 대신 올리브를 띄우면 마티니다.

었다. 혹할 수밖에 없었다.

"분명히 손가락이 움직였어."

"음, 당연하지."

"나머지 부분도 보여줘."

"아, 다들 손톱을 다듬고 있어. 알잖아, 여자애들이 밤에 하는 일."

"다들? 몇 명이나 있는데?"

"세를 든 건 여섯이야." 그가 진지하게 말했다. "나머지는 아직 집에 안 왔어."

"엥? 어딜 나가는데?"

"일하러 가지 어딜 가겠어?" 그가 쏘아보았다. "여자애들이 살아 가기에 도시는, 너도 알다시피, 힘들어. 그 애들이 연결되기 전까지 는 내가 두어 달 도와줬는데, 지금은 밀린 월세도 다 청산됐어."

"연결?"

"왜, 있잖아." 그가 비밀을 털어놓듯이 목소리를 낮췄다. "모델 에이전시들. 작은 사람들을 찾는 수요가 엄청나. 작은 여자 몇 명이 커다란 병 옆에 서 있는 광고들 알아? 소형차들. 캠핑용 차들. 넓어 보이게 하는 거지. 아마 그 애들이 나오는 747 제트기 광고는 봤을 거야."

"아, 그 사람들." 나는 인정했다. 새로 딴 술이 입맛에 맞는 듯했 다. 나의 콘도미니엄 친구가 조심스럽게 양파를 조금 잘라 골무에 넣고 깁슨을 따랐다.

"안에서 취하겠어." 나는 그에게 경고했다.

"아, 다정한 애들이야. 뒀다 다른 애들 줄 거래."

나는 작은 팔이 다시 쑥 나오는 걸 지켜보았다. 아닌 게 아니라, 지금은 손톱이 금색으로 보였다. 나는 뭔가 지저분한 말을 늘어놓으려다가 화제를 바꾸었다.

"짝은 어떻게들 만나? 내 말은, 키가 10센티미터인 남자들이 많진 않잖아."

"그래?" 그가 놀랐다는 듯이 말했다. "아 세상에, 난 사생활을 캐묻진 않아. 도시 여자애들이잖아. 아마 고향에 친구가 있는 애들이 많을 거야."

그러고는 잔이 어째 미끄러진다 싶더니 장면은 일련의 정지 화면들로 흘러갔는데, 내가 주머니에서 지갑을 꺼내려 애쓰고 그가 내 팔을 잡아채며 "저쪽에 가면 먹을 만한 게 있어"라고 말하는 장면들이 끼어 있었다. 내가 그에 분개하려고 보니 우리는 이미 술집을 나가고 있었다.

우리가 나가자 문이 그에게 뭐라고 중얼거렸다.

"고마워." 그가 지퍼를 잠갔다. "친절한 도시라니까."

차갑고 짙은 스모그가 몰아쳐 나는 몸을 잔뜩 웅크렸다. 우리는 길을 따라 걸었다.

"잠깐." 어느 모퉁이에서였다. 키가 장대 같은 내 동료가 잔돈을

264

꺼내 뒤적거렸다. 그러고는 50센트 동전을 하나 고르더니 팔을 쭉 뻗어 벽돌 건물 벽면에 두른 장식띠 위에 놓았다.

"지난주에 빌렸거든." 도로를 건너며 그가 설명했다.

"누가 돈을 그런 데다 둬?"

"음, 정확히 누구인지는 몰라. 말하자면, 키 큰 사람들의 은행이지. 이름에 r이 두 개 들어간 길들이 그래. 편리하지." 그가 잠시 생각했다. "키 작은 사람들의 은행도 있지 않아?"

"내가 아는 바로는 없어." 정말 웬 미치광이람. 앞이 좀 제대로 보이게 되자 다음 도로명이 눈에 들어왔다. 해리슨Harrison.

"여기도 해봐." 내가 말했다.

"아, 지금은 필요한 게 없어."

"r이 두 개 들어갔잖아. 보여줘."

그가 적갈색 사암 건물 벽의 장식띠 쪽으로 가더니 팔을 위로 쭉 뻗었다. 손에 10센트짜리 동전이 들려 있었다.

"어우 비둘기." 그가 손을 털면서 사과하듯이 말했다. 동전을 돌려놓으려고 팔을 뻗었던 그가 말했다. "어?"

그가 쪽지 하나를 펴서 보여주었다. 주저하듯이 연필로 쓴 작은 글씨가 보였다. "도와주세요."

"알았다. 창문들은 너한테 편지를 쓰는구나."

"실없는 소리 마." 그가 얼굴을 찌푸린 채 엘리베이터도 없는 오래된 건물의 측면을 쳐다보았다. "인간 사람들이 쪽지를 쓰지. 진짜 어린 사람이거나 진짜 늙은 사람." 그가 중얼거렸다. "저기 위를 봐. 누군가가 새들에게 모이를 줘."

다른 말 없이 우리는 모퉁이를 돌아 건물 정문 쪽으로 가서 현관 계단을 올랐다.

"잠겨 있을 거야." 나는 그에게 경고했다. 하지만 어느새 우리는 안으로 들어가고 있는 모양이었다. 내가 지나가는데 문이 흥분해서 말했다. "정권 교체!"

"저 늙은 친구들 몇몇은 정신이 좀 혼미해." 그가 헬리콥터처럼 계단을 오르며 어깨 너머로 평했다. 내가 왜 그를 쫓아 달리고 있는지는 모를 일이었다. 나는 3층에서 그를 따라잡았다.

"모퉁이에서 네 번째…… 두 번째 문. 여기다."

그가 문을 두드렸다. 아무 반응도 없었다.

"계세요?"

그가 다시 문을 두드렸다. 안에서 아주 희미하게 타닥거리는 소리가 났다.

"누, 누구?"

"쪽지를 발견해서요." 그가 큰 소리로 말했다. "보자마자 최대한 빨리 왔어요."

방범용 체인이 달각거렸고 약간의 틈이 생겼다. 그가 쪽지를 들어 보였다.

문이 조금 더 열리자 툭 불거진 쇄골에 얹힌 조그만 주먹이 보였다. 여자는 어떤 옷을 입어도 터무니없이 커 보이는 부랑자 같은, 몹시 여윈 사람이었다. 푸른 관자놀이. 하잘것없는 머리털. 굴러떨어져 빠져 죽을 수도 있을 듯한 무방비한 커다란 눈 하나.

여자는 움켜쥐고 있던 코트를 놓고 그 무방비한 눈에 재빨리 안경을 걸쳤다.

"아, 제가 실없는 짓을 했어요." 여자가 그의 허리께에서 아주 위엄 있게 말했다.

"저는 그렇게 장담 못 하겠네요." 그가 얼굴을 찌푸리고는 여자의 머리 너머로 방 안을 들여다보며 말했다. "저희가 둘러봐도 될까요?"

이 도시에 낯선 남자를 집에 들이는 여자가 있으리라 생각하는 멍청한 내 2층짜리 친구에게 한마디하려는 순간, 우리는 이미 여자의 침실 한가운데에 있었다.

저건 대체 무슨 냉장고인가. 어둑한 조명 하나, 접이식 침대 하나, 곰팡이 핀 카펫 하나, 커다란 옷장 하나, 의자 하나. 그러면 그렇지, 창가에 놓인 새 모이 상자 하나. 하지만 텔레비전도 라디오도 없고, 테이프도 없고, 의자 옆에는 책도 없고, 아무것도 없었다. 여자가 코트를 입은 채 한 달을 이 어둑한 전구 밑에 앉아 있었구나 싶었다.

충동적인 나의 동료는 말없이 모든 것을 살펴보고 있었다. 그가 킁킁거렸다. 그러고는 큰 옷장 쪽으로 가더니 냅다 갈겼다.

놀랍게도 불빛이 밝아졌다. 그가 다시 킁킁거렸다. 그러더니 팔을 벌려 옷장을 잡고 씨름하며 쿵쿵 찍고 찍찍 끌며 벽에서 떼어냈다. 거무스름한 나무로 만든 그 괴물의 집은 갈고리 모양의 다리가 달리고 위쪽에 박쥐가 조각된 둥근 판이 붙어 있었다. 박쥐가 아니라 독수리였던가? 확실히 말할 수 없는 이유는, 내 친구가 옷장 뒤로 뛰어들자마자 불이 나갔기 때문이었다.

나는 그 젊은 여자와 창으로 들어오는 번쩍이는 간판 불빛을 받으며 입을 떡 벌린 채 마주 보고 서 있었다. 그가 회중전등을 들고 뭔가를 하고 있었다.

불이 다시 들어왔고, 그가 먼지를 쏟아내며 몸을 일으키고는 웬 전선 토막을 내밀었다. 탄내가 났다.

"절연체가 플러그에 쓸려 벗겨졌어요." 그가 말했다. "저 옷장 뒤편을 종이판으로 보강해놓았던데, 얼추 타 죽을 준비를 끝낸 셈이지요."

그가 옷장을 끌어 제자리에 돌려놓고는 서서 눈을 가늘게 뜨고 지켜보았다. 그러다가 갑자기 발을 들어 쾅 걷어찼다. 우리는 펄쩍 뛰었다. 옷장의 맨 아래 서랍들이 안쪽으로 당겨져 들어가고, 옷장 전체가 차려 자세를 취한 듯한 느낌이었다.

"이걸로 하루나 이틀 정도는 괜찮을 거예요. 내일 아침에 일어나자마자 다른 거처를 찾으세요. 이제 뭐라도 먹으러 갑시다."

여자가 고개를 좌우로 흔들기 시작했다. 아니 괜찮아요, 여자의 안경이 코끝으로 흘러 떨어졌다. 그가 안경을 집어 여자의 호주머니에 넣어주었다. "먹어요." 그가 고개를 끄덕이며 여자의 손을 자기 팔에 걸치고 방을 나서며 다른 쪽 손으로 침대 옆에 있던 붉은 캡슐 들이 든 병을 낚아채 내게 던졌다.

"오늘 밤엔 이것들이 필요하지 않을 거예요." 그가 여자에게 말했다. "저 사람이 대신 맡아줄 거예요, 알았죠?"

두 눈 밑에서 여자의 작은 입이 소리 없이 하지만, 하지만 되뇌었다. 우리는 한데 뭉쳐 계단을 내려갔다. 현관문을 밀자 문이 씨근거리며 말했다. "윌키*와 승리를!" 내 친구가 우호적으로 문을 툭 쳤다.

다음 두 블록은 복잡했다. 나만 그렇게 느낀 것이 아니었다. 여자는 내내 갈팡질팡했다. 그의 단골 식당에 도착했을 때, 여자의 35킬로그램 무게가 온전히 내 60킬로그램 근육질 몸뚱이에 매달려 있었다. 간이 식당에서 기분 좋은 디트로이트 에스프레소 냄새가 났다. 우리가 들어가자 회전문이 노래를 불렀다. "히롤-롤-롤-로!"

여자가 그 소리를 듣고 어리둥절한 표정으로 나를 올려다보았다.

"친절한 도시니까요." 나는 여자에게 말했다. 나도 모르게 손가락 하나를 여자의 코끝에 갖다 댔다. 여자는 뿌리치지 않았다.

"전 먹고 바로 가야 해요." 그가 우리를 칸막이 좌석으로 몰아 넣고 음식을 주문했다. 그러고는 덥수룩한 머리를 문지르며 다리를

▪ 웬들 루이스 윌키, 미국의 법률가이자 사업가. 1940년 대통령 선거에 공화당 후보로 출마했다가 민주당 후보인 프랭클린 루스벨트에게 패했다.

복도 쪽으로 뻗었다. "진짜 심술궂은 가구는 보기 드물어요. 저 늙은 녀석은 뼛속까지 독약이에요. 전에 비슷한 걸 본 적이 있는데, 까마득한 옛날 얘기지요. 그것들을 비난할 순 없어요. 하지만 안전하진 않죠. 특히 당신 같은 사람에게는."

"그게 불을 내려고 했다는 얘기야?" 내가 물었다. "왜 자기까지 같이 탈 짓을 해?"

"죽음에 대한 갈망이라는 얘긴 들어봤지?"

여자의 머리가 느리고 슬픈 탁구 경기를 보듯이 움직였다.

"이분한테 그 여자들 좀 보여줘." 내가 부추겼다. "이 사람 옷 안에 여자들이 살고 있어요. 이봐, 이분한테 보여줘."

그가 다시 수줍은 듯한 웃음을 터트렸다.

"다들 바빠. 지금은 머리를 하고 있어. 여자애들이 어떤지 알잖아."

나는 여자에게 키 큰 사람들의 은행 얘기를 하기 시작했고, 다들 미친 것처럼 벙글대고 있을 때 마침내 라자냐가 나왔다. 정말로 괜찮은 라자냐였다.

"자, 전 이제 외곽 쪽으로 가봐야 해요." 그가 숟가락과 나이프와 포크를 접시 한쪽에 가지런히 놓았다. "이제 두 사람은 괜찮을 거예요." 그가 여자를 보고 웃었다. "이 사람이 지낼 곳을 찾아줄 거예요. 내일 아침 일어나자마자, 기억해요."

마침 그 문제를 생각하고 있던 차라 나는 약간 부담스러워졌다.

"이번에는 무슨 일이야? 굶주린 우체통에 물이라도 부어줘야 해?"

그의 웃음이 반쯤 시들었다.

"아, 누군가를 좀 잘근잘근 씹어줘야 해."

그가 몸을 구부려 칸막이 밖으로 나가 우뚝 서더니 넥타이를 졸라맸다.

"무슨 일로?"

그가 중얼거렸다. "잠수함이 늦어서"라는 것 같았다.

"뭐?"

"한 백 년쯤." 그가 무심하게 말했다. 그러고는 윙크. "또 봐." 급히 나가는 그의 옆 호주머니에서 작은 머리 하나가 몰래 밖을 엿보고 있었다. 헤어롤을 말고 있는 것 같았다. 나는 손을 흔들었다. 그 무언가가 마주 손을 흔들어주었다.

"아름다워요." 나는 여자에게 말했다. 그는 정말로 괜찮은 사람이었다.

하지만 알다시피 나는 그의 이름을 듣지 못했고, 나중에 여기저기 물어봤지만 아무 단서도 얻지 못했다. 나만 한 사내가 담벼락 장식띠를 들쑤시고 다니면 어떤 번거로운 일이 생기는지, 말해줘도 믿기지 않을 것이다. 하지만 나는 그로스브너Grosvenor와 44번가Forty-fourth가 만나는 지점에서 50센트짜리 새 동전을 발견했다. 우리는 그 지점을 계속 주시하고 있다.

허드슨베이 담요로 가는 영원

Forever to a Hudson Bay Blanket

도브 러펠은 사람 자체가 좋은 사람이었다. 워낙에 사람이 좋다 보니 다들 그가 생존 감각 면에서 그리 영민하지는 않다는 사실을 눈치채지 못했다. 그는 또 길쭉한 스키선수 체형에다, 캐나다 앨버타주 캘거리로 이주해 수맥봉으로 수맥 찾는 일을 했던 5대조 할아버지에게서 쓸쓸하고 꿈꾸는 듯한 프랑스 혈통 캐나다인의 얼굴을 물려받았다. 그 얼굴이 도브에게 전해질 때쯤에는 ㈜앨버타수력발전의 견실한 지분도 같이 전해졌다. 하지만 러펠가 사람들은 평범하게 살았다. 21세기에 앨버타주 캘거리는 젊은이들이 어리석게 망가지지 않고 도브 같아질 수 있는, 세계에서 몇 안 되는 곳 중 하나였다.

알다시피 캘거리에는 대륙에서 가장 높은 급수탑이 있었고, 영양강화 밀과 겨울스포츠 등으로 벌어들이는 돈이 있었다. 그리고 그곳은 보스워시*나 샌프란젤레스**식 생활양식과는 아주 동떨어진 곳이었다. 캘거리 출신 사람들은 여전히 겨울휴가 때가 되면 가족을 보러 귀성하는 따위의 일들을 한다. 그리고 캘거리에서는 크리스마스 날 새벽 2시에 페루 카야오에서 걸려 온 이상한 여자들의 전화를 받는 일이 흔치 않은 법이다.

여자는 상당히 감정적이었다. 도브는 자꾸 이름을 물었고 여자는 계속 울면서 흐느꼈다. "무슨 말이라도 해, 도비, 도비, 제발!" 여자는 젊고 사치스럽게 들리는, 숨소리가 많이 섞인 찍찍거리고 앵앵거리는 소리로 말했다.

"무슨 말을 하라는 거예요?" 도브가 이치에 맞게 물었다.

"그 목소리, 오, 도비!" 여자가 울었다. "난 너무 멀리 떨어져 있어! 제발, 제발 말해줘, 도비!"

"음, 이봐요." 도브가 입을 여는데 전화가 먹통이 됐다.

가족들이 무슨 전화냐고 묻자 그는 어깨를 으쓱하고는 그 사람 좋은 웃음을 싱긋 웃었다. 그는 이해하지 못했다.

크리스마스는 월요일이었다. 수요일 밤에 다시 전화가 울렸다. 이번 교환수는 프랑스인이었지만, 전화한 사람은 분명히 같은 여자였다.

• 보스턴에서 워싱턴까지를 칭하는 단어. 뉴욕, 필라델피아, 볼티모어 등이 포함된다.
•• 캘리포니아주의 두 대도시 샌프란시스코와 로스앤젤레스를 이르는 단어.

"도비? 도비 러펠?" 여자의 숨소리가 거칠었다.

"예, 맞습니다. 누구세요?"

"오, 도비. 도비! 정말 당신이야?"

"예, 접니다. 이보세요, 전에도 전화했죠?"

"내가?" 여자가 모호하게 말했다. 그러고는 울부짖기 시작했다. "오 도비, 오 도비." 똑같은 대화가 다시 반복되다가 전화가 끊겼다.

그는 이해하지 못했다.

금요일이 되자 도브는 갑갑해지기 시작해서 가족 소유의 오두막이나 확인할 겸 스플릿 산에 다녀오기로 했다. 러펠가 사람들은 제트기를 타고 돌아다니는 유형이 아니었다. 그들은 평화와 고요를 좋아했다. 도브는 낡고 평범한 사륜 설상차를 타고 나가 브래그크리크 마을을 지나 산길을 타고 예전에 경작지가 있던 경계까지 가서는 배낭을 메고 스키를 신고 오솔길을 주파하기 시작했다. 포슬포슬하면서도 단단한 완벽한 눈이었다. 그는 이내 헐벗은 사시나무들과 낙엽송들을 지나 찌를 듯이 솟은 가문비나무 숲으로 들어섰다.

해가 질 때쯤 호숫가의 빙퇴석에 다다랐다. 바람이 그곳의 눈을 다 떠밀어놓았다. 그는 맨 얼음판을 가로질러 2미터쯤 되는 눈에 파묻힌 오두막을 찾았다. 오두막에 들어갈 수 있게 눈을 치우고 뒤쪽에 있는 장작더미에서 가져온 장작으로 불을 피우고 나자 사방이 어둑해지기 시작했다. 눈을 녹이려고 한 차례 더 양동이에 퍼서 들어오는데 산길을 따라오는 헬리콥터의 타타타 소리가 들렸다.

헬리콥터가 공터에 다다르자 멈춰서 정지 비행을 했다. 안에서 머리 두 개가 까딱거리는 것이 보였다. 그러더니 헬리콥터가 사방에 흰 눈을 뿌려대며 20미터 전방에 착륙했고, 누군가가 굴러 나왔다.

집에 무슨 일이 생겼구나 싶었다. 다음으로 떠오른 것은 불이었다. 불을 끄려고 막 돌아서는데 헬리콥터가 다시 상승하는 것이 느껴졌다.

헬리콥터는 깃털 공장에 들어간 야크처럼 떠올랐다. 도브는 그 눈보라 속에서도 자기 쪽을 향해 버둥거리는 작고 창백한 몸을 보았다.

"도비! 도비! 당신이야?"

그 여자, 아니 적어도 그 여자의 목소리였다.

여자는 가랑이까지 눈에 빠져서는 사위어가는 빛 속에서 비틀대며 미친 듯이 걷고 있었다. 도브가 다가갔을 때 마침 여자가 철퍼덕 엎어지는 바람에 보이는 거라곤 튀어나온 작고 완전히 헐벗은 분홍색 엉덩이뿐이었다. 한쪽 궁둥이에 반짝거리는 녹색의 뭔가가 붙어 있었다. 그리고 1미터쯤 되는 은발.

"요 호." 그는 저도 모르게 '조심해!'라는 뜻의 스토니 선주민* 말을 내뱉었다.

---

* 캐나다 앨버타주와 서스캐처원주, 미국 몬태나주에 걸쳐 거주하던 선주민 집단. 현재는 캐나다 서부에서 살아간다.

여자가 예쁜 아이 같은 얼굴을 들었다. 이마에 벌레 모양의 녹색 보석이 붙어 있었다.

"당신이야!" 여자가 재채기했다. 덜덜 떠느라 이가 달그락거렸다.

"눈과는 정말 어울리지 않는 차림이군." 도브가 평했다. "자." 그가 몸을 굽혀 여자를 안아 올려 눈과 녹색 나비들과 장밋빛 엉덩이와 그 온갖 것을 집 안으로 날랐다. 면도날을 품은 차가운 분홍색 크리스마스 케이크였다.

램프를 켜고 보니 여자는 뒤쪽만큼이나 앞쪽도 헐벗었고, 나이는 많아봐야 열여섯쯤 돼 보였다. 급회전하는 차에서 아이가 튕겨나오는 일이 있다더니, 이 애는 헬리콥터에서 튕겨나왔군. 그는 허드슨베이 담요*로 여자애를 감싸주면서 둘이 어디서 만났는지 떠올리려 애썼다. 실패. 그는 여자애를 물푸레나무 가지로 짠 흔들의자에 턱 내려놓고는 불을 더 지폈다. 여자애가 자꾸 코를 훌쩍거리면서 재잘거렸지만, 정보라고 할 만한 내용은 많지 않았다.

"아, 도비, 도비, 당신이야! 도오비! 말 좀 해봐. 무슨 말이라도 해줘, 도비!"

"음, 그럼 먼저—"

---

* 허드슨베이컴퍼니에서 1779년부터 지금까지 제작하여 판매하는 모직 담요로 '허드슨베이 포인트 담요'라고도 부른다. 영국령 북미에서 선주민들과 모피 교역을 할 때 교환할 용도로 제작되었고, 현재는 캐나다를 상징하는 물품 중 하나로 인정받고 있다.

"나 마음에 들어? 나 매력적이지, 그렇지?" 여자애가 담요를 벌리고 자기 몸을 쳐다보았다. "내 말은, 나 당신한테 매력적이야? 오, 도비, 뭐라고 말 좀 해봐! 나 정말 먼길을 왔어, 제트기를 세 대나 전세 냈다니까, 나는, 난— 오, 도비 내 사랑!"

그리고 여자애는 담요를 벗어 던지고 그의 품속으로 뛰어들어서는 원숭이처럼 기어오르며, "제발, 도비, 날 사랑해줘", 훌쩍거리고 얼굴을 비비고 그 작은 몸을 꿈틀거리고 전율하고 고동치며 차가운 작은 손가락들을 눈이 묻은 그의 방한복 속으로, 허리띠 밑으로 밀어넣었다. "제발, 도비, 제발, 시간이 별로 없어. 날 사랑해줘."

그에 대해 도브는 다들 예상하는 대로 반응하지 않았다. 하필이면 그 오두막이 도브의 어릴 적 성적 환상의 주요 무대였기 때문이었다. 특히 그 겨울의 환상, 으르렁대는 폭풍 소리를 들으며 담요를 둘러쓰고 점점 약해지는 불을 지켜보고 있는 도비…… 그때 문을 긁는 희미한 소리가 들려오고…… 알고 보니 그건 길 잃은 아름다운 여자이고, 그는 여자의 옷을 몽땅 벗기고 몸 전체를 덥힌 다음 허드슨베이 담요로 감싸주고…… 그는 아주 다정하고 정중하지만, 여자는 무슨 일이 일어날지 알고 있어서, 나중에 그는 담요를 깔고 여자에게 온갖 그런 일들을 한다. (도브가 열네 살이었을 때는 그 괴이한 목쉰 소리로 허드슨베이 담요라는 말만 속삭일 수 있었다.) 한 환상에 등장하는 여자는 조지애나 오크스라는 이름의 붉은 머리였는데, 나중에 그는 실제로 조지애나를 오두막으로 데려와 일주일을 보냈고, 둘 다 심한 감기에 걸렸다. 그때 이후로도 오두막이 에로틱한 상연의 무대가 된 적이 몇 번 있었지만, 어째선지 원작 대본에는 미치지 못했다.

그러니 지금 이곳에 그를 둘러싸고 원작 대본이 펼쳐진 셈이지만, 그래도 여전히 뭔가 좀 아닌 듯했다. 대본에서 도브는 여자의 옷을 벗기고 어루만지며 반응을 살폈다. 여자 역은 전율하며 더 많은 걸 요구하게 돼 있었다. 그건 좋았다. 하지만 미친 사람처럼 그를 타고 기어오르거나 얼음처럼 차가운 손으로 그의 좆을 움켜쥐게 돼 있지는 않았다.

그래서 그는 두 손으로 여자의 아기 궁둥이를 움켜쥔 채 자기 사타구니와 떨어뜨려놓고서 잠시 서 있었다. 그러다 뭔가를 눈치챈 여자가 헐떡이며 고개를 들었다.

"잠깐, 아." 여자애가 씨근거리며 얼굴을 찌푸렸다. 분명 자신을 향한 것이었다. "제발…… 난 미치지 않았어, 도비, 나, 난―"

그는 방한복이 떨어지지 않게 조심하면서 뻣뻣한 자세로 벽난로를 지나 침상에다 여자애를 내려놓았다. 여자애는 안겨 있던 그대로 강아지처럼 무릎을 벌린 채 털썩 누웠고, 작고 매끈한 배가 오르락내리락거렸다. 은발이 난 여자애의 음부에도 에메랄드색 나비가 있었다.

"자." 그가 단호하게 (하지만 상냥하게) 말했다. "이봐. 넌 누구야?"

여자애의 입이 말없이 움직였고, 눈은 그에게 사랑해, 사랑해, 사랑해라고 외쳤다. 여자애의 눈은 흉포하거나 무언가에 취한 듯하지는 않았지만, 안쪽 깊숙이에 뭔가가 사는 듯이 기이한 불꽃이 보였다.

"이름 말이야. 이름이 뭐야?"

"루-룰리." 여자애가 속삭였다.

"성은?" 그가 참을성 있게 물었다.

"룰리 아에로불파." 그의 머릿속 어딘가에서 몇 개의 뉴런이 움찔했지만 연결되지는 않았다.

"룰리, 여긴 왜 왔어?"

여자애의 눈에 물기가 어리더니 눈가로 번졌다. "아, 이런." 여자애가 눈물을 삼키며 흐느꼈다. "너무 길었어, 끔찍하게 길고 긴길—" 여자애가 고통스럽다는 듯이 고개를 저었다. "아, 도비, 제발, 나중에 몽땅 설명해줄 시간이 올 거야. 날 기억 못 하는 거 알아—그냥 제발 널 만지게만 해줘, 제발— 너무 고통스러워—"

보드라운 두 팔이 그에게 호소하고 있었다. 작은 두 가슴이 주름진 꼭지로 호소하고 있었다. 상황이 점점 더 대본처럼 되어가고 있었다. 도브가 움직이지 않자 여자애가 갑자기 울부짖으며 태아처럼 몸을 웅크렸다.

"내, 내가 다 망쳤어." 여자애가 허드슨베이 담요 속으로 파고들며 흐느꼈다.

도브처럼 착한 사람에게는 그걸로 충분했다. 그의 한 손이 밑으로 내려가 작은 타르베이비*의 등을 다독이더니 이내 다른 손이 합세했고, 그의 방한복이 바닥에 떨어졌다. 여자의 등은 어느새 앞쪽으로 바뀌어 그를 부둥켜안으며 기어올랐고, 그의 무릎이 침대에 닿았나 싶더니 부드럽고 단단한 두 허벅지가 그의 엉덩이를 감싸 죄면서 그를 빨아들였다.

그리고 그는 충격을 받았다.

충격은 약간 늦게 왔다. 충격이 그를 감쌌다가 버티는 바람에 그로서는 여자의 비명을 무시하고 뚫고 들어가는 수밖에 없었다. 그리고 그 뒤에는 안에서 터지는 태양 말고는 아무것도 생각할 겨를이 없었다.

하지만 캘거리에서도 질입구주름을 만나는 일이 흔치 않은 건 사실이었다. 도브가 방법을 알고 있다는 건 뭔가 시사하는 바가 있었다.

자, 21세기의 질입구주름은 사회심리학적으로 봤을 때 큰일은 아니다. 하지만, 전혀 아무것도 아닌 건 또 아니었다. 특히 도브같이 착한 사람에게는. 그건 그 사건을 환상의 범주 밖으로 한 발짝, 아니, 그보다는 또 다른 환상 속으로 한 발짝 나아가게 만드는 일이었다.

특히 나중에 룰리가 걱정스럽게 그를 쳐다보면서, 그의 배를 쓰

---

* 1881년에 출간된, '엉클 리머스' 시리즈의 두 번째 권에 등장하는 타르와 테레빈유로 만든 인형이다. 악당 여우가 토끼를 골탕 먹이려고 만든 것인데 손을 대면 달라붙어서 떼어 내려 할수록 더 달라붙는다.

다듬으면서 여자애들이 자주 하는 말을 했을 때는. "신경 쓰여? 그러니까, 내가 처녀인 게?"

"음, 뭐." 도브는 목에 붙은 짓눌린 녹색 나비를 떼어내다가 단호하게 생각하려 애쓰며 말했다.

"정말로, 솔직하게, 신경 쓰여?"

"솔직하게, 아니." 그가 나비를 여자애의 머리에 잘 달아주었다.

"살짝 아팠어…… 아, 이런." 여자애가 허둥대며 소리쳤다. "담요가―"

둘이 담요는 아무래도 상관없다는 말을 나누는데, 룰리가 자기 새끼손톱을 쳐다보고는 그의 배에 입을 맞추기 시작했다.

"도비, 혹시, 우리―" 여자애가 웅얼거렸다. "그러니까, 아까는 내가 처음이었으니까― 다시 해볼까?"

몸이 먼저 동의하고 있었다.

두 번째는 비교도 할 수 없이 좋았다. 두 번째는 환상에 도전장을 내밀 만했다. 너무 좋아서 밑에서, 위에서, 옆에서 꿈틀거리는 짜릿한 아기에게 채 점령되지 않은 도브의 마음 조각이…… 이상하게 여기기 시작했다. 그의 경험으로 보자면 처녀의 섹스는 이처럼 사타구니가 폭발하는 시를, 이처럼 딱 맞는, 이처럼 물 흐르듯이 헤어날 수 없는 속도로 밀어닥치는 고양을, 이런 움직임과 열기와 구성을 성취하지 못했다. 처음으로 섹스를 해보는 이가 율동적으로 "사랑해, 도비, 도오오비"라고 흐느끼면서 더없이 적절한 자세로 남김

없이 모든 것을 쏟아부었고, 마침내 모든 단계가 동시에 새로운 별로 폭발하고―

"……아직 자지 마, 도비, 잠시만 정신 좀 차려볼래?"

그는 한쪽 눈을 뜨고 몸을 굴렸다. 그는 아주 착한 사람이었으니까.

롤리가 그의 가슴 위로 몸을 숙여 축축한 은발 사이로 입을 맞췄다.

"잊을 뻔했어." 여자애가 갑자기 개구쟁이처럼 씩 웃었다. 그는 여자애의 머리카락이, 여자애의 가슴이 그의 배 밑으로, 허벅지와 정강이를 지나 발 쪽으로 움직이는 것을 느꼈다. 졸리는 와중에 엄지발가락을 감싸는 무언가 따뜻하고 촉촉한 것이 느껴졌다. 입? 발가락을 가지고 장난치는 건가? 그는 생각했다. 그때 어떤 신호가 180센티미터를 지나 그의 뇌로 돌아왔다.

"어어이!" 그가 여자애의 엉덩이를 찰싹 때렸다. "아프잖아! 물었어!"

여자애의 얼굴이 웃으며 올라왔다. 여자애는 정말로 기막히게 잘생겼다.

"내가 네 엄지발가락을 물었어." 여자애가 엄숙하게 고개를 끄덕였다. "아주 중요한 거야. 네가 나의 진정한 사랑이라는 뜻이니까." 여자애의 눈망울이 갑자기 다시 촉촉해졌다. "도비, 정말 사랑해. 기억해줄래, 내가 네 엄지발가락을 물었다는 걸?"

"당연히 기억하지." 그가 거북한 듯이 활짝 웃었다. 앞서 움찔했던 뉴런들이 엄지발가락에서 온 자극 덕분에 마침내 연결되었다.

"이봐, 룰리. 아까 뭐랬지…… 성이 아에로불파라고 했어?"

여자애가 그렇다는 의미로 고개를 끄덕였다.

"그 아에로불파?"

또 한 번의 끄덕임. 그를 향한 여자애의 눈이 밝게 빛났다.

"아 세상에." 그는 그 가문에 관해 본 것들을 떠올려보았다. 아에로불파…… 그 가문…… 그가 보기에, 아에로불파 씨는 21세기에 맞지 않는 사람이었다. 어쩌면 20세기에도. 그리고 그의 다리 위에 있는 이 사람은 아에로불파 가문의 처녀다. 처녀였었다.

"룰리, 만에 하나라도 네 아버지가 너를 쫓아 여기로 사병들을 올려 보내실까?"

"불쌍한 아빠." 여자애가 미소 지었다. "아빠는 돌아가셨어." 여자애의 눈 속 깊숙이 있던 불꽃이 가까이 다가오고 있었다. "도비. 넌 내 이름 전부를 묻지 않았어."

"너의 뭐?"

"나는 룰리 아에로불파…… 러펠이야."

그는 멀뚱히 쳐다보았다. 그는 전혀 이해하지 못했다.

"나는― 우리, 무슨 친척 관계야?"

여자애가 고개를 끄덕였다. 눈이 휘둥그레졌고, 표정이 이상했다.

"아주 가까운 친척." 여자애의 입술이 그의 뺨을 깃털처럼 간질였다.

"난 널 만난 적이 없어. 맹세해." 여자애가 침을 삼키는 것이 느껴졌다. 룰리가 몸을 일으키더니 그를 쳐다보면서 천천히 두 번 숨을 쉬고는 자기 새끼손가락을 힐끗 내려다보았다. 여자애의 손톱에 아주 작은 타이머가 이식돼 있었다.

"넌 내 나이도 묻지 않았어." 여자애가 나직하게 말했다.

"몇 살인데?"

"일흔다섯."

"뭐?" 도브는 멍하니 쳐다보았다. 아무리 노인의학이 발달했다 해도……

"일흔다섯이야. 나는. 내 말은, 지금, 내 안이."

그 순간 그는 이해했다.

"너, 너는ㅡ"

"맞아. 난 시간도약을 하고 있어."

"시간도약자……!" 들어보기는 했지만 믿지는 않았다. 그는 다시 쳐다보았고…… 여자애의 눈에서 일흔다섯 해의 시간을 보았다. 나이가 많았다. 그 안에 있는 불꽃은 나이가 많았다.

룰리가 다시 손톱을 확인했다. "도비, 말해줄 게 있어." 여자애가 그의 얼굴을 엄숙하게 감쌌다. "경고해줄 것이 있어. 아주 중요한 일이야. 자기, 무슨 일이 있어도 절대 이그ㅡ그ㅡ유흐ㅡ흐ㅡ"

여자애가 입을 우물거리며 고개가 툭 떨구더니 온몸이, 죽은 여자애가 그를 덮치며 고꾸라졌다.

그가 황급히 기어나와 여자애의 심장에 귀를 갖다 대는 찰나, 룰리의 입이 숨을 들이켰다. 그가 고개를 들자 여자애가 눈을 번쩍 뜨더니 그의 몸을, 자신의 몸을, 그러고는 다시 그의 몸을 훑어보았다.

"넌 누구야?" 여자애가 흥미롭다는 듯이 물었다. 정보를 요구하고 있었다.

그는 물러났다.

"어. 도브 러펠." 여자애의 얼굴이, 여자애의 눈이 달랐다. 여자애가 일어나 앉았다. 낯선 십 대가 그의 침상에 앉아서 극도로 객관적인 시선으로 그를 살피고 있었다. 그는 담요로 팔을 뻗었다.

"우와, 저것 봐!" 여자애가 창문을 가리켰다. "눈이다! 와 멋져! 여긴 어디야? 이곳은 어디야?"

"내 오두막이야. 앨버타주 캘거리에 있어. 이봐, 괜찮아? 넌 시간도약을 하고 있었어, 내 생각엔."

"맞아." 룰리가 눈을 보고 웃으며 무심하게 말했다. "아무 기억이 안 나. 당신은 더더욱." 주위를 둘러보던 여자애가 몸을 꿈틀거렸고, 곧이어 갑자기 또 한 번 꿈틀거리고는 얼어붙었다. "아, 세상에." 여자애가 손을 밑으로 가져가더니 그의 눈을 똑바로 쳐다보았다.

"어…… 이봐— 무슨 일이 있었어?"

"그게." 도브가 입을 열었다. "네가, 내 말은 우리가—" 그 모든 일을 여자애에게 뒤집어씌우기에 그는 너무 착했다.

여전히 자기 몸을 살피던 여자애가 눈을 휘둥그레 떴다.

"하지만 그건 불가능해!"

도브는 아니라는 의미로 고개를 저었다. 그러고는 다시 고개를 끄덕였다.

"아니야." 여자애가 당혹스럽다는 듯이 고집했다. "내 말은, 난 처치를 받았어. 아빠가 그렇게 하는 바람에 어쩔 수 없었어. 내 말은, 내게는 남자들이 혐오스러워." 여자애가 고개를 끄덕였다. "여자애들도 그래. 섹스, 그건 아무것도 아니야. 내가 하는 건, 내가 하는 건 요트경주밖에 없어. 스타 등급이지, 엑. 너무 지겨워!"

도브는 달리 할 말을 찾지 못해서 그냥 담요를 붙잡고 침상에 앉아 있었다. 룰리가 손을 뻗어 시험하듯이 그의 어깨를 만졌다.

"이야." 여자애가 눈살을 찌푸렸다. "이거 웃기네. 넌 혐오스럽게 느껴지지 않아." 여자애가 다른 쪽 손으로도 그를 만졌다. "넌 괜찮은 느낌이야. 좋다는 느낌일지도. 이야, 이거 이상해. 네 말은, 우리가 그걸 했다는 거야?"

그가 고개를 끄덕였다.

"내가, 음, 그걸 좋아했어?"

"그렇게 보였어, 맞아."

여자애가 활짝 웃으며 경탄하듯이 고개를 흔들었다. "오, 호, 호. 이야, 아빠가 난리가 나겠는데!"

"네 아버지?" 도브가 말했다. "그분은— 네가 그분은 돌아가셨다고 했어."

"아빠가? 당연히 안 죽었지." 여자애가 그를 빤히 쳐다보았다. "그 일이 전혀 기억이 안 나. 기억나는 건 뭔가 크고 낡은 집 안에 있었던 게 다야. 일흔다섯 살로 말이야. 끔찍했어." 여자애가 몸을 떨었다. "온통 심줄투성이에 느릿느릿했지. 기분이 웩이었어. 그리고 그 이상한 늙은이들도. 난 그냥 아프다고 말하고 빠져나와서는 누워서 쇼를 봤어. 그리고 잤지. 이틀쯤이었던 것 같아. 이봐, 지금은 언제야? 배고파!"

"12월 29일." 도브는 멍한 상태로 말했다. "이런 일 자주 해? 시간도약 말이야."

"아, 아니." 여자애가 머리카락을 뒤로 쓸어넘겼다. "그냥 몇 번, 그러니까, 아빠가 설치한 지 얼마 안 됐거든. 난 너무 심심해서, 음, 생각했지, 나 자신에게 한턱내도 좋을 것 같다고. 내 말은, 늙었을 때 잠깐 열여섯으로 돌아가면 좋을 거잖아, 그렇게 생각하지 않아?"

"모르겠어, 여기엔 그런 게 없어. 사실, 그런 게 존재한다는 걸 믿지도 않았어."

"아, 존재해." 여자애가 얼굴을 찌푸리고 거드름을 피우며 고개를 끄덕였다. "물론 아주 비싸지. 아마 전 세계에 몇 대 없을 거야. 이봐, 그거 알아? 나 거기서 네 사진을 봤어. 거울 옆에 있었어. 아, 너무 배고프다. 여기 먹을 건 있겠지. 섹스하고 나면 배가 고파진다며,

맞아?"

여자애가 주섬주섬 침상에서 일어나 담요를 질질 끌며 나왔다. "나 배고파! 요리하는 거 도와줘도 돼? 와, 저게 뭐야. 오 세상에. 저거 달이야? 우리가 진짜 산에 있는 거야?" 여자애가 창가로 달려갔다. "아빠는 아무 데도 못 가게 해. 오, 산들이 환상적이야! 이봐, 넌 정말로 괜찮아 보여. 내 말은, 남자지만 그렇게 끔찍하지 않아." 여자애가 휙 돌아와 도브에게 얼굴을 바싹 들이대고 말했다. "이봐, 나한테 그거 다 말해줘야 해." 여자애가 갑자기 부끄럽다는 듯이 눈길을 피했다. "내 말은, 전부, 세상에, 나 배고파. 자, 그러니까, 우리가, 내 말은, 내가 기억이 안 나. 우리, 어떻게 다시 시도해볼 수 없을까? 이봐, 나, 네 이름 까먹었어, 미안하지만—"

"룰리." 도브는 눈을 감았다. "잠시만 좀 조용히 해줄래? 생각 좀 해야겠어."

하지만 머릿속에 떠오르는 거라곤 여자애가 좋은 생각을 했다는 사실뿐이었다. 음식 말이다.

그래서 그는 룰리가 한 마리 몽구스처럼 오두막 안을 돌아다니며 문을 열었다가 눈에 얼굴을 눌렀다가 달과 산에 감탄했다가 가문비나무에 달린 고드름으로 그를 찌르러 달려왔다가 하는 와중에 염장한 쇠고기를 다져 감자와 함께 볶았다. 여자애가 벽난로로 주의를 돌리고 제때 장작을 넣는 것을 봤을 때는 기뻤다. 둘은 앉아서 먹었다. 도브는 여자애의 아버지에 관해 물어보고 싶은 마음이 간절했다. 하지만 도브답게 여자애의 흥을 깨지 못했다. 여자애는 흥분하고 있었다. 그에 대해, 그리고 산에 대해, 그리고 그에 대해, 그리고 오두막에 대해, 그리고 그에 대해, 그리고ㅡ

도브의 머릿속에 이 어린 아에로불파가 21세기에 감금되다시피 한 아주 슬픈 삶을 살고 있다는 생각이 들기 시작했다.

"여긴 얼음이 녹을 때가 볼만해." 그가 여자애에게 말했다. "사방이 녹아. 눈사태도 나고."

"오, 도비, 난 사람 사는 장소들에 대해 너무 몰라. 내 말은, 아무도 진짜인 것들은 신경 쓰지 않으니까. 말하자면, 이곳은 아름다워. 도비, 혹시, 내가ㅡ"

타타타 밤하늘을 가르며 여자애 아버지의 사병들이 나타난 것이 그때였다.

도브는 주섬주섬 옷을 챙겨 입고 병적으로 흥분한 작은 남자와 머리털이 없는 큰 남자로 구성된 사병 부대를 맞았다.

"빅 삼촌!" 룰리가 소리쳤다. 여자애가 달려가 작은 남자를 툭툭 치는 사이에 큰 남자가 도브에게 돈을무늬로 새긴 배지 몇 개를 보여주었다.

"네 아버지, 네 아버지가!" 빅 삼촌이 룰리를 밀쳐내고 이글거리는 눈으로 오두막 안을 둘러보면서 씩씩거리며 말했다. 그의 시선이 침상에 꽂혔다. 큰 남자는 무신경하게 문가에 서 있었다.

"화나셨다. 당연하지!" 빅 삼촌이 신음했다. 그가 모자를 홱 벗었다가 다시 쓰고는 도브의 방한복을 움켜쥐었다.

"이 애가 누구인지 알아?" 그가 위협적으로 말했다.

"자기 말로는 룰리 아에로불파랍니다. 시간도약을 하고 있었고 요." 도브가 이치에 맞게 답했다.

"그럴 줄 알았어! 끔찍해!" 작은 남자가 눈알을 굴렸다. "루이스 는, 아에로불파 씨 말이야, 그걸 꺼버리셨어. 애야, 어떻게 네 아버 지한테 이런 짓을 할 수가 있어?"

"난 아빠한테 아무 짓도 안 했어, 빅 삼촌."

여자애의 삼촌이 뚜벅뚜벅 침상으로 가 담요를 홱 잡아채더니 쉭쉭거리면서 바닥에 패대기쳤다.

"너, 너—"

"아빠한테는 그런 짓을 할 권리가 없었어!" 룰리가 소리쳤다. "이 건 내 인생이야. 어쨌든, 그건 효과도 없었어. 나, 나는 여기 있는 게 좋아, 내 말은, 나는 아무래도—"

"안 돼!" 작은 남자가 새된 소리를 질렀다. 그는 황급히 룰리에게 다가가 잡고 흔들기 시작했다. "네 아버지!" 그가 소리쳤다. "네 아 버지가 네 정신을 교정하실 거야, 널 지울 거야! 헤픈 년! 쳇! 그리고 너, 너는—" 작은 남자가 도브 쪽으로 홱 돌아서서 옛 시대에 쓰이 던 무례한 말들을 뿌려대기 시작했다.

착한 사람인 도브도 어느 시점부터 눈에 띄게 안색이 어두워지 기 시작했다. 그는 약간의 평화와 고요를 얻기 위해 여기로 올라왔다는 사실을 떠올렸다. 그러고는 작은 남자를, 큰 남자를, 룰리를 쳐다보면서 부츠 끈을 마저 맸다.

"일어나! 이동해!" 작은 남자가 소리쳤다. "넌 우리와 같이 간다!"

"식구들이 제가 어디로 갔는지 궁금해할 거예요." 도브는 두 남자가 도시 사람들 같다고 생각하면서 논리적으로 반박했다.

"일어나시지, 친구!" 빅 삼촌이 큰 남자에게 손짓하자 문가에 있던 큰 남자가 도브에게 다가와 고갯짓을 했다.

"움직여." 그는 옛날 영화처럼 한 손을 주머니에 넣고 있었다.

도브는 일어섰다.

"좋아요. 하지만 아에로불파 양에게 입힐 옷이 좀 필요할 것 같은데, 어떠세요? 옷을 입혀서 데려가면 이분 아버지가 그렇게까지 화를 안 낼지도 모르죠."

빅 삼촌이 담요를 꽉 두르고 있는 룰리를 심란한 시선으로 노려보았다.

"벽장에서 방한복을 가져올게요." 도브가 말했다. 산장에 벽장이 있다는 말을 도시 사람들이 믿어줄지 미지수였지만, 그는 조심스럽게 벽난로 옆에 있는 장작 창고 문 쪽으로 이동했다. 큰 남자가 주머니에 넣었던 손을 빼고 손에 든 무언가를 가만히 도브의 등에 겨누었지만 움직이지는 않았다.

손이 걸쇠에 닿았을 때 도브는 룰리의 입이 뽁 열리는 소리를 듣고 숨을 죽였다. 여자애는 아무 말도 하지 않았다.

그러자 그는 잽싸게 창고 문을 열고 들어가 장작더미를 받친 중간 버팀대를 뽑아냈다. 장작더미가 문 쪽으로 무너졌고, 도브가 도끼를 잡아채면서 더미 위로 뛰어오르자 더 요란하게 무너져내렸다. 그는 밑에서 나는 쿵쾅거리는 소리를 들으며 재빨리 처마 위로 기어올라 덧댄 지붕 위로 건너가서는 굴뚝을 홱 돌았다.

그는 굴뚝에서 지붕마루로 뛰어올랐다. 바람에 날려 쌓인 눈이 여전히 오두막 앞면을 덮고 있었다. 그는 현관 위 지붕에서 눈을 타고 미끄러져 내려가 착지하며 문빗장을 질렀다. 그러고는 스키를 집어 들고 전속력으로 눈더미 틈을 요리조리 달려 헬리콥터 뒤쪽으로 향했다.

그가 주 회전날개 베어링에 도끼를 휘두르는데 오두막 창문에서 첫 총격이 가해졌다. 도브는 헬리콥터 뒤에 있었고 오두막 창문은 성인 남성에게 너무 작았다. 도끼가 회전날개들에 해로운 충격을 주고 나자 도브는 가스탱크에도 두어 번 충격을 가한 다음 굳이 불을 붙일 필요는 없겠다고 판단하곤 도끼를 꼬리날개에 박아놓고 서둘러 종종걸음치며 빙퇴석을 지나 숨은 골짜기로 내려갔다. 뒤에서 유리 깨지는 소리와 아우성치는 소리가 들렸다.

골짜기는 눈을 인 가문비나무 아래로 난 좁고 긴 터널로 이어졌다. 도브는 소음이 희미해질 때까지 코요테 새끼들처럼 네발로 기면서 내려갔다. 이내 골짜기가 넓어지면서 가파른 눈벌판이 펼쳐졌

다. 도브는 스키를 신었다. 달이 떼구름을 벗어나 위로 솟았다. 도브
는 반듯이 서서 반짝이는 흰 눈을 타기 시작했다. 그는 평화와 고요
를 마음껏 들이마시며 나는 듯이 달리면서 룰리가 무사하기를 빌었
다. 빅이 삼촌이니, 괜찮을 터였다.

한 시간 후 설상차를 세워둔 곳에 닿은 그는 자기 삼촌, 캐나다
로키산맥 산악순찰대 대장인 벤 러펠이 있는 캘거리로 향했다.

그는 벗어났다고 느꼈다.

하지만 아니었다.

왜냐하면 룰리, 정확하게 말하면 1번 룰리가 자기 성이 러펠이
라고 말했기 때문이었다. 그리고 그의 엄지발가락이 부어올랐다.

알고 보니, 여자애도 말했듯이, 그건 매우 중요한 일이었다.

순찰대가 룰리와 빅 삼촌과 그의 경호원을 모두 안전하고 무
사하게 본부로 데려온 다음 날 아침, 룰리는 자기 정신과 의사에게
전화를 해야겠다고 고집했다. 그래서 여자애의 아버지 아에로불파
씨가 전용 수직이착륙선을 타고 도착했을 때, 정신과 의사도 함께
였다.

알고 보니 아에로불파 씨는 빅 삼촌과는 사뭇 달랐고, 빅 삼촌
은 사실 그저 촌수가 먼 사촌뻘이 되는 듯했다. 거무스름했던 아에
로불파 가문의 정자가 너무 많은 세대를 거치며 금발의 스칸디나비
아형 자궁에서 뛰어논 덕분에, 지금의 아에로불파 씨는 수심에 잠
긴 우락부락한 스웨덴인의 얼굴에다 머리에 황회색 만년설을 인 키

큰 사람이었다. 격분했는지 어떤지는 모르겠지만, 그걸 내보이지는 않았다. 그냥 몹시 피곤해 보일 뿐이었다.

"에우랄리아." 아에로불파 씨가 벤 러펠의 사무실에서 땅이 꺼져라 한숨을 쉬었다. 그건 룰리의 진짜 이름이었는데, 아버지 노릇에 재능이 없는 그는 늘 딸을 그 이름으로 불렀다. 그는 제 외동딸을 쳐다보다가 정략결혼에 최적화된 확실한 상품을 얻기 위해 자신이 직접 고용한 정신과 의사에게로 시선을 옮겼다.

이제 그의 눈앞에서 모든 계획이 날아가버렸다.

"하지만 어떻게……?" 아에로불파 씨가 물었다. "당신이 장담했지, 의사―" 그의 목소리는 잔잔했지만 따스하지 않았다. 빅 '삼촌'이 겁먹은 듯이 뒷걸음쳤다. 다들 순찰대 사무실에 둥그렇게 선 상태였고, 도브는 한쪽 발에 털실 덧버선을 신고 있었다.

"시간도약이죠." 정신과 의사가 어깨를 으쓱거렸다. 통통하고 약간 외사시가 있어서 조증 환자처럼 활기찬 분위기를 풍겼다. "루이스, 저 아이의 몸에 들었던 건 더 나이 든 룰리였어요. 나이 든 페르소나는 더는 제약에 매여 있지 않았죠. 아에로불파 씨, 좀 더 신중하셨어야죠. 대체 그걸로 뭘 하고 싶으셨던 거예요, 그 연세에 시간도약이라니요? 그리고 그 대가를 좀 보세요, 세상에나."

아에로불파 씨가 한숨을 쉬었다.

"그걸 구한 건 특정한 목적이 있어서였어." 그가 망연히 러펠가 사람들을 바라보며 얼굴을 찌푸렸다. "아주 잠깐만 보고 오면 되니까. 난 그저 —"

"손자가 있는지 보려고 했죠, 아니에요? 예, 그렇죠?" 정신과 의사가 깔깔 웃었다. "당연하지. 그래서, 보셨어요?"

무슨 이유에선지 아에로불파 씨는 이 내밀한 주제를 계속 이어가기로 선택했다. "나는 내 책상 앞에 있었어." 그가 말했다. "책상에 사진이 있었지." 그의 암담한 시선이 딸을 살피다가 도브에게 가서 얼어붙었다.

도브는 눈을 깜박였다. 심리적 회피 시술에다 감시까지 받는 처녀라면 다른 피임 처치는 하지 않았을지도 모른다는 생각이 막 머릿속에 떠오른 참이었다. 룰리는 아랫입술을 빨면서 얼굴을 찌푸렸다.

정신과 의사가 고개를 젖힌 채 둘을 쳐다보았다.

"말해봐, 룰리, 제정신으로 돌아왔을 때, 이 젊은이가, 음, 역겨웠어? 불쾌했어? 그 상황이 정신적으로 충격이었어?"

룰리가 의사를 보더니 점점 더 환하게 활짝 웃으며 천천히 고개를 저었다. "아, 아니요. 오, 아니요! 환상적이었어요. 이 사람은 환상적이었어요, 아름다웠죠. 그저 —"

"그저 뭐?"

여자애의 미소가 도브 쪽을 향하더니 녹아내렸다. "음, 우리는 안 했잖아요, 제 말은, 전 하고 싶은데 —"

"됐어!" 정신과 의사가 손을 들었다. "알았어. 이제, 말해봐, 룰리. 생각해봐. 혹시라도 이 남자의 엄지발가락을 물었어?"

빅 '삼촌'이 투덜거렸고, 룰리는 의아한 듯 보였다. "엄지발가락을 물었냐고요?" 여자애가 말을 되풀이했다. "당연히 아니죠."

정신과 의사가 도브 쪽으로 돌아섰다. 그의 시선이 털실 덧버선을 내려다보았다. "그랬어, 젊은이?"

"왜 물으시죠?" 도브가 조심성 있게 물었다. 모두가 그의 털실 덧버선을 쳐다보기 시작했다.

"그랬어?"

"난 절대 안 물었어!" 룰리가 분개하며 말했다.

"너는 몰라." 도브가 여자애에게 말했다. "물었어. 그 전에. 네가 일흔다섯 살일 때."

"네 엄지발가락을 물었다고? 뭐 하러?"

"그게 핵심 신호였기 때문이지." 정신과 의사가 말했다. 그가 고개를 돌렸다. "아, 제기랄. 루이스, 기억하시지요. 제가 말했잖아요."

아에로불파 씨의 표정이 한 발자국 더 빙하기로 퇴각했다.

"얘야, 그 계획은 널 평생 섹스리스로 만들려는 게 아니었어." 의사가 룰리에게 말했다. "신호가 있어야 했지. 제약을 해제하는 열쇠가 말이야. 별거 아니면서도 있을 성싶지 않은, 어떻게 해도 우연히 발생할 수 없는 어떤 신호. 몇 가지 안이 있었어. 그랬지. 모든 가능성을 고려했는데, 엄지발가락 물기가 제일 나아 보였어." 의사가 인자하게 고개를 끄덕였다. "루이스, 기억날 거예요. 부부관계에는 문제가 없기를 바라셨잖아요."

아에로불파 씨는 아무 말도 하지 않았다.

"내 입으로 말하기는 좀 그렇지만, 더할 나위 없이 완벽한 각인 작업이었어." 의사가 자랑스럽게 눈을 빛냈다. "절대적으로 불가역적이었지. 내가 보증해. 이 애가 남자의 엄지발가락을 물거나—" 의사가 한쪽 눈을 장난스럽게 굴리면서 도브를 가리켰다. "—아니면 역으로, 남자에게 엄지발가락을 물리면, 이 애는 그 남자를 사랑하게 되고, 죽을 때까지 그 남자만 사랑할 거야. 내가 보증하지!"

침묵 속에서 아에로불파 씨가 한 손으로 다그 함마르셸드*처럼 생긴 이마를 짚더니 조심스럽게 한숨을 내쉬었다. 다 잡아놓고 알수 없는 이유로 먹을 수 없게 된 토끼들을 살피는 비단뱀처럼 그의 시선이 룰리에게서 도브에게로, 다시 벤 러펠에게로 떠돌았다.

"좀 더…… 서로를…… 두고 보는 것도 가능하겠지." 그가 냉담하게 진술했다. "지금 당장에는…… 내 딸이 학업으로 돌아가는 데 당신들도 동의하리라 믿네. 빅터."

"여기 있습니다!"

"넌 여기 남아서 이 신사분들에게 우리의…… 사과를 전하고 필요한, 아, 복구 작업을 완수하도록 해. 나는…… 기분이 좋지 않아.

---

* 스웨덴의 외교관으로 제2대 유엔 사무총장을 지냈고 북로디지아(현 잠비아)의 휴전을 협상하러 가다가 비행기 추락 사고로 사망했다. 사후에 노벨평화상을 받았다.

가자, 에우랄리아."

"오, 도비!" 룰리가 난폭하게 끌려 나가면서 소리쳤다. 도브의 삼촌 벤이 경고하듯이 으르렁거렸다. 그리고 아에로불파 사람들은 떠났다.

하지만, 당연히, 영원히는 아니었다.

로키산맥에 봄이 왔고, 봄과 함께 배가 아주 동그래진 사랑에 고픈 십 대가 이번에는 빈틈없는 성격에다 참을성이 대단한 한 기혼 부인의 호위를 받으며 왔다. 도브는 조랑말들을 꺼냈고, 그들은 노래하는 숲과 무지갯빛 급류와 도브가 사랑하는 야생의 나라에 존재하는 온갖 수줍고 자유로운, 더없는 기쁨들 속으로 달려 들어갔다. 도브는 룰리가 전적으로 그를 사랑하는 건 물론이요, 진심으로 그가 살아온 방식대로 그곳에서 그와 함께하고 싶어한다는 걸 느꼈다. 그리고 룰리가 유쾌하고 다정한 사람이며, 특히 그 기혼 부인을 따돌리는 일 같은 데서는 상당한 분별력이 있다는 데에 모두가 동의하게 되었다. 그리고 아에로불파식 가풍을 불신하긴 했지만, 도브는 정말로 착한 사람이었다. (아에로불파식 가풍은 지금 캘거리 전역을 기웃거리며 이른바 인구조사의 형태로 도브에 관한 정보를 캐내는 일로 자태를 드러내고 있었다.)

그래서 여름이 무르익었을 때 도브는 잔뜩 경계하며 메인주 펄핏 항구에서 바라다보이는 아에로불파 섬으로 여행을 떠났고, 이내 아에로불파식 가풍이 밀어내는 힘이 룰리의 매력이 끄는 힘의 반에도 미치지 못한다는 사실을 알게 되었다. 착하디착한 젊은이도 아름다운 반♃처녀에다 엄청난 재산을 가진 더없이 사랑스러운 아이 신부에게는 혹하지 않을 수가 없었다.

"어떤…… 아, 직업을 계획하고 있나?" 섬에는 드물게 모습을 드러내는 아에로불파 씨가 어느 날 도브에게 물었다.

"눈사태 연구요." 조사팀의 보고서 내용과 맞아떨어지는 대답이었다. 아에로불파 씨의 눈꺼풀이 미세하게 처졌다. 아에로불파 씨가 룰리와 엮어주려 고심했던 인물들은 눈사태보다 훨씬 큰 것들에 관심을 두고 있었더랬다.

"기본적으로, 아버님, 저는 지리생태학자입니다. 훌륭한 연구 분야이지요."

"아, 아빠, 멋진 일이야!" 룰리가 즐겁게 재잘댔다. "내가 이이 연구를 다 기록할 거야!"

아에로불파 씨의 시선이 딸의 얼굴에서 딸의 배로 흘러갔다. 그 덩어리는 이제 사내애가 될 예정이었다. 아에로불파 씨는 애써 무시함으로써 여태 그 사실을 받아들이지 않았다. 그는 정말로 21세기 사람이 아니었다. "아." 그는 피곤하다는 듯이 말하고 자리를 떴다.

하지만 결혼식 자체는 전혀 황량하지 않았다. 메인주의 날씨를 막기 위한 에너지장과 4000제곱미터에 달하는 수입 야생화가 펼쳐진, 바다가 보이는 잔디밭에서 치러진 야외 결혼식은 더할 나위 없이 간결했다. 손님들의 숫자는 적었고, 대다수는 이국적인 작위와 수행원들을 거느린 까다로운 노부인이었는데, 그들 사이에서 앨버타주에서 온 파견단은 친근한 대형 곡물 저장탑마냥 도드라졌다.

그러고는 모두가 물러가고, 일주일 동안 천국에는 도브와 룰리만 남게 되었다.

"아, 도비." 사흘째 되던 날에 룰리가 한숨을 쉬었다. "평생 이렇게 지내면 좋겠어!"

둘은 금방 데친 새우처럼 달아오른 채 사우나 일광욕실에 누워 계속 그런 말들을 나누고 있었다.

"그냥 네가 내 엄지발가락을 물었기 때문에 그런 말을 하는 거야." 도브가 말했다. 그는 최근에 배운 요트 조종법을 생각하고 있었다.

"그렇지 않아!" 룰리가 반박하고는 돌아누웠다. "저기, 그러니까, 난 궁금해. 나는 널 실제로 언제 만났을까?"

"지난 크리스마스."

"아니, 내 말이 그 말이야. 그러니까, 난 이미 너를 사랑했기 때문에 거기로 갔어, 그렇지 않아? 그런데 거기서 널 처음 본 거지. 이상해."

"맞아."

"정말로 사랑해, 도비."

"나도 사랑해. 그건 그렇고, 오늘 네 큰 보트를 끌고 나가자, 어때?"

둘은 춤추듯이 흔들리는 삼동선을 타고 나가 어케이디아파크 섬을 한 바퀴 돌며 멋진 항해를 즐기고 돌아와 성대한 대합조개 만찬을 들었다. 그날 밤 침대에서 룰리가 그 얘기를 또 꺼냈다.

"응." 도브가 졸리는 듯이 말했다.

룰리가 코로 그의 등을 쓸었다.

"들어봐, 도비. 오늘 같은 날을 다시 살면 환상적이지 않을까? 내 말은 우리가 늙었을 때 말이야."

"으으응."

"있잖아, 여기에 아빠의 도약기가 있어. 전에 도약했을 때도 여기서 크리스마스를 보내던 중이었어. 저번에 얘기한, 작은 만 옆에 있는 커다란 발전소 같은 게 그거야."

"으응."

"내일 해보지 않을래?"

"응." 도비가 말했다. "잠깐, 그게 무슨 말이야?"

"내일 시간도약을 해보면 어때? 같이." 룰리가 꿈꾸듯이 미소를 지었다. "그러면, 우리가 늙었을 때 잠시 지금처럼 어려질 수 있어. 같이."

"절대 안 돼." 도브가 말했다. 그러고는 룰리에게 그게 왜 제정신이 아닌 생각인지 설명했다. 얘기하고 또 얘기했다.

"위험해. 둘 중 하나가 죽었으면 어떻게 해?"

"아, 죽었으면 아무 일도 일어나지 않아. 내 말은, 자신이 있는 곳으로만 갈 수 있어. 그, 페르소나인가 뭔가 하는 것은 대칭이야. 내 말은, 가려는 그곳에 내가 없으면 아무 일도 일어나지 않는다는 거지. 그냥 여기에 있게 돼. 책에 그렇게 쓰여 있어, 완벽하게 안전하다고."

"어쨌든 미친 생각이야. 그 덩어리는 어떻게 하고?"

룰리가 낄낄거렸다. "애한테도 멋진 경험이 될 거야."

"무슨 말이야? 애가 제트기를 몰고 있다가 육 개월짜리 태아의 정신이 돼버리면 어쩌려고 그래?"

"아, 그럴 일은 없어! 내 말은, 그런 일이 일어날 거라는 걸 애가 알 거야. 그런 일이 있었으니까. 그래서 그 시점이 되면 알아서 그냥 앉아 있거나 뭐 그렇게 하겠지. 내가 일흔다섯 살이 되었을 때 다시 여기로 도약해 와서 자기를 만나러 갈 것을 알게 되듯이 말이야."

"안 돼, 룰리. 미친 생각이야. 잊어버려."

그래서 룰리는 잊어버렸다. 일곱 시간 동안.

"도비, 난 너무 걱정돼. 우리가 늙어가야 한다는 게 끔찍하지 않아? 고대하는 하루가 있다면, 얼마나 멋질지 생각해봐. 딱 하루 동안 다시 젊어지는 거야. 한 삼십 분 동안만이라도. 늙어간다는 걸 생각하면, 비참하지 않아?"

도비는 한쪽 눈을 떴다. 그도 그런 느낌을 받은 적이 있었다.

"내 말은, 지금 우리야 몇 시간이 아쉽지 않겠지. 시간이 많으니까. 하지만 우리가, 아, 예순 살이 됐을 때를 생각해봐. 아프거나 쇠약해지고 있을지도 몰라. 그러다 알게 되겠지. 도약할 때가 되었고 예전처럼 팔팔해져서 요트도 타러 가고, 지금 우리처럼 될 거라는 걸!"

교활하고 귀여운 룰리가 '요트'라는 말을 강조했다. 룰리는 인간의 유서 깊은 꿈에 사로잡혀 있었다. 지금 고생하고 나중에 즐기자는 꿈에.

"안전하다고 확신할 수 없어, 룰리."

"음, 내가 해봤잖아. 세 번이나. 그런 일이 일어날 거라는 걸 알기 때문에 아무 문제 없어." 룰리는 참을성 있게 같은 말을 반복했다. "내 말은, 그때가 되면 무슨 일이 있을지 예상한다는 거야. 난 내가 나한테 어떻게 하라고 써놓은 쪽지까지 찾았는걸. 집사 이름이 요한이고 친구들 이름이 뭐라는 따위 말이야. 그리고 내가 아프다는 얘기도."

"미래를 봤어?" 도브가 얼굴을 찡그렸다. "무슨 일이 있었어? 내 말은, 뉴스 같은 거?"

"아, 글쎄, 모르겠어. 내 말은, 그런 건 그다지 알고 싶지 않았거든. 내가 본 건 낡은 집 같은 거뿐이야. 일부는 지하인 것 같았어. 하지만 도비, 넌 좀 알잖아. 넌 온갖 뉴스를 볼 수 있을 거야. 삼십 분 정도밖에 안 돼도 무슨 일이 일어나는지 알 수 있겠지. 어쩌면 네 연구서를 읽을 수도 있고!"

"흠—"

물론 그것이 이야기의 끝은 아니었다. 도브와 룰리가 달빛이 비추는 해변을 걷다가 돌아와 손을 잡고 아에로불파 씨의 고요한 복도로 간 것은 여섯째 되는 날 밤이었다. (잠겨 있지 않았다. 아에로불파 씨 역시 미래를 슬쩍 봤다는 사실을 상기하지 않는다면, 그답지 않은 일이었다.)

준비 상태에 맞춰진 손잡이가 있었다. 룰리가 그것을 움직이자 육중한 에어로크가 설치된 빛나는 벽 너머에 웅웅거리며 전기가 들어왔다. 룰리가 에어로크 문을 열자 벽 안에 작은 침실이 나타났다.

"우리 셋이 들어가기에 딱 맞아." 룰리가 낄낄거리며 그를 끌어들였다. "우리가 무슨 일을 할 것 같아? 내 말은, 여기로 돌아올 늙은 우리 말이야. 내 말은, 우리가 그들에게 시간을 아주 많이 주지는 않을 거잖아."

"우리 아들에게 물어봐." 도브가 속으로 '미래'에 관해 알고 싶은 흥미진진한 것들을 다시 떠올리면서 다정하게 말했다.

그렇게 그들은 자신들의 젊은 정신을 사십 년 후, 도브가, 오 맙소사, 예순둘이 된 시점의 늙은 정신과 맞바꾸도록 다이얼을 맞췄다. 룰리는 도브의 조심스러운 태도를 존중했고(이번이 처음이니까, 룰리는 속으로 말했다), 그는 딱 삼십 분을 선택했다. 둘은 손을 잡았다. 그리고 룰리가 활성 회로의 기어를 당겨 그 방을 시간의 변칙 속으로 나르려고 말없이 기다리던 초대형 축전기의 속박을 풀었다. 우우우웅!!!

그리고 백만 분의 일의 확률로 젊은 도브 러펠은 낯선 도시에 혼자 누워 있다가 관상동맥이 부풀어 파열되는, 그 치명적인 삼십 분에 도착했다.

그래서 브라질 페르남부쿠주의 쇼핑 상가에서 별일 없이 어슬렁거리다 돌아온 룰리 아에로볼파는 관제실 바닥에서 죽은 도브의 몸뚱이를 끌어안게 되었다. 죽음은, 어느 때의 죽음이든, 이기고 살아남을 수 없는 경험이기 때문이었다.

어쩔 수 없었다. 역설이 개입된 때에도 마찬가지였다. 나중에 룰리는 아버지가 고용해야 했던 수많은 시간기술자들에게 지적했다. 실제로는 예순둘에 죽은 도브가 어떻게 스물둘에 죽을 수가 있느냐고. 뭔가가 끔찍하게 잘못된 거라고. 뭐가 됐든 바로잡아야 한다고, 아에로볼파 가문의 재산이 몽땅 들어가는 한이 있더라도, 틀림없이 바로잡아야 한다고, 룰리는 고집했다. 룰리가 그렇게 말하는 것은 당연했다. 정신과 의사의 말이 맞았기 때문이었다. 도비는 룰리가 사랑한 유일한 남자였고, 룰리는 그를 평생 사랑했다.

시간기술자들은 어깨를 으쓱거렸고, 수학자들도 마찬가지였다. 그들은 룰리에게 설명했다. 비록 몇 명의 초법적인 거물들만 도약기를 소유하고 있지만, 이미 역설들이 사회의 어딘가에 축적되고 있다고. 아마도 대체 시간선? 어쩌면 시간-독립적 이력현상*? 물론 역설

---

* 물질이 거쳐온 과거가 현재 상태에 영향을 주는 현상으로, 어떤 물리량이 당시의 물리 조건만으로 결정되지 않고 이전에 거쳐온 과정에 의존하는 특성을 말한다.

은 잘못됐다. 역설은 일어나지 않아야 한다.

하지만 역설이 일어난다면— 누구에게 항의해야 할까?

허드슨베이 담요 위에서 사랑하는 남자의 품에 안길 때를 기다리며 오십구 년에 걸친 길고 어둡고 공허한 세월을…… 이만천오백사십오 일의 시든 낮과 외로운 밤을 앞둔…… 영원히 사랑하는 어린 소녀에게 그 말은 별 도움이 되지 않았다.

수영장이 비면 나는 당신을
기다리고 있을 테요

I'll Be Waiting for You
When the Swimming Pool is Empty

캐멀링은 착한 테라인 소년이었는데, 말하자면 그룹브리지 제34 행성계 누 행성 출신인 부모님이 전통적으로 내려오는 편력기*를 앞 둔 그에게 갤혼다 990 스타쿠페를 선물해 놀래주었다는 뜻이다. 하 지만 편력기 관련 통계로 보자면 캐멀링은 중앙값에서 1시그마 벗 어난 사례로서, 홀로 편력을 떠나기로 했을 뿐만 아니라 호스텔 정보 에 별점이 매겨져 있지 않거나 아예 호스텔이 존재하지 않는, 천체력에 서도 가장 외진 구역들을 목적지로 삼았다. 그가 고돌퍼스 제4 행성에 착륙한 최초의, 아니면 아주아주 오랜만인 것은 확실한 테라인이 된 이유가 그래서였다.

우주선 출입구가 열리자, 뾰족하고 반짝이는 섬광들이 난무하

* 수습을 끝낸 도제가 자립하기 전에 여러 곳을 돌아다니며 기술을 익히는 기간을 뜻한다.

는 거대한 먼지구름에서 나는 챙챙거리고 빽빽거리고 땡땡거리는 엄청난 소음이 캐멀링의 귀를 찔렀다. 먼지가 조금 가라앉고 보니, 눈앞에 펼쳐진 것은 일종의 야만적인 축제였다.

눈앞의 평원에서 남자들로 구성된 커다란 두 무리가 서로를 향해 돌진하고 있었다. 한쪽에서는 물결치는 털 뭉치와 말린 견과로 보이는 장식을 단 흑요석 창을 들고 가죽 흉갑과 정강이가리개를 두른 이들이 팔랑크스 대형으로 밀집해서는 차례차례 쿵쾅거리며 지나갔다. 다른 한쪽에서는 번쩍이는 쇠사슬 갑옷을 두르고 파충류를 탄 자들이 볏 달린 투구 위로 대못 박힌 거대 요요를 붕붕 휘두르며 상대편을 향해 질주했다. 양쪽 무리 뒤로는 불붙인 화살을 메긴 활을 들고 몇 줄로 늘어서서 전진하는 궁수들이 보였고, 온전하게 벗겨낸 사람 가죽이라 단단히 착각할 만한 거대한 삼각기들 밑에서 뿔나팔 주자와 심벌즈 주자와 불로러* 주자와 기수들이 허둥거리며 이들 전부를 부추기고 있었다.

캐멀링이 더 자세히 보려고 앞으로 나서는데, 두 무리가 원초적인 격분에 휩싸여 서로에게 달려들더니, 평원은 이내 자르기와 찌르기와 파기와 베기와 가르기와 절단하기와 그 밖에 누가 봐도 적대적인 온갖 상호작용들의 소용돌이로 변했다.

* 오스트레일리아 선주민들이 쓰던, 악기와 유사한 도구로 얇고 긴 나무판에 끈을 달고 빙빙 돌려 소리를 낸다.

"세상에." 캐멀링이 말했다. "설마 진짜 실시간 생방송 전쟁이야?"

이제 가까이에서 싸우던 몇몇은 그의 존재를 눈치챘고, 자세히 보려고 멈췄다가 신속하게 다른 이들에게 가격당했다. 난투의 현장에서 머리통 하나가 날아와 찌푸린 얼굴로 피를 분사하며 캐멀링의 발밑에서 굴렀다. 잠시 생각할 겨를도 없이 그는 8세대 만능통역기를 켜고 소리쳤다. "그만해!"

벌판 곳곳에서 굉음을 내며 흑요석이 터져나가고, 여기저기서 사람들이 귀를 막고 바닥을 구르자, 그는 덧붙였다. "아, 미안." 그는 통역기 음량을 낮추면서 우주인류학 수업에서 배운 것들을 상기하고, 양쪽 무리를 자세히 살피며 지도자를 찾기 시작했다.

그는 격전지 뒤쪽으로 제법 떨어진 언덕 꼭대기에서 일단의 기수들을 발견하고 회심의 미소를 지었다. 무리 중앙에 갑옷을 입은 거인 하나가 보석으로 장식한 송곳니와 박차를 갖춘 키 큰 노란 카르노사우루스를 타고 있었다. 그 화려한 인물은 느긋하게 안장에 기대 녹색 연기를 뿜어내며 음경 세 개를 붙인 모양에 크기는 햄 덩어리만 한 뭔가를 빨면서 틈틈이 캐멀링에게 소리를 지르고 주먹을 휘두르고는 보석 박힌 해골바가지를 들고 뭔가를 꿀꺽꿀꺽 마셨다.

비슷한 높이의 반대쪽 언덕 위에도 요란한 대형 천막이 보였다. 그 아래, 아주 뚱뚱한 남자 하나가 힘없이 꿈틀거리는 발가벗은 갓난아기들로 채워진 황금 들것에 나른하게 기대 누워 뾰족한 단검에 꿴 군것질거리를 우물거리며 캐멀링을 쳐다보고 있었다. 캐멀링이 지켜보자 뚱뚱한 남자는 단검을 개중 포동포동한 갓난아기에게 그어 닦고는 시종들에게 보석으로 치장한 손가락을 튕겼다.

착한 테라인 소년인 캐멀링은 야만을 천명하는 이 모든 짓거리에 마음이 아프면서도 누구도 부인할 수 없는 '진짜 상황'과 맞닥뜨렸다는 사실에 마음이 들떴다. 그는 이제 지척까지 날아와 눈에 보이지 않는 제너럴일렉트릭표 여름용 경량 방수 방어막에 맞고 빗나가는 불화살들과 다른 투척 무기들에 아랑곳하지 않고, 두 지도자를 직접 겨냥하도록 통역기를 조정했다.

"안녕하세요. 저는 그룸브리지 제34 행성계 누 행성에서 온 캐멀링이라고 합니다. 바쁘지 않으시면 잠시 여기로 건너오셔서 인사라도 나누면 어떨까요?"

약간의 옥신각신이 있은 뒤, 제일 가까이 있던 군중이 뒤로 물러나고 두 거물과 수행원들이 자기 쪽으로 모여드는 것을 캐멀링은 기쁜 마음으로 지켜보았다. 하지만 불행히도 두 대표단은 캐멀링이 보기에 정말 의미 있는 만남이 되기에는 너무 멀다 싶은 지점에 멈춰섰다. 그래서 그는 그들을 향해 걸음을 옮기며 귀염성 있게 말했다. "보세요, 친구들. 그러니까, 여러분이 지금 하는 일은, 이건, 음, 나쁘게 듣지는 마시고요, 좋지 않아요. 시대에 뒤졌어요. 정말로 그래요. 어떤 식으로든 여러분의 문화적 정체성을 모욕하고 싶지는 않지만, 여러분도 조만간 전쟁 같은 케케묵은 건 버리게 될 테니, 제 말은, 연구 결과들에 따르면 그렇거든요, 그냥 지금 그만두면 어때요?"

사람들이 멍하니 쳐다보자 그는 덧붙였다. "역사적으로 정확히 뭘 상징하는지는 모르겠지만, 우리 쪽에서는, 그러니까, 제 생각엔, 두 분이 손을 잡고 흔들면 될 것 같아요."

이 말에 1인승 가마에 탄 뚱뚱한 왕자가 갓난아기 셋을 뱉으며 소리치기를, "저 번역할 수 없는 분변에 상당하는 병든 여성 기관이 낳은 도마뱀을 사랑하는 저 자식을 건드린다? 나는 저자의 생식선을 구워 저주받은 도둑들에게 먹여야겠다!"

그리고 공룡 대장은 고개를 치켜들고 으르렁거렸다. "저 염색체적으로 불균형한 배설물 먹는 배설강 기생충의 희화화된 인물과 손을 잡는다? 그의 소화관이 내 시체 짐마차의 말안장 끈이 될 것이다!"

이제는 캐멀링도 이 상황이 해결하기 까다로운, 제법 큰 소란이 되리라는 사실을 이내 짐작할 수 있었다. 그는 진동하기 시작하는 통역기를 재조정하면서 이들의 문화적 규범을 무시하는 태도를 내비치지 않도록 조심해야 한다는 사실을 상기했다. 그래서 그는 쾌활하게 말했다. "제가 여기서 잠시 자문관 역할을 하자면, 분자유전학과 도덕적 직관은 모든 인간이 형제라는 데 동의한다는 말씀을 드리고 싶습니다."

이 말을 들은 양쪽 지도자가 즉각적이고도 완전하게 말뜻을 이해했다는 표정으로 서로를 쳐다보았다. 그러더니 휙 돌아서서 손에 잡히는 대로 온갖 무기를 캐멀링에게 집어던졌고, 양쪽의 수행원들도 곧장 선례를 따랐다. 비처럼 쏟아지는 투척 무기들 가운데 날카로운 단검 하나와 도끼처럼 생긴 무기 하나가 여름용 경량 방어막을 뚫고 들어와 안감에 보기 싫은 자국을 냈다. 캐멀링이 막 항의하려는 찰나, 뒤에 있던 우주선의 코에서 바닥 쪽으로 짧은 연파랑 레이저 같은 것이 삑삑 두 번 나왔고, 두 왕자와 공룡과 갓난아기와 수행원 대부분이 얕은 유리질 웅덩이로 변해버렸다.

"세상에나." 캐멀링이 나무라듯이 우주선에게 말했다. "그것도 좋지 않긴 매한가지야, 왜 그랬어?"

통역기의 출력 기능이 가동되더니 대답이 필기체로 인쇄되었다. '얘, 신경 쓰지 마. 네 어머니가 비상용 프로그램을 몇 가지 넣어주셨어.'

캐멀링이 얼굴을 찌푸려 보이고는 돌아서서 멀리 결집해 있는 두 무리를 향해 말했다.

"저 일은 정말 미안하게 됐습니다. 혹시 양측 이인자들께서 여기로 오겠다 하시면, 제가 다시는 이런 일이 없도록 해보겠습니다."

캐멀링은 약간의 혼란이 가라앉고 이윽고 좀 더 나이 들고 연장자처럼 보이는 좀 덜 화려한 인물 둘이 부축을 받아 앞으로 나올 때까지 끈기 있게 기다렸다가 이전의 제안을 되풀이하면서 이해하기 쉽게 설명했다. 두 고관은 흰자위를 번득거리며 캐멀링을, 그러고는 우주선을, 그러고는 좀 크긴 하지만 이제 식어서 우묵한 작품의 모양에 어울리는 아름다운 색채를 띠게 된 웅덩이들을, 그러고는 마지막으로 서로의 얼굴을 쳐다보았다. 둘이 결국 어렵사리 설득을 받아들여 장갑을 끼고 멀찍이 서서 서로의 손을 스치기로 했을 때, 캐멀링은 강렬한 만족감을 느꼈다. 흥분한 그는 역사적으로 유명한 문구를 떠올렸다.

"칼을 쳐서 보습으로*!"

"광기!" 두 고관이 뒤로 물러서며 소리쳤다. "우리 칼에 요술을 걸어 여자로 바꾸겠다?"

"비유적인 표현이에요." 캐멀링이 웃음을 터뜨렸다. "자 친구들, 저는 평화를 사랑하는 우리 위대한 테라성간연합의 자유 지성들이 계몽된 협업을 통해 창안해낸 우수한 기술로 여러분을 위협하려고 여기 온 것이 아니라는 점을 강조하고 싶습니다. 하지만 이렇게 하면 재미있지 않을까요? 그러니까, 그냥 실험 차원에서, 두 분이, 뭐랄까, 제가 온 기념 같은 걸로, 평화 선언을 하면 말이지요." 캐멀링이 애원하는 듯한 미소를 지었다. "그리고 두 분의 군대에다, 음, 집으로 가라고 한다면요?"

한쪽 고관이 알아들을 수 없는 말로 울부짖었다. 다른 한쪽은 난폭하게 소리쳤다. "우리가 뿔뿔이 흩어지는 것이 당신의 의지인가? 그들은 예정된 전리품이었다!"

캐멀링은 그 말을 듣고 자신이 이런 상황에 만연해 있기 마련인

---

* 성경에 나오는 문구로, 반전 구호로 쓰인다. 칼은 전쟁과 무기를 상징하고, 보습은 평화와 생산을 뜻한다.

감정적 긴장에 관한 그들의 우려를 간과했음을 깨달았지만, 다행히 해법을 기억해냈다.

"저기요, 여러분에게도 흥미로운 대중 스포츠 같은 게 있을 거예요. 그러니까, 여러분이 놀 때 하는 거? 하키 같은? 아니면 컬링? 줄다리기라도? 마상 시합은요? 그리고 음악! 저게 늘 듣는 음악이에요? 저 뿔나팔들을 여기로 가져오면 좋겠어요. 제 우주선에 12채널 음향기기가 있거든요. 우리 간식들도 마음에 드실 거예요. 제가 준비하는 걸 도와드릴게요."

그 뒤에 이어진 한동안은 캐멀링의 기억에 다소 뒤죽박죽으로 남았지만, 그는, 전체적으로는, 상당히 성공적이라고 느꼈다. 토착 스포츠 일부는 사실상 그 원형이라 할 전투와 구분되지 않았고, 그는 의도치 않게 우주선의 증발기를 한두 번 자극했던 일을 유감스럽게 생각했다. 하지만 지나치게 분개하는 이는 아무도 없어 보였고, 평원 위로 새벽이 밝아올 때까지도 그가 작별 선물로 준 운동용 무관성無慣性 국부 보호대와 다른 소소한 장신구를 받아줄 상당수의 생존자가 남아 있었다.

"여러분이 하는 그 럭비 비슷한 건 진짜로 가능성이 있어요." 캐멀링이 두 고관에게 말했다. "물론, 저로서는 공을 살아 있지 않은 무생물로 바꾸면 더 좋겠지만요. 그리고 박차에는 스트리크닌 대신 진정제를 쓸 수도 있겠고요. 그리고 창자 꺼내는 부분, 그건 좀 빼죠. 여기, 브룸브리지 주빌리 한 잔 더 드세요. 언젠가 농장 체계를 세우는 건에 관해서 여러분께 설명을 좀 드리고 싶네요. 예비 선수 팀 얘기도요. 그건 그렇고, 아까 전쟁은 무엇 때문이었어요?"

두 고관 중 한 명은 터번을 갈가리 찢느라 바빴지만, 다른 한 명이 잘 울려 퍼지는 단조로운 노래로 10대조 할아버지의 어린 시절로부터 시작되는 전쟁의 역사를 읊기 시작했다. 캐멀링은 통역기를 '의미 해석' 기능에 맞추었고 결국은 문제의 근원이 그곳 강가의 기름진 범람원이 만성적으로 부족한 데 있다는 판단을 내렸다.

"이런, 세상에. 그런 건 쉽게 해결할 수 있어요. 조그만 언덕들을 가로질러 댐을 놓고 물을 가두면 모두가 넉넉히 쓸 수 있어요."

"댐?" 터번을 찢고 있던 고관이 허허롭게 말했다. "강의 아버지 숨통을 막는 자는 생식선이 작고 마른 열매가 되고, 음경은 마른 검불이 되리라. 그렇지, 그의 일가붙이들도 모두."

"정말이라니까요." 캐멀링은 말했다. "전 여러분의 문화적 방침들을 전적으로 존중해요. 하지만 정말이지, 이번 한 번만은, 그러니까, 실존적 관점에서, 이런 일은 좀 더 참여적인 토대 위에서 해야 한다는 건 저도 알지만, 보세요!"

그는 우주선을 띄워 몇 킬로미터에 이르는 언덕들을 유리질로 바꾸었다. 강둑이 넘쳤다가 진흙과 죽은 물고기들로 막히고 나자 누구도 본 적 없는 커다란 호수가 생겨났다. "자, 여러분의 댐입니다. 저 물은 일 년 내내 흐를 것이고, 모두가 써도 충분해요. 더 나아가면 여러분이 관개수로를 팔 수도 있어요. 아, 제 우주선으로 등고

선 지도를 만들어드릴게요. 그러면 이 일대가 번성할 거예요."

그러자 두 고관이 주위를 두루 살피고는 말했다. "예, 신이시여, 우리가 댐을 갖게 된 것 같습니다." 그러고는 각자의 부족민들에게 돌아갔다.

하지만 캐멀링은 천성이 세심한 사람이라, 일이 다 끝났다는 판단이 들자 가장 가까운 마을로 내려가 말했다. "진지하게 하는 말인데, 제가 저 자신을 신이나 뭐 그런 거로 생각한다고 여기시면 안 돼요. 그걸 입증하기 위해 저는 곧장 여기로 와서 여러분과 함께 살 거예요." 캐멀링은 학교에서 단체로 범은하 종합예방접종을 받았으므로 아무 문제 없으리라 자신했다.

캐멀링은 마을로 내려가 사람들과 함께 살았고, 사람들이, 음, 어쨌든 대다수가 그가 퍼뜨린 질병들로부터 회복한 뒤에, 그들의 삶의 방식을 함께 나누며 놀라운 문화적 관행들과 견해들을, 특히 그들의 종교를 두루 경험할 수 있었다. 그들의 고유한 현실을 오염시키는 일은 어느 것도 해서는 안 된다는 걸 알았지만, 캐멀링의 착한 테라인 마음은 여전히 특정한 측면들에서 고통을 느꼈다.

그래서 캐멀링은 두 고관을 차례로 만나 가능한 한 외교적인 태도로 자신이 그들의 문화적 시각을 얼마나 깊이 존중하고 있는지 설명한 다음, 그들이 현 종교적 국면을 지나 앞으로 이행하게 될 것이 분명한 보다 추상적이고 상징적인 차원으로의 필연적 진화를 돕고 싶다는 뜻을 밝혔다.

"저 커다란 석상들 있잖아요, 저것들은, 그러니까, 완전 대박이에요. 주요한 예술 작품들이지요. 앞으로 태어날 세대들이 감탄하며 볼 거예요. 그러니 여러분은 그것들을 보호해야 해요. 제 말은, 그 동굴들요. 그리고 주렁주렁 달린 것들도요. 아, 얼마나 몸이 가벼워야 그런 일을 할 수 있을까! 그리고, 있잖아요, 그것들 안에 아기를 집어넣고 태우는 것이 옥에 티인데, 향을 피우는 게 훨씬 안전할 거예요. 이러면 어떨까요? 모두가 참여할 수 있는 종교문화센터를 두 부족에 하나씩 두는 거예요. 그리고 말 나온 김에, 비를 부르기 위해 아기를 우물에 빠뜨리는 관행은 말도 안 된다는 거 여러분도 아시죠? 제 말은, 실존적으로, 그게 여러분 모두가 설사병을 앓는 원인이니까요."

그렇게 그는 돌아다니며 자기가 아는 선에서 최대한 주제넘지 않게 그들에게 다른 사고의 길들을 열어주었고, 사람들을 설득해 밭을 갈게 하려 했던 계획에서처럼, 갈등의 조짐이 보이면 즉시 속도를 늦추었다. 그는 직접 '문화센터'의 첫 주춧돌을 놓고는, 그 발상이 사람들의 관심을 끌기를 끈기 있게 기다렸다. 이윽고 두 제사장이 진짜로 그를 만나러 왔을 때는 보람을 느꼈다. 한쪽은 자기 키의 두 배나 되는 죽음을 상징하는 흑백 탈을 썼고, 다른 쪽은 의식용 뱀들을 주렁주렁 감았다. 인사를 마치고 보니, 뭔가 부탁을 하러 온 것이었다.

"기꺼이요." 말만이 아니라 캐멀링은 진심이었다. 두 제사장은 매년 이맘때면 사람을 잡아먹는 극악무도한 괴물이 나타나 구릉지대 마을들을 쑥대밭으로 만드는데, 자기들로서는 속수무책이지만 캐멀링이라면 한 손으로도 해치울 수 있을 거라고 살살 부추겼다.

그래서 캐멀링은 그 문제를 처리하는 데 선뜻 동의하고, 다음 날 아침 마침내 정말로 그들의 일원으로 받아들여졌다는 뿌듯한 기분으로 길을 나섰다. 두 제사장이 그에게는 식은 죽 먹기일 것이라고 어찌나 강조했던지, 그는 가벼운 점심거리와 은하컵스카우트 구조 키트와 편력을 떠나올 때 이모가 선물로 준 표적 레이저만 들고 걸어서 길을 떠났다. 제사장들은 만족스럽게 두 손을 비비며, 잠깐 걸음을 멈추고 문화센터 주춧돌에 소변을 누고는 곧장 각자의 부족에게로 돌아갔다. 그리고 우상들이 둥지를 튼 동굴들 주변에서 엄청난 연기가 솟았다.

이틀 뒤, 휘파람을 불며 산길을 내려가던 캐멀링은 뭔가 대경실색하는 분위기를 눈치챘지만, 그저 뒤에 한 발을 석고로 봉인하고 목에는 안정대를 찬 거대하고 지저분한 도마뱀 하나가 기어오고 있기 때문이라 여겼다. 캐멀링은 그 생물의 고약한 습성이 매복 엄니 때문이었다고 설명하고, 특별히 모두가 보는 앞에서 우주선의 이종異種의료기로 실시간 치아 교정 치료를 시연했다. 그 후로 그는 며칠 점심시간을 내어 짐승을 훈련하고는 몇 번 혈기에 찬 공격을 받은 바 있는 자기 우주선의 경비 공룡으로 삼았다. 그랬더니 갑자기 문화센터가 꼴을 갖춰가기 시작했다.

하지만 캐멀링은 생각에 잠기곤 했다. 산에 다녀오는 동안 이 행성이 다른 방면으로 놀라운 잠재력을 지니고 있음을 알아챌 수밖에 없었던 것이었다. 그래서, 심사숙고 끝에, 그는 좀 더 모험적인 성향을 지닌 일반 주민 몇몇을 비공식 토론 모임에 불러놓고 말했다. "친구들! 저도, 여러 연구 결과가 보여주었듯이, 농업 사회가 너무 빠르게 산업화하는 것이 썩 좋은 생각은 아니라는 걸 잘 알고 있어요. 또 제가 너무 밀어붙인다고 느끼고들 있는 건 아닌지 솔직한 의견을 듣고 싶기도 하고요. 하지만 약간의 경공업을 시도해보는 건 어떻게들 생각하세요?"

그래서, 음, 얼마 지나지 않아 한 부족에는 작은 금속판 공장이 생겼고, 다른 부족에는 고품질 도자기 생산 공정이 돌아가기 시작했다. 그리고 캐멀링 딴에는 지역의 토착 관례들을 건드리지 않도록, 토착민들의 자주성을 묵살하지 않도록 조심했는데도, 같은 마을에 살면서 그들의 삶에 참여하다보니 그의 열정뿐만 아니라 존재 자체도 상당한 촉매 효과를 발휘하는 듯했다. 관개시설을 설치하고 고령토와 광석를 채취하는 일 등, 확실히 모두에게 돌아갈 만큼 많은 활동이 이루어지고 있었다.

그래서 어느 날 밤, 캐멀링이 제니 방적기를 발명하도록 누군가를 돕고 있을 때, 두 부족의 고위 관리가 비밀 장소에서 회동했다.

한쪽이 말했다. "내가 언제든 기회가 닿는 대로 근절할 작정인 당신과 당신네 농사짓는 심신장애자 무리에 대한 나의 끊이지 않는 원한은 결코 부인할 수 없으나, 이 불경스러운 강탈자가 우리 양쪽의 생식기관을 갈아 도마뱀 죽을 만들고 있으니, 우리는 그를 제거해야 한다."

다른 한쪽의 대답은 이랬다. "나로서는 지금의 대화 상대자가 대표하는 부패한 내장 찌꺼기나 먹는 자들과 대등한 위치에서 소통함으로써 스스로를 더럽히고 있다는 인상을 주고 싶지는 않으나, 우리의 목을 조르고 있는 이 성간 원숭이를 제거하는 목적이라면 어떤 계획에든 기꺼이 참여하겠다. 하지만 그는 신인가?"

"신이든 말든." 첫 번째 고관이 대답했다. "젊은 남자애로 보이는데, 그런 못된 쥐새끼를 조용히 시키는 데는 잘 알려진 확실한 방법들이 있고, 특히 우리가 가진 자원을 모으면 효과는 더 극대화될 것이다." 이 말에 다른 쪽이 동의했고, 둘은 계산에 들어갔다.

그래서 며칠이 지난 밤에 경비 공룡이 몹시 흥분해 쿵쿵거리는 소리를 들은 캐멀링이 우주선 출입구를 열자, 휘황찬란한 얇은 천으로 싸맨 열두 명의 화사한 형체가 보였다. 하지만 어찌나 잘 싸맸는지, 일찍이 이 행성에서 본 적이 없는, 종을 단 섬세한 발가락과 눈과 팔다리와 궁둥이와 허리와 입술과 젖꼭지와 기타 등등을 캐멀링은 알아채지 못했다. 놀랄 만한 일이 아닌 것이, 그가 과감하게도 훨씬 과감한 마을 여자들과 친하게 지내왔기 때문이었다.

그는 당장 뛰어나와 열광적으로 말했다. "어서 오세요! 와, 세상에! 제가 뭘 도와드리면 될까요?"

그러자 살랑거리는 비단 베일을 쓴 여자가 앞으로 나서더니 옷을 풀어헤쳐 그의 입을 떡 벌어지게 만들고는 말했다. "나는 열정적 기쁨의 새, 리샤이고 남자들은 내 손길 한 번 받아보려고 서로를 죽여왔으며 이제 나는 당신의 몸에 당신이 꿈도 꾸지 못한 애무를 할 것이고 당신은 곧 잊지 못할 지복에 이르러 넋이 나갈 것이다." 그리고 여자는 그에게 벌새의 가슴이 이식된 부드러운 손바닥을 보여주었다.

그리고 또 다른 여자가 앞으로 나서더니 걸치고 있던 옷을 휘저어 그의 눈이 튀어나와 녹아내리게 만들고는 말했다. "나는 불타는 소용돌이 익수알카이고 내 것 안에는 지금껏 발견되지 않은 서른두 개의 근육이 있으며 나는 감당할 수 없는 쾌락으로 당신을 영원히 흥분시켜 미치게 만들고자 한다."

그리고 세 번째 여자가 새침하게 무릎을 꿇고 속삭였다. "나는 식인의 여왕 메리 진이고 일평생 입술과 식도로 모종의 부끄러운 기구를 압박하고 간질이는 것을 통해서만 자양물을 취하도록 강요받았으며, 치명적인 상처를 입은 왕자들이 기쁨 속에서 생을 마치기 위해 나를 찾는다."

그리고 이쯤에서 캐멀링은 그들 모두가 대체로 같은 대사를 생각하고 있다는 걸 감지할 수 있었다. 그는 말했다. "음, 정말 너그러운 이웃분들이시군요. 그리고 사실을 말하자면, 안 그래도 좀 갑갑하던 참이었어요. 어서 들어오세요."

그래서 그들은 안으로 들어갔는데, 역시 캐멀링의 어머니에 의해 프로그램된 우주선 도어로크가 여자들 몸 구석구석 흥미로운 곳들에 숨은 다양한 날붙이와 나사송곳과 약물과 부적과 독 바른 반지와 진액과 송곳니와 침과 교살용 쇠고리와 날카롭게 간 유리와 기타 등등을 아무도 모르게 없애버렸다. 하지만 고관들이 이 사실을 알았더라도 의기소침해하지는 않았을 것이다. 어떤 남자도 이들 중 두 명 이상을 즐긴 사례가 없었기 때문이었다.

열두 명이 모두 안으로 들어가 문을 닫자 상당히 비좁았지만, 캐멀링 곁에 있던 이들은 벌써 가슴으로 문지르고 혀끝을 놀리고 향신료로 흥분시킨 구멍과 서른두 개의 새로운 거기 근육을 놀리는 등, 방탕한 봉건사회 상류층의 전유물이라 할 이루 형언할 수 없이 친밀하고 이국적인 온갖 자극들로 작업에 들어갔으며, 그에게 닿을 수 없었던 이들은 즉시 입에 담지도 못할 정도로 성욕을 자극하는 외설적인 행위들에 탐닉했는데, 그는 그 행위들을 아주 상세하게 관찰할 수 있었다. 그들은 캐멀링의 젊음과 활기에서뿐만 아니라 이종 문화 간 기술 교류와 교배 기회에서도 원기를 회복해가며 밤새 멈출 줄을 몰랐다. 어쨌든 반은 이쪽, 반은 저쪽 부족 출신이었으니까.

아침 햇볕이 들어와 탈진한 채 완전히 뒤엉킨 몸뚱이들을 비추었다. 하지만 얼마 지나지 않아 밑에서부터 조금씩 들썩거리기 시작하더니 캐멀링이 기어나왔다.

"자, 어젠 정말로 보람찬 밤이었어." 캐멀링이 말했다. 그는 건전한 테라식 난교에 익숙한 착한 테라인 소년이었기에 활기차게 곧장 우주선 도어로크를 열고 나가 한 근육에 한 번씩, 서른두 번 팔굽혀 펴기를 했다. 그러곤 머리에 물을 끼얹고 휘파람을 불며 큰 소리로 말했다. "어이, 여러분, 이제 기운들 좀 차리시면 제가 피자 만드는 법을 보여드릴게요. 전 이따가 새 하수처리 연못 만드는 걸 도와주러 가봐야 해요. 생태를 오염시키면 안 되니까요."

하지만 여자들이 매우 당황해서는 비틀거리며 나와 소리쳤다. "신이시여, 우리는 임무에 실패했기 때문에 차마 돌아갈 수 없다. 몹시 괴롭고 흉포한 고문을 받다가 처형될 것이다."

그래서 캐멀링은 자기와 같이 지내도 된다고 말하고 스토브 쓰는 법을 알려주었다. 그리고 "비러머글 피자는 됴 모야?"라고 내뱉고는 쿵쾅거리며 사형집행자들에게로 돌아간 소용돌이 어쩌고 하는 익수알카라는 여자를 빼고는 모두가 기꺼이 눌러앉았다.

캐멀링은 나가서 하수처리와 수차와 볼타전지 등등의 여러 프로젝트에 참여했는데, 의도한 선을 넘어 너무 많이 관여했다는 느낌이 들어 마음이 편치 않았다. 자신이 토착 문화 양식을 실제로 어느 정도 교란했다는 사실이 눈에 보였기 때문이었다. 그리고 일과 관련하여 제 역량을 충분히 발휘하지 못하는 사람들을 보고는 몹시 슬퍼졌다. 그런 사람들에게 주어지는 일이란, 말하자면, 그나마 지금은 많지도 않은 시체의 부피를 줄이거나 파충류가 끄는 빠른 쟁기를 여자들이 붙들고 똑바로 나아갈 수 있도록 막대기를 잡고 서 있는 것이 고작이었기 때문이었다. 그리고 그는 집단 직업교육 때 컴퓨터가 내놓은, 전망의 성숙도를 높이라는 말의 의미를 서서히 깨닫고 있었다.

하지만 그는 대처하는 법을 익혔다. 예를 들어, 금속 노동자들이 와서 "신이시여, 저희가 딱딱하고 부정한 것을 토해내는 사악한 기계를 만들었습니다. 성스러운 이구아나 알의 이름으로, 이제 이것으로 무엇을 해야 합니까?"라고 말했을 때, 그는 말했다. "자, 다 같이 투표를 해볼까요? 저는 우리가 수도관을 만든다에 한 표 던질게요." 그리고 가마 노동자들이 "보세요, 신이시여, 저희가 지은 불룩한 불배들이 더는 봐줄 수 없는 밑이 뚫린 이 항아리를 낳았습니다. 이것들은 어디에 씁니까?"라고 물었을 때는, "음, 돌아가며 의견을 내봅시다. 저는 우리가 도기 수세식 좌변기를 만든다는 의견을 내봅니다"라고 말했다.

그리고 제사장이 조롱했다. "이로써 너희는 그 새로운 종교라는 것이 최대치의 노력을 들여 몸의 한쪽 끝으로 물을 집어넣고 다른 쪽 끝으로 빼내는 것임을 알겠지."

한편, 우물에 던지거나 우상 안에 집어넣어 태우지 않은 아기들이 점점 쌓이자 모두가 한계에 몰렸다. 그러던 어느 날, 캐멀링이 이상한 소리를 듣고 우주선 출입구를 열어보니 수백 명의 갓난아기가 경비 공룡을 둘러싸고 울부짖고 있었다. 그래서 그는 밖으로 나와 아이들을 살펴보며 말했다. "아니 이런, 작고 귀여운 젖먹이들이잖아."

그래서 그는 밀가루 반죽을 가지고 빈둥거리고 있던 열한 명의 요염한 여자들을 돌아보며 말했다. "여기 보세요! 편견과 두려움과 증오 없이 한 세대를 통째로 길러낼 완벽한 기회가 왔어요. 학교 겸 집을 지읍시다. 여러분이 이 아이들을 가르치면 좋겠어요."

하지만 여자들이 외쳤다. "신이시여, 그건 우리의 전문 영역이 아닙니다! 우리가 그 애벌레들에게 무얼 가르칠 수 있겠습니까?"

"아 왜요." 캐멀링이 말했다. "다 가르칠 수 있죠!" 그는 우주선 으로 들어와 오래된 학습용 패널을 켰다. "봐요. 『사과를 읽어요』 『딸기를 셈해요』『포도를 그려요』『대마를 노래해요』……『도마뱀 을 춤춰요』 같은 걸 우리가 직접 만들 수도 있고요. 『스폭*의 논리 학』『아이들을 위한 카르마』『깨끗한 유전자』 등등 다 있어요. 우리 는 키부츠** 같은 걸 만들 거예요. 연구 결과들에 따르면, 그건 그것 대로 문제점이 있지만, 이런 상황에서는 최적의 형태예요."

그러더니 금방 키부츠가 생겨났고, 여자들은 월든 집합론과 창 조적 위생학을 가르쳤다. 그리고 점점 더 많은 아이가 오고, 점점 더 많은 여자가 왔다. 알고 보니 불타는 소용돌이 익수알카가 탈출하 여 여성해방운동을 이끌기 시작했고, 운동에 동참한 신참자들 다수 가 도기 수세식 좌변기를 만들기보다는 아기들을 가르치는 일을 선

---

* 육아서로 유명한 미국 소아과 의사.
** 사회주의-시오니즘 사상에 입각한 이스라엘의 집단농장 공동체.

택했기 때문이었다.

그리고 시간이 흘렀다. 기대 수명이 오백 년인 데다 이제 막 사춘기를 지난 착한 테라인 소년 캐멀링에게는 고작 몇 주밖에 안 지난 것처럼 느껴졌지만, 사실은 꽤 많은 해가 흘렀다. 그리고 보라. 잘 재단된 튜닉을 입고 햇빛에 눈을 반짝이며 '전쟁은 도마뱀이나 하는 짓' '사람이 아니라 피자를 구워라' 등의 표어를 단 트랙터를 타고 돌아다니는 한 세대의 멋진 젊은이들이 있었다. 그들은 땅을 복원하고 사람들을 돕고 트럭-농장 협동조합과 음악제와 인민자본주의와 공동체 무도회와 진료소를 조직하고 있었다. 그리고 연장자들 대다수는 여전히 입을 닫고 있는 듯 보였지만, 캐멀링은 테라 중산층의 가치와 진취적인 남성성에 기반하여 설계한 그의 키부츠주의가 거침없이 쏟아내는, 막을 수 없는 아기들의 홍수를 주시했다. 이제는 모든 것이 그냥 시간문제였다.

그리고 어느 날 밤, 그가 앉아서 그의 키부츠 사람들이 송신기를 설치하고, 가라테를 연습하고, 슈퍼마켓의 토대를 놓는 걸 지켜보고 있는데, 하늘에 번쩍이는 빛이 나타났다. 그러곤 난데없이 우주선 하나가 새된 비명을 지르며 나타나 우아하게 바닷가에 내려앉았다. 캐멀링으로서는 생소한, 세련된 첨단 스포츠형 우주선이었지만, 아주 무거울 것이 틀림없다는 건 알 수 있었다. 그는 이상하게 설레는 마음으로 설화석고로 만든 우주선의 출입구로 건너갔다.

그리고 출입구가 열리자 말로 다 표현할 수 없는, 멋진 테라인 여자가 걸어 나왔다.

캐멀링이 말했다. "이런! 멋진 테라인 여자를 본 지가 정말 오랜만이라는 말을 안 할 수가 없네. 내 우주선으로 놀러 올래?"

여자가 시계꽃 덩굴과 피자 반죽이 널린 캐멀링의 우주선을 건너다보고는 대답했다. "하지*, 내 우주선으로 들어와. 저중력 에어컨과 냉장고에 꽉 찬 그룸브리지 주빌리가 있어."

그래서 그는 선뜻 여자의 우주선으로 들어갔고, 여자가 두 팔을 벌리자 좋았던 옛 시절의 테라 방식으로 곧바로 여자에게 뛰어들었다. 그러고는 평상시의 4분의 1밖에 되지 않는 중력에 익숙하지 않은 탓에 두어 번 잘못 겨냥한 끝에 마침내 성공했다.

나중에 여자가 물었다. "어땠어, 자기?"

그가 말했다. "음, 내가 알려줄 근육이 한두 개 있을 듯하기는 하지만, 자기 진짜 끝내줘."

"알아." 여자가 다정하게 대답했다. "멋진 테라인 여자가 최고지. 자, 캐멀링, 이제 집에 갈 시간이야."

"누가 그래?" 캐멀링이 말했다. 여자가 말했다. "네 어머니가."

"그렇다면 그렇게 해야지." 캐멀링이 말했다. "여기는 이제 별문제 없을 거야."

▪ 메카 순례를 마친 이슬람교도를 이르는 용어로, 남성 노인에 대한 경칭으로 쓰인다. 오스만제국의 지배를 받았던 발칸반도의 기독교 국가에서는 예루살렘 성지를 순례한 기독교인을 지칭하는 용어로도 사용된다.

그래서 그는 우주선의 출입구를 열고 모든 친구와 추종자들과 훌륭한 젊은이들과 그 외에 그의 작별 인사를 들을 생각이 있는 사람이라면 누구든 불러 모았다. 사람들이 와서 공감적 집단의식과 개인의 창의성을 동시에 표현하는, 느슨하지만 의기양양한 대형으로 그 앞에 섰다. 그가 말했다. "자! 저는 지금껏 테라식 성간 계몽 운동의 보잘것없는 연결고리로서 여러분께 봉사해왔어요. 제가 여러분의 고유한 문화 현장의 속도를 너무 가속화하지 않았기를 바랄 뿐입니다. 그래도, 이제는 끝났습니다. 저는 이제 하늘로 돌아갑니다. 무슨 문제가 생기면 언제든 제 우주선 전송기로 연락을 주세요. 고돌퍼스 제4 행성, 파이팅! 안녕히 계세요."

그리고 그들이 대답했다. "아 하늘에서 온 위대한 분홍 친구여, 우리는 당신이 신도 아니고 그 비슷한 존재도 아니라는 걸 잘 알고 있다. 당신이 우리에게 미신으로부터의 해방을 가르쳤으니까. 그래도, 신의 가호가 있기를! 우리는 계속 전진할 것이다. 잘 가시라."

그렇게 캐멀링은 떠났다. 그리고 그가 이륙하자마자 늙은 털북숭이 우두머리들과 사제들과 부족 사람들이 나타나 봉기하더니 성스러운 고돌퍼스식 삶의 방식이라는 미명 아래 얼씨구나 하고 모든 사람과 모든 사물을 패대기치기 시작했다. 하지만 익수알카의 가라테뿐만 아니라 사려 깊은 캐멀링으로부터 선진 무기 사용법을 익힌 젊은이들은 수월하게 그들을 처리할 수 있었다. 사람들은 순식간에 상황을 완전히 통제하고는 행성을 전면적으로 정말로 멋지게 개조하는 일에 열정적으로 매달렸다.

그리고 여러 해가 지난 뒤에 아주 약한 신호가 아광속으로 그룹 브리지 제34 행성계 누 행성에 닿았다. 내용은 이랬다. "어이, 캐멀링! 우리는 이 행성을 정말로 완전 멋지게 단장했어. 모든 것이 번성하고 참여적이고 생태적이야. 다음에는 뭘 하면 돼?"

음, 이 메시지가 도착했을 때 캐멀링은 외부에 있었지만, 비서가 캐멀링의 아내에게 연락을 취했고, 아내는 캐멀링의 치료사에게 메시지를 전해주었으며, 치료사는 캐멀링이 준비가 됐다고 판단했을 때 그에게 메시지를 건네주었다. 캐멀링과 아내와 치료사가 의논했다. 처음에는 별다른 아이디어가 나오지 않았지만, 결국 캐멀링 혼자 마무리를 해서 다음과 같은 답장을 보냈다.

"이제 초광속 추진체 개발과 주변의 다른 행성들에 테라식 계몽운동을 선택할 기회를 주는 방향으로 나아가기를 제안함. 초광속 구동장치 이론에 관한 컴퓨터 프로그램을 순간팩스로 첨부함. 파이팅. 사랑을 담아, 캐멀링."

그리고 더 많은 시간이 흐르고 흐른 어느 날, 고돌퍼스 제4 행성으로부터 상당히 강력한 신호가 당도했다. 내용은 다음과 같았다.

"우리는 초광속 추진체를 만들어 우주로 진출하여 일만삼백팔십사 개의 행성에 테라식 성간 계몽운동을 전파했어. 여기 있는 행성 전부야. 그 사람들도 같이 물어봐달래. 다음에는 뭘 하면 돼?"

하지만 캐멀링은 그 메시지를 받지 못했다.

난 너무 크지만 노는 게 좋아

I'm Too Big but I Love to Play

미안해, 잭. 자네 말이 맞아. 그래, 난 엉망이야. 아니, 선거운동 탓이 아니야, 무슨 말이야, 선거 전략은 완벽해. 군중 탓도 아니야. 난 정말로 군중을 좋아해, 잭, 자네도 알잖아. 부담? 확실히 부담이긴 하지, 하지만─

잭. 들어봐. 겁이 났어. 나, 매너하셋에게 닥친 건 그거야. 겁이 나서 제정신이 아니었어. 왜냐면, 왜냐면 나한테 드는 이 느낌, 이 기분 때문이야. 너무 커! 이제는 뭔가 일이 잘 풀릴 때마다, 내가 사람들에게 먹힌다고, 친밀한 관계, 그게 작동한다 싶을 때마다, 갑자기 그 끔찍한 확장이 시작되는 거야, 내가 너무 크게 부풀어오르는 느낌 말이야. 끔찍하게, 무시무시하게, 너무 커! 들어봐, 잭. 뇌종양이야.

뇌종양.

지금 빌어먹을 병원 같은 데를 갈 수는 없어, 어쩔 수 없어, 그들이 알아챌 거야. 엘런에게도 말 못 해. 난 못 해 — 시작? 아, 제기랄, 그게 언제 시작됐는지는 정확하게 알지, 토바고 섬에서 주말을 보낸 뒤에 시작됐어. 토바고 섬에서. 그날 밤, 알아, 자네가 말했잖아. 하지만 내가 한 일이라곤 멀리 헤엄치고 빈둥거린 게 다야. 한껏 풀어져서, 나 혼자. 그래야 했지, 잭. 그때 그게 시작됐어. 주말을 보낸 뒤 월요일, 빌록시 공항에서. 기억나? 내가 빨리 자리를 떴던 거?

그때가 시작이었어. 그 시장市長, 그리고 멤피스에서 온 그 빌어먹을 단체, 놈들이 마구 질문을 해댔고, 군중이 노래하기 시작했지. 갑자기, 잭, 내가 시장과 자네를 굽어보고 있었어. 키가 60센티미터쯤 돼 보였지, 둘 다 말이야. 그리고 그 비행기. 너무 작았어! 난 들어갈 수도 없었어! 그리고 이 느낌, 이 울렁거리는 —

잭. 그러지 마. 유아기 전능감은 나도 알아. 하지만 월요일 11시 50분 빌록시 공항에서 갑자기 유아기 전능감적 망상에 빠진다니, 말이 안 되잖아. 뭔가 신체적인 이유가 있지 않고서야. 그건 신체적이었어, 잭. 그 큼, 그 부풀어오름, 그러니까, 마치 내가 폭발하기 시작하는 것 같은, 그 소용돌이 말이야, 잭. 그건 분명 뇌 —

아마도 종족 중에 유일하게 그만이 기쁨을 떼지 못했을 것이다. 종족의 육아실, 붐비는 은하들 속에서 장난치는 일을 말이다. 다른 이들은 금세 시간과 공간의 즐거움을 떼고 성숙해서는 돌아올 기약 없는 무한의 초원으로 나아가 어마어마하게 외로워지게 되어 있었다. 그들은 서로를 알지 못했고, 그도 그들을 알지 못했다. 대체 어떻게 그럴 수 있지? 그에게는 여전히 뒤엉킨 별들이 중요했다. 별들 사이로 소용돌이치는 물결을 타면 그 얼마나 흥미진진한가! 얼마나 다양한, 길들지 않은 광자 무리가 감각기를 스치는가! 게다가 놀이는 새로 만들 수도 있다!

예를 들자면, 달콤하여라! 이글거리는 작고 외딴 태양을 찾아 그 광휘를 품에 꼭 안으러 능숙하게 침로를 바꾸고, 태양계 행성의 그늘 속에서 아슬아슬하게 방향을 틀고, 다시 빛 속으로 나가 그 맹렬하고 작은 몸체를 향해 가까이 더 가까이, 태양의 코로나를 손에 넣으러, 매달리러, 그러모으러, 기를 쓰고 다가가고— 그러고는 놔주기! 모두 놔주기! 신경절들을 넘어 멀리 저 멀리 질주하는 영광 속으로 나아가는 신경핵— 태양에너지가 또 다른 태양에너지를 만나고, 소용돌이에 휘말려 별의 흐름을 타고 버둥거리고 구르며 별의 사르가소 바다에 이르는 놀이.

여기서 그는 에너지를 재구축하는 기괴한 놀이에 빠져, 자신의 벡터를 사로잡아 다시 멀리 밀어줄 새로운 광자 소용돌이를 기다리며, 거의 비물질인 자신의 광활함을 다듬고 정리하곤 했다.

때로 지각知覺 노릇을 하는 것이 그에게 어린 동족이 따라오고 있다는, 또는 따라오고 있었다는 소식을 전해주었다. 계속 있는 일이었지만 다들 잠깐이었다. 어린 동족들은 그의 기술에 필적하지 못하고 이내 진로를 이탈하곤 했다. 자신과 동등한 자를 그는 하나도 보지 못했다. 그의 나이에 이런 놀이에 몰두하는 자는 그가 유일했던가? 그는 궁금해하지도 않았다. 그는 동족 누구와도 정보를 교환한 적이 없었다. 자기 외에는 외구조外構造 놀이를 즐기는 이가 없을지도 모른다는 사실을 그는 알지도 못할뿐더러 신경 쓰지도 않았다. 그저 놀 뿐.

새로운 놀이: 붉은 태양에 다가가는 길에 어느 동그란 물질 덩어리 뒤에서 쉬기, 그늘에서 아늑하게 쉬는 그의 일시적 신경핵, 태양계 난류를 가르며 점점 활짝 펼쳐지는 그의 바깥 경계, 그러다 문득 수용체로 그 작은 구체의 표면을 좀 더 바싹 감싸보면 어떨까 하는 생각. 거기서 감지된 것들이 확 그의 관심을 끌었다. 에너지 분포. 하지만 너무 작다! 그리고 얼마나 복잡한지!

그는 떠들썩한 진공의 밀도에 좀 더 신경을 집중하며 구체를 더욱 바싹 감쌌다. 정말로 괴상한 것이 있었다. 부정적 엔트로피*가 괸 곳들!

그의 종족이라면 누구나 마찬가지지만, 그도 평생 에너지장을 다듬고 다시 배치하는 일을 해왔다. 하지만 그로서도 이런 밀도의 에너지 상호작용은 상상해본 적이 없었다. 그리고 그에게 상상이란 수동적 행위가 아니라 모형화였다. 앞으로의 재구성이었다. 그는

---

* 체계가 해체, 소멸, 무질서로 움직이는 엔트로피 현상을 방지 또는 역행하기 위해 더 많은 자원을 확보하여 시스템의 붕괴를 막는 개방체제의 속성.

반 파섹[*]에 이르는 비물질적 관계성을 끌어당겨 터무니없는 실험을 하기 시작했다. 그러나 간신히 집중하자마자 부주의한 한 번의 불균형 탓에 붉은 태양의 태양풍에 노출되어 흐트러진 신경절과 함께 태양계 밖으로 쓸려나가고 말았다.

하지만 그의 종족 사이에서 기억이라 일컬어지는 것은 존속됐고, 이따금 그는 비슷하게 생긴 덩어리 위를 떠돌며 면밀하게 살피곤 했다. 그러다 그는 찾아냈다. 아, 매력적이야, 저 무늬! 그의 안에서 광활한 장난기가 자라났다. 그는 복잡한 에너지 교환들을 응축하고 변이하고 다른 흐름 속으로 흘리면서 혼자 맥스웰의 악마[**] 놀이를 했다. 구조에 되먹여지며, 기술이 늘어갔다. 그는 미묘한 과제들과 씨름했다. 그리고 은하 전역의 행성 표면들에서 침침한 감각기관을 하늘에 맞추고 있던, 비늘이 있거나 피부가 있거나 털이 있는 생물들이 별들 가운데에서 광대하게 너울거리는 무형의 존재들을 목격하고 하나둘씩 동요하곤 했다.

---

[*] 천체 거리의 단위로서 1파섹은 3.26광년에 해당한다.

[**] 스코틀랜드의 수학자이자 이론물리학자인 제임스 클러크 맥스웰이 1867년에 고립계의 엔트로피는 절대 감소하지 않는다는 열역학 제2 법칙의 위반 가능성을 알아보기 위해 진행한 사고실험. 분자의 속도를 볼 수 있는 악마를 상정하고, 같은 온도의 기체가 차 있는 방을 반으로 나누고 가운데 벽에 난 구멍을 악마가 임의로 개폐하여 속도가 빠른 분자를 한쪽으로 모으고 느린 분자는 다른 쪽으로 모으면, 두 방의 온도가 달라지며 일종의 질서가 생겨 엔트로피가 감소한다고 보았다. 그러나 실제계에서 악마는 분자의 속력을 측정하는 수단이 필요하고, 정보를 수집하고 저장, 삭제하는 데는 에너지가 소모되므로 엔트로피가 증가한다는 반론이 제기되었다.

기괴한 오로라의 형태로 나타나는 자신들의 모습을 알아봤을 때는 특히 더 그랬다. 그는 점점 더 기교에 집착하게 되었다. 놀이였던 것이 예술이 되어가고 있었다. 이런 국면은 새우도 왕도마뱀도 전혀 모르는 그가 시리우스 왕도마뱀-새웃과 생물의 형체를 빚었을 때 정점에 달했다. 그의 장력은 굉장했고, 힘이 최고조에 이르자 어떤 까닭인지 공명 현상이 발생하더니 그 장려한 방출의 역회전을 버텨내는 것이 아닌가!

더 굉장한 묘기! 이런 게 가능했어? 새로운 실험의 시대가 그를 사로잡았다.

카자흐스탄 발하슈호의 높은 모래언덕 위에서 나탈리아 브레즈노브나 수이틀로프가 호숫가를 살폈다. 유감스럽게도 아무도 없었다. 나탈리아는 발트해 지역 특유의 은발 머리를 치켜들었다. 모래언덕 반대쪽에서 희미하지만 둥둥거리는 소리가 들렸다. 음악이었다. 아주 최신 곡은 아니지만 들을 만했다.

나탈리아는 찬찬히 호수를 살피면서 설렁설렁 조금 더 높이 올라갔다. 그러다 걸음을 멈추곤, 태양을 바라보고 서서 길게 기지개를 켰다. 그러고는 무심히 허리에 묶은 비키니 매듭을 잡았다. 거칠 것 없는 간단한 동작으로 먼저 비키니가, 이어 나탈리아가 천천히 움푹한 곳으로 가라앉으며 시야에서 사라졌다.

나탈리아는 가장 성한 햇볕에 갈색 몸을 내맡기고 있었다. 음악이 그쳤다. 나탈리아는 쉰 듯한 목소리로나마 음정에 충실하게 몇 박자를 더 흥얼거렸다.

모래언덕 너머에서 쑤석거리는 소리가 들렸다. 나탈리아가 눈을 가늘게 떴다. 총알 모양의 그림자가 모래언덕 꼭대기의 풀밭에 나타났다. 나탈리아의 표정이 매우 매서워졌다.

장력계_場는 오랫동안 훌륭하게 유지되었다. 티모파예프 가가린 포나모렌코의 것인 총알형 머리 속 수용체들이 나탈리아를 주목했다. 나탈리아가 강력한 거부 에너지를 발산했다. 계가 새로운 에너지를 흡수하며 커졌다.

행동이 불가피해졌다. 티모파예프는 마지못해 시선을 떼고 주위를 둘러보다가, 헉 하고 숨을 삼켰다.

작은 등성이를 100미터쯤 올라간 곳에서 뭔가 엄청난 일이 벌어지고 있었다. 웬 가스로 이루어진 형체가 나탈리아와 같은 자세로 누워서 쉬고 있었다. 그것은 나탈리아였다. 다만 길이가 50미터이고 터무니없이 뒤틀렸을 뿐. 거인 나탈리아가 견고해지면서 색을 띠기 시작했다. 하지만 그게 다가 아니었다! 그 위쪽 등성이에 거대한 머리가, 티모파예프의 머리가, 그리고 그의 두 손이, 그리고—

나탈리아도 몸을 일으켜 웅크리고 앉은 채 쳐다보았다. 거대한 티모파예프의 머리에는 머리카락이 없었고, 두 손은 팔 없이 공중에 떠 있었다. 그리고 그것들 뒤에는 그의 나머지 부위들이, 일부는 식별할 수 없고 일부는 지극히 뚜렷한, 정력적이고도 상호적으로 나탈리아와 공명했던 티모파예프라는 생물의 부위들이 떠 있었다.

두 젊은이가 동시에 비명을 질렀고, 그 괴물 같은 상들이 들끓기 시작했다. 모래, 대기와 풀이 소용돌이치며 일더니 그들을 둘러싼 모래언덕이 천둥소리를 내며 내려앉았다.

오류! 퇴각! 시스템 재정의!

게레로 갈반은 타고 있던 당나귀를 양다리로 차고는 떫은 표정으로 산길 옆에 난 거대한 협곡을 내려다보았다. 그는 덥고 목이 마른 데다 먼지투성이였다. 부자였다면 전용기로 소치밀코에 갈 텐데. 하지만 부자라면 소치밀코에 살 일도 없겠지. 당연히 마사틀란 바닷가에 여자들로 가득 찬 콘크리트 궁전을 짓고 살 것이다. 바다? 게레로는 바다를 생각해보았다. 그는 바다를 본 적이 없었다. 하지만 부자들은 모두 바다를 사랑했다. 바다에는 여자들이 가득했다.

당나귀가 절뚝거렸다. 게레로는 반사적으로 당나귀를 차고는 눈을 가늘게 뜨고 앞에 놓인 산길을 살폈다.

누군가가 당나귀를 타고 다가오고 있었다.

게레로는 자기 당나귀를 재촉했다. 산길은 폭이 좁았고, 낯선 자는 몸집이 컸다. 그도 당나귀를 재촉하는 것이 보였다. 하지만 대체 어디서 왔지? 조금 전만 해도 고개까지 이어진 산길에는 아무도 없었다. 졸았던 게 틀림없다.

둘이 스쳐지날 때쯤 게레로는 심사숙고 끝에 격의 없는 인사의 표시로 손가락 세 개를 들어 보였다. 낯선 자도 똑같이 했다. 게레로는 확 정신이 들어서 유심히 쳐다보기 시작했다. 뭔가 좀 기묘한 데가 있었다. 부지런히 거울을 들여다보는 사람인 게레로는 낯선 자가, 비록 더 크기는 하지만, 자신과 아주 꼭 닮은 것을 알아차렸다.

"안녕하시오." 게레로는 거무스름하고 약간 아데노이드 얼굴인 자신의 이목구비를, 자랑스럽게 금빛으로 반짝이는 자신의 앞어금니를 눈으로 훑으며 중얼거렸다. 그리고 저 당나귀는, 똑같다! 해진 담요도, 똑같다! 그는 자신을 지나쳤다.

"안녕하시오." 낯선 자도 자기 자신을 지나쳤다.

게레로는 가만히 쳐다보다가 두 다리를 마구 휘저으며 자기 동물을 잡아당기고 몰아대면서 고래고래 기도문을 외기 시작했다. 다음 순간, 그는 풀쩍 뛰어내려 산길을 마구 달려 내려갔다.

그 목소리는 자기 목소리였지만, 말을 한 건 당나귀였다.

게레로는 굽이를 돌면서 위험을 무릅쓰고 뒤돌아보고는 더욱 속도를 높였다. 가짜 게레로 악마도 내리려 하고 있었다. 하지만 다리가 악마 당나귀의 옆구리와 붙은 듯했다. 악마들 뒤에서 산이 진동하고 있었다. 게레로는 훌쩍 도랑으로 몸을 날렸고, 산길과 고개와 악마들이 저 자신들을 하늘로 토해내는 동안 몸을 웅크리고 있었다.

실수! 철수! 하위 회로 불명확!

파티의 소음 속에서도 체스 멘켄은 달빛이 비치는 테라스에 귀를 기울였다. 마요르카의 달밤은 싸늘할 때도 있었다. 엘파와 함께 나체 수영을 나갔던 세 쌍의 남녀가 낄낄대면서 물을 뚝뚝 흘리며 돌아와 술을 마시는 데 열중하고 있었다. 엘파는 어디 있지?

그는 얼음이 든 잔에 보드카를 따르면서 넓적한 포유류 손목에 두른 넓적한 파충류 가죽에 박힌 전자쿼츠 계시 장치를 힐끗 보았다. 35분. 그는 터틀넥 스웨터에 묻혀 있던 턱을 홱 들고는 호네스 부인의 관능적인 손에 잔을 내밀었다. 여자가 속삭였다. 미안, 호네스 자기, 내 목표는 엘파야…… 엘파는 대체 어디로 갔지?

호네스 부인이 머리카락 사이로 목을 꿀꺽거리며 술을 마셨다. 저 귀걸이는 진짜다. 하지만 엘파 것은 접착제투성이지. 호네스가 고꾸라지면서 당신에게 한 재산 남겨주면 좋을 텐데, 유감이야, 그랬으면 당신과 나의 상황이 달랐을 텐데, 그치?

그의 눈이 자동적으로 상대에게 메시지를 보냈다. 당신─ 나─ 달랐을─

다만 그런 일이 생기지 않을 뿐, 그는 생각했다. 늘 똑같은, 익숙한 난장판. 세상에나, 하지만 그는 피곤했다! 녹초가 되었다…… 젊은 보지, 늙은 보지, 부드럽고, 실팍하고, 탄탄하고, 딱딱하고, 꿈틀거리고, 울퉁불퉁하고, 미끈거리고, 부글거리고, 질기고, 끽끽거리고 꺅꺅거리고 으르렁거리는 보지, 그 모두가 그를, 그의 털북숭이 팔을, 그의 황금빛 남성성을, 실패를 모르는 그의 불쌍하고 낡은 부지깽이를 탐했다― 아 체스 지금까지 이런 오 체스 이건 너무 이건 너무 오 체스 오 자기 자기 자기자기자기 ―

게이가 되면 어떤 기분일까? 어쩌면 평온할지도, 그는 술병들을 확인하면서 골똘히 생각했다. 더 나은 방법은, 술을 끊고 대마로 옮겨가는 거지. 대마를 피우면 그게 안 된다고들 하잖아. 엘파를 낚은 뒤에 할 일이 그거였다. 대마로 갈아타고 은퇴하기. 엘파에게는 놀랄 일이겠지. 그런데, 엘파는 어디 갔지?

오 세상에 이런.

달빛이 비치는 테라스에서 창백한 형체 하나가 흐느적거리고 있었다. 실오라기 하나 걸치지 않은 채 잔뜩 취해서. 그 여자가 거기에 술병을 두었던 게 틀림없었다.

그는 재빨리 자리를 떠 사람들을 피해 침실로 뛰어들어가 커다란 숄을 낚아챘다.

"자기, 춥겠어!" 그는 얇은 양모 숄로 여자를 감싸 침실로 이끌었다. 잔뜩 취한 건 맞지만 완전히 취하지는 않았다.

"모르겠어…… 옷? 이건 뭐야?"

"따뜻하게 둘러, 자기. 인형이 따로 없네, 흠, 흠―"

그의 전문가 손이 자동으로 움직였다. 나이에 비하면 정말로 멋진 몸매다. 엘파는 철저히 자기 관리를 해온 듯했다. 이제, 조심해.

이 여자의 마음을 상하게 해서는 안 된다. 엘파와 함께라면 그건 사랑이어야 했다. 엘파는 특별하다. 엘파는 은퇴 계획이다.

"체스!"

"미안해 자기, 내가 잘할게."

"아니, 내 말은, 느낌이 너무— 체스!"

"자 착하지, 자기는—"

"체스, 너무 관능적이야. 이런 적은 없었어. 내 말은, 난 맥스웰을 끔찍하게 사랑했어. 당신도 알잖아, 체스?"

"알지, 내 사랑."

"하지만 그와는 절대 이런 느낌이, 나는 한 번도! 오 체스—"

아 세상에, 익숙한 가락이었다. 그는 알았다. 그리고 밖에는 저 빌어먹을 사람들이 있었다. 사람들을 내보내야 한다. 사활이 걸린 문제였다.

"—체스를 위해 이걸 마셔줘. 체스는 자기가 이걸 마시고 감기에 걸리지 않았으면 좋겠어, 알겠지? 착한 아기는 여기 잠깐만 앉아 있어, 체스, 금방 돌아올게—"

"체스—"

문을 닫고 나오는데 엘파가 구슬프게 읊조렸다. "체스, 나는 왜 이렇게 클까? 너무 끔찍하게, 끔찍하게—"

체스는 이럭저럭해서 사람들을 모두 내보냈다. 엘파는 얌전히 앉아 음료를 마시며 혼자 중얼거리고 있었다.

"작고 쪼그매!"

"체스는 자기를 사랑해."

"체스! 작고 쪼그만 달!"

"자기가 작고 쪼그맣지, 음음 음음." 잔을 받아 치우고, 여자를 안아 침대로 가고, 여자는 또 이렇게 말하고. "체스, 난 너무 커! 쪼그만 건 너야!"

그에게는 아무 말도 들리지 않았다. 이건 심각한, 성공하느냐 실패하느냐의 문제였다. 엘파가 내일 기억해내야 한다, 좋아. 대단한 밤이어야 했다. 엘파가 너무 취했나? 여자의 머리가 축 늘어졌다. 오 맙소사. 하지만 그는 기술이 좋았다. 이윽고 걱정할 필요가 없겠다는 확신이 왔다. 여자가 헉헉거리고 헐떡거리며 훌륭하게 넘어오고 있었다. 직감은 안다. 달콤한 안도. 나는 잘해. 어쩌면 구루 같은 것이 되어서 사람들을 가르쳐야 할지도 모르겠어.

엘파가 두서없이 알아들을 수 없는 말을 지껄이다가 갑자기 분명하게 말했다. "오 체스 나 점점 더 커지고 있어!" 진짜 공황인가?

"괜찮아, 자기." 그가 헐떡거렸다. "이건 자기가 원하는 일이야, 그냥 일어나도록 가만히 둬, 자기에게 일어나는 대로—"

그는 바깥 테라스에서 흐느적거리던 하얀 형체가 유리에 부딪히며 입을 열기 시작할 때까지도 알아차리지 못했다. 그가 고개를 들어 몽롱한 눈길로 힐끗 보았다. 바깥에 있는 건 엘파였다! 어떻게 엘파가? 그럴 리가! 엘파?

품속에서 펄떡이던 것이 몸을 휜 채 딱딱하게 굳었다.

"체스 나 지-이-금 폭바-아아-알-"

물가에 있던 여성을 본떠 압축되었던 형체 없는 방대한 것이 엄청난 압력을 견디지 못하고 본래의 상태로 돌아갔다. 악어가죽 손목시계의 아원자 잔재물과 여타의 많은 것들을 포함한 기괴한 공간적 불연속성이 마요르카의 해안 절벽에서 열권*으로 피어올랐다.

새로운 오류! 일대일 혼합? 오오 무엇이 더?

젖은 바위에 서서 그/그것은 웃었다. 웃고 있던 그/그것은 더더 웃었다. 느낀다는 것! 느낌을 안다는 것! 안다는 것을 안다는 것! 과거가 밀려 들어왔다— 목소리들-연설-유형들-사건들-개념들-의미! 왁자한 웃음이었다.

그 작은 하위계가 맞았다. 그건 제대로 작동했다. 그건 살았다!

하지만 그 작은 계는 맞지 않았다. 부담에 시달렸고, 종결을 요구했다. 그건 그 자신이 되기를, 온전하기를 요구했다. 그것의 평형을 깨뜨리는, 외계의 회로들에 침범하는 무언가가 외부에 있었다. 그 작은 계에는 통일성이 있었고, 그렇다면 그것은 하위계가 아닐 터였다. 그건 비평형상태에 저항했고, 일치하지 않는 격차를 끌어당

---

* 아래로는 중간권, 위로는 외기권에 접한 고도 80~500킬로미터 사이의 대기층.

기고 잡아당겼다.

그도 맞서 싸웠다. 처음에는 멍하니, 그러고는 완강히— 자신의 세포핵을 외부에 두기 위해, 계와 하위계의 위계를 존속시키기 위해 싸웠다. 그러나 너무 늦었고, 소용없었다.

비누막이 터질 때처럼 소리 없이 거대한 장이 재구성되었다. 계가 반전되고, 폐쇄되고, 잔뜩 들어찬 모든 것과 더불어 평형상태에 다다랐다.

하지만 그것은 전과 같은 평형상태가 아니었다.

……달빛 어린 파도가 그가 딛고 선 바위에 부딪히며 나지막하게 쏴쏴 소리를 냈다. 미처 살펴보지 못한 무언가가 저 멀리 떠 있었다. 잠시 후 그는 고개를 들고 새털구름을 가르는 작은 달을 쳐다보았다. 산들바람이 몸을 말려주었다. 그는 특별한 감정을 느꼈다…… 기쁨? 긍지?

아마도 출장 중에 즉흥적으로 수영을 할 정도로 아직 젊다는 것에 대한?

그는 바위를 오르기 시작했다. 기쁨의 감정 밑에 뭔가 다른 것이 있었다. 고통? 왜 이렇게 혼란스러울까? 나는 왜 여기로 왔을까? 한가하게 수영이나 하러 온 건 아닌 게 확실했다. 지금은 아니었다. 하지만 행복했다. 그는 옷을 찾아 입으면서 기쁨 쪽으로 미끄러지는 마음을 내버려두었다.

직접 옷을 입는 일이 무척 재미있었다. 전에는 몰랐던 사실이었다. 차를 팽개쳐둔 92번 전망대로 내려가는 중에 한순간 공황이 그를 사로잡았다. 하지만 차는 거기 있었다. 안전하게. 서류 가방과 함께.

차의 요동에 몸을 맡기며 운전하는 내내 빙빙 휘도는 파도, 흘러가는 구름의 이미지들이 그의 마음속을 떠돌았다. 해안 도로의 거대한 입체교차로가 그를 위로 날라 휙 한 바퀴를 돌리고는 번득이는, 휘몰아치는 수은등 사이로 훅 떨어뜨렸다.

위웅 위웅 위웅! 사이렌이 울렸다. 시동을 끄자 경찰차가 옆으로 굴러왔다. 그는 자동적으로 대답하며 신분증을 내밀었다. 이 주고받음이 그를 흥분시켰다. 녹음기에 대고 중얼거리는 경찰의 두꺼운 입술을 보는 것이 참 유쾌한 듯했다. 신분증에서부터 눈을 통하고 뇌를 통하고 음파를 통하고 녹음기 테이프 파동을 통하고—

"그 테이프는 누가 들어요?" 그가 물었다.

경찰관이 입을 꾹 다물고 그를 빤히 쳐다보았다.

"인간이 들어요? 아니면 다른 기계로 가나요?"

"어디로 가시는 중이라고 하셨죠, 음, 미첼 박사님?"

"말씀드렸잖아요. 샌버너디노연구소로 간다고. 저 북쪽에서 회의가 있었는데, 일찍 끝나서 묵지 않고 돌아가기로 했어요. 좋은 밤이니까."

사실, 그제야 자신이 이루 말할 수 없이 우울했었다는 것이 기억났다.

"시속 90킬로미터 제한 구역에서 150킬로미터로 달리셨습니다.

속도를 줄이세요." 경찰관이 돌아갔다.

미첼은, 그는 미첼이었다, 얼굴을 찌푸린 채 운전했다. 계기판 바늘들이 오락가락했고, 문자반 불빛들이 깜박거렸다. 그에게 정보를 주고 있었다. 차는 그와 소통했다, 일방으로. 차가 원하든 원치 않든 간에.

나는 이 차 같았어, 그는 생각했다. 그자는 내가 그와 일방으로 소통하도록 만들었지. 그의 안에서 소용돌이가 일었다. 회로는 어디 있지, 그는 궁금했다.

그는 밤을 가르며 달렸고, 메시지들이 달려들었다. 오른쪽 차선은 우회전이겠지, 그는 읽었다. 식당과 주유소는 다음 출구에. 암울한 기분이 걷혔다. 녹색에서 적색으로, 녹색에서 황색으로, 번쩍이는 황색, 철야 장례식장. 그는 큰 소리로 웃었다.

무선 개폐기 신호에 차고가 열리고, 엄지손가락 지문에 현관문이 열릴 때도 그는 여전히 싱글거리고 있었다. 집은 캄캄하고 고요했다. 그럴 줄 알고 있었다고, 그는 문득 깨달았다. 아내는 장모님을 뵈러 갔다. 엘리너.

하지만 아내의 이름은 엘리너가 아니었다. 그의 아내는 오드리였다.

우울이 내려앉았다. 갑자기 그는 자신이 현실을 외면하고 있었다는 사실을 알아차렸다. 하기로 했던 진지한 고민 대신에 수영이나 하고 경찰과 노닥거렸다니. 내일 회의를 앞두고서.

그는 불을 끄고 침대에 누워 집중하려고 애썼다. 머릿속에 해야 할 말들이 있었다. 다른 것들도. 집중해야 했다. 달이 졌다. 사위가 점차 어두워졌고, 이윽고, 아주 천천히, 다시 밝아졌다. 그는 자신이 잠을 자지 않았다는 사실도 알아채지 못했다. 작은 태양이 떠오르자 그는 일어나 다시 옷을 입었다.

차를 세우고 보니 샌버너디노 주차장은 아직 텅 비다시피 했다. 경비원들이 그를 보고 놀라는 눈치였다. 그래도 그의 사무실에는 햇볕이 들었다. 불을 켤 필요가 없었다. 그는 서류철들을 찾았다.

8시 반에 비서가 발끝으로 걸어 들어왔다.

"미스 멈." 그가 반갑게 맞았다. 그는 서류철을 밀어놓았다.

"예, 분부하십시오." 작고 거무스름하고 사근사근하게 말하는 젊은 여자가 즉각 경계에 들어갔다.

"분부?" 그가 그 말을 되풀이했다. "그 단어는 차이와 종속 관계를 암시하지…… 내가 두려워요, 미스 멈?"

"아니, 아니요, 미첼 박사님." 심각하게 바라보면서 비서가 검은 머리카락을 흔들었다.

"좋아요. 세상에는 그런 종류의 것들이 너무 많아요. 일방적 소통이 너무 많지요. 진짜 상호작용이 아니에요. 엔트로피적이지. 그렇게 생각하지 않아요?"

"음, 전…… 어—"

"미스 멈. 이제 나와 같이 일한 지 오 년이 됐군요. 내가 소장이 되기 전부터였으니까. 나와 같이 이전 부서에서 올라왔지요."

비서가 그를 뚫어지게 쳐다보면서 고개를 끄덕였다. 맞다는 의미였다.

"우리가 여기서 하는 일들에 대해서 어떻게 생각해요?"

"무슨 말씀이신지 잘 모르겠습니다, 미첼 박사님."

"그러니까, 음, 동의해요?"

비서는 말이 없었다. 경계하고 있었다. 하지만 어쩐지 할 말이 가득한 듯도 했다.

"저는, 물론 제가 전부를 다 아는 것은 아닙니다, 전혀 아니지요. 하지만 이건, 이건 제가 예상했던 것보다 더 군사적으로 보입니다. 제 뜻은, 모어레이크 대령이, 제 짐작으로는ㅡ"

"그리고 군과 연계된 연구가 썩 좋게 느껴지지는 않은 거고요?"

"미첼 박사님." 비서가 필사적으로 말했다. "박사님께서 괜찮다고 생각하신다면ㅡ"

얼굴을 가득 채울 듯한 비서의 눈이 정보를 전달하고 있었다.

"세상에." 그가 여자를 살피며 천천히 말했다. "미스 멈은 내가, 여기 있는 사람들 모두 내가ㅡ 아니야. 미스 멈은 그 질문에 답할 수 없겠지, 당연해. 그렇군, 내가, 핼이 자리에 없으니 내가 뭐라도 해야ㅡ" 그가 갑자기 말을 끊었다.

"미스 멈! 우리가 가장 기묘한 상호작용을 하고 있다고 생각하지 않아요?"

비서가 당황스럽다는 듯이 무기력하게 신음했다.

"한편으로 우리는 이 연구소 일을, 말로, 논의하고 있어요. 그리고 그와 동시에 우리 사이에는 또 다른, 그와는 상당히 다른 소통이 있어요. 말없이 말입니다. 알고 있었어요? 난 제법 오래전부터 그랬던 것 같아요. 그렇게 생각하지 않아요? 그건 그렇고, 내 이름은 콜린이에요."

"알아요." 비서가 말했다, 갑자기 언제 당황했느냐는 듯이.

그가 가까이 다가가 천천히, 실험적으로, 새로이 생겨난 계의 자력선들을 따라 팔과 손을 내밀었다. 둘의 계였다.

"엘리너." 그가 말했다. 계가 팽팽해지면서 몸과 몸을 연결하며 양쪽을 변화시켰다. 그의 몸이 장場의 압력을 따라 움직이기 시작했다. 멋진 느낌이었다. 공명하는 느낌이었다. 공명이 동조하며 점차 진동으로 변화해나갔다. 되먹임이 밀려오기 시작했다— 부풀어오르는 압력이—

"엘리너!" 달콤한 위험의 자극이 너무나 컸다. "엘리너, 나는—"

"그래요, 콜린!" 그에게로 넘쳐흐르는, 오 년에 걸친 작고, 거무스름하고, 아주 강렬한—

"나는, 나는, 나는—" 부풀어오른 역장力場을 떠받치며, "뭐?"

"인터콤요! 사람들이, 사람들이— 시간이 됐어요, 미첼 박사님!"

"아." 인터콤이 번쩍이며 삑삑거리고 있었다. 저 밑에서 아주 작고 아주 먼 것이. 그…… 회의. 그렇다. 대체 무엇에 씌었던 건가. 찬

물 끼얹기. 회로에 찬물 끼얹기. 사무실이 돌아왔다. 그리고 해야 할 말들도.

간부회의를 시작할 때는 그도 평소 상태로 거의 돌아와 있었다. 여느 때와 같이 먼저 프로젝트 관리자들의 보고가 있었다. 열여덟 명이 참석했고 공석이 하나 있었다. 열네 명의 프로젝트 관리자, 경영 관리자, 보안 관리자, 모어레이크 대령, 그, 그리고 애스펀으로 출장 중인 부소장 헬의 빈자리. 보고는 공식적으로 소장인 그에게 하는 것이었지만, 보고하는 사람 대부분은 모어레이크 대령에게 직접 말하고 있는 듯했다. 역시 여느 때와 마찬가지였다.

짐 모어레이크에게는 보는 사람의 무장을 해제시키는 개똥지빠귀와 닮은 데가 있었다. 더할 나위 없이 훌륭한 박사 학위와 다양한 매력을 지닌 호리호리하고 산뜻한 개똥지빠귀였다. 그는 보고마다 누가 봐도 순수한 관심을 드러내며 고개를 끄덕였다. 늙은 패프먼이 뒤엉킨 불만을, 이번에는 미첼에게 드러내자 모어레이크가 강력하게 변호했다.

"콜린, 잠깐 시간을 내 맥스를 도와줄 수 있는 슈퍼컴퓨터가 어디에 있는지 내가 알아."

패프먼이 그를 쳐다보지도 않고 툴툴대더니 잠잠해졌다.

그것으로 의례적인 순서는 끝났다. 모두가 미첼을 쳐다보았다.

"캘리포니아공과대학 북부 캠퍼스 건에 대해서는," 콜린 미첼이 말했다. "어제 총회 전후로 윌 테너먼과 여섯 시간이 넘게 논의했습니다. 우리가 세부적인 보조금 배당 문제들을 해결할 수 있다는 전제하에, 그는 거래에 응할 만반의 준비가 돼 있습니다. 제가 보기에는 그 금액도 과히 부담스럽지 않은 규모이지 싶습니다. 사실, 상세한 논의로 접어들기 전까진 얘기할 사항이 별로 없어서 일찍 돌아왔어요. 그를 성가시게 했던 주요 문제는 주차 공간이 아니었나 싶습니다."

그 말에 킬킬거리는 의례적인 웃음이 일었다.

미첼이 말을 이었다. "그렇지만, 좀 신경 쓰이는 부분이 있습니다. 이 사업은 중대한 국면을 맞게 됩니다. 우리가 앞으로도 지금껏 해온 대로 한다면, 캘리포니아공대와의 결연은 전적으로 타당하고 바람직한 결정이지요. 다만 저는 한번 되짚어보고자 합니다. 다들 알다시피, 특히 처음부터 이곳에 계셨던 분들은—" 그는 순간적으로 얼마나 많은 새로운 얼굴이 그를 둘러싸고 있는지 깨닫고 잠시 말을 멈추었다.

"우리 조직은 대학 본교에 부속된 독립 연구시설로서 설립되었습니다. 특별기금 편성을 유인할 수 있는 폭넓은 분야의 기초연구 프로젝트들을 수행하는 것이 우리의 역할이었죠. 우리는 여덟 가지 프로젝트로 시작했어요. 두 가지는 의학 관련, 하나는 교통 설비 관련 단기 데이터 분석 건, 또 하나는 역사 관련, 둘은 사회인류학 영역에 관련된 학제 간 연구, 하나는 인간 발달과 학습 과정에 관련된 것, 마지막 하나는 교육 분야의 응용 프로젝트였습니다. 이중 네

개 프로젝트가 국립보건원에서 자금 지원을 받았고, 하나는 사기업에서, 하나는 상무부에서, 하나는 국립과학재단에서, 그리고 하나는 국방부에서 자금 지원을 받았습니다. 맞지요?"

몇몇이 고개를 끄덕였는데, 늙은 패프먼이 제일 크게 끄덕였다. 젊은 축에 드는 두 명은 이상하다는 듯이 쳐다보았다.

미첼이 말을 이었다. "지금 우리는 열네 개 프로젝트를 진행하는 수준으로 성장했습니다. 인력 측면에서는 세 배가 늘었고, 지원 시설에도 그 정도의 증가가 있었지요. 열네 개 프로젝트 중에서 하나는 국립보건원에서, 셋은 사기업에서 자금을 지원받았고, 상무부하고는 교통 관련 연구를 계속하고 있습니다. 나머지는, 그러니까 나머지 아홉은 국방부가 자금을 대고 있습니다."

그가 말을 멈췄다. 옆에 있는 빈 의자의 공백이 크게 느껴졌다. 핼이 없었다면 상황이 달라졌을 것이다. 자신이 핼을 선택했고, 늘 활기찬 그에게 의지했다. 그렇지만ㅡ 국방부와의 협력관계가 강화된 것이 핼이 오고서부터였던가?

"물론 다들 아주 만족하고 있습니다." 그가 무겁게 입을 열었다. "하지만 우리 중 몇이나 우리가 매일 함께 살아가는 이 프로젝트들을 분석해본 적이 있나 궁금하군요. 제가 지난주에 그랬던 것처럼 여러분도 한발 물러나서, 아주 단순하게 각각의 궁극적인 산출물 견지에서 이 프로젝트들을 분류해본다면, 이들 중 다섯은 인간의 삶을 해하거나 파괴하는 쓰임 말고는 어떠한 응용도 상상할 수 없다고 감히 말할 수 있을 겁니다. 기초 지식에 약간의 수확을 가져다 줄지도 모르겠지만, 아마도 다른 응용법이 없을 듯한 것이 셋이 더 있습니다. 그러면 여덟이지요. 아홉 번째 프로젝트는 인간 행동에 대한 전기적 원격 조정에 골몰하고 있습니다. 열 번째와 열한 번째 는 식물의 불임화 수단을 연구하고 있습니다. 열두 번째와 열세 번 째는 금속 구조물에서의 공학적 문제들에 국한되어 있지요. 마지막 프로젝트는 처음부터 있었던, 말하자면 살아남은, 인간 인지 발달에 관련된 프로젝트들 중 하나입니다."

그건 패프먼의 프로젝트였다. 그는 자기 손을 쳐다보고 있었다.

미첼이 말을 이었다. "우리가 캘리포니아공대와 연합하면, 정말 로 우리가 캘리포니아공대와 연합한다면, 이 불균형은 심화될 것입 니다. 그들의 대다수 프로젝트가 기밀로 분류돼서 제가 다 알지는 못합니다만, 그들은 전적으로 국방부의 자금에 의존하고 있습니다."

절대적인 침묵이었다. 모어레이크 대령의 시선은 탁자를 향했 고, 얼굴은 주의 깊게 경청하는 표정이었다. 심지어 공감하는 듯도 했다.

미첼은 숨을 들이쉬었다. 지금까지 그의 목소리는 오래 준비한 연설문을 낭독하는 것처럼 경쾌하고 절제되어 있었다. 그는 여전히 나직한 목소리로 말을 이었다.

"여러분의 의견을 듣고 싶습니다."

한두 명이 고개를 움직였다. 발들이 들썩거렸다. 뇌파 연구자인 젊은 참석자 한 명이 소리 나게 이를 딸깍거렸다. 아무도 입을 열지 않았다.

미첼의 귀밑에서 맥박이 쿵쿵 울리기 시작했다. 이 자리에서는 토론이, 자유 토론이 사라졌다! 어쩌자고 나는 상황이 이렇게 흘러올 때까지 그냥 놔뒀을까? 그는 빈 의자에 팔꿈치를 걸치고 의자 등받이에 등을 기댔다.

그는 여전히 온화한 어조로 말했다. "놀랍네요. 이 회의가 구성되는 방식을 잠깐 돌아보도록 합시다. 아마 몇 분은 헌장을 읽어본 적이 없을 겁니다. 헌장에는 우리가 프로젝트를, 모든 프로젝트를 정기적으로 조사하게 돼 있고, 각 프로젝트가 그 목표 또는 사회적 영향 측면에서 어떤 의미가 있는가를 평가하는 데 있어 여러분 각자에게 프로젝트 대표로서의 발언권을, 필요할 때는 투표권을 부여하고 있습니다. 소장인 저에게는 두 표의 투표권이 있습니다, 아, 세 표군요, 핼이 없으니까요. 여러분, 저는 여러분의 평가를 요구하고 있습니다."

세 사람이 동시에 목청을 가다듬었다. 미첼이 제초제 생물학자 중 한 명인 빌 엔더스 쪽을 쳐다보았다.

엔더스가 어색하게 입을 열었다. "음, 소장님, 이 프로젝트들은 다 시작될 때 논의가 된 것들입니다. 저는…… 저로서는 솔직히 뭐가 문제―"

몇몇이 무심결에 긴장을 놓으며 고개를 끄덕였다. 투표권이 없는 고문직인 모어레이크는 내내 서류만 들여다보고 있었다.

미첼이 숨을 들이쉬었다.

"다들 이 자리에서 논의할 것이 없다고 생각하신다니, 저로서는 놀라울 뿐이라는 말씀을 드려야겠군요." 그의 목소리가 자기가 듣기에도 이상하게 탁하게 들렸다.

"콜린." 또렷한 목소리였다. 두둑한 장기 보조금을 받는 생화학자 챈 보든은 패프먼을 제외하면 현재로서는 가장 나이가 많은 인물이었다.

"자네가 무슨 말 하는지는 당연히 다들 알아. 가치와 사회적 책임에 관한 이런 문제들은 늘 어려운 측면이 있지. 나는 우리가 다들, 예를 들어, 그 문제에 관해 미국과학진흥협회에서 벌어진 토론들을 상기하고 있다고 확신해." 그가 따스하게 미소 지었다. "우리 모두 사는 동안 가끔씩 약간의 자기 성찰을 하지, 분명. 하지만 이 자리에서 중요한 건, 직업적인 측면에서, 우리가 과학자라는 사실이야."

마법의 단어가 나왔다. 다들 안도하는 듯한 소리가 들렸다.

"그게 정확한 요점이지요." 미첼의 목소리는 변함없이 평탄했다. "우리는 과학자입니다." 이것 역시 준비한 답안에 있었다. 예상했던 질문이었다. 하지만 왜 준비한 말들이 희미해지고 있지? 그들이 응답하기 거부하는 방식에 무언가가 있었다. 그는 고개를 저었고, 계속해서 밀고 나가는 자신의 말소리를 들었다.

"우리가 여기서 과학을 하고 있습니까? 기본으로 돌아가봅시다.

우리가 인간의 지식 총량에 보탬이 되고 있습니까? 지식이 단순히 인간들을 죽이고 복종시키는, 다른 종들을 제거하기 위한 처방집에 불과합니까? 컴퓨터화된 돌도끼인가요? 자 보세요, 저는 유혈과 살상의 공포에 관해 말하는 것이 아닙니다. 그거야 뭐 상관없어요— 어떤 살상은 좋은 일일지도 모르지요, 아, 모르겠습니다. 제가 하려는 말은—"

그가 몸을 앞으로 숙였다. 이제 준비한 말들은 모두 사라져버렸고, 목에서 느껴지는 쿵쿵거리는 소리가 커지고 있었다.

"엔트로피예요! 믿을 수 있는 지식의 발달은 반엔트로피적이지요. 사회 체계 안에서 과학의 임무는 개인에게서 지식의 기능과 유사합니다. 혼란, 진동, 소란, 엔트로피에 저항하지요. 하지만 여기 우리는, 우리는 엔트로피적인 하위계와 동맹을 맺었습니다. 우리는 구조를 생성하지 않으면서 계의 위상을 떨어뜨리는 걸 돕고 있어요!"

그들이 딱딱한 표정으로 바라보고 있었다.

"자네는 날 바이러스 입자라고 비난하는 겐가?" 짐 모어레이크가 상냥하게 물었다.

미첼이 관계 맺기를 열망하며 그쪽을 돌아보았다. 방 안이 순간적으로 더 밝아지는 듯했다.

"좋아요, 짐, 지금은 당신이 그들의 대변인이로군요. 이걸 아셔야 해요. 군의 주장을 보세요. 생물작용제, 왜냐면 상대가 갖고 있으니까. 돌연변이 유발, 왜냐면 그들이 먼저 할지도 모르니까. 하지만 그들은 우리가 이런 걸 하고 있다는 사실을 알고 있고, 그래서 그들은— 제기랄! 이건 열 살짜리 수준이에요. 진동을 향해 폭주하는 겁니다!"

그는 이제 점점 작아지는 탁자를 내려다보면서 자기 자신과 싸우고 있었다.

"당신은 과학자예요, 짐. 그런 식으로 이용당하기에는, 당신은 너무 좋은 사람이에요."

모어레이크가 음울한 시선으로 그를 살폈다. 그의 옆에 앉은 공학자 잰 에번스가 목청을 가다듬었다.

"소장님, 제가 소장님 말씀을 이해한다면, 이해하는지는 잘 모르겠지만, 소장님이 저희에게, 그러니까, 아, 반엔트로피적이라고 느끼시는 종류의 프로젝트를 하나 예로 들어주시면 도움이 되지 않을까 싶은데요?"

미첼은 패프먼이 바짝 얼어붙는 것을 보았다. 저 나이 든 이는 자기 작업이 예로 거론될까봐 두려운 걸까? 두렵다고? 속이 꼬이는 듯한 느낌이 치고 올라왔다.

"좋아요." 그가 어물거리며 말했다. "물론, 당장 이해되지는 않겠지만, 여기서 — 소통! 양방향 소통. 서로 맞물리는 흐름." 그는 갑자기 기분이 나아졌다. "하나의 계가 왜 정보를 추구하는지는 여러분도 이해하실 겁니다. 하지만 계가 정보를 내놓는 건 대체 왜일까요? 우리는 왜 이해받기 위해 안간힘을 쓸까요? 소통에 대한 거부는 왜 그렇게 고통스러울까요? 이걸 보세요— 이 빌어먹을 인간계 전체를 서로 일치시키는 과정 말이에요. 우리는 이에 관해 아는 것이 하나도 없지요!"

팬찮았어! 안도감으로 헐떡이면서, 눈을 빛내면서, 미첼은 응당 나와야 할 반응을 기다리며 하나하나 얼굴들을 살폈다. 그는 문 옆에 경영 관리자가 있는 것을 문득 알아차렸다. 그를 미처 셈에 넣지 못했다.

모어레이크가 쾌활하게 말했다. "흥미로운 발상이군, 콜린. 내 말은, 정말로 새로운 지평을 여는 발상이야. 하지만 잠시만 돌아가 보지. 자네는 정확하게 우리가 어떻게 해야 한다고 말하는 거야?"

왈칵 성가신 마음이 일었다. 왜 다른 사람들은 말을 하지 않지? 뭔가 문제가 있었다. 또 그 부풀어오르는 느낌이 돌아왔다. 속에서부터 치받아 올랐다.

"우리가 이 모든 일을 그만둬야 한다는 겁니다." 그가 탁한 목소리로 말했다. "저 빌어먹을 프로젝트들을 폐기하고 국방부와 작별하는 거지요. 캘리포니아공대는 잊어요. 나가서 뭔가 진짜 연구에 뛰어드는 겁니다."

누군가가 재미있다는 듯이 콧방귀를 뀌었다. 미첼은 침묵 속에서 천천히 주위를 둘러보았다. 그들이 저 밑에, 아래에 있는 것처럼 보였다. 작은 얼굴들, 그 경찰의 얼굴처럼 딱딱하고 멍한. 늙은 패프면과 뭐라고 말을 했던 그 젊은 친구 둘만이 겁에 질린 듯 보였다.

그의 안에서 소용돌이가, 쿵쿵 울리는, 공명을 구하는 소리가 커졌다. 왜 아무도 응답하지 않을까? 왜 맞물리면서 그의 속을 난폭하게 들쑤시고 다니는, 계를 압박하는 전하를 방출시키지 않을까?

"여러분은 논의조차 하지 않을 셈이군요." 그가 몹시 다급하게 말했다. 어렴풋이 조그만 경비원 두 명이 점점 줄어드는 방 안으로 들어오는 것이 보였다.

"콜린, 이 상황이 몹시 고통스럽군." 맥동하는 혼란 속에서 모어레이크의 목소리가 말했다.

"여러분은 내가 아프다고 치부할 작정이군요." 자신의 목소리가 재잘거렸다. 조그만 경비원들이 다가와 팔을 뻗었다. 얼굴들은 이제 문간에 있었다. 작고 검은 머리 하나. 그 여자 손에 들린 앞뒤가 맞지 않는 신문. 엘리너 멈이 콜린 미첼 박사로 확인된 남자의 시신이 92번 해안 전망대 아래 바위에서 발견되었다는 기사를 읽고 있었다.

"정말이야, 콜린. 이 상황은 정말 고통스러워." 모어레이크가 미첼처럼 보이는 컥컥거리는 것에다 대고 말하고 있었다.

"엔트로피!" 그것이 헐떡거리며, 고전하며 말했다. "우린 이제 그만둬야 해!"

경비원들이 그를 건드렸다. 인간 회로들—그가 바다에 떠 있는 인간계를 본떠 만든 놀라울 정도로 밀도 높은 게슈탈트—은 그가 소리를 지를 때까지도 인간으로서의 통일성을 유지했다.

"엘리너! 도망쳐! 도-마-앙—"

―그리고 계속된 압력에 평형상태는 파열했다.

인간 육체라는 원자 격자창 안에 욱여넣어졌던 거대 에너지가 비물질적 관계성으로 복원되었고 남부 캘리포니아의 어느 지점에서부터 직녀성을 향하여 피어올랐다. 그에 따른 내파는 모어레이크 대령과 패프먼, 샌버너디노연구소, 그리고 엘리너 멈을 포함하여 샌버너디노 카운티의 대부분을 파괴했다.

―그리고 그는 마침내 별들 사이에서 평형상태에 도달했다.

하지만 그것은 전과 같은 평형상태가 아니었다……

그에게 기억 노릇을 하는 것이 자의식 회로를 익혔다. 그에게 감정 노릇을 하는 것이 계界 간 소통의 경이를, 구조 공유의 경이를 맛보았다.

외로운 그의 종족 중에서 홀로, 그는 만졌고 또 만져졌고, 말하고 또 경청되기를 시도했다.

저 자신을 재편성하면서, 그는 자기 존재의 핵심 부분들이 태양풍에 의해 여전히 그 작은 행성에 붙들려 있다고 지각했다. 뒤집힘이 일어난 때가 정오였으므로, 당연한 일이었다. 거기 정상파 위에서 균형을 잡는 건 일도 아니었다.

분포가 안정화되자 그는 잠깐 생각에 잠겼다. 그러고는 활기차게, 그는 즐거운 존재였으니까, 광휘에 몸을 맡긴 채 휘어져 뻗어가며 행성 그늘의 항구로 감겨들었다. 거기서 그는 빈둥거렸고, 광활한 그의 주변부가 가까운 별들을 스쳤다. 그는 돌아다니는 파동 입자들의 자극을 기분 좋게 즐기며 새로운 구조적 공명들을 매만졌다.

그러고 그는 아주 조그만 구조체들의 놀이를 맛보고 음미하면서 행성 표면을 훑기 시작했다. 그런데 무언가가 달라져 있었다. 그의 장場 비탈들 어딘가에 그가 베낀 계들의 미세한 찌꺼기들이 존속했다. 안데스산맥에 있던 한 천문학자가 용골자리 베타성 감광판들에서 당나귀처럼 보이는 무언가를 발견하고 암실 보조원을 호되게 꾸짖었다. 그리스의 한 농부는 전갈자리에 어렴풋이 깜박이는 '엘파'라는 글자를 보고 옥수수와 월계수를 모처의 동굴로 날랐다.

행성이 자전했고, 대륙들이 그가 드리운 그늘 속으로, 진공과는 아주 약간 다른 외로운 광막함 속으로 들어왔다. 무작위 정밀 검사 놀이하기. 에너지적인 복잡성 맛보기. 심장은 아닌 것에서부터 번져오는 거대하고 변덕스러운 동경, 이제는 너무 희미해서 소용돌이치는 물결에 저 자신을 맡겨 영원히 널리 흩어버리게 만드는, 그러다 또 이제는 너무 강해서 탁 트인 밤의 어느 순간에 홀로 있는 한 인간 생물에 잠시 집중하게 만드는, 제멋대로 생겨났다가 시들어버리는 동경.

그 안에서 유혹이 자랐고 사그라들었고 다시 자랐다. 할까? 다시?…… 그는 할 것이다. 어떤?…… 물. 그들은 자주 물가에 있었지, 그는 알아챘다. 하지만 어떤? 이 인물, 뭔가를 가지고 노는…… 음악이랬나?…… 바닷가에서? 그가 찾고 있던 건, 그래 이제 떠올랐다,

전달자였다. 세상은 회전했고, 음악 생산자를 데려가버렸다. 음……
말하는 이?…… 그리고 경청되는, 응답을 받는 이. 연결자. 일대일?
아니면 일대다는 어때? 가능할까? 조바심을 내며 그는 자신의 몇
파섹을 계 안으로 끌어들였고, 충돌하는 광자들 속에 '국방부'라고
썼고, 자기가 될 무언가를 더욱 골똘하게 찾기 시작했다.

　－종양이야. 그게 겁나는 거야, 잭. 모든 게 점점 작아져. 너무 생
생해－ 두통? 아니, 두통은 없어, 왜? 물건들 주위로 색깔 있는 후광
도 안 보여. 성격 변화? 나야 모르지, 안 그래? 자네가 판단해줘, 난
그런 거 같지 않아. 공포 말고는. 잭, 내가 얘기했지, 이건 신체적이
야! 상호작용이 시작되고, 관계, 우리가 정말로 소통하고 있다는 그
굉장한 느낌 말이야. 저 온갖 사람들, 내가 그들과 같이 있다는 느낌.
악, 표현할 말이 없어. 그렇지 않아? 그러고는 이 다른 것이 시작되
지, 이 부풀어오름, 큼. 내 말은 크다는 거야, 잭. 집보다 더 큰, 어쩌면
태양보다 더 큰 것 같은 큼! 상호작용이 그것에 먹이를 주면, 그건 폭
발할 거야, 모두를 죽일 거야－
　알았어, 잭. 알았어.
　자네가 그렇게 생각한다면. 미친 소리처럼 들리는 거 나도 알아,
그래서－ 정말로? 그렇게 생각해? 맞아, 두통은 없어. 그 얘기는 나
도 들었어. 어쩌면 나는－ 그래, 내가 지금 그만둘 수 없다는 건 알아.
자네 말이 당연히 맞지. 하지만 난 하루 휴가를 내야겠어, 잭. 뭔가 취

소해. 다트머스 건을 취소해, 그건 어차피 엔트로피적이야. 내 말은, 쓸모없어. 우리는 하루 휴가를 내서 어딘가에 처박혀 쉬어야 해. 그래, 잭. 자네가 처리해. 우리가 댈러스와 맞붙기 전에.

세일즈맨의 탄생

Birth of a Salesman

몸집이 우람한 시민이 안내대에 앉은 접수원을 지나쳐 곧장 안쪽 사무실로 들이닥쳤다. 사무실 문에는 "T. 베네딕트, XCGC"라고 적혀 있었다. 책상에 앉아 두 손으로 머리를 감싸고 있던 T. 베네딕트가 고개를 들어 우수에 젖은 크고 푸른 눈으로 방문객을 쳐다보았다. 육중한 남자가 입을 여는 순간 전화벨이 울렸다.

"엑스시지시입니다." 베네딕트가 뚱뚱한 남자에게 손을 까딱이면서 전화기에 대고 말했다. "예, 제품을 행성 외부로 보내시려면 저희가 발급하는 허가증이 필요합니다…… 예, 행성 외부에서 들여와 여기서 가공한 제품도 마찬가지입니다. 어떤 식으로든 손을 댔다면요…… 맞습니다, '외부문화 게슈탈트 허가증'. 이름이 끔찍하다는 건 저도 압니다. 제가 고른 건 아니에요. 저희가 양식을 보내드릴 겁니다…… 자, 잠깐만요, 이름이 실없어 보일지는 모르지만, 기능은 그렇지 않습니다. 어떤 화물이라고 하셨죠?…… 단분자 코팅 베어링요? 포장은 어떻게 돼 있습니까?…… 제 말은, 제품이 어떻게 포장되어 있느냐고요. 어떤 종류의 상자요? 구형球形요? 좋아요, 데네브 지역으로 보내실 거고요. 데네브 감마 전송국을 경유해서 가는 거죠, 맞습니까?…… 음, 한번 찾아보세요. 거기를 통해야 한다는 걸 아시게 될 거예요. 그러면, 말씀하신 그 구형 상자들이 전송기에서 굴러 나오는 순간, 감마 정거장 직원들은 모두 아감딱지를 닫고 앉아 촉수 하나 꿈쩍하지 않을 거예요. 감마에서는 구체가 종교적 형상이니까요, 아시죠? 그리고 전송 장치가 열린 채 대기하고 있을 텐데, 요금은 밀리초 단위로 산정되고, 귀하의 부담이고요, 제품은 지역의 무신론자들로 편성된 긴급 구호반이 세 배 임금으로, 역시 귀하의 부담으로, 들어와 옮길 때까지 꿈쩍하지 않을 겁니다, 아시겠지요? 저희가 견본을 보고 허가증을 발급하는 이유가 그런 사고를 방지하기 위해서입니다. 화물 포장을 끝내고 나서가 아니고요! 됐나요?…… 양식을 보내드릴 테니, 여기로 빨리 견본을 갖다주세요. 저희는 저희가 할 수 있는 일을 할 겁니다."

베네딕트가 여전히 꽥꽥거리는 수화기를 내려놓고 슬픈 듯한 푸른 시선을 뚱뚱한 남자에게 돌리자, 그가 폭발했다.

"당신은 나한테 똥을 쳤어! 참 대단한 허가증이지! 당신이 바꾸라 한 거, 상자에 붙인 사진 떼라는 거, 카펠라의 일부 바닷가재가 가려워하니까 색은 분홍색도 안 되고 빨간색도 안 된다는 거, 우리는 하라는 대로 다 했어! 그런데 지금 어떤지 봐! 내 행복가스 제조기 오천 개가 캔들파워 세븐에 누워 있는데, 아무도 옮기려고 하질 않아! 내가 대체 왜 세금을 내야 해? 이 무능력자! 기생충! 아아악!"

T. 베네딕트가 눈을 감고 손으로 코를 집어 쓸어내리더니 다시 눈을 떴다.

"자, 마멋 씨—"

"마먼이야!"

"마먼 씨, 저희 허가증은 보증서가 아닙니다. 저희가 아는 요인으로부터는 귀하를 지켜드리지만, 저희도 모르는 요인은 허가증도 어쩔 수 없어요. 화물 전송망 쪽은 일주일 사이로 판이 달라집니다. 계속해서 새로운 요인들이 생기니까요. 말씀하신 사진 상표, 붉은 글씨, 그런 것들은 귀하의 경로 쪽에서는 이미 알려진 위험 요인입니다. 상자들이 그대로 전송됐다면, 카펠라에서 물어뜯겨 심각하게 훼손되었을 겁니다. 그런 건, 저희가 알아요. 저희가 그 상자들을 그냥 보내게 두었다면, 귀하는 저희에게 책임을 물을 권리가 있겠지요. 하지만 귀하께선 캔들파워에서 곤란을 겪을 일이 없었어야 합니다. 저희는 외계인 위원단에 캔들파워 원주민도 위촉했고, 그가 귀하의 제품을 통과시켰으니까요. 가능성은 두 가지밖에 없습니다. 전송 문제, 즉 작동 오류이거나 아니면 임금 파업인데, 어느 경우라도 저희와는 관련이 없습니다. 아니면, 귀하께서 제품을 바꾸셨거나요."

"제품은 하나도 바뀌지 않았어. 이거 봐!" 마먼이 검은 입방체 하나와 구겨진 통신 용지를 책상에 쾅 내려놓았다. 베네딕트가 용지를 읽었다.

"전송 직원들 사이에서 여섯 건의 극심한 우울성 기억상실증 발병. 구호 직원들 감염, 작업 거부. 계류 중. 제품을 바꾸셨군요."

"제품을 바꾸지 않았어!"

"그러면 제품들이 모두 정확하게 똑같나요? 전부?"

"하나도 빠짐없이 모두가 0.5마이크로밀리미터 오차 범위 이내로 똑같아. 대체 우리가 뭘 만든다고 생각하는 거야?"

"누가 알겠습니까? 하지만 어딘가에 변형이 있어요. 미스 부츠!"

연한 녹청색 실험복을 입은 젊은 여자가 옆문으로 아장거리며 들어왔다.

"이걸 위층으로 가져가서 프레글더러 다시 조사해보게 해. 화물이 캔들파워 정거장에 계류 중이라고 전해줘. 극심한 우울 효과라고." 둘은 여자가 아장거리며 나가는 것을 지켜보았다.

"자 이제, 마너 씨, 저희는 저희가 할 수 있는 모든 방법으로 귀하를 도울 겁니다. 저희에게 주신 견본이 제대로 된 대표가 아니거나, 아니면 저희 캔들파워 대표가 대표가, 그러니까 전형이 아니거나, 둘 중 하나겠죠. 귀하의 견본을 먼저 확인하는 편이 일이 수월하니, 견본을 좀 더 가져다주세요— 백 개, 최소한 일이백 개는요. 오늘 가져다주시면 바로 검사하도록 하겠습니다. 그게 일 단계예요. 그동안에 귀하는 선택하실 수 있어요. 저희가 저희 수준에서 바로잡을 수 있는 무언가를 발견하기를 기다리시든가, 아니면 전화를 걸어 순회 긴급처리반을 캔들파워로 급파해서 지금 상태로 화물을 처리하시든가요. 제 조언은 처리반을 쓰는 겁니다. 뭐가 잘못되었든, 이렇게 멀리서는 바로잡기 어려운 경우가 많으니까요. 꼼프랑데이*?"

"하지만 비용은? 내 비용은! 당신은 그냥 앉아만 있잖아! 이 사기꾼!"

"마클 씨, 전 제가 할 수 있는 선에서 최대한 귀하를 돕고 있습니다— 왜, 미스 부츠?"

인터콤 화면에 미스 부츠의 가발이 보이더니 이내 얼굴이 나타났다.

"프레글레글레그 씨가 방금 졸도—하신 것 같은데요." 여자가 자신 없게 말했다.

"그 제품 치워!" 베네딕트가 소리쳤다. "의사를 불러! 잠깐, 미스 부츠, 설탕 좀 뿌려봐. 그래, 설탕, 프레글 책상에 설탕 깡통이 있을 거야. 발에다, 멍청한, 그 녹색 것들에다, 그는 위급 시에 거기로 물질대사를 해!"

미스 부츠가 화면에서 사라졌다.

▪ '이해하다'라는 뜻의 프랑스어 동사 comprendre를 편하게 발음한 말로, 영어 all right을 '오라이'라 발음하는 것과 비슷한 사례.

"음, 마빈 씨, 귀하의 제품이 원인이네요, 좋습니다! 자! 먼저 저에게 원래 견본, 저희가 검사해서 통과시켰던 제품을 보내주세요. 갖고 계시죠? 좋아요. 그런 다음에는 선적 시점까지 생산했던 다른 회차들 견본도 보내주세요, 꼼프랑데이? 많아도 상관없어요, 충분하게 보내세요. 저희는 프레글이 정신이 드는 대로 작업에 들어갈 겁니다. 근사법을 써서요. 잠깐! 다음으로, 귀하는 제품이 처음 생산된 이후로 귀하의 공장에 있었던 변경 사항을 모두 적어주셔야 합니다. 제 말은, 아주 세세한 것까지요. 주형이나 틀 변경, 조형 촉매 변경, 합금 융제 변경, 하도급자 변경, 모두 다요—"

"프레글 씨가 설탕을 차내고 있어요!" 화면에서 미스 부츠가 울부짖었다.

"부츠, 의사를 불러!…… 좋아요, 마플 씨. 샘플들, 변경 사항 목록, 자자, 어서요!"

뚱뚱한 남자가 달려나갔다. 베네딕트가 고개를 푹 숙이고 두 손으로 머리를 감싸고 있는 동안, 인터콤 화면에서 꾸르륵거리는 소리와 함께 연한 녹청색 실험복이 번득였다. 사무실 문이 열리고, 은색 타이츠를 입은 붉은 머리 가젤처럼 보이는 뭔가가 안으로 들어오는 순간 전화벨이 울렸다.

베네딕트가 수화기를 낚아채고는 놀란 눈으로 방문객을 올려다보았다. 다시 보니 속이 훤히 비치는 은색 옷을 입고 연보라색 서류 가방을 든 젊은 여자였다. 그의 눈이 더 휘둥그레졌고, 그러는 사이에 수화기는 그의 귀에다 대고 부지런히 꽥꽥거렸다.

갑자기 인터콤 화면에서 거대한 밤색 바다코끼리가 몸을 일으키더니 미스 부츠의 머리에 몸을 기댔다. 가젤 여자가 숨을 헉 들이쉬었다.

"괜찮아? 프레글!" 베네딕트가 바다코끼리에게 물었다. "아니, 다른 사람한테 한 말이야. 미안해. 계속해."

바다코끼리가 몸을 흔들며 화면에서 사라지고, 이어서 머리를 바짝 치켜 깎은 남자가 나타나더니 베네딕트에게 괜찮다는 의미로 오케이 사인을 보냈다. 베네딕트는 여전히 전화기에 귀를 기울이면서 고개를 끄덕이고는 홱 몸을 돌려 심호흡이 방문객의 은색 몸매에 어떤 효과를 미치는지 관찰했다.

"알았어." 그가 수화기에 대고 말했다. "내가 다시 말해볼게. 팬솔라 와인 화물이 예정 경로로 나갈 수는 있는데, 단, 조건이, 첫째, 포말하우트 전송 직원들이 우리가 자기네 유생幼生을 병에 담았다고 생각하지 않도록 포도 사진을 뗀다. 그리고 둘째, 와인 따르는 소리가 페가수스제타 포를 운영하는 양서인들의 교미기 울음소리 주파수 영역을 침범하지 않도록 1만 3000헤르츠 미만으로 유지한다. 만약 소리 문제를 해결할 수 없으면, 화물은 멀리 알골을 경유하는 경로로 운송되어야 한다. 맞아? 자동 기록됐어. 결과 알려줄게. 고마워, 톰…… 죄송합니다, 무슨 일로 오셨습니까?"

"조애너 러브보디 주식회사예요." 여자가 다정하게 알렸다.

"안녕하세요, 어, 미스 주식회사?"

"음, 크러프라 불러주세요." 여자가 미소를 지었다. "조애너 러브
보디 직원들은 처음으로 태양계 바깥 고객을 만나게 되어 너무 감
격하고 있어요! 맞아요, 어느 낭만적인 외계 행성에서 조애너 러브
보디 크림을 고대하고 있어요. 그리고 저희가 이해하기로, 베네딕트
씨, 사랑스러운 조애너 러브보디 크림을 보내려면 여기서 정부 허
가 같은 걸 받아야 하지 않나요?"

베네딕트는 정신을 가다듬었다. "미스 크러프, 물론 그렇습니다.
자, 어느 행성으로 보내실 예정입니까?"

"설로인* 트웰브요." 여자가 은빛 파도처럼 출렁대며 킬킬 웃었
다. "정말 별스러운 이름이라니까요."

"튜브 음식에 질린 조사 요원이라도 있었나보지요." 베네딕트가
정신이 딴 데 팔린 듯이 행성 정보집을 후루룩 넘기며 중얼거렸다.
"아하! 이런, 설로인 트웰브에서 얼굴 크림으로 무얼 한답니까? 키
틴질 갑각에 광이라도 내나요?"

"무슨 말씀이신지? 아, 사실 제가 보기에는 요리용 기름으로 쓰
려는 분이 더 많은 것 같긴 해요."

"그들이 뭘 요리하는지 궁금하네요. 음, 보기에는 아주 수월한
경로로군요, 미스 크러프. 바로 시리우스 정거장을 통하면 되네요.

---

* 소의 등심 부위를 뜻한다.

일 회 경유, 맞습니까?"

"그런 것 같아요, 베네딕트 씨. 그리고 저희는 허가증을 좀 빨리 받을 수 있으면 좋겠어요. 주문 날짜에 대기가 조금 촉박해서요."

"노력해보겠습니다. 자, 어떤 크림입니까? 보내시는 게 여러 품목입니까, 아니면 모두 같습니까? 출렁거립니까, 아니면 꿀렁거립니까, 그러니까, 달각거리나요? 냄새는 어떻습니까? 향을 첨가했을 것 같은데요?"

"다 이거랑 똑같아요." 여자가 서류 가방에서 금색과 연보라색이 섞인 병을 하나 꺼냈다.

"흐으음. 출렁거리지 않고, 달각거리지도 않고─ 그래도 냄새는 꽤 있군요. 미스 크리스프, 우리가 좋다고 느끼는 냄새가 외계의 생명체들에게는 아주 다른, 심지어 유해한 영향을 주는 경우가 자주 있다는 건 아시죠? 설로인 고객들 얘기는 아니고요. 그들은 어떤 제품인지 알고 있겠지요. 제 말은 시리우스 정거장의 전송 직원들 얘기입니다. 이걸 싸는 기화 방지 포장재 같은 것이 있습니까?"

호출기가 반짝 켜지더니 매니큐어 바른 손톱을 불고 있는 그의 접수원이 보였다.

"여기, 작고 검은 상자가, 어, 삼천십칠 개 왔어요, 베네딕트 씨. 마먼 씨가 보냈어요."

"지금 당장 짐에게 올려보내, 재키. 잠깐, 이 말을 그대로 전해. 짐, 캔들파워에서 제품 변형 문제가 생겼어. 기체 관련인 거 같은데,

어떤 변형인지는 몰라. 일부는 괜찮을 거고, 일부는 아닐 거야. 제조 번호를 주의해서 봐. 이 제품들을 프레글에게 보여주되, 아주 조심해야 해. 그가 졸도하지 않게 실외에서 시작해, 꼼프랑데이? 그리고 짐, 빨리해줘. 고객의 제품이 정거장에 묶여 있어. 오늘 답을 주겠다고 약속했거든…… 자, 죄송합니다, 미스 클라스프?"

"마침 그게, 베네딕트 씨, 저희한테 조애너 러브보디 크림용 우주포장재가 있답니다." 여자가 금색 알을 하나 들어 보였다. "저 사랑스러운 우주 아가씨들도 아름다움을 최고로 신선하게 보관해야 하니까요."

"행성 밖으로 나간 적은 없군요. 음, 예쁘지만 썩 실용적으로 보이지는 않네요. 미스 캐미라! 재키, 캐미라 어디 갔어?"

젊은 보조 사원이 발끝으로 걸어 들어왔다.

"이 병들을 위층에 있는 시리우스 대표에게 갖다줘. 스플링스 씨, 알지?"

"아, 베네딕트 씨!" 보조 사원의 턱이 떨렸다. "튜브로 보내시면 안 될까요? 저번에 무슨 일이 있었는지 아시잖아요!"

"스플링스는 우리가 그 화성 마우마우단 키트를 보낸 이후로 튜브를 열지 않아. 캐미라, 괜찮을 거야. 3미터쯤 거리를 두기만 하면 돼. 마치는 대로 내가 구두로 보고해달란다고 전해, 꼼프랑데이? 그리고 명심해, 콧노래도 휘파람도 안 돼. 발을 구르지도 말고."

미스 캐미라가 느릿느릿 발끝으로 걸어 나갔다.

"새로 온 직원이라서요." 베네딕트가 말했다. "자, 미스 클링, 제가 생각한 건 저희 완전 밀봉 화물 포장재입니다. 공익적 차원에서 작은 사이즈도 몇 가지 만들었는데—" 그가 책상에서 달걀 모양의 플라스틱 포장재들을 꺼내며 말했다. "여기에 제품을 넣어서 선적하시면 시간을 절약하실 겁니다. 돈도요."

"지난번에 무슨 일이 있었어요?" 미스 크러프가 속삭이듯 말했다. "제 말은, 저 보조 사원한테요."

"아, 그냥 약간의 행정적 오해였어요, 미스 커프. 문화가 다르면 생각하는 방식도 다른 법이니까요. 자 보세요. 스플링스가 귀하의 크림에 오케이하면, 여러분은 그 승인된 포장재를 쓸 수 있어요. 그리고 저희가 오늘 시리우스 경로에 대한 임시 허가증을 발급해드리면, 내일 선적하실 수 있습니다. 어떻습니까?"

전화벨이 울렸다.

"엑스시지시입니다— 뭐라고? 아, 이런!" 베네딕트가 홱 몸을 젖혀 등받이에 기댔다. "음, 하지만 우리 책임이 아니야. 그 고객 제품은 검사를 통과했어. 은하 전송국 문제인데…… 알았어, 얘기해볼게. 그가 덮으면 돼. 하지만 이건 그의 잘못이 아니야, 꼼프랑데이? 알았어— 미스 크림, 잠시 이 포장재들 좀 보고 계세요, 제가 잠깐만 뭐 좀 처리하고요. 재키! 테란 다이내믹스의 머거트로이드 씨 좀 연결해줘."

인터콤 화면이 번쩍이고 있었지만 아무 영상도 보이지 않았다.

"나 스플링스야." 저음의 목관악기 같은 목소리가 울렸다. "베네딕트, 아무것도 안 보여."

"뭔가가 자네 영상을 막고 있어." 베네딕트가 그 목소리에 대고 말했다. "잠깐만— 안녕하세요, 머거트로이드 씨? 엑스시지지의 베네딕트입니다. 저기, 넛미트 나인을 경유하는 전지 화물 말인데요, 뒤에 붙인 섬유판 있잖아요? 여기서 보낼 때 거기에 절연재를 붙여서 보낼 수 있을까요?…… 아니요, 귀하의 문제는 아니고요, 화물은 무사히 전송됐어요. 문제는, 넛미트 직원들 주변에 여성이 몇 있었던 모양인데, 귀하의 화물이 넛미트로 들어가는 순간, 전자 뭐시기 효과— 정전기 효과랬나, 전기이동 효과랬나, 아무튼 뭐 그런 현상이 있었답니다. 어쨌든, 그 판들이 넛미트 나인 여성들에게는 아주 섹시하게 느껴진대요. 남성들에게는 아니고요. 저희가 그건 확인했어요. 여성들의 더듬이는 다르게 반응해요. 그래서 여성들이 상자 안으로 들어갔고, 그 사람들이 조그마한 건 아시죠, 귀하의 기계들이 온통 작은 여성 쥐 군단에 뒤덮인 채 아이스록 터미널에 도착했어요. 아이스록 직원들은 몸집이 큰 초식인들인데, 그걸 보고 겁에 질려서 우르르 달아났다고 하네요. 그리고 넛미트에서 은하 전송국을 상대로 비자발적 내연 관계와 마약 협정 위반인가 뭔가로 소송을 제기하고 있어요. 귀하의 문제는 아니에요, 절대로요— 그 여성들은 원래 거기 있으면 안 돼요. 하지만 제가 그 섬유판들을 가릴 수 있는지 귀하께 한번 여쭤는 보겠다고 했어요. 그냥 예방 차원에서요, 꼼프랑데이? 좋아요, 고맙습니다!…… 자, 스플링스?"

인터콤 화면은 이제 가리는 것 없이 자비로워 보이는, 외눈이 박힌 커다란 혹 같은 머리를 보여주었다.

스플링스가 말했다. "베네딕트, 오오케이라고 하고 시프지만, 그 포자재는 기화 방지가 안 돼. 저녀. 그래도, 향기가 매려기 업지는 아나. 어쩌면 달빛 비치는 뱀장어 양식장 냄새와 비스타달까."

"너무 매력적이지는 않으면 좋겠군. 좀도둑질 가능성은?"

"아마도. 아아주 약간은. 하지만 그 일꾼드른 나만큼 그러케 화학물지레 민감하지는 아늘 거야." 그가 촉수로 둥그런 눈썹을 가볍게 쳤다. 우아하게.

"고마워, 스플링스. 음, 자, 미스 클래스. 스플링스가 저희 포장재를 써야 한답니다. 그리고 꽉 밀봉해야 하고요. 그가 좀도둑질이 있을지도 모른다고 할 때는, 화물의 반이 없어질 거라는 얘기거든요. 저 커다란 오징어는 자기가 귀족이라서 냄새를 더 잘 맡는다고 생각하지만, 우리로서는 아무 차이를 모르겠어요. 보험도 드세요. 자, 저한테 빠짐없이 다 말씀하신 거 맞아요? 제 말은, 제품에 대해서요. 이 견본은 다른 제품들과 완전히 똑같아요? 잠복성 효과나 성질, 말하자면, 예를 들어, 열을 낸다거나 하는, 그런 건 전혀 없어요?"

미스 크러프가 날씬한 은색 발가락들을 살피며 매력적인 표정으로 잠시 생각에 잠겼다.

"없어요, 베네딕트 씨. 그건 저희 고객 수백만 명이 기쁘게 쓰고 있는, 표준적인 조애너 러브보디 크림이에요."

"좋아요. 여기, 서명된 임시 허가증입니다. 제가 절도 경고 표시를 했어요, 꼼프랑데이? 이걸 바깥에 있는 재키에게 주면, 포장재를 보내드리도록 조치할 겁니다."

"아, 정말 고마워요, 베네딕트 씨!" 따뜻한 여자의 손이 잠시 그의 손안에 머물렀다. "프랑스어 하시는 게 눈에 띄더라고요. 어쩜 얼마나 르셰르셰*하신지!"

베네딕트는 의기양양하게 눈을 빛냈다. "미스 클러치, 협조해주신 데 대해 감사의 말씀을 드리고 싶군요. 저희 방문객이 다 귀하만큼 점잖다면 더 바랄 게 없겠어요."

전화벨이 울렸다.

"베네딕트입니다." 그는 사무실을 나가는 타이츠를 아쉬운 눈길로 뒤좇았다. "아, 안녕하세요. 브롱크 씨. 음, 예, 몽고메리 로벅 사(社)의 제안에 대해서는 정말로 감사하게 생각합니다. 하지만 말씀드렸다시피, 저는 제가 일할 곳은 여기라고…… 아니요, 돈이 문제가 아니라, 물론 정부가 저한테 주는 것보다 훨씬 많지요, 거의 세 배가…… 예, 업무도 아주 흥미로울 것 같습니다. 행성 외 판매 코디네이터라니, 아주 좋아요. 이건 그냥 제가 여기서 이 부서를 만들다시피 해오다보니 그만두기가 어렵네요. 분명 좋은 분을 찾으실 겁니

---

* recherché. '희귀한, 세련된, 인기 있는'이라는 뜻의 프랑스어.

다…… 아, 물론이죠, 마음이 바뀌면요. 음, 정말 고맙습니다, 브롱크 씨, 예, 선생님도요. 고맙습니다."

베네딕트는 실험복을 입은 남자가 기다리고 있는 인터콤 화면으로 시선을 돌렸다.

"짐, 프레글하고 그 가스 장치들은 어떻게 되고 있어?"

"그 얘기 하려는 참이었어, 베네딕트. 마면의 견본 이백 개를 검사했는데, 두 종류만 나오는 게 아니야. 다섯 종류에 가까워. 무특성, 강한 독성, 약한 마약성, 최면성, 그리고 프레글이 설명을 못 하거나 안 하는 다른 하나 더. 재미있는 건, 나도 약간 영향을 받는 것 같아. 이러면 떠오르는 뭔가가 있지 않아?"

"흐으으음. 흠, 그럴 가능성이 있겠군. 계속 고생해줘 — 회의는 빠져도 돼. 정말 고마워, 짐."

"아, 그건 그렇고, 프레글이 음식에 관해서 불만이 있나봐. 자기 말로는 저번 철갑상어가 수준 이하였고, 해초 소스는 악취가 났대. 러시아산이 더 좋다나봐. 우리가 좀 구해줄 수 있을까?"

"구해줘야지, 값은 두 배로 비싸지만. 음, 어디 볼까. 이제 봄이니까 초식인들에게 지역산 채소를 구해주고 남는 비용을 프레글에게 쓸 수 있을지도 모르겠어. 하지만 프레글한테 격려의 말이라도 해줘. 은하는 계속 돌아야지, 전송기 없는 캔들파워가 말이 돼?…… 어이, 옷이 어떻게 된 거야? 아니, 짐, 자네 말고, 잠깐만."

미스 캐미라가 콜드크림 병 두 개를 꼭 끌어안고 옆문으로 불쑥 들어왔다.

"끔찍한 스플링스 씨가 제 킬트 치마를 벗겼어요."

"쯧쯧, 캐미라, 스플링스가 성욕 때문에 그러는 건 아니야— 적어도, 의사는 아니래. 가끔 의심스럽긴 하지만. 자, 그렇게 하고 돌아다니면 안 되지. 치부를— 내 말은, 치마를 가져올 수 없었어?"

"스플링스 씨가 인터콤 위로 던졌는데, 가까이 갈 수가 없었다고요!"

"알았어. 그래서 그랬군. 음, 짐한테 가져다달라고 해— 짐이 같은 층에 있으니까."

"아 베네딕트 씨, 미스터 아인슈타인에게 그런 부탁을 할 수는 없어요!"

"응? 아, 그렇군." 베네딕트가 눈을 가늘게 뜨고 보조 사원을 쳐다보았다. "짐이 결혼을 했던가? 아니, 아니군. 자, 내 실험복을 걸치고, 이제 갔다 와. 잠깐! 오는 길에 공급부에 들러서 소형 표준 화물 포장재 한 꾸러미만 갖다줘, 꼼프랑데이?"

남자 두 명과 여자 한 명이 사무실로 들어섰다. 베네딕트가 그들에게 손을 흔들며 소리쳤다. "재키 자기, 샌드위치하고 커피 좀 가져다줘요. 다들 뭐라도 먹었어? 아, 아무거나, 다 좋이 씹는 맛이니까. 헬, 걱정거리가 있어 보이는데, 얘기해봐."

"베네딕트, 내일 있을 예산청 회의에 상황을 미리 좀 알고 들어가는 게 좋겠어. 그 사람들이 우리 외계인 위원단 규모를 20퍼센트

축소하는 방안을 심각하게 고려하고 있어서 걱정이야."

"이런 빌어먹을 일이 있나, 대체 위원들을 뭉텅이로 빼놓고서 어떻게 우리 일이 제대로 돌아갈 수 있다고 생각하지?" 베네딕트가 폭발했다. "시민들에게 뭘 서비스하라는 거야, 추측? 우리가 지금도 전송지 생명체의 60퍼센트밖에 확보하지 못했다는 건 자네도 알잖아…… 미안해, 헬, 자네 잘못이 아니야. 어쩌면 좋을까?"

"그게, 거기 티먼스한테서 들은 내막으로는 무슨 반외계인 단체에서 압력을 받고 있다나봐. 그 사람들이 납세자의 세금으로 괴물 수백 마리를 사치스럽게 대접하고 있다고 계속 꽥꽥대고 있대. 누군가가 캐비아 가격이 적힌 식료품 영수증을 손에 넣은 거 같아."

"그거 프레글 걸 거야. 어떻게 하지?"

"음, 대안을 두 가지 준비해봤는데, 사실상 그쪽 삭감 정책에 따르는 것들이야. 난 지금은 그들과 충돌하고 싶지 않아. 그냥 이번 회계연도만 피하도록 우리 예산을 조정해서 그들이 요구하는 금액에만 맞춰주려고. 선거 뒤에는, 누가 알겠어? 다른 안은 정규직 인원을 줄이는 건데, 잠깐 들어봐 베네딕트, 실제로는 여러 임시직과 자문직 자리로 인원을 그대로 유지하는 거지. 계약 만료 기간을 고려하면, 실질적으로 다섯 달 동안은 위원단 인원을 하나도 줄이지 않을 수 있어. 회의 전에 이 두 안을 다시 설명해줄게."

"헬, 자넨 천재야. 체스터?"

"베네딕트, 우리도 대항 세력을 좀 조직해야 될 것 같아. 물론 내가 상관할 일은 아니지만, 우리 운송업자들 대상으로 설문 조사라도 해서 우리 사업을 뒷받침해줄 단체를 좀 키울 수 없는지 알아봤으면 해."

베네딕트가 한숨을 쉬었다. "정부 조직이 대중의 지지를 구하기란, 아아주 까다로운 일이지. 음, 그럴 수 있을지도, 체스터. 하지만 아주 간단한 일이잖아. 설문 조사는, 꼼프랑데이?"

"이해했어, 베네딕트. 그건 그렇고, 연례 보고서가 또 며칠 늦어질 것 같다고 미리 알려주는 바야."

"또?"

"지난달에 컴퓨터가 고장났던 게 타격이 커. 그거 재구축하느라 부서 전체가 무보수로 야근을 하고 있는데, 아직도 입력을 다 못 했거나 잘못 입력된 항목이 많아. 솔직하게 말해서, 베네딕트, 큰 문제 하나는 바로 여기, 자네 사무실에 있어. 최초 기록을 확보하려고 우리가 할 수 있는 모든 방법으로 자네 자동기록기와 교차 연결을 해 놨는데, 자네가 기록기를 켜두지 않으면 아무 소용이 없어. 자네 기분은 알지, 하지만…… 그러고 보니, 저 기계가 지금도 기록을 안 하고 있는 것 같은데."

베네딕트가 홱 고개를 돌려 자동기록기를 노려보더니 스위치를 쾅 내려쳐 작동시켰다.

"빌어먹을, 저게 돌아가고 있는데 어떻게 사람들하고 얘기를 해? 알았어, 해볼게, 해보겠다고. 메이비스, 자네도 뭔가 불행한 소식이 있어?"

"그렇진 않아, 베네딕트, 그냥 평소와 똑같아. 향수병형 무감각증 사례가 두 건, 달지의류 중독 사례가 한 건, 그리고 그 알타이르인과 관련해서는, 닥터 모리스도 아직 원인을 짚어내지 못한 모종의 정신적 불안 증상이 있어. 의사가 직접 얘기하겠다고 했으니, 혹시 알타이르를 경유해야 할 일이 있으면 먼저 의사한테 연락해봐."

"그 사람, 아직 일은 할 수 있어? 알타이르가 새 지선을 내고 있는데, 우리한테는 그가 꼭 필요해."

"그는 괜찮아. 하지만 의사 말이, 먼저 할 마음이 들게 해야 한대."

"어떻게 할 마음이 들게 하지?"

"영화로. 옛날 서부영화. 말을 보면 기운이 나는 것 같아. 유일한 문제는, 말에게 뭔가 불안한 일이 생겨서는 안 돼. 의사가 밤마다 영화를 먼저 살펴보고 있어. 안장 자국이 생길 지경이라고 하더라고."

"메이비스, 내가 사랑한다고 전해줘. 나한테 안장 자국에 쓸 러브보디 크림이 있다고도 말이야. 자, 그리고, 의사한테 스플링스 좀 어떻게 해보라고, 그 옷 벗기는 짓거리 좀 어떻게 안 되겠냐고 부탁 좀 해주겠어? 스플링스가 오늘은 캐미라의 치마를 벗겼지…… 다 됐나? 그럼 이걸로 끝."

"오늘 밤에 업무 끝나자마자 외계인 영양학 모임에서 연설해야 하는 거 잊지 마세요." 사람들이 우르르 나가는 틈에 열린 문 너머에서 재키가 외쳤다. 전화벨이 울렸다.

"엑스시지시입니다…… 아, 안녕하세요, 마먼 씨. 변경 사항 목록은 작성하셨어요?…… 터릿 선반 기계 하나밖에 없다고요, 에? 전 제품에 다 쓰셨다고요? 음, 그게 문제일 것 같지는 않네요. 자, 인력 변동 쪽은 알아보셨어요?…… 뭐라고요? 보세요, 마멋 씨, 제가 다 말씀드렸잖아요. 사람 쪽은 전혀 고려하지 않으세요? 사람요. 사람이 제품을 다루잖아요, 아닌가요?…… 귀하의 기록은 제가 도와드릴 수 없어요. 사람들은 다 예전과 똑같아요?…… 음, 한번 살펴보세요…… 예, 그럴 근거가 있어요. 제 근거가 확실하지는 않아도, 댁이 다시 살펴볼 이유는 되죠. 제가 한 시간 후에 다시 전화드릴 텐데, 그때는 아마 뭘 찾아봐야 할지 좀 더 확실하게 말씀드릴 수 있겠죠. 하지만 마멋 씨도 그때까지 인력 변동 자료를 찾아서 저한테 이해되는 말씀을 해주셔야죠. 꼼프랑데이?"

그는 수화기를 툭 내려놓았다. 자동기록기가 잠깐의 침묵에 참견하듯이 윙윙거렸다. 베네딕트는 심술궂은 표정으로 기록기를 힐끗 보고는 '끔' 스위치를 쾅 치고 두 손으로 머리를 감쌌다. 전화기가 울렸다.

"엑스시지시입니다…… 예. 안녕하세요, 톰린슨 씨. 물론 기억하지요, 미니 기후처리기들을 허브를 경유하여 보내고 계시죠. 전송지 열다섯 군데, 그럼요, 기억하고말고요, 톰킨슨 씨. 지금껏 저희가 발행한 가장 복잡한 허가증…… 무슨 문제입니까?…… 더 싼 운송 경로를 찾으셨다고요? 어디 보지요— 그렇군요, 확실히 새 허가증이 필요하겠군요. 이번에는 전송지가 몇 군데나 됩니까— 열셋요? 그 새로 생긴 로스트앤곤 정거장요?…… 예, 귀하의 제품이 그곳 생명체들에게 괜찮은지 저희가 확인해야 하는데— 문제는 저희에게 아직 로스트앤곤의 위원이 배정되지 않았어요. 제가 알기로 그들은 예쁘고, 음, 또, 르셰셰한, 모종의 에너지장이라고 하더군요. 귀하의 제품이 그들에게 어떤 영향을 줄지, 또는 그 반대는 어떨지, 모르죠…… 예, 귀하가 옛 경로로 운송할 때마다 돈을 잃는 건 저도 이해합니다만, 토머슨 씨, 시민들은 아직 그곳 원주민을 데려올 돈을 저희에게 주지 않았습니다. 기다리고 싶지 않으시다면, 제일 좋은 건 귀하가 비용을 대고 정부가 시범 운송을 해보는 거죠. 죄송합니다. 저희는 선적과 시험 과정을 감독합니다. 저희에게 대표 제품이 필요할 겁니다— 제 말은, 완벽하게 전형적인 귀하의 제품 견본요…… 그건 저희가 전에 검토했지요, 토머슨 씨. 변한 게 없지요?…… 아, 사소한 변화요. 저희한테 알려주시지 않으셨잖아요. 톰킨슨 씨, 모험을 하고 계셨군요. 음, 이제 저희가 알았으니, 그건 전체 경로를 다시 확인해야 한다는 의미인데…… 예, 로스트앤곤까지의 시험 운송에 관한 비용 명세서를 내일 보내드릴게요, 제품은 열세트 정도로 하면 될까요? 그게 통과되면, 예, 그 경로로 소비자에게 운송하시면 됩니다. 하지만 통과될 거라고 보장은 못 합니다. 그 에너지-존재들과 접촉하면 귀하의 제품 회로에 문제가 생기기 쉬울 거예요. 아마도 절연 포장재 같은 것이 필요하겠지요. 포장재를 먼저 제작하고 싶지는 않으시겠지요, 그렇죠?…… 그러시리라 생각했습니다. 음, 팅커슨 씨, 이건 귀하가 위험을 지는 거예요. 전 경고했습니다. 저희는 분실이나 파손에 책임을 지지 않습니다. 이 내용은 이제 기록되었고요. 하지만 저희는 할 수 있는 일은 다 할 겁니다…… 그렇게 느끼셨다면 죄송합니다. 알겠습니다."

전화를 끊고 나서 베네딕트는 잠잠한 자동기록기를 꺼림칙한 시선으로 힐끗 쳐다보고는 스위치를 내리쳐서 켰다.

호출기 화면에 짐이 마면의 검은 상자 하나를 들고 나타났다.

"베네딕트, 아무래도 다른 종류가 더 있는 것 같아. 프레글이 협조적으로 나와서, 문제됐던 거 말고도 다른 두 가지를 더 가려냈어. 견본 오백 개를 연대순 제조 번호별로 분석한 결과, 이렇게 나왔어. 무특징형, 약한 마약형 A타입, 무기력형, 약한 마약형 B타입, 강한 성적흥분형, 강한 우울형, 강한 향수병형. 마지막 두 가지는 프레글을 그야말로 패대기칠 정도였는데, 성적흥분형도 그에 못지않아— 프레글은 건드리지도 않고 그냥 낄낄거리기만 해. 향수병형이 우리가 시험한 마지막 제조 번호까지 쭉 이어졌어…… 신원? 아주 정확하지는 않아. 아마도 젊고, 가능성이 반반이긴 하지만 여성 쪽에 가까운 것 같아. 무특징형으로 나온 마지막 제조 번호는 AGB-4367-L2야."

"고마워 짐, 고마워. 정말 큰 도움이 됐어. 재키! 마멋을 연결해

쥐, 아, 그래, 마면." 베네딕트는 의자에 앉은 채 몸을 들썩거렸다. "여보세요, 마면 씨? 베네딕트입니다. 목록 작성하셨어요? 저희가 귀하의 문제 원인을 찾은 것 같습니다. 그래도 먼저, 제품의 제조 번호를 보고 제작 일자를 알 수 있겠습니까? 음, 대강이라도 상관없어요. 자, 이제 찾으실 건 새 직원입니다. 다른 지역에서, 아마도 외국에서 왔고, 대략, 어디 보자, AGB-4367-L2가 나온 시기에 고용된 직원요. 아시겠어요?…… 이 직원은 남성보다는 여성일 가능성이 크고, 아마 젊을 거예요. 처음에 그 여자, 또는 남자는, 행복했고 흥미를 느꼈고, 그러고는 지겨워졌어요. 그게 정상이죠. 그러고는 사랑에 푹 빠졌…… 마빈 씨, 농담을 하는 게 아닙니다…… 잠깐만요, 끝까지 들어보세요. 어쨌든, 이 직원은 거절당했어요, 아시겠어요? 사랑하는 사람이 죽거나 멀리 떠났을 가능성은 없어 보이지만, 상대방이 귀하의 직원을 거절했을 가능성이 있어요. 직원은 깊은 우울에 빠졌고, 거의 자살할 지경이었다가, 격렬하게 집을 그리워하기 시작하죠. 아시겠어요?…… 왜요? 마블 씨, 대체 뭘 듣고 계셨던 거예요? 귀하는 발산형 텔레파시 능력자를 고용하셨던 거예요. 그리고 그 텔레파시 능력자가 귀하의 제품을 주요 대상으로 삼아…… 아니, 그건 됐어요— 최종적인 결과는 귀하가 만든 제품 하나하나에 그 감정적 발산이 주입되었다는 것이죠, 꼼프랑데이? 그것에 닿은 생명체는 모조리 감응됩니다. 캔들파워 직원들이 나가떨어진 게 그래서예요. 그 물건은 꽤 큰 타격을 입혀요. 귀하는 일터 어딘가에 아주아주 불행한, 강력한 텔레파시 발산자를 두셨던 겁니다. 아마도 젊은, 자신이 이능력자라는 걸 모르는 발산자요. 어딘가 검사기관이 없는 곳에서 온…… 그런 사람을 어떻게 찾느냐고요? 음, 작은 단서가 하나 있어요— 분명 귀하의 제품을, 적어도 저희에게 주신 제품을, 하나도 빠짐없이 건드린 사람이에요…… 그렇죠? 그 사람을 찾아서 이능력자를 담당하는 초능력청에 보내세요! 세상에나, 그런 사람이 거기서 재능을 낭비하고 있었다니…… 음, 만일 초능력청에 가고 싶지 않아 하고, 또 아직 고용 계약된 상태라면, 그 사람의 연애 문제를 좀 해결해주시거나, 아니면 제품과 떨어뜨려놓으세요— 아주, 완전 멀리요. 하지만 저는 귀하께서 그 사람을 찾아내고, 그 사람은 기꺼이 초능력청에 갈 거라고 생각합니다. 거기 가시면 일리치한테 말씀하세요. 베네딕트가 강력한 발산자라고 했다고 말입니다. 그들이 도와드릴 거예요. 알았죠?…… 일-리-치…… 아니요, 마블 씨, 캔들파워에 있는 제품 더미와 관련해서는 귀하를 도와드릴 수 없습니다. 말씀드렸지요, 제일 좋은 방법은 순회 처리반을 거기로 보내서 옮기는 거라고요. 무신경하다고요…… 음, 전 그것이 최고의 방법이라고 알려드렸습니다. 예, 압니다. 저도 죄송합니다. 그렇게 합시다, 아셨죠?"

베네딕트는 주먹으로 턱을 괴고 찡그린 얼굴로 웅웅거리는 자동기록기를 쳐다보았다. 바깥에서는 하늘이 어두워지고 있었다. 일을 마칠 시간이었고, 그에게는 해야 할 연설이 있었다. 전화벨이 울렸다.

"안녕하세요, 올드메이어 씨. 베네딕트입니다…… 저런, 저희 쪽
에서 양식을 보내드리지 않았나요? 사실은, 간단합니다. 양식과 함
께 견본을 보내주시기만 하면, 귀하의 경로대로 저희 외계인 위원
단을 통해 견본의 문제 여부를 확인…… 어떤 특별한 문제요?……
예, 올드넘 씨, 죄송하지만 허가증을 받으셔야 합니다. 운송에서 음
악은 더욱 민감한 문제입니다. 일부 생명체에게 실질적인 해를 주
니까요. 그게 포장재가 중요한데…… 음악이 꺼져 있다는 건 저도
잘 알지만, 전송 과정에서, 특히 이처럼 긴 경로에서 물건들이 어
떻게 뜻하지 않게 작동하게 되는지 아시면 놀라실걸요…… 예, 음,
괜찮은 방음 업체를 잡아서 소음기를 만들게 하세요. 상자 전체를
할 필요는 없을 듯하고, 오디오 쪽만요, 아시겠죠? 그리고 전기 픽
업 장치는 절연체로, 아셨지요?…… 올더샷 씨, 저도 성가신 일인
거 압니다만, 그런 종류의 장치는 갑자기 신호를 포착해서 전송하
는 수가 있는데, 그러면 끔찍한 대가를 치러야 합니다. 그러니까, 전
송 조건이 지구 표준과는 전혀 다르니까요. 예전에 피콜로 투 경유
정거장에서 광전기 트랙터가 저절로 가동을 시작한 사례가 있는데,
그 일로 이 년 동안 정거장이 폐쇄되는…… 음, 포장재를 만드실 거
죠, 기다리고 있겠습니다, 됐지요? 전화 끊겠습니다." 전화를 끊자
미스 부츠의 연한 녹청색 형체가 짐이 잔뜩 실린 실험실 손수레를
밀며 아장아장 방으로 들어왔다.

"베네딕트 씨, 프레글레글레그 씨가 검수한 이 가스 뭐시기 삼천 개는 어떻게 할까요?"

"부츠, 그거 여기다 두면 안 돼. 공급부로 가져가고, 윌리한테 얘기해서 소유자가 가져가게 해. 마멋 씨야. 그 사람은 내가 일일이 떠먹여줘야 해? 부츠, 지쳐 보이네. 오늘도 프레글하고 한바탕한 거야? 캐미라는 치마 찾았어?"

미스 부츠가 피곤한 듯이 고개를 끄덕이고는 손수레를 끌고 나갔다.

"힘든 날이로군." 베네딕트가 서류철을 뒤적거리며 중얼거렸다. "빌어먹을 연설문은 어디 있지? 재키!"

"저희 이제 정리해야 해요, 베네딕트 씨." 접수원이 문간에서 말했다. "핼이 야근에 관해서 뭐라고 했는지 아시잖아요."

"알았어." 베네딕트가 서류철 하나를 꺼내고 책상 서랍을 쾅 닫았다. "재키, 불 꺼. 나가자고…… 아니 세상에, 저건 뭐야?"

어두워진 방 안에서 웬 남자의 목소리가 〈벌거벗은 그대〉를 부르고 있었다. 다음 순간 소프라노 목소리가 합세하여 〈내 전부를 사랑해줘요〉를 불렀다.

"불 켜! 이게 뭐야, 재키! 살려줘, 불을 켜!"

"아, 베네딕트 씨, 그냥 그 피부에 바르는 크림이에요." 재키가 불을 켜면서 말했다. 방 안이 조용해졌다. "조애너 러브보디, 아시죠? 그건 음악을 들려줘요. 제 건 〈맛있고 맛있는 자기〉를 불러요.

멋지죠."

"뭐라고?" 베네딕트가 뒤통수라도 맞은 듯이 멍하니 책상 위에 놓인 연보랏빛 병들을 쳐다보았다.

"알려드리자면, 밤에 불이 꺼졌을 때와 아침에 다시 불이 들어왔을 때 노래해요. 제 치약은 〈키스하는 날〉을 부르고요. 무슨 문제 있어요, 베네딕트 씨?"

"당장 그 여자한테 연락해." 베네딕트가 소리쳤다. "클래프, 크래프, 크로치 ─ 사무실에 없으면 집으로 연락해서라도 찾아! 재키, 그 여자를 찾을 때까지 퇴근은 없어. 그 여자한테 허가가 철회됐다고 알려줘. 취소야! 무효야! 그 여자가 바다 밑바닥에 있다고 해도 상관없어, 재키, 그 여자를 찾아. 아, 이런 빌어먹을 일이, 왜 말 안 했지? 내가 물어봤는데. 왜? 대체 왜?"

"하지만 베네딕트 씨, 아마 아신다고 생각했을 게 틀림없어요. 제 말은, 그 제품들은 다 그러니까요. 오래됐어요."

"내가 어떻게 알아? 난 독신인데." 그가 신음했다. "재키, 이해하겠어? 이런 것 수천 개가 제각기 다른 노래를 부르며 전송기에서 쏟아져 나오면 어떻게 될지? 스플링스가 음악을 들었을 때 무슨 짓을 했는지 알아? 우리가 왜 스플링스 사무실을 방음 처리했을 것 같아? 아, 아, 아─"

둘은 서로를 쳐다보았다. 재키가 뒤로 물러서기 시작했다.

"자." 베네딕트는 꿀꺽 침을 삼켰다.

"예?"

"내일 아침 제일 먼저, 그러니까, 미스 크러드를 찾은 뒤에, 크롱크, 아니 브롱크라는 사람한테 연락을 해주면 좋겠어. 몽고메리 로벅에 다니는, 무슨 영업 어쩌고 하는 부서의 장이야. 점심 약속을 잡아줘, 재키. 내가 점심을 사겠다고 해. 가능한 한 빠른 날짜에."

"예."

베네딕트는 살금살금 사무실을 나오며 전등 스위치를 내리쳐 불을 껐다.

"근사한 점심을." 그가 중얼거렸다. "어쩌면 저걸 쓸 수도—"

등 뒤에서 믿음직하게 웅웅거리는 자동기록기 소리 사이로 피부에 바르는 크림 두 병이 노래하기 시작했다.

다이아몬드 가득한 하늘에 계신 어머니

Mother in the Sky With Diamonds

"지금 신호가 들어오고 있어요, 감독관님."

코로니스* 통신원이 80만 킬로미터쯤 떨어진 하행 지점에서 소행성대 순찰선을 타고 기다리는 못생긴 남자에게 분홍색 혀를 내밀었다. 저 형편없는 구닥다리 헤어스타일도 정말이지, 여자는 생각했다. 으엑. 여자가 혀를 집어넣고 상냥하게 말했다. "발신지가, 아, 제12 프랜차이즈예요."

그 말을 들은 순찰선 남자의 얼굴이 더욱 못생겨졌다. 이름이 우주안전감독관 골렘인 그는 배가 아팠다.

---

* 화성과 목성 사이 소행성대에 존재하는 소행성족asteroid family의 하나로, 큰 소행성족으로는 플로라족, 코로니스족, 에오스족, 테미스족이 있다. 이 단편에서는 소행성 세레스에 본부를 둔 '회사'가 소행성족별로 구역을 두고 소행성대를 운영하고 있다. 코로니스 구역을 맡아 기업과 개인에게 소행성 개발권 및 거주권을 분양하고 관리하는 자회사 내지는 부서가 주인공이 근무하는 코로니스 뮤추얼이다.

회사 감독관이 아프다는 걸 알면 화성 데이모스와 토성 고리 사이에 있는 모든 몰리점유자가 환호하리라. 다만 골렘 감독관한테도 회사 계약 자료들 말고 '배'가 있다는 사실은 좀 놀랍겠지. 골렘[*]이잖아? 골렘의 친구들은 다 모아봐야 중간자 하나도 못 채울 테고, 그도 그걸 알았다.

그래도 그의 배는 그런 상황에 익숙했다. 심지어 코로니스 뮤추얼에서 일하는 데에도 점점 익숙해지고 있었다. 어쩌면 상사인 콰인도 견뎌낼 수 있을지 모른다는 희망을 그는 여전히 품고 있었다.

서서히 숨통을 조여오는 것은 배가 아니라, 제 손으로 코로니스 구역 변방인 제14 프랜차이즈 너머에 숨겨놓은 그것이었다.

그는 다음 순찰 정보를 입력하는 콰인의 직원을 화면으로 보면서 얼굴을 찌푸렸다. 통신 담당으로 살아 있는 여자다운 여자를 두는 건 사기 진작에 도움이 되어야 했다. 하지만 골렘에게는 아무 효과가 없었다. 그는 자신이 어떻게 생겼는지 알았고, 그의 배는 12에서 보낸 신호가 어떤 것일지 알았다.

여자가 화면에 정보를 뿌렸다. 어김없이 미확인비행체 신고였다. 레이더에 잡힌 유령 신호들.

아, 안 돼. 또라니.

━━━━━━━━━━━━━━━━━━━━━━━

• 주인공 골렘Gollem은 히브리 신화에서 흙이나 돌, 나무 등을 사람의 형상으로 빚어 생명을 불어넣은 물체를 일컫는 골렘Golem과 발음과 표기가 유사하다.

다 정리해놓은 지금 또라니.

제12 프랜차이즈는 사이보그 집단을 거느린 성마른 기업인 웨스트헴 케미컬이다. 곧장 가지 않으면 추적기를 내보낼 것이다. 하지만 어떻게? 그는 막 그쪽에서 오는 길이었고, 제1 프랜차이즈로 상행하게 되어 있었다.

"순찰 방향 전환." 그가 툴툴거렸다. "출발 지점은 제14 프랜차이즈. 목적은, 어, 제11 프랜차이즈 바위 폭파 준비 상황 불시 점검 및 웨스트헴에 대한 신속 대응 서비스. 에너지 2유닛 추가 할당."

여자가 그대로 경로를 입력했다. 골렘이 우주부패균을 가지고 출발한다 해도 자기로서는 상관없는 일이었다.

그는 연결을 끊고 콰인에게 이유를 설명해야 할 추가 에너지 건에 대해서는 생각하지 않으려 애쓰면서 새 경로를 입력했다. 누가 그의 조종 시스템을 엿보다 항행 로그에 걸어놓은 우회로를 발견하기라도 하면, 그는 귀에 전극을 꽂고 광석이나 나르는 신세가 될 게 뻔했다.

그는 배 속에 바지즈 한 잔을 털어넣었고, 경로 코드에서 오류를 발견하고는 전혀 기쁘지 않은 마음으로 수정했다. 대부분의 소행성대 거주자는 새로운 싸구려 중력축적 구동장치에 자연스럽게 적응했다. 골렘은 질색했다. 그 깡통을 몰고 가고 싶은 곳으로 곧장 가는 대신 여기저기 어슬렁거리며 가는 방식을 선호했다. 옛날 방식이었고, 진짜 방식이었다.

나는 최후의 기계광, 그는 생각했다. 신을 잃은 우주의 공룡……
하지만 공룡도 죽은 여자와 얽히는 짓은 하지 않을 분별력이 있
겠지.

그리고 라그나로크.

중력계 바늘이 눈금을 거슬러 흔들거리며 그를 역방향으로 중
력장 응력점에 압축하고 있었다. 그러니까, 그러고 있기를 바랐다.
그는 회사가 순찰선에 넣어준 새 바이오감시기 고치를 쳐내고, 화
면이 온통 죽이 되기 전에 외부를 스캔했다. 소행성대에는 늘 볼만
한 것이 있었다. 이번에는 자갈이 구를 때마다 반짝이며 그의 뒤를
길게 따르는, 작은 초승달들의 폭풍이었다.

다이아몬드 가득한 하늘에*……

라그나로크의 큰 현창으로는 우주가 적나라하게 내다보였다.
그것이 한때 사람들이 좋아하던 방식이었다. 그의 아이언 버터플라
이**. 그는 수염을 문지르며 계산했다. 제14 프랜차이즈 점유자 둥지
를 확인한 뒤, 라그나로크까지 다섯 시간.

기상신호기가 깜박이며, 중력장 소용돌이들과 기상 전선들의
코드를 새로 입력한 뒤로 새로 들어온 데이터가 있음을 알렸다. 그

---

* 영국의 록 밴드 비틀즈가 1967년에 발표한 곡 〈Lucy in the Sky with Diamonds 다이아몬드
  가득한 하늘에 있는 루시〉의 가사.
** 1960년대에 활동한 미국의 사이키델릭 밴드. 1968년에 발표한 〈In-A-Gadda-Da-
  Vida〉는 최초의 헤비메탈로 불리며, 곡 길이가 17분에 달한다.

는 가스 강풍과 액체 물로 구성되는 날씨에서 산다는 건 어떤 느낌일까 궁금해하며 주파수를 맞추었다. 그는 루나*에서 자랐다.

새로운 데이터는 목성 궤도에서 떨어져나와 소행성대로 들어오는 떠돌이 소행성 두 개로 밝혀졌다. 목성은 간간이 바위들을 떨어냈다. 트로이군**에서 이탈한 듯한 두 소행성은 테미스 구역으로 하행할 것으로 예측되었다. 예상 경로에는 새로 생긴 의료 기지인지 뭔지 말고는 아무것도 없었다. 그곳을 담당하는 감독관은 하라라는 이름의 정신 나간 놈인데, 아마도 돌연변이 파지***를 팔고 돌아다니는 데 정신이 팔려서 소행성들이 지나가는 것도 알아차리지 못할 터였다. 안된 일이로군, 트로이군 소행성은 가스가 풍부한데.

음식 섭취 시간. 그는 오비퍼프 팩 하나를 열고 음악 소리를 최대로 키웠다. 그의 음악. 저 옛 개척 시대 인간들의 강렬한 음악. 골렘이 아니라, 새로운 잠재의식적 바이오신음을 위한 음악. 그는 진짜 전자 데시벨을 탐닉했다. 걸쭉한 오비퍼프를 우물거리는 쓸모없는 커다란 이, 쿵쿵 울리는 선실.

나는 아무 만족도 얻을 수— 없네!****

---

* 지구의 위성인 달.
** 큰 천체의 궤도 앞뒤 60도 지점에 존재하는 소행성군의 일종으로, 태양계에서 가장 큰 목성 트로이군은 궤도 앞쪽의 그리스 측과 궤도 뒤쪽의 트로이 측으로 나뉜다.
*** 박테리오파지. 세균을 감염시킨 후 그것을 숙주로 삼아 증식하는 바이러스.
**** 영국의 록 밴드 롤링스톤스가 1965년에 발표한 곡 〈(I Can't Get No) Satisfaction〉.

바이오감시기가 제 고치 안으로 움츠러들고 있었다. 좋아. 아무도 널 골렘의 우주선에 들어오라고 하지 않았어, 이 좆비린내 나는 공생체 자식.

비트가 도움이 되었다. 그는 늘 하던 운동을 시작했다. 하라 같은 무중력이 되진 않을 것이다. 지금은 다들 그랬다. 우주미美? 똥이나 먹으라지. 그는 시대에 뒤떨어진 몸을 뻗고 당겼다.

고릴라, 그의 친어머니가 한 번 보고 떠나버린 것도 이상한 일이 아니었다. 집으로부터 이천 광년…… 골렘에게 무슨 집? 콰인에게 물어보라, 회사에 물어보라. 지금은 본부가 우주를 소유했다.

제동을 걸고 제14 프랜차이즈로 들어갈 시간이었다.

14는 여느 때와 똑같이 무질서하게 뭉친 거대한 몰리거품 덩어리 그대로였다. 안에는 이전 시대에 궤도를 일치시켜놓은 바위 집합체가 숨어 있었다. 최초의 우주 개척자들이 반작용 추진체를 가지고 해낸 일이었다. 힘든 일이었다. 지금은 중력축적 추진체만 있으면 애라도 정확하게 바위 궤도를 맞출 수 있었다.

제14 프랜차이즈는 지날 때마다 거품이 늘어 있었다. 아이들도. 프랜차이즈 비용을 내는 몰리조직 탱크들은 아직 깨끗했지만, 다른 곳의 거품들은 겹겹이 두텁게 층이 졌고, 제일 바깥에 있는 것들은 느슨하게 밧줄로 묶여 있었다. 거품의 대사산물이 작용할 바위가 동나고 있었다. 골렘은 지날 때마다 굳이 번거롭게 굴었다.

"바위 몰이꾼들은 어디 있어?" 점유자 대표가 화면에 나타나자 그가 물었다.

"곧, 곧 옵니다요, 골렘 감독관님." 점유자 대표는 한쪽 귀에 바이오수신기를 붙인 호리호리한 스킨헤드였다.

"주키, 회사가 계약을 해지할 거야. 보험 가입이 가능한 생명유지 요건을 갖추지 않으면 코로니스 뮤추얼은 피보험자 자격을 유지해주지 않아."

주키가 귀에 붙인 녹색 방울을 조작하면서 미소를 지었다. 그들은 바위를 버리고 공생적 우주생활 양식으로 흡수되고 있는 것이 분명했다. 주키 뒤로 더 나이 많은 대표 두 명이 보였다.

"너희는 회사가 제공하는 서비스를 중단할 형편이 아니야." 골렘이 화를 내며 말했다. 그 서비스라는 게 얼마나 하찮은지 그보다 더 잘 아는 사람도 없을 테지만, 그마저 없다면, 어쩌려고? "바위 좀 가져다줘."

여기서 시간을 더 쓰면 안 된다.

14에서 물러 나오는데, 느슨하게 묶인 거품 중에서 상태가 안 좋은 자주색 거품 하나가 눈에 띄었다. 그가 상관할 일이 아니었다. 시간이 없었다.

저주를 퍼부으며, 그는 천천히 그 거품 옆으로 가서 에어로크 탐침들을 그 단분자 껍질 속으로 조심스럽게 밀어넣었다. 로크가 열리자 악취가 밀려왔다. 그는 산소 보급 장치를 낚아채고는 냄새 나는 거품 속으로 훌쩍 뛰어들었다. 중앙에 노란 철사 덩어리처럼 뭉친 여섯이나 일곱 정도 되는 몸이 떠다니고 있었다.

그가 한 명을 뜯어내 얼굴에다 산소를 분사했다. 무중력으로 태어난 내장주머니 아이였다. 아이가 희미하게 눈을 뜨자 골렘은 썩어가는 대사산물 핵으로 아이를 떠밀었다.

"이것에 파지를 먹였어." 그는 아이를 철썩 때렸다. "이게 복제할 거라 생각했겠지, 그렇지? 너희는 이것에 독을 풀었어."

아이의 시선이 우왕좌왕하더니 초점을 맞췄다. 말을 알아듣지 못했는지, 제14 프랜차이즈 사투리가 재빠르게 흘러나왔다. 어쩌면 이들 중 일부는 정말로 공생적 소통을 시작했는지도 몰랐다. 식물성 초감각적 지각.

그는 한데 얽혀 부유하는 인간들 쪽으로 아이를 다시 떠밀고는 죽은 대사산물을 파쇄기에 때려넣었다. 굶주린 몰리거품 벽이 괴사로 움푹 패어 간신히 지탱되고 있었다. 그는 벽에다 이산화탄소 탱크를 확 쏟아붓고는 예비용 대사산물 핵을 가지러 순찰선으로 기어 돌아왔다. 다시 돌아갔을 때는 벌써 거품 표면의 유사생명 세포질이 깨끗해지기 시작하고 있었다. 그 인간들이 이산화탄소와 결합하는 돌연변이 파지로 다시 중독시키지만 않는다면, 거품은 스스로 재생할 것이다. 그것이 현재의 인간이 별빛으로 광합성하고 인간 폐기물로 호흡하는 부드럽고 얇은 이형異形촉매막 우주집을 짓는 방식이었다.

골렘은 움찔거리는 몸들을 뒤져 어느 여자와 아기 사이에서 파지 주머니를 찾아냈다. 그가 주머니를 잡아당기자 여자가 훌쩍였다. 그는 그걸 가지고 순찰선으로 돌아왔고, 영양분 젤을 짜내 탐침 구멍을 막으면서 조심스럽게 그곳에서 물러났다. 몰리거품은 스스로를 치유할 것이다.

마침내 라그나로크로 갈 수 있었다.

그는 제12 프랜차이즈로 가는 경로를 선택한 다음, 교묘하게 항행 로그에 걸어놓은 우회 장치를 가동하여 진짜 경로를 설정했다. 로그는 들켜서는 안 될 또 하나의 비밀인 이중 장부에서 비용을 충당할 것이다. 그러고 그는 여느 때처럼 방금 사용한 소모품들의 숫자를 하나씩 불려서 기재했다. 횡령. 배가 신음했다.

그는 배를 달래기 위해 소리를 키워 록 폭풍을 맞았다. 목에 죽은 새를 걸고 다니는 남자에 관한 옛 시*가 있었다. 사실은 그에게도 죽은 새가 있었다. 좋은 것들은 다 죽었다. 자유롭고 길들지 않은 인간의 것들 말이다. 믿거나 말거나, 그는 유령처럼 사는 기분이었다. 인간이 기계를 타고 별들로 향하고, 조류藻類가 우주가 아니라 냄비 안에 있던 시절의 유령. 인간이 '우주를 길들인' 그 화성산産 물질대사 거대분자들을 조작해내기 전에 죽은 자의 유령 말이다. 지금은 그것들로 숨 쉬고, 그것들로 먹고, 그것들과 항해하고 연산하고 음악을 만들고, 어쩌면 그것들과 짝짓기도 할 수 있을 듯한 남자들, 여

---

* 새뮤얼 테일러 콜리지의 시 「늙은 뱃사람의 노래」.

자들, 아이들뿐!

스테픈울프*가 으르렁거리며 바이오감시기를 뒤흔들었다. 금속
탐지기가 깩깩거렸다.

라그나로크!

시간이 산산이 파열하고 과거가 화면에서 불타올랐다. 그는 잠
깐만 보기로 했다.

아스라이 먼 태양 빛에 빛나는 다이아몬드를 두른 금색의 거대
한 선체가 별빛 속에 떠 있었다. 최후의 아르고, 더없이 외로운 이
주용 짐마차. 라그나로크. 인간을 우주로 날려보낸 조잡한 기술의 상
징들로 꾸며진, 거대하고, 거만하고, 꼴사나운 별의 기계. 토성과 그
너머로 가는 길을 연 라그나로크. 신들에게 지른 인간의 주먹. 지금
은 자신이 정복한 바다에서 길을 잃고 죽은 선체로 떠도는 라그나로
크. 길을 잃고 모두에게서 잊힌, 그러나 감독관 골렘에게만은 아닌
라그나로크.

지금은 우주복을 챙겨 입고 선체를 서성거리며 돌아다닐 시간
이, 고풍스러운 부속품들을 기웃거리고 만지작거릴 시간이 없다. 내
부의 원자로는 오래전에 죽어 차가웠다. 그 일대의 모든 중력장 감
지기를 작동시킬 듯한 원자로를 그는 감히 점화해볼 시도조차 하지
않았다. 지금은 콰인에게서 훔쳐 우주선 배터리에 채운 에너지만이

* 1960년대 후반과 1970년대 초반에 인기를 끈 미국-캐나다 록 밴드.

선체를 덮히는 전부였다.

선체 안에도 그의 죽은 새가 있었다.

그는 순찰선의 탐침에 맞게 개조한 중앙 에어로크로 미끄러져 들어갔다. 안으로 들어가는데, 전에 화물용 에어로크 위에 매달아놓은 저장고 다발에서 새 거품이 형성되고 있는 것이 언뜻 보였다. 토팡가는 무슨 짓을 하고 있는 거야?

에어로크가 영혼을 흡족하게 하는 철컹거리는 금속 소리를 내며 맞물렸고, 그는 라그나로크의 벽에 걸린 오래된 두 벌의 괴물 복장과 눈을 맞춘 채 빙빙 회전하면서 에어로크를 통과했다. 이렇게 번거롭다니, 믿을 수가 없다. 그들은 대체 어떻게 이런 일을 해왔지? 그는 발을 차며 어둠을 통과해 선교로 올라갔다.

거기 한순간, 그의 여자가 있었다.

넓은 현창으로 별빛과 점점이 불빛이 박힌 어둠이 빙빙 도는 미로가 보였다. 여자가 지휘석에 앉아 바깥을 주시하고 있었다. 그는 여자의 순수한, 치열한 옆얼굴을, 어둠에 묻혀 어렴풋한 젊은 여자의 몸을 보았다. 별을 갈망하는 두 눈.

그때 그 눈이 방향을 돌렸고 불이 들어왔다. 그의 별 소녀는 저를 죽인 것 속으로 사라졌다.

시간 속으로.

토팡가는 유기된 동력선을 탄 늙고, 아프고, 어리석은 여자였다.

여자가 망가진 얼굴로 그를 보고 웃었다.

"골리? 그렇잖아도 생각—"그래도 이건 대체 무슨 기계일까, 별의 아지랑이 속에서 들리는 저 허스키한 목소리. 그 목소리가 수년째 그에게 이야기들을 들려주었다. 그 이야기들 속의 토팡가는 지금과 같지 않았다. 그가 아픈 몸으로 표류하던 여자를 처음 발견했을 때, 그때도 여자는 여전히 토팡가였다. 최후에 남은 자.

"토팡가, 호출기를 쓰고 있었지? 그들이 너무 가까이 있다고 경고했잖아. 이제 널 발견했을 거야."

"골리, 난 보내지 않았어."그 으스스하게 푸른, 둥그런 늙은 눈을 보면 그는 본 적도 없는 곳이 생각나곤 했다.

골렘은 자기가 조종대 위에 달아놓은 자동기록기들을 확인하기 시작했다. 라그나로크의 골동품들이 아직도 작동한다는 사실이 믿기지 않을 지경이었다. 온전히 무기물로만 이루어진 고체회로 덩어리. 토팡가는 작동이 안 된다고 주장했지만, 토팡가가 첫 광증 발작을 일으켰을 때, 그는 그렇지 않다는 걸 알게 되었다. 그때 그는 제4프랜차이즈에 있는 거대한 우주쓰레기 집합체 안에 라그나로크를 세워두고 있었다. 그런데 토팡가가 죽은 지 이십 년은 된 사람들에게 도킹 신호를 보내 주파수대역을 교란하기 시작했다. 하마터면 그가 그곳에 도달하기 전에 회사 구조팀이 토팡가를 우주 밖으로 날려버릴 뻔했다. 그는 콰인을 납득시키기 위해 충돌을 조작해내야 했다.

자동기록기 하나가 뜨거웠다.

"토팡가. 내 말 좀 들어봐. 웨스트헴 케미컬이 널 찾으려 사냥꾼을 내보내고 있어. 네가 그들의 채광기들을 교란시켰어. 무슨 일을 당할지 모르겠어? 운이 좋아야, 아주 운이 좋아야 요양원 정도가 될 거야. 온갖 바늘. 온갖 튜브. 널 물건처럼 대하면서 이래라저래라 지시하는 의사들. 그들은 라그나로크라는 우주 트로피를 손에 넣게 되겠지. 널 먼저 날려버리지 않는다면 말이야."

여자의 얼굴이 잔뜩 일그러졌다.

"내 일은 내가 알아서 해. 레이저를 돌려서 놈들을 쏴버릴 거야."

"넌 놈들을 보지도 못할 거야." 그는 그 도전적인 유령을 노려보았다. 여기서는 뭐든 하고 싶은 대로 할 수 있었다. 왜 주저하고 있었을까? "토팡가, 저 호출기를 없앨 거야. 그게 널 위하는 일이니까."

여자가 늘어진 턱살을 흔들며 망가진 턱을 치켜들었다.

"난 놈들이 무섭지 않아."

"임시 병동은 무서워해야 해. 중력에 눌린 채 튜브 덩어리가 되어 생을 끝내고 싶어? 호출기 떼어낼 거야."

"안 돼, 골리, 안 돼!" 돌연한 공포에 휩싸인 여자의 막대기 같은 두 팔이 늘어진 피부를 출렁거리며 허둥거렸다. "다시는 손대지 않을게. 명심할게. 의지할 게 그거밖에 없어. 아, 제발 그러지 마."

여자의 목소리가 갈라졌고 그의 배도 그랬다. 차마 쳐다볼 수가 없었다. 자신의 여자를 먹어 치운 그 생명체를. 그 생명체 안 어딘가에, 자유를 간청하는, 모험을 원하는 토팡가가 있었다. 안전하지만 무력한, 재갈 물린 토팡가? 아니다.

"웨스트헴의 범위 밖으로 살짝 밀어낼 거야. 그러면 영향을 미칠 수 있는 곳이 세 군데나 돼. 토팡가, 다음번에는 나도 구해주지 못해."

여자는 이제 그가 가져다준 화성산 산소담요를 둘러쓰고 축 늘어져 있었다. 그는 그림자 밑에서 어스레한 푸른빛을 보았고, 그의 배가 담즙을 뿜었다. 맘대로 해, 이 마녀. 나까지 죽이기 전에 죽어버려.

골렘은 자신이 설치해놓은 중력축적 장치에 코드를 입력하기 시작했다. 라그나로크의 덩치에 대면 부실하기 짝이 없지만, 과부하를 걸어서 슬쩍 밀어낼 수는 있었다. 다음번에 지나칠 때 안정화시킬 것이다. 에너지를 너무 많이 소모하지 않고서 찾을 수만 있다면.

뒤에서 허스키한 속삭임이 들렸다. "늙는 건 이상해—" 낭랑한 소녀 같은 웃음소리의 유령. "테티스*에서 중력장이 바뀌었던 때 얘기를 내가 했던가?"

"했어."

라그나로크가 깨어나고 있었다.

"별들은," 여자가 꿈꾸듯이 말했다. "하트 크레인**은 첫 우주 시인이었어. 들어봐. 별들은 우리 눈에 싸늘한 무용담을, 정복되지 않은 우

---

* 토성의 세 번째 위성.
** 미국의 시인. 이어지는 구절은 장편서사시 『다리』의 네 번째 시 「해터러스 곶」의 일부다.

418

주의 반짝이는 시편들을 휘갈기네. 오 은빛 힘줄 불거진 — "

선체에서 땡땡거리는 소리가 들렸다.

누군가가 몰래 라그나로크를 빠져나가려 하고 있었다.

수직갱에 몸을 던져 화물용 에어로크로 달려간 그는 에어로크가 회전하고 있는 것을 발견했다. 그는 즉시 뒤돌아 중앙 에어로크에 있는 자기 순찰선으로 뛰어들었다. 너무 늦었다.

선실로 뛰어드는 순간, 화면에 아까 봤던 새 거품 뒤에서 낯선 포드 하나가 막 이륙하는 것이 보였다.

바보, 바보 —

그는 우주복을 입고 라그나로크에 기어올라 선체를 가로질렀다. 새 거품은 아직 부드러웠고, 대부분이 영양젤이었다. 그는 그것에 얼굴을 들이밀고 산소 보급 장치를 열었다.

그는 분노로 새파랗게 질려서 토팡가에게로 돌아갔다.

"넌 파지 밀매꾼을 라그나로크에 정박시켜줬어."

"아, 레오였어?" 여자가 모호하게 웃음을 터트렸다. "테미스라고 했던가, 다음 구역에서 온 안내원이야. 가끔 들러. 나한테 아주 잘해 줘, 골리."

"놈은 더러운 파지 밀매꾼이야. 너도 알잖아, 알면서 그를 숨겨 주고 있었어." 욕지기가 솟았다. 예전의 토팡가라면 '레오'를 쓰레기 투입구에 집어넣었을 텐데. "파지는 안 돼. 다른 무엇보다 파지는 안 돼, 토팡가."

여자의 태곳적 눈꺼풀이 감겼다. "그냥 뒈, 골리. 난 너무 오래 혼자였어." 여자가 속삭였다. "넌 날 너무 오래 내버려뒀어."

여자의 시든 손이 더듬거리며 그를 찾았다. 갈색 반점이 난, 가늘고 긴 정맥들이 교차하는 손. 불거진 마디, 힘줄들. 테티스에 진지를 구축했던 여자의 손은 어디에 있는가?

그는 출입구 위에 나란히 걸린 홀로그램 사진들을 올려다보고는 여자를 쳐다보았다. 카메라는 적금발 머리에 토성 고리의 자유분방한 빛을 받으며 캄캄한 광막함을 향해 씩 웃고 있는 여자의 모습을 포착했고……

"토팡가, 늙은 어머니." 그가 괴로운 듯이 말했다.

"날 어머니라고 부르지 마, 이 합성 우주돼지야!" 여자가 불을 뿜듯 고함쳤다. 시체 같은 몸이 지휘석에서 튀어나오는 바람에 그는 여자의 몸에 손대는 것을 진저리나게 싫어하면서도 조심스럽게 여자를 다시 그물망에 고정해야 했다. 4분의 1 중력으로도 이 꼬챙이들은 부러져버릴 것이다. "난 죽을 거야." 여자가 중얼거렸다. "오래 걸리지 않겠지. 넌 자유로워질 거야."

라그나로크는 이제 진로를 잡았고, 그는 떠나도 되었다.

"그냥 이대로만, 우주인, 이대로만 있으면 돼." 그는 여자에게 진심으로 말했다. 그의 배는 앞으로 어떤 일이 기다리고 있는지 알았다. 좋은 일은 아무것도 없었다.

나가는데 여자가 환한 목소리로, "짐벌스, 확인해"라고 켜지지도 않은 컴퓨터에게 말하는 소리가 들렸다.

그는 제12 프랜차이즈와 웨스트헴을 향해 이륙했다. 그가 막 항행 로그를 진짜 시간으로 돌려주고 있는데 호출기가 울렸다. 화면은 텅 빈 채였다.

"신원을 밝혀라."

"기다리고 이섯지, 골렘." 발음이 분명치 않은 테너 목소리. 골렘의 수염이 움찔거렸다.

"너무 머찐 우주서니야." 목소리가 킬킬거렸다. "코로니스 채김 자라며는 저 우주서네 정말로 흥분날걸."

"목숨을 부지하고 싶으면 라그나로크에 얼씬하지 마." 골렘이 파지 밀매꾼에게 경고했다.

목소리가 다시 낄낄거렸다. "내 동료드른 정마로 슬퍼하고 이 써, 감도꽌님." 딸깍 소리가 나더니, 자기 목소리가 들렸다. "토팡가, 다음번에는 나도 구해주지 못해."

"거래하지, 감도꽌님, 거래 마리야. 우리가 전쟁할 이유가 이 써?"

"그 감동적인 테이프는 날려버려." 골렘이 피곤하다는 듯이 말했다. "날 하라처럼 굴리지는 못할 거야."

"토팡가 마리야." 얼굴이 보이지 않는 레오가 생각에 잠긴 듯이 말했다. "정말 머찐 늘근 여우지. 내가 자기 전서네 난 불 꺼줫다는 말 안 헤?" 골렘은 연결을 끊었다.

저 파지 밀매꾼이 토팡가의 신뢰를 얻으려고 회로에 연기를 피웠으리라. 배가 쓰려왔다. 너무 취약하다. 늙고 아픈 독수리가 우주에서 죽었고, 쥐들이 발견했다.

저놈들은 그만두지 않을 것이다. 라그나로크에는 공기와 물과 에너지가 있었다. 송신기들. 어쩌면 저놈들이 토팡가 호출기를 쓰고 있었는지도 모르고, 어쩌면 토팡가가 진실을 말해줬을지도 모른다. 놈들이 탈취할 수 있었다. 토팡가를 에어로크 밖으로 밀어내고……

골렘의 손이 조종대 위에서 허둥거렸다.

지금 돌아가면 항행 로그가 모든 걸 불어버릴 것이다. 그리고 대체 무엇을 위해서? 아니야, 그는 마음을 다잡았다. 놈들은 기다릴 거야. 먼저 동정을 살펴야 하니까. 놈들은 나도 잡고 싶어해. 자기들 협박이 얼마나 큰 힘을 발휘하는지 알고 싶어해. 놈들이 계속 모르기를 기도해야지.

어딘가에서 에너지를 좀 얻어 라그나로크를 빼내야 했다. 어떻게, 어떻게? 목성을 숨기려는 꼴이잖아.

정신을 차려보니 자기도 모르게 바이오감시기를 쳤는지, 구역질나는 노란 방울이 선실을 가로지르고 있었다. 얼마나 더 코로니스의 주의를 돌릴 수 있을까?

때마침 회사 직통 회선이 울렸다.

"골렘, 왜 제2 프랜차이즈에 없어?"

책임자인 콰인 본인이었다. 골렘은 심호흡을 하고는 콰인의 작은 주둥이가 오므라지는 것을 지켜보며 순찰 경로를 전환한 목적을 재차 설명했다.

"이 건은 나중에 다시 얘기하지. 자 이제 들어봐, 골렘." 콰인이 포동포동한 분홍색 바이오플렉스에 등을 기댔다. 코로니스는 궁핍한 정거장이 아니었다. "자네가 제3 프랜차이즈에서 뭘 하려는 생각인지는 모르겠지만, 그만뒀으면 해. 채굴꾼들이 아우성을 치고 있어. 우리 회사는 그런 걸 참아주지 않을 거야."

골렘은 어지럼을 느끼는 황소처럼 털 많은 머리를 흔들었다. 제3 프랜차이즈? 아, 그 중금속 채굴 기업.

"그들은 고온 추출을 위해 트랙터 빔에 과도한 부하를 걸고 있습니다." 그는 콰인에게 말했다. "제가 전에도 보고했는데, 계속 그렇게 하다가는 다 한 덩어리로 뒤범벅될 겁니다. 그들의 계약 별첨 조항에 부하 제한이 명기되어 있으니, 보험 적용도 안 될 거고요."

콰인의 뺨이 불길하게 실룩거렸다. "골렘. 내 다시 경고하지. 피보험자에게 계약 조건을 해석해주는 건 네 역할이 아니야. 그들이 계약 조건을 파기하면서까지 광석을 더 빨리 캐내기로 했다면, 그건 그들이 결정한 일이야. 너의 일은 위반 사항을 보고하는 것이지, 전문용어들로 그들을 성가시게 하는 게 아니고 말이야. 지금 그들은 너에게 매우 화가 나 있어. 그리고 너도 우리 회사가," 경건한 잠깐의 침묵. "너의 자발적 행동을 고맙게 여기리라 생각하지는 않을 텐데?"

골렘이 목구멍에서 분명치 않은 소리를 냈다. 이런 일에 익숙해져야 했다. 코로니스는 빠른 생산을 원하는 동시에, 일이 틀어져도 보상을 거부할 수 있기를 바랐다. 채굴꾼들은 화물선에 적재한 무게 단위로 보수를 받았고, 대부분은 계약 별첨 조항과 세척 밸브도 구별하지 못했다. 자신들이 죽게 됐다는 사실을 알게 될 때까지 말이다.

"또 하나." 콰인이 그를 지켜보고 있었다. "테미스 구역에서 뭔가 잡음이 들릴 거야. 바위 조각 하나 때문에 진땀을 흘리고 있는 것 같더군."

"트로이군 소행성들 말씀인가요?" 골렘은 어리둥절했다. "무슨 문제지요?"

"최근에 테미스와 얘기해본 적 있어?"

"아니요."

"좋아. 다시 말하지 않겠어, 순찰 도중에 딴짓하지 마. 자네는 우리와 매우 아슬아슬한 선을 타고 있어, 골렘. 자네 로그에서 뭐가 됐든 테미스와 관련된 것이 하나라도 나오면 자네는 회사에서 쫓겨나고, 자네가 당겨쓴 연금에 대해서는 유치권이 행사될 거야. 그리고 통행권도 없을 거고. 내 말 똑똑히 알아들었어?"

골렘은 연결을 끊었다. 손을 제어할 수 있게 되자 기상신호 단추를 콱 눌러 소행성들의 업데이트된 궤도를 살폈다. 두 바위는 이제 테미스 구역으로 접어드는 것으로 계산되었지만, 테미스 본부

쪽은 아니었다. 그는 눈살을 찌푸렸다. 누가 곤란을 겪고 있을까? 그의 천체력에는 세부 내용 없이 미가입으로만 표시된 일반적인 크기의 새 의료 기지만 보였다. 그것도 소행성들 궤도에서는 벗어나 있었다. 만약 저 오염된 하라가······

골렘은 툴툴거렸다. 이제 이해됐다. 콰인은 세레스 본부를 설득해 테미스 구역의 일부를 다시 자기 관할로 돌릴 수 있도록, 테미스에서 뭔가 귀찮은 상황이 벌어지기를 바라고 있었다. 그리고 그 의료 기지는 회사와 아무 관련이 없으니, 홍보를 위한 희생물로 삼을 만했다. 정말 훌륭하군, 그는 생각했다. 계획대로 된다면 콰인에게 큰 영향력이 생길 것이다.

그는 웨스트헴 케미컬로 들어가는 중이었다. 미처 신호를 보내기도 전에 사이보그 대표의 욕설과 함께 오디오 신호가 끊겼다. 골렘은 그들 기업의 경계를 최대한 침범하지 않도록 방향을 틀었고, 대표가 좀 진정하자 그들이 신고한 미확인비행체를 자신이 처치했다고 알렸다.

"옛 중력장 측정기였어." 골렘은 거짓말을 했다. 그들은 라그나로크를 알아챘을까?

"됐어요. 가보세요." 늙은 사이보그 통신원은 무신경하기 짝이 없었다. 그의 두개골에는 전극을 꽂는 구멍이 잔뜩 나 있었고, 손가락 관절마다 전선이 뻗어 있었다. 골렘처럼 금속을 좋아하는 사람이 보기에도, 이건 너무 나갔다. 그는 최대한 조심스럽게 물러났다.

거기 있는 사람들, 아니 생명체들은 근처에 있는 온갖 바위에 세워진 제련소들의 로봇 통제 장치들에 연결되어 있었고, 그의 순찰선이 그 신경 회로들을 가로지르며 엉망으로 만들고 있었다. 언젠가 그들이 그에게 발포하더라도 놀랄 일이 아닐 것이다.

다음으로 들를 곳은 제11 구역에 새로 생긴 프랜차이즈였다. 작업하기에 까다로운 위치로, 커크우드 간극* 가장자리에서 느리게 궤도를 도는 바위 집합체였다. 그곳에서 바위들을 놓치기 시작하면, 그 일대에 큰 혼란이 생길 수 있었다.

바위 집합체란 에너지 유닛들이, 그것도 많은 수의 유닛이 모여 있다는 의미였다. 골렘은 라그나로크의 매개변수들을 계산하기 시작했다. 배가 또 뒤틀리기 시작했다. 제11 구역을 임대한 집단은 빠듯한 예산으로 자급 거주지를 세우려는 원대한 계획을 세우고 있었다. 가스가 풍부하게 함유된 바위들을 끌어오려면 에너지 유닛이 많이 필요했다.

안으로 들어가면서 골렘은 그들에게 다른 문제들이 있음을 알게 되었다.

"2시그마까지 우연적 확률을 계산했어." 제11 프랜차이즈 대표가 피곤한 듯이 되풀이해서 말했다. 둘은 폭파하려는 바위들의 예

---

* 소행성대에서 궤도 장반경이나 공전주기를 기준으로 봤을 때, 소행성 분포가 매우 줄어드는 지점을 말한다.

상 경로들을 보여주는 디스플레이 탱크 옆에 서 있었다.

"충분치 않아." 골렘이 말했다. "예상 수렴 위치들이 온통 흩어져 있잖아. 큰 걸 놓쳤다간 바로 제10 구역으로 뚫고 들어갈 거야."

"하지만 제10 프랜차이즈는 지금 아무도 안 쓰잖아." 대표가 항의했다.

"그래도 달라지는 건 없어. 이 프랜차이즈를 왜 싸게 얻었다고 생각해? 회사는 선뜻 이곳 광맥의 바위들을 모아들이게 해줬지. 회사는 그저 너희가 바위 하나라도 놓쳐서 프랜차이즈 계약을 해지하고 이곳을 되팔 수 있기만을 기다리고 있어. 확률을 재계산하지 않으면 난 폭파를 승인해줄 수 없어."

"하지만 그건 세레스 본부에서 컴퓨터 입력 데이터를 사 와야 한다는 얘기잖아!" 그가 소리쳤다. "우리한테는 그럴 여력이 없어."

"서명하기 전에 불안정 요소들을 살펴봤어야지." 골렘이 융통성 없이 말했다. 그는 대표에게 머리카락이 없었으면 하고 바랐다. 이런 일은 스킨헤드에게 하는 편이 더 쉬울 테니까.

"하다못해 폭파 준비가 완료된 바위들만이라도 끌어오게 해줘." 대표가 애원했다.

"저기 밖에 1중력 에너지 유닛들이 얼마나 있어?" 골렘이 가리켰다.

"스물한 개."

"나한테 여섯 개를 주면 승인해주지. 그게 재계산보다 쌀 거야."

대표가 입을 떡 벌리더니 이를 악물고 으르렁거렸다.

"이 오염된 호로새끼!"

갑자기 뒤에서 깩깩거리는 소리가 나더니 통신원이 귀에서 수화기를 떼어냈다. 대표가 가서 스피커를 켜자 전 대역을 울리는 외침 소리가 거품 안을 채웠다. 한순간 골렘은 태양의 플레어 활동 탓이라 생각했지만, 이내 인간의 외침 소리가 들렸다.

"메이데이! 메-에이-데-에이! 고-오올레-"

아, 안 돼! 아, 빌어먹을, 안 돼. 그는 스피커를 쾅 내리쳐 껐다. 온몸에서 땀이 나기 시작했다.

"대체 무슨─" 대표가 입을 열었다.

"커크우드 간극에 있는 옛 신호기야." 골렘은 사람들 사이를 비집고 나왔다. "저걸 제거하러 가야 해."

그는 서둘러 순찰선으로 돌아가 부스터를 가동시켰다. 지금은 에너지 유닛들을 챙길 시간이 없었다. 그 외침은 토팡가에게 진짜 문제가 생겼다는 의미였다. 이번에는 죽은 사람들을 부르고 있지 않았다.

여분 부스터를 연결하면 형성된 중력장을 뛰어넘어 더 똑바른 경로로 갈 수 있을 것이다. 엄격하게 금지된 일이었다. 그는 그렇게 하고서 통신 채널들을 열었다. 토팡가는 없었다.

불? 충돌? 그보다는 레오 패거리들이 행동을 개시했을 가능성이 컸다.

그는 낭비되는 에너지의 공간 왜곡을 타고 서둘러 하행하며 파지 밀매꾼들의 신호 같은 거라도 잡을 수 있을까 하는 희망으로 기계적으로 조종대를 조작했다. 아주 멀리서 들리는 채광과 관련된 수다와 메이데이가 뭐냐고 서로 묻는 두 보급소 통신원 소리만 잡힐 뿐이었다. 테미스 구역에서 누군가가 단조로운 어조로 하라 감독관을 부르고 있었다. 여느 때처럼 하라는 응답하지 않았고, 테미스 본부에서는 자동 대기음만 들렸다. 골렘은 머릿속으로 계획을 세우려고 애쓰면서 그들 모두를 골고루 저주했다.

파지 밀매꾼들이 왜 그렇게 빨리 라그나로크에 행동을 개시했을까? 정면 대결은 놈들답지 않았다. 그가 발포하면 놈들은 우주선을 잃게 될 테고, 새 감독관을 상대하게 될 텐데. 이미 그의 고삐를 쥔 놈들이 왜 위험을 무릅쓸까?

어쩌면 아무 위험이 없다고 계산했을지도 모른다. 골렘의 주먹이 라디오를 내려치자 무거운 리듬이 울려 퍼졌다. 검게 칠해라*······ 하지만 내가 도착할 때까지는 토팡가를 살려둘 게 틀림없어. 그들은 나를 원하니까.

어떻게 하지? 세레스 본부에 연락하겠다고 위협하면 놈들이 믿을까? 응답조차 안 하겠지. 회사의 습격이 토팡가를 임시 병동에 처

---

* 〈Paint It, Black〉. 롤링스톤스가 1966년에 발표한 곡으로 베트남전쟁의 장기화 등으로 인한 우울한 시대 분위기가 잘 반영돼 있다.

넣는 것으로 끝나리라는 것을, 라그나로크는 콰인의 트로피 공원에, 골렘은 해골 수용소에 있게 되리라는 것을, 놈들도 자기만큼 잘 알고 있는데…… 어떻게 토팡가를 놈들의 손아귀에서 빼낼 수 있을까? 내가 헛된 짓을 하려고 들면 놈들은 득달같이 우리 둘에게 파지를 쓰겠지. 중독량으로. 왜, 왜 난 토팡가를 거기 홀로 내버려뒀을까?

이 끔찍한 도돌이표를 몇 번인지도 모르게 찍고 있던 골렘은 문득 테미스 구역의 목소리가 다시 커졌다는 사실을 알아챘다. 테미스는 그의 본부인 코로니스, 아니, 정정, 콰인의 본부인 코로니스에 연결을 시도하고 있었다. 응답은 없었다.

배가 보내는 충고를 무시하고 그는 그것에 주파수를 맞추었다.

"테미스 의료 기지가 코로니스 본부에, 비상사태. 코로니스, 응답하세요. 테미스 의료 기지가 코로니스에, 비상사태, 응답하ー"

여자는 분명 전문 통신원이 아니었다.

마침내 콰인의 여자 통신원이 새된 목소리로 응답했다. "테미스 의료 기지, 귀하는 지금 우리 신호를 교란하고 있습니다. 신호를 줄이시기 바랍니다."

"코로니스, 비상사태입니다. 우리는 도움이, 우리는 충돌 위기에 처해 있어요!"

"테미스 의료 기지, 담당 구역 안전 감독관에게 연락하세요. 우리에겐 구역 외부에 대한 권한이 없습니다. 귀하는 지금 우리 신호를 교란하고 있습니다."

"우리 본부가 응답하지 않아요! 도움이 필요해요, 여기엔 환자들이—"

남자의 목소리가 끼어들었다. "코로니스, 당장 당신네 대표를 연결해줘. 의료적 긴급 상황이야."

"의료 기지 테미스, 구역 대표 콰인은 출타 중이십니다. 화성횡단 발사 시간대에 맞춰 왕복 화물선에서 회의 중이니, 발사 후까지 대기하시기 바랍니다."

"하지만—"

"코로니스 통신 종료."

골렘은 얼굴을 찡그리며 출타 중인 콰인을 상상해보려 애썼다.

그는 뇌를 쾅쾅 두드리고 있는 문제로 돌아갔다. 테미스 여자가 계속해서 호출했다. "우리는 충돌 경로에 있습니다. 우리는 움직일 에너지가 필요합니다. 누구든 도와줄 수 있는 분은 제발 와주세요. 테미스 의료 기지—"

그는 연결을 끊었다. 라그나로크만으로도 문제는 충분했고, 이제 그 문제가 바로 코앞에 닥쳤다.

놈들이 그가 이렇게 빨리 올 거라 기대하지 않았을 희미한 가능성이 있었다. 그는 출력을 낮추고 표류했다. 화면이 깨끗해지자, 화물용 에어로크 뒤쪽 거품들 안에서 가벼운 움직임이 보였다.

가능성이 있는 하나의 기회였다. 만약 놈들이 아직 저 파지를 선내로 옮기지 않았다면 말이다.

그는 해체 작업용 레이저 조종간을 붙잡고 순찰선을 곧바로 라그나로크의 중앙 에어로크로 몰았다. 레이저가 거품들 위로 휙 지나갔고, 그가 제동하기 전에 깔끔하게 두 조각으로 갈라졌다. 충돌의 여파로 그는 바닥에 처박혔다. 도킹 탐침들이 맞물리고, 그는 라그나로크의 에어로크로 휙 뛰어들었다. 에어로크가 돌기 시작하자 그는 보조 수동장치를 불태웠고, 선체 전체에 경보음이 울렸다. 그러고 그는 에어로크를 통과해 수직갱을 튀어 올랐다. 경보음들 사이로 챙챙거리는 소리가 들렸다. 파지 밀매꾼들이 자기들 거품을 구하기 위해 화물용 에어로크로 몰려나오고 있었다. 먼저 선교에 닿을 수 있다면, 선체를 잠가버릴 수 있다.

그는 몸을 비틀며 배관들을 발로 차 선교로 튀어 들어가자마자 비상용 해치 잠금장치 레버로 팔을 뻗었다. 수십 년째 사용되지 않은 레버였다. 무중력 상태에서 레버를 당기느라 손목이 거의 부러질 뻔했지만, 저 아래에서 잠금장치가 회전하며 도는 달콤한 소리로 보상을 얻었다.

그제야 그는 몸을 돌려 토팡가가 있어야 할 지휘석을 바라보았고, 너무 늦었음을 깨달았다.

토팡가는 거기 그대로 있었다. 두 손으로 목을 감싸 잡고 눈알을 굴리면서. 그 뒤에 머리카락이 없는 호리호리한 형체 하나가 느긋한 자세를 취하고 있었고, 손에는 토팡가의 숨통으로 이어진 느슨한 전선 올가미가 쥐여 있었다.

"정말로 머쪄, 감도꽌님." 파지 밀매꾼이 씩 웃었다.

순간 골렘은 레오가 자신이 겨눈 레이저총을 알아차리지 못했나 의심했다. 그러다 그 파지 밀매꾼 자식이 토팡가의 옆구리에 용접기를 들이대고 있는 걸 보았다. 안전장치가 해제돼 있었다.

"거래하지, 골리 애송이. 무기를 내려노키로 거래해."

어림도 없지. 일 분 후에 골렘은 들고 있던 무기를 레오 쪽으로 띄워 보냈다. 레오는 미끼를 물지 않았다.

"여러." 파지 밀매꾼이 해치 레버 쪽을 턱으로 가리켰고, 토팡가가 부글거리는 신음 소리를 냈다.

해치를 열면 게임은 완전히 끝나고 만다. 그는 얼어붙은 채로 둥둥 떠 있었고, 그의 팽팽한 몸은 뒤에 있는 뭔가 단단한 것을 감지하고 그 탄성을 가늠했다.

파지 밀매꾼이 전선을 홱 잡아당겼다. 토팡가가 두 팔을 허우적거렸다. 끔찍한 한쪽 눈이 골렘에게로 향했다. 눈의 섬광이 기를 쓰고 '안 돼'라고 말했다.

"그러다 죽이겠어. 그러면 내가 네 머리를 뜯어내 저 파쇄기에다 던져버릴 거야."

파지 밀매꾼이 낄낄거렸다. "왜 주길 거로 생각하지?" 갑자기 그가 토팡가를 거꾸로 세워 다리가 골렘 쪽을 향하게 했다. 토팡가가 맥없이 발길질을 했다. 기묘하게도, 그 맨발은 젊은 여자의 발 같았다.

"여러."

골렘이 움직이지 않자 파지 밀매꾼이 손가락을 벌리고 우아하게 팔을 휘두르며 뻗었다. 호를 그린 용접용 레이저가 자르고, 물러났다가, 토팡가가 경련하자 다시 다가와 잘랐다. 젊은 여자의 발 같은 발 하나가 작은 물방울들을 뿌리며 둥둥 떠올랐다. 골렘은 까맣게 탄 잘린 단면에서 자기 쪽으로 뛰어나온 하얀 꼬챙이를 보았다. 토팡가는 이제 조용했다.

"훌륭해." 파지 밀매꾼이 씩 웃었다. "정말로 질긴 늙은 아가씨지. 여러."

"그 여자를 풀어줘. 여자를 풀어줘. 그럼 열게."

"지금 여러." 용접기가 다시 움직였다.

갑자기 토팡가가 움찔거리듯이 몸을 돌리더니 레오의 사타구니를 긁었다. 파지 밀매꾼이 고개를 숙였다.

골렘이 놈의 품으로 달려들어 추진력을 이용해 팔을 반대쪽으로 비틀었다. 용접기가 선실 여기저기로 돌진하는 사이에 그와 파지 밀매꾼은 토팡가의 옷자락에 가려 서로를 제대로 보지 못한 채로 마구 주먹을 내질렀다. 파지 밀매꾼은 이제 칼을 빼 들었지만 발을 딛고 버틸 곳이 없었다. 골렘은 두 다리가 자신의 허리를 죄는 것을 느끼자 그 힘을 이용하여 토팡가를 멀리 밀어냈다. 상황이 정리되고, 그는 파지 밀매꾼을 꽉 옥죄고서 그간 근육 강화에 쏟은 투자금을 야만적으로 회수하기 시작했다.

골렘이 놈의 몸을 묶을 전선을 더듬거리며 찾던 바로 그때, 뭔가가 그의 귀 뒤쪽을 가격했고, 눈앞이 캄캄해졌다.

토팡가가 외치는 소리를 듣고서야 그는 정신이 들었다. "발, 발! 내가 잡았어!"

산발한 토팡가가 고대의 충격기를 두 손으로 들고 똑바로 그를 겨눈 채 조종대 위에 떠 있었다. 그의 수염과 30미터쯤 떨어진 곳에서 총구가 연기를 뿜었다.

"토팡가, 나야, 골리. 정신 차려, 우주인, 저놈을 묶어야 해."

"발?" 웃음을 터뜨리며 소리 지르는 젊은 여자. "난 저 살모사 같은 놈들을 끝장낼 거야, 발!"

발렌틴 오를로프, 토팡가의 남편은 삼십 년 전 가니메데*의 눈 속에 있었다.

"발은 바빠, 토팡가." 골렘은 다정하게 말했다. 마음에 들지 않는 선체의 소음들이 들려왔다. "발이 널 도와주라고 날 보냈어. 충격기를 내려놔, 우주소녀. 이 비열한 놈을 묶게 도와줘. 놈들이 내 순찰선을 훔치려 하고 있어."

순찰선을 잠글 시간이 없었다는 사실이 그제야 생각났다.

토팡가가 그를 빤히 쳐다보았다.

"그리고 왜 여기서 네 상판을 자주 만나게 되지?" 여자가 음산한 목

---

* 목성을 도는 갈릴레이위성 중 세 번째 위성.

소리로 말했다. "네 눈은 설거지 안 한 접시 같아—"

그러고 여자는 기절했고, 그는 수직갱으로 몸을 던져 에어로크로 내려갔다.

그의 순찰선이 흔들리며 멀어지고 있었다. 순찰선을 밧줄로 묶어 끌고 가는 것은 파지 밀매업자들의 포드였다.

그는 라그나로크에 고립되었다.

분노로 폭발한 그는 선교 조종대로 돌아와, 중력을 더해가는 포드 뒤에다 어렵사리 라그나로크의 약한 레이저를 한 방 쏘아 보냈다. 효과는 없었다. 그러고 그는 묶어둔 파지 밀매꾼의 머리를 자기 무릎 위에 끌어다놓고 강타한 다음, 몸을 돌려 토팡가를 제자리에 앉히고 오래된 거미줄 같은 정맥에 정맥주사를 연결했다. 대체 저 손톱을 하고 어떻게 충격기를 들었지? 그는 배 속의 소란을 잠재우기 위해 이를 갈면서 여자의 덴 상처에 젤 덮개를 싸맸다. 그는 파지 밀매꾼과 잘린 발을 쓰레기 처리용 에어로크에 집어넣는 것으로 청소를 끝냈다.

한 손을 처리 단추에 댄 채로 그는 얼굴을 찌푸리고는 동작을 멈추었다. 레오에게서 정보를 얻어내 이용할 수도 있었다. 놈들은 내 순찰 구역에서 무엇을 하고 있었던 것일까?

다음 순간, 그는 정신을 차리고 주먹으로 배출 단추를 내리쳤다. 내 순찰 구역?

만약 회사에 붙잡히기라도 하면, 그는 남은 생을 뇌에 전선을 연결한 채 순찰선 비용을 갚으며 보내야 할 것이다. 그것도 운이 좋다면. 길이 없다, 갈 곳이 없다. 회사는 우주를 소유했다. 그는 지금 집으로부터 정확하게 이천 광년 떨어진, 죽은 동력선 안에 있다.

죽은?

골렘은 곧고 긴 머리카락을 휙 젖히며 씩 웃었다. 라그나로크에는 풍부한 생태계가 있고, 그는 앞서 수리를 마쳐놓았다. 파지 밀매꾼들 외에는 라그나로크가 여기 있는 것을 아무도 몰랐다. 한동안은 밀매꾼들의 공격을 버틸 수 있을 것이다. 어쩌면 구역 전체를 깨우지 않고 제11 프랜차이즈에서 약간의 에너지를 빼낼 방도를 찾을 때까지 버틸 수 있을지도 모르지. 갑자기 그는 큰 소리로 웃었다. 마음속 녹슨 셔터들이 열리고 서광이 비쳤다.

"이런, 이런!" 그는 중얼거리면서 재생실에 머리를 들이밀고 저 멀리까지 빛을 받으며 길게 뻗은 배양판들을 확인했다.

일 분 후, 그는 뭐가 잘못되었는지 알아차렸다.

파지 밀매꾼들이 그렇게 빨리 돌아온 것도 놀랄 일이 아니었고, 자신이 멍청이처럼 웃고 있었던 것도 놀랄 일이 아니었다. 놈들이 모든 배양판에 파지 배양균을 심어놓았다. 공장이었다. 제일 먼저 배양된 균들은 곧 포자를 퍼뜨릴 참이었다. 공기가 끈끈했다. 그는 성숙한 배양판들을 끌어냈고, 깨끗한 공기를 한껏 들이쉰 다음, 그것들을 밖으로 내던졌다.

그러고는 기어 돌아와 탐색에 나섰다. 칸칸마다 광합성 조류들이 지의류처럼 보이는, 바로 파지인 공생체에 들러붙어 군생을 시작하고 있었다. 깨끗한 배양판이 하나도 없었다.

몇 시간 안에 라그나로크에는 공기가 사라질 것이다.

하지만 그와 토팡가는 상관하지 않겠지. 이미 오래전에 파지중독의 세계로 넘어가 있을 테니까.

이제는 죽은 목숨이었다.

그는 환기장치에 산소를 좀 분사해넣고는 속히 선교로 돌아왔다. 깨끗한 대사산물 핵을 구하지 못하면 죽음이었다.

누가 그에게 공기를 줄까? 라그나로크를 움직일 수 있다 하더라도, 회사 보급소들과 프랜차이즈들은 이미 경고를 받았을 터였다. 차라리 코로니스에 신호를 보내고 자수하는 편이 나으리라. 그래도 콰인은 제때 사람을 보내주는 귀찮은 짓 따위 하지 않겠지. 그편이 나을지도 모른다. 병동. 전선들.

토팡가가 신음했다. 골렘은 여자의 관자놀이를 짚었다. 플라스마처럼 뜨거웠다. 다리가 짧아진 노부인들은 전쟁놀이를 하지 말아야 한다. 그는 약병과 앰풀과 알약과 피하주사기에 경탄하면서 세포형성 단백질제를 찾아냈다. 무엇을 살려야 할지 누가 알았을까, 라는 질문이 갑자기 떠올랐다. 여자와 발이 자유롭던 옛 시절에 챙겨넣었을 밀매품, 여자의 비축품이 어ㅡ

잠깐만.

테미스 의료 기지.

그는 라그나로크의 통신기를 조정했다. 테미스 여자가 여전히 소리치고 있었다. 낮고 쉰 목소리였다. 그는 안테나를 회전시켜 가능한 한 범위를 좁혀 그 신호에 맞췄다.

"테미스 의료 기지, 들립니까?"

"누구세요? 거기 누굽니까?" 암호 책을 읽는 듯했던 여자가 깜짝 놀라 말했다.

"여기는 우주청소반입니다. 부상자가 있습니다."

"어디―" 남자 목소리가 이어받았다.

"여기는 수석 의사 크란츠다, 우주인. 부상자를 데려올 수는 있지만, 현재 자갈 구름을 끌고 우리 공간을 관통할 예정인 소행성이 있다. 약 서른 시간 안에 기지를 옮길 에너지를 구하지 못하면, 우리 기지는 구멍이 날 거야. 우리를 도와줄 수 있나?"

"제가 가진 걸 드릴게요. 좌표를 확인해주세요."

여자는 소수들을 읽다 말고 목이 메었다. 자신이 가봤자 아무 도움이 안 되리라는 말은 해봤자 백해무익했다. 그가 라그나로크에 둔 중력축적 유닛은 소행성이 당도하기 전에 그 기지를 밀어내주지 못할 것이다. 그리고 라그나로크의 구동장치는, 설사 작동한다고 해도 마치 토치램프로 눈을 닦으려는 짓이나 마찬가지인 효과를 낼 것이다.

하지만 테미스 의료 기지의 공기는 그에게 도움이 될 수 있었다.

구동장치. 그는 가볍게 튀며 엔진을 향해 내려갔다. 근육에서 느껴지는 탄력의 일부는 파지 때문인 것을 그는 알았다. 그래도 일부일 뿐이었다. 그는 이 길을 천 번쯤 지났고, 천 번쯤 유혹을 물리쳤다. 그는 이제 대단히 기분 좋게 오래 더듬어온 회로들을 확인하고 오랫동안 빼놓았던 퓨즈들을 다시 장착했다. 봉인된 자동 점화 장치가 있었다. 깜짝 놀랄 정도의 전환 과정, 배관공의 악몽이라 할 열교환기들과 역순환. 말도 안 되고, 낭비적이고, 위험한, 소행성대를 둘러쌀 정도의 회로들. 이런 것이 사람을 싣고 토성까지 갔다는 사실도 믿기지 않지만, 오늘 움직이리라는 사실은 더욱 믿기지 않았다.

그가 철컹거리며 연료봉을 제어했다. 무엇이 결정화되었는지는 알 수 없었다. 변환로 연료 투입구들이 삐걱거리며 삼십 년간 축적된 먼지를 쏟아냈다. 점화장치는 아마도 한 번의 비상 점화를 위해 설계되었을 터였다. 제동을 걸기 위해 다시 점화할 수 있을까? 해보면서 아는 수밖에. 한 가지 확실한 건, 이 유서 깊은 금속 화산이 돌연 살아나면, 여기에서부터 코로니스까지의 모든 신호기에 불이 들어오리라는 사실이었다.

선교로 돌아오니 토팡가가 중얼거리고 있었다.

"우리는 밤에 매달린 항구를 떠났네— 오 그대 강철의 인식이여, 그대의 도약은—*"

"도약하기를 빌어줘." 골렘은 여자에게 말하고는 그림자들 속을 뛰어다니는 파지 쥐들 때문에 모든 것을 두 번씩 확인하면서 경로를 설정했다. 그러고는 토팡가의 거미집을 잘 싸맸다.

점화 절차를 시작했다.

라그나로크 전체를 관통하며 커지는 요란한 아읍속 진동이 그를 공포와 환희로 채웠다. 그는 뭔가 할 말이 있었으면, 아마도 카운트 다운을 할 수 있었으면 하고 바라며 거미집에 몸을 던졌다. 이륙. 가자. 진동이 광석 제련소에 버금가는 으르렁대는 소음으로 변했다. 중력 때문에 그는 바닥에 나동그라졌다. 선실 안의 모든 것이 갑판으로 쏟아지기 시작했다. 거미집이 옆으로 비켜나고, 으르렁대는 소리가 그의 뇌를 쪼개는 비명 속으로 감겨들고, 그러고는 침묵으로 사그라들었다.

그가 발버둥을 치며 조종대로 돌아가보니 연소는 제대로 중단되었다. 라그나로크가 쏜살같이 테미스를 향하고 있었다. 토팡가가 눈을 뜬 것이 보였다.

"우리 어디로 가?" 여자가 말짱하게 제정신인 듯이 말했다.

"널 다음 구역인 테미스로 데려가고 있어. 우린 대사산물, 산소가 필요해. 파지 밀매꾼들이 네 재생기들을 망쳐버렸어."

"테미스?"

"거기 의료 기지가 있어. 우리한테 좀 나눠줄 거야."

실수.

• 『다리』의 마지막 시 「아틀란티스」의 구절.

"아, 안 돼— 안 돼!" 여자가 버둥거렸다. "안 돼, 골리! 병원에 안 갈 거야— 날 넘기지 마!"

"토팡가, 병원에 가는 게 아니야. 내가 거품 핵에 들를 동안 넌 여기 우주선에 있으면 돼. 아무도 네가 있다는 걸 모를 거야. 딱 몇 분만 있다 나올 거고."

소용없다.

"천벌을 받을 거야, 골렘." 여자는 침을 뱉으려고 애를 썼다. "날 덫에 가두려는 거지. 난 너를 알아! 절대 날 자유롭게 해주지 않지. 넌 날 여기에 묻어주지 않을 거야, 골렘. 네 흉한 새끼와 함께 루나 돔 안에서 썩을 놈. 난 그에게 갈 거야!"

"멋져, 우주인, 한 발로 말이야." 그는 마침내 여자에게 진정제를 놓고, 라그나로크를 시험하는 일로 돌아갔다. 이제 파지가 갈수록 강해지고 있었다. 고개를 드니 홀로그램들이 자신들의 우주선을 운전하는 그를 지켜보고 있었다. 옛 별의 영웅들, 발 오를로프, 피츠, 한스, 뮤러, 저 모든 위대한 자들. 때로 도금한 헬멧 뒤로 보이는 씩 웃는 웃음뿐인, 터무니없이 커다란 기계 덩어리 옆에 선 우주복에 적힌 이름으로만 남은 자들. 그들 뒤로 미지의 위성의 빛이 물들이는 알 수 없는 우주 공간의 광막함. 모두 살아 있고, 모두 너무 젊었다. 또 다른 한 명의 우주소녀, 여전히 이오*의 궤도를 돌고 있는 저 검은 러시아 여성을 껴안은 토팡가가 있었다. 그들이 밝고 생생하게, 그의 뒤쪽을 향해 웃고 있었다.

그들이 말하기 시작할 때, 우리의 운명은 정해졌으리라……

그는 그게 역추진 연소를 위한 자세이기를 바라며 자이로스코프를 조정해 라그나로크를 기울였다. 눈금판들을 믿을 수 있다면, 제동할 때와 의료 기지에서 나올 때 마지막으로 쓸 점화 기회가 남아 있었다. 하지만 의료 기지를 나와 어디로 갈 것인가? 다이아몬드 가득한 하늘 속으로……

자기도 모르게 흥얼거리는 소리를 듣고 그는 모든 것을 자동조종에 맡기기로 결정했다. 컴퓨터가 어떤 상태에 있든, 자신보다는 제정신일 터였다.

아가야, 그림자 속에 선 어머니를 본 적 있니?**……

스톤스의 음악이 들리기 시작하자 그는 아래로 내려가 배양판 절반을 내다 버렸다. 남은 산소 탱크가 세 개밖에 없다는 사실이 유쾌하게 느껴졌다. 그는 하나를 열었다.

산소 덕분에 그는 기상신호를 확인할 정도로 제정신을 차렸다. 의료 기지 여자가 여전히 테미스 본부와 교신하려 애쓰고 있었다. 그는 회사가 어떤 존재인지 일깨워주고 싶은 충동에 저항하면서 트로이군 소행성들의 최근 궤도에 집중했다. 그제야 의료 기지를 괴롭히는 것이 무엇인지 알았다. 선두에 있는 소행성은 수천 킬로미

• 목성의 위성 중 하나.
•• 롤링스톤스의 노래 〈검게 칠해라〉의 한 구절.

터 밖으로 지나가겠지만, 엄청난 자갈들을 휘저어 일으킬 정도로 거대했다. 뒤따르는 작은 소행성이 꼬리를 끌고 있었다. 바위 자체는 멀리 떨어져 지나갈 테지만, 자갈 구름이 의료 기지 거품을 갈가리 찢어버릴 터였다.

의료 기지로 들어갔다가 재빨리 나와야 했다.

그는 산소를 좀 더 쿵쿵거리고는 최악의 상황을 가정하고 소행성들의 궤도를 계산했다. 괜찮아 보였다, 그가 보기에는. 배가 욱신거렸다. 파지의 영향을 받으면서도, 그의 배는 의사들이 이용당했다는 사실을 깨달았을 때 어떤 상황이 벌어질지 생각하고 있었다.

그는 싱글거리는 토팡가를 살펴보았다. 진정제보다 파지가 더 효과가 좋았다.

"걱정할 것 없어, 별의 소녀. 골리는 널 넘겨주지 않을 거야."

"공기." 여자가 오래전부터 빨간색으로 표시된 생명유지장치를 가리키려고 애썼다.

"나도 알아, 우주인. 우리는 의료 기지에서 공기를 구할 거야."

토팡가 그로서는 이상하게 보이는, 토팡가스럽지 않은 미소를 지었다. "네가 하라는 대로 할게, 귀여운 골리." 여자가 목쉰 소리로 속삭였다. "난 알아— 넌 아름다웠지—"

여자가 갈망하듯 손을 뻗었다. 물론 그는 그걸 잡지 않을 수 있었다. 음악이 사라진 것이 너무 아쉬웠다.

"가는 동안 시를 듣자, 별의 소녀."

하지만 여자는 너무 쇠약했다.

"읽어줘 ㅡ"

여자의 스캐너에 시가 가득했다.

"기름에 씻긴 눈먼 무아경의 원들 속에서." 이해하기 어렵던 깜박거리는 글자들이 갑자기 그의 목구멍에서 음악으로 바뀌었다. "인간은 구름 속 엔진 소리를 듣노라!" 그는 유령들의 호위를 받으며 노래했다.

"별들 사이로 새로이 펼쳐지는 저 마라톤 평원들! …… 새로운 영역으로 날개를 펼친 석뇌유로 영혼은 이미 한층 가까워진 화성의 포옹을 아느니 ㅡ"▪

…… 자동조정을 설정해놓고 우주복을 입고 있었던 것이 정말로 다행이었다는 사실을 그는 나중에 알게 되었다.

그가 의료 기지에서 받은 선명한 첫인상은 섬광 탐침 아래서 그의 눈을 빤히 들여다보는 침팬지의 커다란 갈색 눈이었다. 반사적으로 몸을 일으키려던 그는 자신이 우주복이 벗겨진 채 침상에 묶여 있는 것을 발견했다. 가짜 중력의 사치스러움이 좀 웃기게 느껴졌다. 침팬지는 하얀 의료복을 입고 쭈그리고 앉은 왜소한 남자였다. 그가 즉시 그를 풀어주었다.

"파지 밀매꾼은 아니라고 했잖아요." 여자의 목소리였다.

고개를 든 골렘은 여자가 여자다운 여자가 아니라는 사실과 눈

▪ 시 「해터러스 곶」의 구절들.

에 띄게 턱이 없다는 사실을 알아챘다. 이윽고 침팬지가 자신을 수석 의사 크란츠라고 소개했다.

"저건 무슨 우주선이에요?" 그가 버둥거리며 우주복을 입는데, 여자가 물었다.

"유기선이에요." 그가 말했다. "파지 밀매꾼들이 이용하고 있었어요. 제 동료가 파지에 취했어요. 공기만 좀 있으면 돼요."

"에너지 유닛들." 크란츠가 말했다. "내가 옮기는 걸 도와주겠소."

"안까지 들어가실 필요 없어요. 제가 바로 옮길 수 있게 준비를 다 해놨으니까요. 그냥 공기 정화를 시작할 수 있도록 대사산물 핵 두어 개만 주세요."

아무 의심 없이, 크란츠가 여자에게 저장고로 가는 길을 알려주라는 몸짓을 했다. 골렘은 그들의 기지가 단단한 벽처럼 선 한 면의 제어 모듈 뒤에 붙은 커다란 싸구려 거품인 것을 보았다. 얇은 껍질 아래의 몰리는 심지어 이음매가 제대로 붙어 있지도 않았다. 자갈 한두 개면 끝장날 터였다. 병동에는 고치 속에 든 스무 명 남짓한 화상 환자들이 있었다. 테미스는 화상에는 그다지 신경을 쓰지 않았다.

타고난 신체가 많이 손상된 늙은 우주인 한 명이 비틀거리며 다가와 저장고를 열어주었다. 골렘은 들 수 있는 만큼 대사산물을 잔뜩 들고 에어로크로 향했다. 출입구에서 여자가 그의 팔을 잡았다.

"우리를 도와줄 거죠?" 여자의 눈은 짙은 녹색이었다. 골렘은 여자의 턱에 집중했다.

"금방 돌아올게요." 그는 회전하며 나갔다.

작업한 기억이 없는데도 라그나로크는 밧줄로 잡아매져 있었다. 그는 밧줄에 기어올랐다. 끝이 밧줄을 고정하는 잠금장치에 물려 있었다. 구르기라도 하면 안녕이었다.

안으로 들어서니 토팡가의 목소리가 들렸다. 그는 서둘러 수직 갱을 올랐다.

또 한 번, 너무 늦었다.

그가 저장고에 있는 사이에 의심이라곤 없어 보이던 수석 의사 크란츠가 우주복을 갖춰 입고 그보다 먼저 라그나로크로 들어와 있었다.

"이 여자는 심하게 아파, 우주인." 그가 골렘에게 알렸다.

"이 유기선의 법적 소유주입니다, 의사 선생님. 전 이분을 코로니스 기지로 데려가는 중이에요."

"지금 당장 이 사람을 병동으로 옮겨야겠어. 우리에겐 시설이 있어. 에너지 유닛들을 챙겨."

토팡가의 눈이 감기는 것이 보였다.

"이 여자분은 병원 치료를 받고 싶어하지 않아요."

"그런 걸 결정할 상태가 아니야." 크란츠가 딱딱거렸다.

대사산물이 선적되었다. 침팬지 의사 크란츠는 동력선을 몰아봤을 사람으로는 전혀 보이지 않았다. 골렘은 토팡가의 거미집 옆에 있는 점화 패널 쪽으로 떠가기 시작했다.

"선생님 말씀이 맞는 것 같습니다. 제가 이분이 준비하는 걸 도울게요. 같이 기지로 데려가요."

하지만 크란츠의 작은 손에는 작은 전기총이 들려 있었다.

"에너지 유닛들, 우주인." 그가 골렘에게 수직갱 쪽을 향해 손짓해 보였다.

라그나로크에 에너지 유닛이라곤 없었다.

골렘은 전기총이 흔들리는 틈을 노리며 대사산물 쪽으로 물러났다. 그런 일은 없었다. 남은 기회는 딱 한 번뿐이었다. 그걸 기회라고 부를 수 있을지는 모르겠지만.

"토팡가, 이 훌륭한 의사 선생님이 널 병원으로 데리고 들어가실 거야." 그는 큰 소리로 말했다. "널 잘 돌봐주실 수 있는 곳으로 옮기고 싶어하셔."

토팡가의 한쪽 눈꺼풀에 주름이 졌다가 다시 축 늘어졌다. 늙은, 지친 여자였다. 기회는 없었다.

"이분을 다룰 수 있겠어요, 의사 선생님?"

"당장 에너지 유닛들을 챙겨." 크란츠가 딸깍 안전장치를 해제했다.

골렘은 마지못해 고개를 끄덕이고는 가능한 한 천천히 수직갱을 내려가기 시작했다. 크란츠가 다가와 영리하게도 손이 닿지 않는 곳에 서서 그를 지켜보았다. 이제 어떻게 하지? 설사 점화 회로들을 단락시키는 법을 안다 해도, 여기서는 닿을 수가 없었다.

그가 에너지 전지로 위장할 만한 맞춤한 것이 없는지 찾아보려고 고개를 돌리는 순간이었다.

몰리거품이 내파하는 것 같은 팍 소리가 수직갱으로 들려왔다. 수석 의사 크란츠가 느리게 재주넘기를 하며 수직갱을 내려왔다.

"잘했어!" 골렘이 소리쳤다. "그를 잡았어!" 그는 크란츠의 흐느적거리는 장갑에서 전기총을 쳐내 위로 차올렸다. 그가 수직갱에서 머리를 내밀고 보니 토팡가의 충격기 주둥이가 그를 마주하고 있었다.

"내 우주선에서 나가." 토팡가가 쉰 목소리로 말했다. "넌 거짓말이나 하는, 우주복에 낀 서캐야. 그리고 저 바늘이나 빼는 네눈박이 친구도 데리고 가!"

"토팡가, 나야, 나 골리―"

"네가 누군지는 나도 알아." 토팡가가 싸늘하게 말했다. "넌 절대 날 덫에 가두지 못해."

"토팡가!" 그는 소리쳤다. 충격파가 귀 옆을 스치며 그를 뒤흔들었다.

"나가!" 토팡가는 충격기를 움켜쥐고 수직갱 아래로 몸을 내밀고 있었다.

골렘은 천천히 다시 내려와 크란츠를 챙겼다. 저 위에는 바이오테이프와 붕대를 줄줄이 휘날리는 마녀의 형상이 한때 붉게 빛나던 머리카락을 하얀 불처럼 곤두세운 채 서 있었다. 순수 파지를 흡입한 게 틀림없어, 그는 생각했다.

오래가지 않을 거야. 난 그저 천천히 움직이기만 하면 돼.

"나가!" 토팡가가 소리쳤다. 그때 여자가 크란츠의 산소 튜브를 한쪽 옆구리에 끼고 있는 것이 보였다. 그날은 그가 사람들을 과소 평가하는 날인 듯했다.

"토팡가." 그는 애원하기 시작했고, 또 한 번의 충격파를 피해야 했다. 여자가 영원히 취해 있지는 않을 것이다. 그는 크란츠를 끌어낸 다음 비상용 출입구로 다시 우주선으로 돌아가기로 결심했다. 의료 기지 출입구 선반에서 용접용 토치를 본 기억이 떠올랐다.

그는 밧줄을 따라 크란츠를 밀어 올리며 의료 기지의 에어로크로 들어갔다. 맞은편에서 여자가 기다리고 있었다. 출입구가 열리자 그는 크란츠를 여자에게 밀어주고는 용접기를 잡았다. 턱이 없는 경이로운 그 존재는 눈치가 빨랐다. 여자가 용접기 위로 몸을 날렸고, 드잡이가 시작되었다. 하얀 복장 아래에 단단한 근육이 있었지만, 그는 여자의 턱이 있었어야 할 자리에 주먹을 날렸고, 그 힘에 밀려 에어로크에 처박혔다.

에어로크가 회전하기 시작하자, 그는 여자가 자신의 목숨을 구한 걸지도 모르겠다고 생각했다.

바깥 로크에 난 창문으로 라그나로크의 배기구들이 보였다. 배기구들 뒤의 별밭이 용해되고 있었다.

그는 알아들을 수 없는 신음을 내뱉고는 역회전 버튼을 내리쳐다시 의료 기지로 돌아갔다. 출입구가 열리자마자 그는 총알처럼 뛰어 들어가 두 의사를 데리고 안쪽으로 뛰어갔다. 뒤에서 출입구가 태양의 플레어처럼 타올랐다.

그들은 라그나로크에서 급류처럼 쏟아져 나오는 말 없는 화염을 바라보았다. 다음 순간, 라그나로크가 움직이고 있었다. 빠르게, 더욱 빠르게. 우주선 엔진이 배출한 가스가 스치자 출입구가 까매졌다.

"불타고 있어! 포말을 가져와!"

크란츠가 밀폐제 용기를 움켜잡았고, 그들은 라그나로크의 배기열이 거품을 태우고 있는 단단한 벽 가장자리로 달려갔다. 불을 끄고 보니 우주선은 이미 점점 작아지는 불꽃이 되어 별들 속으로 사라지고 있었다.

"토팡가는 병원을 좋아하지 않아요." 골렘이 그들에게 말했다.

"에너지 유닛들!" 크란츠가 다급하게 말했다. "저 여자를 다시 불러!"

그들이 골렘을 통신실 조종대로 밀어붙였다.

"소용없어요. 토팡가는 방금 마지막 점화장치에 불을 붙였어요. 지금 향하고 있는 곳으로 가는 거죠."

"무슨 말이야? 코로니스로?"

"아니요." 그가 털이 덥수룩한 머리를 문질렀다. "저, 저는, 정확히 기억이 안 나요. 화성, 어쩌면 태양일지도 모르겠어요."

"여기 사람들을 살렸을지도 모를 에너지 유닛들을 싣고." 크란츠의 얼굴은 괴저를 보고 지었을 듯한 표정을 하고 있었다. "자네 덕분에 말이야. 난 우리가 함께 존재할 나머지 시간 동안 자네가 내 눈앞에서 사라져줬으면 하네."

"애초에 에너지 유닛은 없었어요." 골렘이 나가면서 말했다. "제 소형 우주선은 파지 밀매꾼들이 탈취해 갔고, 저 동력선이 어떤지는 당신들이 직접 봤잖아요. 저 우주선이 가속했다면 여긴 산산조각이 났을 거예요."

여자가 그를 따라 밖으로 나왔다.

"저 여자는 누구예요?"

"토팡가 오를로프." 골렘은 고통스럽게 말했다. "발 오를로프의 아내예요. 첫 토성 탐사대원들이었죠. 아까 그건 그들의 우주선인 라그나로크예요. 제 구역에 숨어 있었지요."

"당신은 그냥 공기가 필요했던 거군요."

골렘이 고개를 끄덕였다.

그들은 기지의 디스플레이 탱크 옆에 있었다. 컴퓨터가 다가오는 트로이군 소행성들의 위치를 실시간으로 보여주었다. 깜박이는 녹색 불빛이 의료 기지였고, 얼룩 같은 붉은 불빛이 작은 소행성과 그에 딸린 자갈 꼬리였다. 그는 궤도를 살폈다. 의심의 여지가 없었다.

지금은 어두운 시간대였다. 곧 수면 시간이었다. 기지 사람들이 아침은 먹을 수 있을지 모르겠지만, 아무도 점심은 먹지 못할 것이 확실했다. 정오나 그즈음 의료 기지는 우주 얼음 무더기에 낀 유기물 찌꺼기가 될 것이다.

전 감독관 골렘도 마찬가지로.

두 의사는 나가서 병동으로 향했고, 크란츠는 통신실을 맡겠다는 골렘의 제안을 받아들일 정도로 느긋해졌다. 늙은 우주인이 비틀거리며 들어와 그를 지켜보았다. 라그나로크의 발진 광경이 그의 열정에 불을 지폈다.

골렘은 판에 박힌 구조 요청을 녹음했고 통신 대역을 훑기 시작했다. 늙은 남자가 우주선들에 관해 중얼거렸다. 아무도 응답하지 않았고, 아무도 응답하지 않을 터였다. 한번은 토팡가에게서 어떤 반향을 들었다고 생각했지만, 아무것도 아니었다. 지금쯤 라그나로크의 산소는 고갈된 지 오래일 테지, 그는 생각했다. 늙고 미친 파지 유령이 마지막 여행길에 올랐다. 나는 어디로 경로를 설정했던가? 화성에 관한 무언가가 떠오르는 듯도 했다. 적어도 그들은 어느 트로피 사냥꾼의 조형물 공원에서 막을 내리지는 않을 작정이었다.

"그들이 저 고치들에 무얼 넣었는지 알아? 불법점유자들이야!" 늙은 남자가 시력이 괜찮은 쪽으로 사팔눈을 뜨고 골렘이 어떻게 반응하는지 살폈다. "스킨헤드. 중독자와 불량배. 심지어, 파지 밀매꾼도. 의사들, 그들은 신경 쓰지 않아." 그가 뭉툭한 팔로 불에 탄 피부를 긁으며 한숨을 쉬었다. "지상인들이지. 지상인들은 여기 바깥에서 오래 버티지 못할 거야."

"지당한 말씀입니다." 골렘이 동의했다. "어쩌면 '내일'이겠지요." 그 말에 늙은 남자가 재미있다는 듯이 웃었다.

자정이 가까운 시각에 크란츠가 인계를 받았다. 여자가 뜨거운 위스키를 가지고 왔다. 골렘은 거절하려고 입을 열었다가 더는 배가 아프지 않다는 사실을 깨달았다. 이제는 걱정할 게 전혀 없었다. 그는 그 흥분제를 홀짝거렸다. 여자가 스캐너를 쳐다보고 있었다.

"그 여자는 아름다웠어." 여자가 중얼거렸다.

"조용히 해, 애나." 크란츠가 딱딱거렸다.

여자가 계속 스캔하더니 갑자기 헉 숨을 들이쉬었다.

"당신 이름. 골렘이죠, 그렇지 않아요?"

골렘이 고개를 끄덕이고는 일어나 탱크로 가서 들여다보았다.

이윽고 애나라는 그 여자가 그를 따라 나와서 역시 탱크를 들여다보았다. 늙은 우주인은 구석에서 잠이 들었다.

"토팡가는 한때 조지 골렘이라는 사람과 결혼했어요." 애나가 조용히 말했다. "그들은 아들을 한 명 낳았지요. 루나에서요."

골렘은 여자가 손에 쥔 스캐너 카트리지를 빼앗아 쓰레기 투하구에 휙 던져넣었다. 여자는 더는 아무 말도 하지 않았다. 둘은 한동안 탱크를 지켜보았다. 골렘은 여자의 눈이 턱을 거의 상쇄할 만큼 멋지다고 생각했다. 여자는 그를 쳐다보지 않았다. 탱크에는 변화가 없었다.

• 비틀즈가 설립한 레이블인 애플레코즈의 전폭적인 지원을 받았던 영국 록 밴드 아이비스의 곡 〈어쩌면 내일〉을 의미한다.

4시 즈음에 여자가 들어가 크란츠와 교대했고, 두 남자는 자리를 잡고 앉아 기다렸다.

"여기는 테미스 의료 기지, 응답 바람. 여기는 테미스 의료 기지, 누구든 응답 바람." 여자가 단조롭게 속삭였다.

크란츠가 밖으로 나갔다. 숨을 쉬는 것이 큰일처럼 느껴졌다.

갑자기 크란츠가 옆방에서 손가락을 튕겼다. 골렘이 건너갔다.

"봐."

그들은 탱크로 다가갔다. 붉은 얼룩이 깜박이는 녹색 불빛에 더 가까워져 있었다. 둘 사이에 노란 불꽃이 하나 있었다.

"이게 뭐지?"

골렘이 어깨를 으쓱거렸다. "바위요."

"불가능해, 우린 저 지역을 열 번도 넘게 샅샅이 스캔했어."

"질량이 없어요." 골렘이 미간을 찌푸렸다. "탱크에 뜬 유령 신호예요."

크란츠가 체계적으로 컴퓨터 입력 데이터를 확인하기 시작했다. 여자가 통신실을 떠나 탱크로 와서 기댔다. 골렘은 파지로 인해 왜곡된 기억을 더듬으며 멍하니 지켜보았다. 컴퓨터에 관한 무언가가 있었다.

그는 충동적으로 통신실로 가 수신기를 한계까지 올렸다. 들리는 것은 깩깩거리는 비명과 휘파람 소리의 돌풍, 다가오는 바위들의 응력 전선에서 나는 돌풍 소리가 다였다.

"뭐예요?" 애나의 눈이 인광을 발했다.

"아무것도 아니에요."

크란츠가 확인을 마쳤다. 노란 유령은 붉은 얼룩 쪽을 향해 비스듬히 다가가는 상태로 그 자리를 지켰다. 만약 그것이 바위라면, 그리고 추정치보다 약 백 배 정도만 더 질량이 크다면, 소행성의 자갈 무리를 비껴가게 할 수 있을지도 몰랐다. 하지만 그건 그렇지 않았다.

골렘은 계속해서 통신 장치를 만지작거렸다. 늙은 우주인이 코를 골았다. 일 분 일 분 시간이 굳어갔다. 크란츠가 떨치고 일어나 애나를 데리고 나가 병동을 돌았다. 그러고는 돌아와 탱크 앞에서 걸음을 멈췄다.

무엇이 됐든 그것이 계속 자리를 지키면서 소행성에 가까워지고 있었다.

비현실적으로 어둑한 빛이 번져오는 시간대의 어느 시점에 골렘은 질풍처럼 불어닥치는 우주 소음을 뚫고 흔들리는 그것의 소리를 잡아냈다.

"내가 봤어! 발! 내가 가고 있어 —"

그가 동조기를 이리저리 조정하는 사이에 크란츠와 애나가 서둘러 다가왔지만, 아무 소리도 들리지 않았다. 이윽고 옆방에서 자동 중계기의 잔잔한 신호음이 넘어왔고, 그들은 모두 탱크로 뛰어갔다. 탱크가 죽었다. 컴퓨터가 전기유도 과부하를 피해 스스로를 보호했던 것이다.

정확하게 무슨 일이 있었는지 그들은 결국 알지 못했다.

"가능합니다." 골렘이 그들에게 털어놓았다. 그들이 뭐라도 먹기로 한 건 정오가 한참 지나서였다.

"여기로 오는 동안 제가 저 소행성이 의료 기지까지 오는 경로를 모두 계산한 기억이 나요. 완전히 파지에 취하기 전에 말이죠. 어쩌면 제가 경로 컴퓨터에 거기까지 가는 경로를 계산해 넣었을지도 몰라요. 어쩌면 기본적으로 입력돼 있었을 수도 있어요. 토팡가가 경로 설정을 하지 않고 발진했다고 생각해보세요. 저 옛날 기계들은 바위를 사냥하도록 설정돼 있어요. 역행해서 그 바위 궤도로 곧장 돌아갔을 가능성이 있어요."

"하지만 자네 우주선은 질량이 없었어." 크란츠가 이의를 제기했다.

"그 자갈 구름이 괴물 동력선을 먹여 키운 우주 국자였어요. 그 자갈들이 바로 해답이었죠. 라그나로크는 곧장 자갈 구름을 통과하며 선체 주변에 단단한 자갈들을 그러모아 트로이군 소행성에 부딪쳤을 때는 몸집이 불어 있었을 거예요. 초소형 태양이 된 거지요."

어두운 시간대가 되자 그들은 다시 상황을 검토했다. 그리고 나중에 다시, 그와 애나가 현창 밖에서 아무런 특별한 것도 보지 못했을 때 또 한 번. 그 후로 오랜 시간이 지난 후, 그는 자유의료기지의 벽에 써 붙인 문구를 여자에게 보여주었다.

우주라는 무저갱의 둥근 천장에서 발사되어
끝없는 종착역들로, 질주하는 부활절들 빛을 발하고 —
저 바깥을 향해 침로를 바꾸는 거대한 엔진들
시야를 벗어나는 클라리온 실린더들에 천사의 은총이*

. . .

하트 크레인이 진짜로 첫 우주 시인이었다는 사실을 아무도 알아채지 못한 듯하다. 그는 1920년대의 첫 비행기들만을 증거 삼아 우주 비행을 구상했다. 소설 속 시 구절들은 『다리』의 전문에서 인용했는데, 대부분의 선집에는 이 장편서사시의 짧은 인용문들만 실려 있다. 크레인은 1932년에 자살했다고, 시인들은 추정한다.

-저자

* 시 「해터러스 곶」의 일부.

빔 어스 홈

Beam Us Home

호비의 부모가 금요일 밤 8시 반쯤마다 유심히 지켜봤더라면 첫 조짐들을 알아차렸을지도 모른다. 하지만 호비는 다섯이나 되는 활동적이고 영리한, 평범한 아이들 중 막내였다. 텔레비전 주위에서 한 번쯤 더 소란이 인다고 해서 누가 눈여겨보겠는가?

금요일 밤마다 치러지던 호비의 전투는 이 년 후에는 밤 10시로 옮겨갔고, 그러고는 누나들에게 따로 텔레비전이 생겼다. 호비는 그 무렵 쑥쑥 자라고 있었다. 남들이 보기에 호비는 대체로 햇볕에 그을린 채 테니스 코트에서 날아다니거나 연속으로 백분위 99의 수학 점수를 받는 아이였다. 부모가 보기에 호비는 문제를 일으키지 않는 것이 특징인 무난한 아이였다. 당뇨병 환자와 IQ가 185인 딸과 통제 가능한 수준의 가벼운 발작 증상을 앓는 또 다른 딸과 거의 언제나 깁스를 하고 다니는 스타 스키선수 지망생이 있는 가정에서는 어쩔 수 없는 일이었다. 호비의 IQ는 남을 앞설 정도로는 충분히 뛰어나지만 그렇다고 남이 이해하지 못할 정도로 너무 뛰어나지는 않은, 행운의 140대였다. 그는 부모와의 의사소통에 몹시 만족하는 듯했지만, 자주 얘기를 나누지는 않았다.

호비로서는 그럴 필요가 있었는데 어떤 식으로든 무시됐다는 뜻은 아니다. 예를 들어, 호비가 각막 상처로 포도상구균에 감염됐을 때, 부모는 호비가 아픔이라든가 병원 생활이라든가 뭐 그런 것을 견딜 수 있도록 잘 돌보는 역할을 훌륭히 해냈다. 하지만 부모도 소소한 사건을 모두 알 수는 없는 법이었다. 어느 날 밤 호비가 맥코이 박사*를 너무 간절하게 찾는 바람에 맥코이라는 이름의 젊은 인턴이 캄캄한 병실로 찾아와 열에 들뜬 소년과 삼십 분간 농담을 나눴던 일 같은 것들 말이다.

호비의 부모는 아마 그 아이에 대해 이해해야 할 무언가가 있다는 사실을 끝까지 이해하지 못했을 것이다. 게다가 주의 깊게 봐야 할 게 무엇이 있다는 말인가? 호비의 테니스와 모형 로켓 수집품들은 그 애가 수석으로 들어간 소규모 명문 학교에 비하면 너무 평범한 게 아닐까 싶을 지경이었다.

그 뒤에 호비네 가족은 학교 교육 예산이 모나코보다 더 많고

---

* 미국의 인기 텔레비전 드라마인 〈스타 트렉〉 시리즈에 등장하는 캐릭터. 수석 의료 장교이고, 엔터프라이즈호 선장인 커크의 절친한 친구이다.

과학경진대회 결승 진출자들로 채워진 축구부가 있는 교외의 중산 층 주거지로 이사했다. 여기서 호비는 주위 환경과 잘 어우러졌다. 그는 명민한 회색 눈에 금발 바가지 머리를 하고서 공을 가지고 하는 놀이라면 뭐든 아주 빨리 배우는, 또 한 명의 건강하고 다정하고 예의 바른 아이였다.

호비 주변에서 가장 명민한 아이들은 연구로 성공하는 법을 알아내기 위해 『이중나선』*을 읽거나, 던앤브래드스트리트** 홍보지를 살펴보고 있었다. 호비에게 뭐라도 두드러진 점이 있다면, 연구로든 다른 방식으로든 성공하는 것에 별다른 관심이 없어 보인다는 게 유일했다. 하지만 그것도 어울렸다. 그 시절에는 마치 세상이 어떻게 돌아가는지 모르겠다는 듯이, 마치 무언가를, 어쩌면 더 나은 세상을, 자신의 호르몬을, 뭔가 대단한 것을 기다리고 있다는 듯이, 멍하니 서 있는 남자아이들이 많았다. 살짝 놀란 듯한 호비의 표정도 그리 특이할 것이 없었다. 학내에 무장 순찰관을 배치하는 등의 사건은 민감한 성향의 아이들을 불안하게 만드는 효과를 내기 마련이었다.

사람들은 호비가 딱 뭐라고 꼬집을 수 없는 방식으로 민감하다

---

* DNA의 나선 구조를 밝힌 연구로 노벨상을 받은 제임스 왓슨이 소설 형식을 빌려 자신의 연구 과정을 풀어 쓴 책이다.
** 1841년 미국에서 설립된 상업적 데이터·분석·컨설팅 제공업체.

고 느꼈다. 평소의 그는 개방적이지만 조용했고, 끝나지 않는 농담을 참아주는 듯한 분위기를 풍겼다.

진학지도 선생은 임박해오는 입시 일정에 맞춰 제때 전공 영역을 결정하지 못하는 호비 때문에 속을 태웠다. 우선, 한 번도 시험을 망친 적은 없지만, 수학에 대한 흥미는 미적분 특별수업 이후로 증발해버린 듯했다. 그 뒤로 그는 학교에서 시범적으로 운영하고 있던 예비대학 인류학 세미나로 방향을 전환했다. 여기서 그는 좋은 성적을 내면서 매우 의욕적으로 활동했지만, 그것도 현장조사팀이 시료 채취 기법들과 통계의 중요성을 강조하기 시작한 학기까지였다. 물론 호비에게 카이 제곱* 같은 것들은 전혀 어려울 것이 없었다. 하지만 기말시험에서 A를 받고 나서는 그것들에 특유의 다정하고도 회의적인 미소를 보여주고는 시들해져버렸다. 진학지도 선생은 호비가 학교 공방에서 15센티미터짜리 망원경 렌즈를 닦으며 많은 시간을 보낸다는 것을 알게 되었다.

그래서 호비는 모종의 낙제생이라는 꼬리표를 달게 되었지만, 성적 때문에 아무도 어떤 종류의 낙제생인지는 알 수 없었다. 그리고 모두 그가 짓는 미소가 어쩐지 신경이 쓰였다. 그 미소를 보면 소리가 멎는 듯했기 때문이었다.

---

* 카이 제곱 검정은 관찰된 빈도가 기대되는 빈도와 유의미하게 다른지를 확인하기 위해 사용하는 검정 방법이다.

그래도 여자애들은 그를 좋아했고, 그는 일반적인 단계들을 다소 빠르게 통과했다. 언젠가는 한 주 사이에 각기 다른 여자애들과 서른다섯 번이나 영화를 보러 자동차극장에 가기도 했다. 또 언젠가는 뭔가 의미심장하게 〈미세스 로빈슨〉*을 한 달 내내 흥얼거리고 다니기도 했다. 어느 서늘하고 쾌적한 여름에는 당시 여자친구와 다른 두 커플과 같이 체코 멀티미디어 어쩌고를 보려고 침낭을 들고 캐나다 온타리오주 스트랫퍼드까지 가기도 했다.

여자애들은 그를 뭔가 좀 다른 사람으로 여겼지만, 그는 끝내 이유를 몰랐다. "넌 늘 작별하듯이 나를 봐"라고 한 여자애가 말했다. 실제로 그는 여자애들 모두를 사라지게 할 비밀이라도 아는 듯이 어딘지 기묘하고 초연한 데가 있는 상냥한 태도로 그들을 대했다. 호비의 민첩한 갈색 손이나 정말로 잘생긴 외모 때문에 사귀는 여자애들도 있었지만, 그중에는 그의 비밀을 알고 싶었던 애들도 있었다. 그런 점에서 그들은 실망했다. 호비는 얘기하고 또 주의 깊게 귀를 기울였지만, 그건 커플이라면 대체로 경험하는 얘기-얘기-얘기를 통한 완전한 상호적 카타르시스가 아니었다. 하지만 호비가 어떻게 그런 걸 알 수 있었겠는가?

주변의 또래 집단이 대체로 그랬듯이, 호비도 본격적인 마약은

---

* 미국의 남성 듀오 사이먼앤가펑클이 1968년에 발표한 노래로 1967년 영화 〈졸업〉에 삽입되었다. 〈스타 트렉〉에 레인 로빈슨이라는 과학자가 등장한다.

멀리했고, 폭음하느니 차라리 마리화나가 낫다는 데 동의했다. 어느 해변 파티에서 그가 허공에다 대고 몇 시간이나 흥분하여 떠들어 대는 바람에 분위기가 으스스해진 이후로 친구들은 절대 그에게 과도하게 마리화나를 권하지 않았다. 친구들은 호비가 자아의식이 좀 취약할지도 모르겠다고 판단했다.

학교 측의 공식 입장은 호비에게 아무런 실질적인 문제가 없다는 것이었다. 어느 종합 검사 결과표가 그 주장을 뒷받침해주었다. 그것만 보자면 호비를 정상 대조군의 이상적인 표준으로 삼을 수도 있을 듯했다. 학교 소속 정신과 의사와의 정기 면담에서도 건질 것이 없는 건 분명했다.

호비는 점심시간 직후에 들어왔다. 의사인 모어하우스 선생도 자기 직관력이 최고로 잘 발휘되는 때가 아니라는 걸 아는 시간대였다. 둘은 평소처럼 소소한 잡담으로 면담을 시작했다. 호비는 천장 방음재 뒤에서 나는 소리에 귀를 기울이는 듯한 분위기를 풍기면서도 침착하고 열의 있는 태도로 편안하게 앉아 있었다.

"요즘 자신이 정말로 누구인지 찾는 데 열중하는 젊은 친구들을 많이 만나. 자기 정체성 찾기지." 모어하우스가 말을 던졌다. 그는 부러 '청소년 정체성 위기에서의 성차'라는 제목의 원고 더미를 정돈했다.

"그러세요?" 호비가 예의 바르게 물었다.

모어하우스는 혼자 미간을 찌푸리고는 곁을 내주듯이 내뱉었다.

"나도 가끔 내가 누구인지 궁금해." 그가 미소를 지었다.

"그러세요?" 호비가 물었다.

"넌 안 그래?"

"예." 호비가 말했다.

모어하우스는 그 자리에 있어야 할 적의를 찾았지만, 그런 건 없었다. 수동 공격이 아니었다. 뭐지? 그의 직관력이 일시적으로 깨어났다. 그는 호비의 밝은 회색 눈을 들여다보았고, 갑자기 아무도 없는 아주 거대한 차원 같은 곳으로 미끄러지는 기분이 들었다. 진정한 사춘기성 정신분열증 전 단계? 그는 희망을 품어보았다. 아니, 그것도 아니야, 그러다 문득 이런 생각이 들었다. 어떤 사람이 자기 정체성을 확신하는데 그게 그 사람의 정체성이 아니라면? 그는 자주 그 생각을 했다. 어쩌면 그것이 창의적인 통찰로 발전될 수도 있을 터였다.

"어쩌면 반대일 수도 있겠네요." 침묵이 더 어색해지기 전에 호비가 말을 꺼냈다.

"무슨 뜻이야?"

"음, 어쩌면 선생님은 선생님이 누구인지 궁금해하는 모두일지도 모르지요." 호비의 입술이 비뚤어졌다. 그냥 대화를 위한 대화인 게 분명했다.

"내가 한 방 먹었군." 모어하우스가 쿡쿡 웃었다. 둘은 형제자매들 간 경쟁과 심리통계학에 관해 잡담을 나누고는 다음 남학생에게 쓸 시간을 넉넉히 남겨두고 마무리했다. 다음 학생은 알고 보니 만족스럽게도 극심한 불안증이었다. 모어하우스는 잠시 미끄러져 들어갔던 그 텅 빈 곳을 잊었다. 자주 있는 일이었다.

호비의 비밀을, 새벽 3시에, 일부나마 알아낸 건 어느 여자애였다. 이름은 제인이지만, 그때는 '개'라고 불리던 여자애였다. 호비의 말을 들을 때면 호비가 좋아하는 식으로 고개를 쳐드는, 다정하고 생기 있는 작은 새였다. 개는 나중에 똑같이 편안하게 집중하는 태도로 슈퍼마켓 점원과 소아과 의사의 말을 듣게 되지만, 둘 다 그건 몰랐다.

둘은 세상의 상태에 관해 얘기하고 있었다. 당시는 상당히 번성하고 평화로운 시기였다. 다른 말로 하자면, 약 7000만 명의 인구가 굶어 죽어가고, 많은 수의 선진국이 경찰 테러 전술로 연명하고, 너덧 군데에서 국경분쟁이 벌어지고, 바로 직전에는 호비네 가정부가 지역 자경단 칼에 난도질당하고, 학교는 경비를 위해 전기 철조망을 설치하고 경비견 두 마리를 더 들이던 때였다. 하지만 어느 강대국도 핵무기를 휘둘러대지 않았고, 미중소 간 해빙 분위기도 벌써 이십 년째였다.

개는 자기 차 옆자리에 앉은 호비를 껴안고 있었고, 호비는 창문 너머로 머리를 내밀고 있었다. 손뼈가 드러난 채 철쭉나무 사이를 기고 있던 가정부를 발견한 사람이 호비였기 때문이었다.

"그렇게 느낀다면, 뭐라도 해보는 게 어때?" 욕지기가 잠시 멈춘

틈에 개가 그에게 물었다. "음료수라도 좀 줄까? 있는 게 그거밖에 없어."

"뭘 하라고?" 호비가 떨리는 목소리로 말했다.

"정치?" 개가 추측했다. 사실 개는 몰랐다. 저항의 십 년은 이미 오래전에, 새정치*와 랠프 네이더**와 함께 끝났다. 쇄골이 부러진 채 마이애미에서 돌아온 어느 선배에 관한 학교 전설이 있었다. 그로부터 얼마간 시간이 지난 뒤, 아이들은 꽃이 사실은 썩 강력하지 않으며, 운동을 이끈 조직가들도 저마다의 문제를 안고 있다는 사실을 알게 되었다. 좋은 직업을 가지면 사실은 내부에서 더 많은 일을 할 수 있는데 거리로 나갈 이유가 무엇인가? 그래서 개는 어떤 공직에 출마하는 호비나 텔레비전에 나오는 성실한 얼굴 같은, 모호한 이미지나 제시해줄 수 있을 뿐이었다.

"청년정치위원회에 들어가도 되고."

"간섭하면 안 돼." 호비가 헐떡거리며 입을 닦았다. 그러고는 정신을 추스르고 음료수를 조금 마셨다. 계기판 불빛을 받은 호비의 열일곱 살짜리 짧은 구레나룻이 개에게는 엄청나게 성숙하고 아름

---

* New Politics Movement. 1960년대 말과 1970년대 초에 미국 민주당을 개혁하고 재편하고자 한 정치운동.

** 미국의 변호사이자 저술가, 사회운동가, 정치인으로 1960년대에 소비자를 중심으로 하는 사회운동을 주도하며 여러 대기업과 정부의 부정부패를 고발하여 큰 사회적 반향을 불러일으켰으나, 변혁이 아닌 개혁을 택함으로써 시대의 저항 정신을 체제 순응적으로 개량했다는 비판을 받는다.

답게 느껴졌다.

"아, 그렇게 나쁘진 않아." 호비가 말했다. "내 말은, 특별히 나쁘지는 않다는 뜻이야. 이건 그냥 단계야. 이 세계는 원시 단계를 통과하고 있어. 수많은 단계가 있지. 시간이 오래 걸려. 그들이 그냥 아주아주 진보가 더딘 거지, 그뿐이야."

"그들이." 한 단어도 놓치지 않는 개가 말했다.

"내 말이." 그가 말했다.

"넌 예외고." 여자애가 말했다. "그걸로 입을 헹궈. 넌 사람들하고 사귀지 않아."

"난 널 사람이라고 생각하는데." 그가 입을 헹구면서 말했다. 이런 얘기는 전에도 들었다. "그리고 너와 사귀고." 그가 창밖으로 몸을 내밀고 음료를 뱉었다. 그러고는 고개를 틀어 하늘을 올려다보더니 상자 밖으로 고개를 내민 동물처럼 한동안 그렇게 가만히 있었다. 개는 그의 몸을 따라 차까지 떨리는 것을 느꼈다.

"또 토할 거 같아?" 여자애가 물었다.

"아니."

하지만 그때 호비가 갑자기 격렬하게 토했다. 그가 몸을 들썩이는 동안 여자애는 그의 어깨를 꽉 움켜잡고 있었다. 어느 정도 시간이 지나고 욕지기가 가라앉자, 그는 힘없이 고개를 한쪽 팔 위로 떨구었다.

"엉망이야." 그가 속삭이는 소리가 들렸다. "진짜 끔찍하게 빌어먹을 엉망 엉망 엉망 엉망 엉망—"

호비가 손으로 차의 옆구리를 쿵쿵 치고 있었다.

"물로 씻어내면 돼." 개는 말하고 나서야 차 얘기가 아니라는 걸 알았다.

"왜 이런 일이 계속돼야 해?" 그가 갈라지는 목소리로 말했다. "왜 그 사람들은 그냥 멈춰주지 않는 거야? 더는 못 견디겠어, 제발, 제발, 난 못 해—"

개는 이제 무서워졌다.

"자기, 그렇게 나쁘지 않아. 호비 자기야, 그렇게 나쁘지는 않아." 여자애가 부드러운 가슴을 그의 등에 대고 손으로 다독이며 말했다.

갑자기 그가 차 안쪽으로 다가앉더니 완전히 지친 듯이 여자애에게 기댔다.

"참을 수 없어." 그가 중얼거렸다.

"뭐가 참을 수 없어?" 여자애는 그가 자신을 놀라게 한 것에 화가 나서 딱딱거렸다. "뭐가 너는 참을 수 없고 나는 아닌데? 내 말은, 나도 엉망이라는 건 알아. 하지만 그게 왜 너한테만 그렇게 나쁜 거야? 나도 여기서 살아야 해."

"이건 너의 세계야." 호비가 뭔가 혼자만의 슬픔에 빠진 채 멍하니 말했다.

개가 하품했다.

"이제 집에 데려다줄게." 여자애가 말했다.

더 할 말도 없는 그는 조용히 앉아 있었다. 개가 그의 옆모습을 힐끗 보고는 안정을 찾은 것 같다고 판단했다. 사실은 거의 멍청해 보였다. 입이 약간 벌어져 있었기 때문이었다. 여자애로서는 도살장으로 가는 가축 운반차 안에서 바깥을 내다보는 사람을 본 적이 없었으므로 그 표정을 알아보지 못했다.

그해 6월에 호비네 학년은 졸업했다. 호비의 성적은 상당히 좋았고, 다들 그가 약간 서먹하게 행동하는 것이 정신적으로 충격이 컸던 가정부 사건 때문이라고 이해했다. 그는 많은 동정을 샀다.

호비가 처음이자 마지막으로 부모를 놀라게 한 일이 일어난 것은 졸업식 행사가 끝난 뒤였다. 호비의 부모는 입시 위기를 헤치고 다섯 번째 자식을 무사히 동부 명문대에 들여보낸 것을 자축하고 있었다. 호비가 공군사관학교에 지원했다는 소식을 알렸다.

폭탄선언이었다. 호비가 군과 관련하여 조그마한 관심도 보여준 적이 없었기 때문이었다. 사실은 그 반대였다. 호비의 부모는 교육받은 계층이라면 군을 관대한 혐오의 시선으로 보는 것이 당연하다고 생각했다. 왜 우리 아들이 그런 걸 하겠다고 하지? 이것도 이 아이의 불안정한 성취동기 지향성의 문제인가?

하지만 호비는 고집했다. 딱히 이유가 있는 건 아니었고, 그저 신중하게 생각한 결과 그게 자신의 길이라고 느꼈다고 했다. 마침내 호비의 부모는 어릴 적의 모형 로켓 수집품들을 생각해냈다. 아버지는 아들이 진지하다고 판단하고는 자신이 운영하는 컨설팅 회사와 거래를 한 적이 있는 장군들과 접촉하기 시작했다. 9월에 호비는 콜로라도 스프링스로 사라졌다. 크리스마스 휴가에 맞춰 다시 나타난 그는 이국적인 대머리에 군복을 입은 꼿꼿하고 예의 바른 낯선 사람이 되어 있었다.

다음 네 해 동안 사실상 개인으로서의 호비는 점점 늘어가는 훌륭한 평가 보고서들에 가려 보이지 않게 되었다. 그가 매우 열심히 노력했다는 데는 의심의 여지가 없어 보였고, 그의 적극성도 전혀 사그라들 기미를 보이지 않았다. 다른 여느 생도와 마찬가지로, 그는 사관학교의 여러 소소한 방침에 대해 우는소리를 했고, 웃기는 이야기도 몇 가지 들려주었다. 하지만 한 번도 낙담하는 모습은 보이지 않았다. 그가 여름마다 특수비행기술 훈련생으로 뽑히자, 부모는 마침내 아들이 제 길을 찾았음을 실감했다.

깨달음이, 일종의 깨달음이 찾아온 것은 그가 최고 학년이 되어 새로 생긴 우주비행사 훈련 프로그램에 지원해 합격했다고 알려왔을 때였다. 십 년 전 유인위성 실험실의 비극적 소실로 인한 충격 이후, 미국의 우주 프로그램은 이제 막 다시 시동을 거는 참이었다.

"그 애가 내내 마음에 두고 있었던 것이 그거였던 게 틀림없어." 호비의 아버지가 쿡쿡 웃었다. "성공하기 전에는 얘기하고 싶지 않았던 거야." 호비의 부모는 마음을 놓았다. 우주 프로그램에 참여하는 아들이 있다는 건 사회적 지위 측면에서 훨씬 받아들이기가 수월했다.

지금은 결혼해서 스스로를 제인이라 부르는 개가 소식을 듣고, 달에 있는 남자의 사진이 든 카드를 보냈다. 좀 더 지각이 있는 다른 여자애는 별 사진이 든 카드를 보냈다.

하지만 호비는 우주 프로그램에 참여하지 못했다.

딱히 심각하지 않은 사건들이 한꺼번에 일어난 그 여름이 문제였다. 영국이 불안정하던 파운드화 가치를 다시 절하했는데, 바로 그때 미국이 너무 많은 달러를 쏟아내고 있다는 사실이 밝혀졌다. 남한과 북한이 통일에 한 발 더 다가갔고, 그로 인해 미국은 남은 동남아시아조약기구 국가들에 대한 지원을 보다 강화해야 할 필요가 생겼다. 다음으로는 케네디우주센터에 막대한 피해를 준, 하지만 다행히 인명 피해는 없는 화재가 발생했고, 이집트 정부가 새로운 소련원조협정을 발표했다. 그리고 8월에는 베네수엘라에서 게바라주의 반군이 아랍의 동맹 세력들로부터 심히 좋아 보이지 않는 장비들을 입수하다가 발각되었다.

국가는 역사로부터 아무것도 배우지 못한다는 옛말과 달리, 미국은 베트남에서 겪은 오랜 고통으로부터 뭔가를 배웠다는 사실을 보여주었다. 미국이 배운 것은 국민투표와 군의 조언과 훈련 프로그램들을 가지고 꾸물거리면서 시간을 낭비하지 말고 곧바로 쑤셔 넣어야 한다는 것이었다. 강력하게.

먼지가 걷히고 보니, 우주 프로그램과 우주비행사 훈련은 발사 준비 단계에서 취소되었고, 호비의 졸업생 동기 중 3분의 1이 베네수엘라 카라카스를 통해 배치되고 있었다. 서류상으로 보자면, 호비는 자원했다.

그는 그 사실을 특수임무부대 군의에게 들어 알게 되었다.

"소위, 이렇게 보자고. 사관학교에 들어왔다는 건 자네가 공군에 자원했다는 거지, 맞나?"

"예. 하지만 저는 우주비행사 훈련 프로그램을 보고 선택한 겁니다. 그 프로그램에 들어가는 길은 공군이 유일하니까요. 그리고 저는 합격했습니다."

"하지만 우주비행사 훈련 프로그램은 중단됐어. 물론, 일시적으로. 그동안에 공군은, 자네가 자원한 공군은 자네가 훈련을 계속하기를 적극적으로 요구하고 있어. 프로그램이 재개될 때까지 그냥 빈둥거리게 둘 거라고 기대하지는 않겠지, 그렇지 않나? 게다가 자네는 가장 좋은 선택지를 받았어. 세상에, 이봐, 항공평화자원봉사단은 슈퍼 엘리트 대접을 받잖아. 자네도 거기 선발되지 못해서 반복성 우울증을 겪는 사람들을 한번 봐야 해."

"용병이에요." 호비가 말했다. "퇴행적이고요."

"'전문가'라고 해둬, 그게 더 나은 표현이니까. 자, 두통은 좀 어떤지 볼까."

두통은 호비가 장거리 감시정찰대 지원 업무에 배정되면서 조금 누그러졌다. 그는 비행 일을 즐겼고, 길고, 고요하고, 외로운 감시 임무들은 마음을 진정시켜주었다. 또 상당히 안전하기도 했다.

게바라주의 반군은 정찰기와 무인 감시 항공기에 낭비할 대공 공격력이 없었다. 지대공미사일 진지들은 아직 가동되지 않았다. 호비는 패턴 비행을 하고, 좀비처럼 날씨가 바뀌기를 기다렸다가, 다시 비행했다. 대체로 그는 기다렸다. 후텁지근한 정글 지역에서 벌어지는 전투를 선명하게 감시할 기회는 드문드문 왔기 때문이었다. 지도가 허술했다. 지상군들은 너무도 많은 문제를 안겨주는 저 키가 작고 떡 벌어진 체격의 갈색 남자들에 관해서 아무것도 확신할 수 없었다. 그들은 알 수 없는 기준으로 그어진 어떤 선의 이쪽에서는 제거되어야 할 게바라주의 반군들이었고, 저쪽에서는 선을 넘지 말라고 경고해주는 합법적인 정부군이었다. 정찰 영상들을 긴급하게 넘겨주고 나면, 호비는 몇 주 동안 혼자 내버려졌다.

그러고 나서 전방 기지의 전술근무 당번표가 '지지' 때문에 제대로 돌아갈 수 없게 되자 호비는 당일치기 헬리콥터 조종 임무로 차출되기 시작했다. 하지만 그 일도 상대적으로 평화롭기는 마찬가지로, 대부분은 고엽제 살포 임무였다. 호비는 사실 전쟁이라고는 전혀 보거나 듣거나 맡거나 느끼는 일 없이 몇 달을 보냈다. 그가 그 사실을 알았더라면, 감사하게 여겼을 것이다. 사실 그는 어떤 것에 대해서도 그다지 알려고 하지 않는 듯했다. 그는 거의 말이 없었고, 자기 일을 하면서 뭐에 부딪히기라도 하면 머리가 떨어지는 사람처럼 움직였다.

그들이 마침내 해안가 기지로 돌아오게 된 뒤에도, 장거리 정찰용 장비들과 함께 막사를 썼던 호비는 자연히 지지에 관한 소문을 제일 마지막으로 들은 축에 속했다. 지지의 정식 명칭은 '과이라스 독감'이었다. 독감은 교전 지역에서 심각한 문제로 발전하고 있었다. 갈수록 더 많은 보충병과 대체 인원이 임시 전술 임무에 배정되어 전방으로 차출되고 있었다. 호비도 다음번 차출을 나갔을 때 사람들이 아주 광포하게 행동하고 있는 데다, 근무표에는 온통 변경 내용이 휘갈겨져 있는 걸 알아차릴 수밖에 없었다. 헬기가 제대로 경로를 잡자 호비는 그 일에 관해 물었다.

"농담해?" 기상사수가 툴툴거렸다.

"아니. 그래서 뭐냐니까?"

"세무."

"뭐?"

"세균무기 말이야, 바보야. 위에선 계속 백신이 나올 거라는데, 자기네들 지퍼에라도 끼어 있나보지— 저기 봐, 지상 일제사격이야."

그들은 호비를 또 한 번 전방 임무로 차출했고, 그 뒤로 또 한 번 차출하더니, 이제는 구역 봉쇄 조처가 내려졌다고 알렸다.

공식 통지는 호흡기 질병의 확산을 통제하기 위한 임시 조처로 구역 간 인력 이동을 최소화할 것이라 했다. 다른 말로 옮기면, 후방 지원 구역에서 전방으로 갈 수는 있지만, 돌아올 수는 없다는 의미였다.

호비는 혼잡한 막사로 옮겨졌고, '부상병 이송 및 보급' 병과에 배정되었다. 그는 곧 그 호흡기 질병을 이르는 다른 말들이 있다는 걸 알게 되었다. 지지는 사타구니 발진과 인후염, 열, 그리고 끝없는 설사를 동반하는 고통스러운 다증상적 질병으로 밝혀졌다. 아주 심해지지는 않는 듯했고, 그저 증상들이 순환할 뿐이었다. 호비는 가벼운 증상을 보이는 이들 중 한 명이었는데, 다행한 일이었다. 병상은 동이 났고, 병원 통로들도 만원이었다. 격리용 복도라도 마련할 수 있을 때까지, 부상병 후송은 모두 일시 중지되었다.

게바라주의 반군들은 지지에 걸리지 않는 것처럼 보였다. 지상군들은 분명히 그렇다고 확신했다. 그것이 어떻게 전파되는지는 누구도 몰랐다. 소문은 어느 주엔 박쥐였다가, 다음 주엔 반군들이 물에 뭔가를 탄 거라고 했다. 독 바른 화살, 바퀴벌레, 여자, 삭은 깡통. 모든 것이 저마다 옹호자를 두고 있었다. 어찌 됐든 간에, 아랍연합공화국의 기술적 원조에 장비 이상의 것이 들어 있었던 건 분명했다. 백신이 곧 나온다는 공식 통지문은 게시판에서 누렇게 색이 바랬다.

지상 교전이 방향을 틀어 호비가 있는 기지 쪽으로 가까이 다가왔다. 가끔 박격포 소리가 들렸고, 어느 밤에는 반군이 로켓발사대에 접근하여 연료 저장소를 거의 접수할 뻔했다가 격퇴당했다.

"저들은 그냥 기다리기만 하면 돼." 사수가 말했다. "우린 죽은 목숨이야."

"지지로 사람이 죽지는 않아." 병과장이 말했다. "네가 그냥 그랬으면 하는 거지."

"사람들 말이 그렇더라고요."

기지가 확장되었고, 공격용 폭격기 세 대가 들어왔다. 호비가 폭격기들을 관리했다. 그는 어느 여름 AX92를 타고 온갖 훈련을 했었다. 자면서도 조종할 수 있었다. 혼자가 되면 좋을 텐데.

호비는 이제 낮시간의 대부분을 헬리콥터를 몰면서 보냈다. 피격과 아픈 것에는 이미 익숙해졌다. 모두가 아팠다. 이 주 간격으로 두 차례에 걸쳐 파견된, 깜짝 놀랄 만큼 건강해 보이는 보충병들만 예외였다. 사람들은 그들이 새로운 항독성혈청으로 면역이 되었다고 말했다. 그들이 가져온 중요한 소식은 그 지역 바깥에서는 지지가 치료될 수 있다는 것이었다.

"우리는 자꾸 재감염되고 있잖아." 사수가 말했다.

"그럴 줄 알았어. 그들은 우리가 여기서 물러나기를 바라."

그 주에 대대적으로 박쥐에게 공세를 퍼부었지만 도움이 되지 않았다. 다음 주에는 먼저 파견 온 보충병들이 열이 나기 시작했다. 당국의 백신은 효과가 없었고, 두 번째 파병 대원들에게 놓은 것도 마찬가지였다.

그 일 이후로, 자원한 군의관 두 명 외에는 아무도 오지 않았다. 막사와 비행기와 식당에서 악취가 나기 시작했다. 일단 허약해지고 나면 설사를 통제할 방법이 없었다.

꾸준히 찾아오는 건 보급품뿐이었다. 하루가 멀다고 톤 단위의 물품이 하늘에서 떨어졌다. 대부분은 한쪽으로 치워져 방치되다가

썩었다. 음식은 차고 넘칠 지경이었다. 비틀거리는 요리사들이 부들부들 떠는 남자들에게 스테이크와 바닷가재를 들이밀고는 구역질을 하러 나갔다. 이제는 병원에도 여유 공간이 충분했는데, 지지가 진짜로 사람을, 결국에는 죽이는 것으로 밝혀졌기 때문이었다. 그때쯤에는 차라리 죽음을 반길 지경이었다. 개활지 제일 외진 곳, 고엽제로 해골같이 말라비틀어진 나무들 사이로 공동묘지가 점점 면적을 넓혔다.

마지막 날 아침에 호비는 정찰 팀을 태우러 전방으로 파견되었다. 그는 장기 임무를 감당할 만한 체력을 보유한 몇 남지 않은 이들 중 한 명이었다. 세 명으로 이루어진 정찰 팀은 반군 지역 깊숙한 곳에 들어가 있었지만, 호비는 개의치 않았다. 그의 생각은 온통 자신의 대장에 가 있었다. 지금까지 바지나 비행기를 더럽힌 적은 없었다. 정찰 팀의 신호를 받고 착륙했을 때, 그는 총알처럼 뛰쳐나가 헬리콥터 꼬리 밑에 쪼그리고 앉아야 했다. 헬리콥터에 오른 병사들이 그에게 소리를 질렀다.

정찰 팀은 포로를 한 명 데리고 있었다. 반군은 발가벗었고 놀랄 만큼 떡 벌어진 체격이었다. 그는 가볍게 뛰듯이 걸었다. 두 팔은 철사로 묶였고, 머리는 둘둘 싸맨 셔츠에 가려져 있었다. 호비로서는 처음으로 가까이에서 본 반군이었다. 호비는 헬리콥터에 타면서 철사 주변으로 불거진 반군의 단단하고 반질거리는 갈색 피부를 보았다. 반군의 얼굴을 보고 싶었다. 사수는 그가 시리오노족이라고

했는데, 그게 중요한 이유는 시리오노족이 반군에 가담했다고 알려진 부족이 아니기 때문이었다. 시리오노족은 매우 원시적인 방랑 부족이었다.

부대로 복귀하는 비행을 시작하자마자 호비는 자신의 병세가 심해지고 있다는 걸 알아챘다. 복귀 길은 의식을 잃지 않고 경로를 계속 유지하기 위한 투쟁이 되었다. 다행히 아무도 그들을 쏘지 않았다. 어느 순간 뒤에서 비명이 난무하는 걸 알아차렸지만, 주의를 기울일 수 없었다. 마침내 호비는 기지 상공으로 들어가 헬리콥터를 착륙시켰다. 그는 두 팔에 얼굴을 묻고 엎드렸다.

"괜찮아?" 사수가 물었다.

"응." 호비는 사람들이 내리는 소리를 들으며 말했다. 그들은 뭔가 무거운 것을 나르고 있었다. 마침내 그가 일어나 뒤따라 나갔다. 바닥이 젖어 있었다. 별스러운 일은 아니었다. 그는 헬기에서 내린 후 선 채로 안을 쳐다보았다. 헬기 바닥이 눈 아래 30센티미터쯤 높이에 있었다. 그 물기는 피였다. 피가 사방에 튀어 있었고 바닥에는 큰 웅덩이가 졌다. 웅덩이 안에 부드러운 살덩이처럼 보이는 뭔가가 있었다.

호비는 고개를 돌렸다. 사다리가 축축했다. 그는 한 손을 들고 손에 묻은 붉은색을 쳐다보았다. 다른 손도. 두 손을 뻣뻣하게 내민 채 그는 돌아서서 기지를 가로질러 걷기 시작했다.

호비를 오후 비행에 한 번 더 내보낼 수 있지 않을까 하는 희망을 품고 있던 병과장이 그가 쓰러지는 것을 보고 병원에 연락했다. 교체된 위생병 둘은 아직 건강 상태가 괜찮았다. 그들이 와서 그를 데려갔다.

정신이 들고 보니, 위생병 한 명이 정맥주사 바늘을 다시 뽑아 내지 않도록 호비의 두 손을 침대에 내려놓으려 하고 있었다.

"우리는 여기서 죽을 거야." 호비가 말했다.

위생병이 어물쩍한 표정을 지었다. 목울대가 도드라진 여윈 흑인 소년이었다.

"하지만 이 여정의 끝에서 나는 랜더와 던과 함께 정찬을 들리라.*" 호비가 말했다. 밝고 편안한 어조였다.

"예이츠네요." 위생병이 말했다. "물 좀 드실래요?"

호비의 눈빛이 흔들렸다. 위생병이 물을 주었다.

"그러니까, 난 진짜로 믿었어." 호비가 수다스럽게 말했다. "온전히 다 이해했지." 그가 웃었다. 아주 오랜만이었다.

"랜더와 던요?" 위생병이 빈 주사액 병을 새 병으로 바꿔 걸면서 물었다.

"아, 한심했지, 그랬을 거야." 호비가 말했다. "어떻게 시작됐냐면…… 난 그 사람들이 진짜라고 믿었어. 정말로. 커크, 스폭, 맥코이, 모두 다. 그리고 그 우주선도. 이날 이때까지, 맹세해…… 그

• 아일랜드 시인 윌리엄 버틀러 예이츠의 시 「어느 젊은 미인에게」의 마지막 구절.

중 한 명이 나에게 와서 얘기해준 적이 있어, 내 말은, 정말로 그랬어…… 난 다 이해했어, 그들이 날 관찰자로 남겨두고 갔다는 걸."

호비가 낄낄거렸다.

"그들이 데리러 올 거야. 이건 비밀이지. 난 그냥 좀 맞춰주면서 관찰만 하면 돼. 보고서 같은 거 있잖아. 어느 날 그들이 돌아와서 날 끌어올릴 거야. 그 빔 어쩌고 하는 거 있잖아, 너도 알지? 그러면 난 인간들이 있는 진짜 시간, 사람들이 인간인 진짜 시간으로 돌아갈 거야. 내가 진짜로 여기 이 과거에, 이 뒤떨어진 행성에 갇혔을 리가 없어."

위생병이 고개를 끄덕였다.

"아, 내 말은, 진짜로 믿지는 않았어, 그냥 텔레비전 드라마일 뿐이라는 걸 알았으니까. 하지만 믿기도 했어. 어떤 일이 벌어지고 있어도, 그게 거기에, 배경에, 아래에 있는 것 같았거든. 그들이 나를 데리러 올 예정이었어. 내가 할 일은 그냥 관찰하는 게 다였지. 그리고 간섭하지 않는 것. 그거 알아? 프라임 디렉티브*라고…… 물론 어른이 되고 나서, 그들이 오지 않으리라는 걸 깨달았지, 내 말은 의식적으로 깨달았다는 뜻이야. 그래서 내가 그들에게 갈 셈이었어. 어떻게든, 어디가 됐든. 거기로…… 난 이젠 알아. 사실은 그런 게

---

* 〈스타 트렉〉에서 행성연합이 가장 중요하게 여기는 최상위 정책으로, 외계 행성이나 종족 등에 대한 일종의 불간섭 원칙으로 볼 수 있다.

아니라는 걸. 그런 건 없어. 절대. 아무것도 없어…… 난 이제 내가 여기서 죽을 거라는 걸 알아."

"아이고." 위생병이 말했다. 그가 일어나 물건들을 치우기 시작했다. 그의 손이 떨렸다.

"거긴 깨끗해." 호비가 성급한 어투로 말했다. "이런 난장판은 하나도 없어. 깨끗하고 친절해. 그들은 사람을 고문하지 않아." 그가 고개를 가로저으며 설명했다. "그들은 죽이지도 않지 ―" 호비는 잠들었다. 위생병이 사라졌다.

누군가가 단조로운 어조로 고함을 치기 시작했다.

호비는 눈을 떴다. 몸이 불타는 것 같았다.

고함이 계속되더니, 비명이 되었다. 땅거미가 지고 있었다. 발소리들이 옆을 스쳐 비명 쪽으로 향했다. 호비는 자신이 문가 침대에 있는 걸 알아차렸다.

뭘 어떻게 하지도 않았는데 비명이 그를 침대에서 들어올려 문밖으로 떠미는 듯했다. 공기. 그는 무언가를 움켜잡는 자신의 두 손을 계속해서 관찰했다. 관목들, 그림자들. 무언가가 그를 긁었다.

한동안 시간이 지나자 비명과는 한참 멀어졌다. 어쩌면 비명은 그의 귓속에만 있는지도 몰랐다. 그는 고개를 저었고, 바닥으로 떨어지는 것을 느꼈다. 자신이 공동묘지에 있다고 생각했다.

"안 돼." 호비가 말했다. "제발. 제발 안 돼." 그는 몸을 일으켰고, 균형을 잡았고, 뭔가 차가운 것을 찾으러 머뭇거리며 걸었다.

비행기 옆면이 차갑게 느껴졌다. 그는 뜨거운 몸을 갖다 붙이고는 다정하게 토닥였다. 이젠 제법 어두워진 듯했다. 왜 안에 들어와 놓고 불도 안 켜고 있지? 조종대를 건드리니, 불이 완벽하게 들어왔다. 어렴풋이 바깥에서 다시 고함이 들리기 시작하는 것을 느꼈다. 그 소리가 그의 머릿속 비명에 불을 질렀다. 비명이 아주 커지고 커지고 커져서 그를 움직이고 있는 듯했다. 그건 좋았다.

그는 우중충한 구름층을 뚫고 계속 올라갔다. 산소마스크 튜브가 코를 치고 있었다. 마스크를 잡으려고 손을 뻗었지만, 잡히지가 않았다. 자동적으로, 수평비행으로 전환했다. 이제 고개를 돌려 주위를 둘러보았다.

밑에는 거대한 라일락색 구름바다가 있었고, 산봉우리 두 개가 그것을 뚫고 솟았는데, 꼭대기 서쪽이 불타고 있었다. 보고 있는 사이에 불이 사그라들었다. 그는 몸을 떨었고, 문득 보니 흠뻑 젖은 반바지만 입고 있었다. 어떻게 여기로 왔지? 누군가가 참을 수 없이 비명을 질러대서 도망쳤었지.

그는 계기판을 확인하면서 고요히 날았다. 연료 말고는 아무 문제도 없었다. 더는 누구도 AX92의 연료를 공급해주지 않았다. 그에 대해 더는 생각하지 않고, 다시 고도를 높이기 시작했다. 두 손은 1미터쯤 떨어져 있고, 그는 부들부들 떨고 있었지만, 정신은 맑았다. 손을 위로 뻗었더니 헤드폰이 제자리에 있었다. 남은 훈련 동안에는 헤드폰을 쓰고 있어야 할 테니까. 그는 딸깍 켰다. 목소리들이

와글와글 떠들어대며 그에게 으르렁거렸다. 그는 딸깍 껐다. 그러고
는 헤드폰을 벗어 바닥에 떨어뜨렸다.

주위를 둘러보았다. 1만 8000피트, 88-05 방향. 대서양 위였다.
눈앞의 하늘이 빠르게 어두워졌다. 10시 방향으로 높은 곳에 아주
작은 반짝임. 시리우스, 아마도.

그는 해도를 떠올리려 애쓰면서 시리우스에 관해 생각했다. 그
러고는 방향을 돌려 돌아갈까도 생각했다. 그다지 주의를 기울이지
않고서도, 그는 자신이 입을 벌린 채 울고 있는 것을 알아챘다.

호비는 조심스럽게 엔진에 연료를 공급하면서, 비행기의 방향
을 틀어 작은 주둥이를 위로 들어 솜씨 좋게 시리우스의 한 지점에
맞췄다. 위로. 위로. 뒤에는 라일락색 그늘 위로 떨어지는 하얗고 거
대한 비행운이 점점 커지고 점점 솟아오르며 그 정점에 올라앉은
아주 자그만 비행기로 이어지고 있었다. 위로. 위로. 비행기가 차갑
고 건조한 대기권 상층으로 뚫고 들어가자 비행운이 끊겼다.

그렇게 되자 귀를 꼬챙이로 꿰는 듯한 통증이 느껴져 호비는 미
친 듯이 비명을 질렀다. 고통이 멈췄다. 고막이 터졌다. 위로! 이제
그는 질식하며, 공기를 갈구하면서 숨을 헐떡거렸다. 거대한 엔진들
이 그를 위로, 위로, 둥그렇게 굽은 행성 위로 날랐다. 그는 별에 매
달려 있었다. 위로! 연료 계량기가 경고음을 냈다. 이제 곧 경고음
은 멈출 테고 그와 새는 낙하하는 돌이 될 터였다. "빔 어스 업, 스코
티!" 그는 시리우스를 향해 울부짖었다. 껄껄 웃으며, 기침하며—

엔진이 주저앉는 사이, 죽음을 향해 기침하며—

—그리고 아치형의 격자를 인 반짝이고 푹신한 바닥에 대자로 뻗어서도 여전히 호비는 기침을 했다. 그는 컥컥거렸고, 몸을 굴렸고, 마침내 복잡하게 생긴 의자에 앉아 그를 향해 몸을 기울이고 있는 인물에게 초점을 맞추었다. 둥그런 눈에 코가 찢어진 그 인물은 짓궂은 웃음기를 띠고 있었다.

호비는 천천히 고개를 돌렸다. 엔터프라이즈호의 함교는 아니었다. 뷰스크린은 없고 그저 바깥의 뷰만 있었다. 그리고 우후라 대위라면 골치를 앓았을 것 같은 번쩍거리는 무정형 물체들이 점박이 옷을 입은 여자 같아 보이는 무언가의 앞쪽에 떠 있었다. 그 점박이 옷이 털임을, 호비는 알아보았다.

본즈 맥코이가 아닌 어떤 사람이 호비의 배에다 무언가를 하고 있었다. 호비는 한 손을 들어 남자의 번쩍이는 등을 만졌다. 가는 망상 직물 밑에 있는 것은 단단하고 따뜻했다. 남자가 고개를 들고 씩 웃었다. 호비는 선장을 마주 보았다.

"걱정하지 마." 어떤 목소리가 말했다. 선장의 조종대 옆에 있는 둥근 구에서 나오는 소리 같았다. "여기가 어디인지 알려줄게."

• '빔 미 업, 스코티Beam me up, Scotty'는 〈스타 트렉〉에서 엔터프라이즈호 함장인 커크가 다른 장소에 있다가 귀환할 때 물질전송을 요청하며 기관장인 몽고메리 스콧에게 하는 말이다. 이 작품에서는 단수 me 대신 복수 us가 쓰였다.

"어디인지 알아요." 호비가 속삭였다. 그는 흐느낌이 섞인 숨을 깊이 들이쉬었다.

"나 돌아왔어!" 그가 외쳤다. 그리고 그는 의식을 잃었다.

책을 읽으며 나는 수시로 작가를 남자로 바꾸어 상상했다. 팁트리
가 처음부터 자신이 여자임을 밝혔다면, 독자들이 이 하드보일드한
문체, 힘차고 선 굵은 필치를 볼 수 있었을까. 하지만 작가가 여성임
을 자각하고 다시 보면, 초라한 남성성은 벌거벗겨지고, 야성적인
생명력으로 생존해내는 여성들이 실체를 드러낸다. 작가가 성별을
감춘 것까지도 소설의 일부가 된다.

— **김보영** 소설가

나는 이 책을 최초로 만났던 반세기 전의 독자들을 상상한다. 놀랍
게도, 그들이 부럽지 않다. 오히려 그들을 「허드슨베이 담요로 가는
영원」의 룰리처럼 여기로 시간도약 시켜주고 싶다. 21세기를 위해
미리 쓰인 이 유쾌하고 전복적인 SF를 마침내 가장 어울리는 시대
에 만났다. 이 특별하고 신나는 경험을 모두와, 어쩌면 카펠라인들
과도, 나누고 싶다.

— **정소연** 소설가

지구를 '바삭바삭 시리얼'로 표현하는 작가의 유쾌한 전복을 어찌 사랑하지 않을 수 있을까? 인물들은 절망적이고 때로는 엉뚱한 세상 속에서 저마다의 쾌활함으로 세상을 조롱하고 수긍하며 삶을 지속하고, 우리는 거침없는 작가의 상상 속에서 낯설고도 익숙한 감각을 느낀다. 시대를 뛰어넘어 현대 인류의 가려움을 벅벅 긁어주는 작가의 힘이 더없이 즐겁고 통쾌하다!

— **천선란** 소설가

팁트리는 SF 글쓰기를 통해 지구의 중력에서 '일만 광년' 벗어나 자유롭게 숨 쉬며 온갖 이야기를 상상해낸다. 순진하게 명랑하면서도 날카롭게 예리한 시선으로 인간 세계의 부조리를 조망하고 해체하며 우주적 시공간을 자유로이 유영한다. 장르와 젠더를 가로지르는 이 이야기들은 그/녀의 글쓰기의 시작점을 보여준다.

— **김애령** 이화여자대학교 교수

제임스 팁트리 주니어는 자신의 존재를 은폐하면서, 소위 '남성 서사'로 여겨진 SF 장르에 진입하여, 그 자신이 직접 젠더 이분법을 실험하고 해체하는 글쓰기를 시도했다. 그의 글쓰기는 반발이자 교란, 즉 그 자체로 SF였다.

— **김은주** 『생각하는 여자는 괴물과 함께 잠을 잔다』 저자

옮긴이 **신해경**

서울대학교 미학과를 졸업하고 KDI국제정책대학원에서 경영학과 공공정책학
(국제관계) 석사과정을 마쳤다. 생태와 환경, 사회, 예술, 노동 등 다방면에 관심
을 두고 있으며, 옮긴 책으로는『글쓰기 사다리의 세 칸』『캣피싱』『저는 이곳에
있지 않을 거예요』『어떤 그림』『풍경들 : 존 버거의 예술론』『야자나무 도적』
『사소한 정의』『북극을 꿈꾸다』『발전은 영원할 것이라는 환상』등이 있다.

집으로부터 일만 광년

1판 1쇄　　　2022년　8월 25일
1판 2쇄　　　2022년 12월 14일

지은이　　　제임스 팁트리 주니어
옮긴이　　　신해경
펴낸이　　　김이선
편집　　　　황지연 김소영 김이선
디자인　　　이강효
마케팅　　　김상만

펴낸곳　　　(주)엘리
출판등록　　2019년 12월 16일 (제2019-000325호)
주소　　　　04043 서울특별시 마포구 양화로 12길 16-9 (서교동 북앤빌딩)

✉　　　　　ellelit@naver.com
🐦 ⓘ　　　　ellelit2020
전화　　　　(편집) 02 3144 3803 (마케팅) 02 6949 1339
팩스　　　　02 3144 3121

ISBN　　　 979-11-91247-21-3 03840